韓詩外傳

全注全译

〔汉〕韩婴 撰

孙友新 注译

《谦德国学文库》出版说明

人类进入二十一世纪以来，经济与科技超速发展，人们在体验经济繁荣和科技成果的同时，欲望的膨胀和内心的焦虑也日益放大。如何在物质繁荣的时代，让我们获得内心的满足和安详，从经典中获取智慧和慰藉，或许是我们不二的选择。

之所以要读经典，根本在于，我们应当更好地认识我们自己从何而来，去往何处。一个人如此，一个民族亦如此。一个爱读经典的人，其内心世界必定是丰富深邃的。而一个被经典浸润的民族，必定是一个思想丰赡、文化深厚的民族。因为，文化是民族之灵魂，一个民族如果不能认识其民族发展的精神源泉，必定就会失去其未来的生机。而一个民族的精神源泉，就保藏在经典之中。

今日，我们提倡复兴中华优秀传统文化，当自提倡重读经典始。然而，读经典之目的，绝不仅在徒增知识而已，应是古人所说的"变化气质"，进一步，是要引领我们进德修业。《易》曰："君子以多识前言往行，以蓄其德。"实乃读经典之要旨所在。

基于此理念,我们决定出版此套《谦德国学文库》,"谦德",即本《周易》谦卦之精神。正如谦卦初六爻所言:"谦谦君子,用涉大川",我们期冀以谦虚恭敬之心,用今注今译的方式,让古圣先贤的教诲能够普及到每一个人。引导有心的读者,透过扫除古老经典的文字障碍,从而进入经典的智慧之海。

作为一套普及型的国学丛书,我们选择经典,不仅广泛选录以儒家文化为主的经、史、子、集,也将视野开拓到释、道的各种经典。一些大家所熟知的经典,基本全部收录。同时,有一些不太为人熟知,但有当代价值的经典,我们也选择性收录。整个丛书几乎囊括中国历史上哲学、史学、文学、宗教、科学、艺术等各领域的基本经典。

在注译工作方面,版本上我们主要以主流学界公认的权威版本为底本,在此基础上参考古今学者的研究成果,使整套丛书的注译既能博采众长而又独具一格。今文白话不求字字对应,只在保证文意准确的基础上进行了梳理,使译文更加通俗晓畅,更能贴合现代读者的阅读习惯。

古籍的注译,固然是现代读者进入经典的一条方便门径,然而这也仅仅是阅读经典的一个开端。要真正领悟经典的微言大义,我们提倡最好还是研读原本,因为再完美的白话语译,也不可能完全表达出文言经典的原有内涵,而这也正是中国经典的古典魅力所在吧。我们所做的工作,不过是打开阅读经典的一扇门而已。期望藉由此门,让更多读者能够领略经典的风采,走上领悟古人思想之路。进而在生活中体证,方能直趋圣贤之境，真得圣贤典籍之大用。

　　经典，是一代代的古圣先贤留给我们的恩泽与财富，是前辈先人的智慧精华。今日我们在享用这一份财富与恩泽时，更应对古人心存无尽的崇敬与感恩。我们虽恭敬从事，求备求全，然因学养所限、才力不及，舛误难免，恳请先贤原谅，读者海涵。期望这一套国学经典文库，能够为更多人打开博大精深之中华文化的大门。同时也期望得到各界人士的襄助和博雅君子的指正，让我们的工作能够做得更好！

团结出版社
2017年1月

前　言

　　《韩诗外传》是西汉初年韩婴所著的一部书。它由300多条轶事、伦理规范以及实际忠告等不同内容杂编而成，一般每条都以《诗经》中的一句较为恰当的诗句与故事相印证，是研究西汉诗学的重要资料。

　　韩婴（约公元前200年—公元前130年），又被尊称为韩生，涿郡鄚（今任丘市）人，西汉"韩诗学"的创始人，是当时著名的儒学学者，他讲学授徒，著有《韩故》《韩诗内传》《韩诗外传》《韩说》等诸多著作。汉文帝时任博士，景帝时官至常山太傅，后人又称他"韩太傅"。汉武帝时，韩婴与董仲舒辩论，不为所屈，史称"其人精悍，处事分明，仲舒不能难也"。

　　韩婴讲授、注释《诗经》有许多独到之处，世称"韩诗"；鲁人申培传授《诗经》，作训故，称为"鲁诗"；景帝时，齐人辕固传授《诗经》，也作诗传，称为"齐诗"，这些并称"三家诗"。韩婴还对《易经》很有研究,做过很多注释,著有《周易传韩氏三篇》,但未能流传于世。

在名义上,《韩诗外传》依附于《诗经》,但韩婴在撰写过程中所使用的材料却源自几个哲学流派的著述并加以折衷。《荀子》《庄子》《列子》《韩非子》《吕氏春秋》《晏子春秋》《老子》《孟子》都被他使用过,其中最常用的是《荀子》。因此,《韩诗外传》的思想以荀子的思想为主,主张隆礼重法,尊士养民,同时间采孟子和韩非等人的相关言论。据统计,《韩诗外传》全书臻选《荀子》原文多达四十多条。所以,宋代的王应麟,清代的汪中、严可均等学者皆以为《韩诗外传》乃"荀卿子之别子"(汪中《述学·荀卿子通论》)。

需要注意的是,《韩诗外传》说《诗》,大都断章取义、触类引伸,和《诗经》的本意大相径庭,诗句最终在全书中成为一种比喻,用来牵强附会地叙事、说理。全书先叙事、议论,文末引用《诗经》中的一两句诗加以证明。相同的诗句,经常引用两则以上的事例阐述。所以,后世认为《韩诗外传》既是有关《诗经》的重要作品,同时也是一部文集,在汉朝初年的散文创作中别具一格。它的论述多源于诸子原著,其取舍和剪裁颇见作者主张,所以晁公武《郡斋读书志》称其"文辞清婉,有先秦风"。

同时,《韩诗外传》对后世的散文等创作影响颇大。刘向编纂的《说苑》《新序》《列女传》中所选的历史故事大都来源于此;赵晔撰写《吴越春秋》也选取《韩诗外传》中有关吴越的故事作为材料。

总之,《韩诗外传》作为汉代诗学的传世之作,历代研究者在其卷帙、版本、辑佚、校注等方面进行了专门研究，并取得了一定的成效。在研读《韩诗外传》诸多版本的过程中，发现众多的注译本在词语训释、句读等方面仍然有待进一步探讨。我们以《四部丛刊》中的"明沈氏野竹斋刊本"为底本进行注译，同时参考了明代嘉靖年间沈辨的本子。在注译过程中，充分吸前人的研究成果，力求使本书更臻完美。作为一种尝试，在注释、译文方面注意到读者对象的特殊性，本书的注译做到了既不枝不蔓，又详尽具体，使微言大义更加清楚明白。为了阅读方便，对各个章节都加了四字标题，既方便查阅，又很整齐。这些形成本版本与其他版本相比的两个不同特点：一、对原著进行全面的注释、翻译；二、第一次给这部典籍每则加上题目，展示出与众不同的文本，最后编成了这本文字通俗、内容浅显的注译本。我们的初衷是给初学者读懂原文提供方便，给研究者提供一些基础资料。自知疏浅，有所不足，恭请方家不吝赐教！

译 者

2019年9月

目 录

卷 一

1. 得粟三秉 ... 1
2. 守节贞理 ... 2
3. 孔子南游 ... 3
4. 有智寿乎 ... 5
5. 日月不高 ... 6
6. 辩善之度 ... 7
7. 不仁之至 ... 9
8. 王子比干 ... 9
9. 原宪居鲁 ... 11
10. 所谓士者 ... 13
11. 同者合焉 ... 14
12. 过而不式 ... 14
13. 灭迹于人 ... 16

14. 聪者自闻	16
15. 安命养性	17
16. 同声相应	18
17. 枯鱼衔索	19
18. 可无忧与	20
19. 其母不哭	21
20. 天地有合	22
21. 有仕之善	24
22. 晋国之急	25
23. 城削则崩	26
24. 衣服容貌	28
25. 仁道有四	29
26. 自投于河	31
27. 衣弊肤见	32
28. 周道之盛	34

卷 二

29. 庄王围宋	37
30. 婴相从绩	40
31. 夫嫁娶者	41
32. 听朝罢晏	43
33. 见于夫子	44

34. 星坠木鸣	46
35. 教之以仁	48
36. 丰上激下	49
37. 三言可贯	50
38. 霜雪雨露	50
39. 知上有人	52
40. 颜渊侍坐	53
41. 脱剑而入	55
42. 公而好直	57
43. 隐括之中	59
44. 倾盖而语	60
45. 主善之心	61
46. 易和难狎	62
47. 冯于马徒	63
48. 过听杀人	64
49. 楚狂接舆	65
50. 桀为酒池	67
51. 去夏入殷	68
52. 身不下堂	70
53. 不能勤苦	71
54. 薪于韫丘	73
55. 有埶尊贵	75

56. 事行为后　　　　　　　76
57. 子夏读诗　　　　　　　77
58. 飘风厉疾　　　　　　　79
59. 治气养心　　　　　　　80
60. 千金之玉　　　　　　　81
61. 嫁女之家　　　　　　　82
62. 治道毕矣　　　　　　　83

卷 三

63. 甑盆无膻　　　　　　　85
64. 有殷之时　　　　　　　86
65. 文王寝疾　　　　　　　87
66. 不尊无功　　　　　　　89
67. 从俗为善　　　　　　　90
68. 召李克问　　　　　　　91
69. 成侯嗣公　　　　　　　94
70. 庄王寝疾　　　　　　　96
71. 人主之疾　　　　　　　97
72. 太平之时　　　　　　　99
73. 丧祭之礼　　　　　　　100
74. 顺于鬼神　　　　　　　100
75. 武王伐纣　　　　　　　101

76. 礼有来学　　　　105

77. 不厉不断　　　　105

78. 凡学之道　　　　107

79. 鲁人吊之　　　　107

80. 公设庭燎　　　　109

81. 太平之时　　　　110

82. 能制天下　　　　112

83. 嗜鱼不受　　　　114

84. 父子讼者　　　　115

85. 当舜之时　　　　118

86. 必当其罪　　　　120

87. 缘理而行　　　　122

88. 草木生焉　　　　123

89. 文公行赏　　　　123

90. 古今异情　　　　125

91. 生于诸冯　　　　127

92. 观于周庙　　　　128

93. 天子之位　　　　129

94. 子路盛服　　　　131

95. 不贵苟难　　　　133

96. 伯夷叔齐　　　　134

97. 等赋正事　　　　136

98. 赵孝成王　　　　　　137
99. 受命之士　　　　　　140
100. 目能视乎　　　　　　140

卷四

101. 炮烙之刑　　　　　　143
102. 桀为酒池　　　　　　144
103. 以道覆君　　　　　　145
104. 无取口逸　　　　　　146
105. 国人知之　　　　　　147
106. 坚甲利兵　　　　　　148
107. 五弦之琴　　　　　　149
108. 送之出境　　　　　　150
109. 韶用干戚　　　　　　151
110. 治辩之极　　　　　　152
111. 以礼分施　　　　　　155
112. 晏子聘鲁　　　　　　157
113. 古者八家　　　　　　158
114. 天子不言　　　　　　160
115. 人主欲得　　　　　　161
116. 问者不告　　　　　　164
117. 子为亲隐　　　　　　165

118. 王者何贵　　　　　　165

119. 不忘其马　　　　　　166

120. 为宗族患　　　　　　167

121. 能知于人　　　　　　167

122. 当世之愚　　　　　　168

123. 君子大心　　　　　　171

124. 爱由情出　　　　　　172

125. 说春申君　　　　　　173

126. 南苗异兽　　　　　　176

127. 学问之道　　　　　　177

128. 不行不至　　　　　　178

129. 知刑之本　　　　　　179

130. 孔子见客　　　　　　180

131. 钟鼓于宫　　　　　　181

132. 口不能道　　　　　　181

133. 应之于门　　　　　　182

卷　五

134. 子夏问曰　　　　　　185

135. 圣人之心　　　　　　187

136. 王者之政　　　　　　188

137. 民之源也　　　　　　189

138. 天下之善	191
139. 成王读书	195
140. 已得其曲	196
141. 达其本者	197
142. 五色虽明	198
143. 天地之体	199
144. 不知顺孝	200
145. 成王之时	201
146. 登高临深	202
147. 不易之术	203
148. 广厦之下	204
149. 天设其高	205
150. 燔以沸汤	207
151. 智如泉源	208
152. 禹以夏王	209
153. 骄溢之君	210
154. 水渊深广	211
155. 谈说之术	212
156. 内不乏食	213
157. 天有四时	214
158. 蓝青地黄	215
159. 德宜君人	217

160. 安国保民　　　　　　　218

161. 天地之大　　　　　　　219

162. 如岁之旱　　　　　　　220

163. 君之所道　　　　　　　221

164. 奄治天下　　　　　　　223

165. 朝廷之士　　　　　　　224

166. 孔子侍坐　　　　　　　225

卷 六

167. 彰君之恶　　　　　　　227

168. 布衣之士　　　　　　　228

169. 赏勉罚偷　　　　　　　229

170. 子路治蒲　　　　　　　231

171. 古者有命　　　　　　　232

172. 天下之辩　　　　　　　233

172. 服人之心　　　　　　　235

173. 必敬其人　　　　　　　236

174. 不学好思　　　　　　　237

175. 民劳思佚　　　　　　　238

176. 犹言先醒　　　　　　　238

177. 盟于国人　　　　　　　242

178. 据于蒺藜　　　　　　　243

179. 说齐宣王	245
180. 其惟学乎	247
181. 天之所生	248
182. 窥远牧众	249
183. 郑伯肉袒	250
184. 崇人之德	253
185. 昼寝而起	253
186. 将杀阳虎	257
187. 恺悌君子	258
188. 强暴之国	259
189. 勇士一呼	261
190. 薨而未葬	262
191. 威有三术	263
192. 安得贤士	265

卷 七

193. 亲丧三年	269
194. 使人于楚	270
195. 齐有隐士	271
196. 行无专制	273
197. 鸟之美羽	275
198. 困于陈蔡	276

199. 不可还者	280
200. 立于门下	281
202. 为人何患	283
203. 子罕相宋	284
204. 报使于肝	285
205. 狐丘丈人	287
206. 不闻其过	288
207. 日暮酒酣	290
208. 予慎无辜	291
209. 纣杀比干	292
210. 因其友见	294
211. 宋燕相齐	295
212. 善为政者	297
213. 去而北游	298
214. 顺道而行	299
215. 孔子闲居	301
216. 不食鲕鱼	302
217. 齐有鲍叔	303
218. 游于景山	304
219. 孔子鼓瑟	306
220. 为人父者	307

卷 八

221. 越王勾践	309
222. 富贵安乐	310
223. 吴人伐楚	311
224. 使晋而反	315
225. 谤谏为下	316
226. 与庄公战	316
227. 不可于父	318
228. 黄帝即位	318
229. 有子曰击	321
230. 所以治之	324
231. 度地图居	325
232. 使人于楚	326
233. 命为司寇	327
234. 天子锡之	328
235. 先生何师	329
236. 一谷不升	330
237. 诸侯受封	331
238. 大夫伯宗	332
239. 齐国之政	333
240. 三公之任	335
241. 贤君之治	336

242. 昨日何生　　　　337

243. 慎终如始　　　　338

244. 孔子燕居　　　　339

245. 士必学问　　　　341

246. 曾子有过　　　　343

247. 使人为弓　　　　344

248. 景公大怒　　　　345

249. 思齐则成　　　　346

250. 父贤足恃　　　　347

251. 闻其宫声　　　　348

252. 易先同人　　　　349

253. 田子方出　　　　351

254. 庄公出猎　　　　352

255. 人有恶乎　　　　353

256. 有鸟于此　　　　354

卷 九

257. 辍然中止　　　　357

258. 田子为相　　　　358

259. 辞归养亲　　　　359

260. 有人于斯　　　　360

261. 伯牙鼓琴　　　　361

262. 亡而不得	362
263. 我亦善之	364
264. 景公纵酒	364
265. 孔子之门	366
266. 昭华之池	367
267. 问于解狐	368
268. 任贤使能	370
269. 孔子出游	371
270. 入之于耳	372
271. 游于戎山	372
272. 不以耻食	374
273. 入户视之	375
274. 姑布子卿	376
275. 不可不慎	379
276. 君子之居	380
277. 从车百乘	380
278. 往见梁王	381
279. 赍金百斤	383
280. 由余使秦	384
281. 不为公费	386
282. 布衣纻表	387
283. 其升于高	388

284. 齐王送女 389
285. 孔子入座 390

卷 十

286. 麦丘之邦 393
287. 臣所不如 395
288. 里凫须从 396
289. 大命之至 398
290. 君子温俭 399
291. 会田于郊 401
292. 闻于天下 403
293. 献鸿于楚 405
294. 世子暴病 406
295. 楚丘先生 409
296. 游于牛山 410
297. 缪公将田 411
298. 庄子好勇 412
299. 争臣七人 414
300. 桓公出游 416
301. 桓公置酒 417
302. 楚王闻之 418
303. 延陵季子 419

304. 问于孔子　　　　　　　420

305. 景公出田　　　　　　　421

306. 兴师伐晋　　　　　　　423

307. 趋车驰马　　　　　　　424

308. 数战数胜　　　　　　　426

309. 士曰申鸣　　　　　　　427

310. 受封而见　　　　　　　429

卷 一

1.得粟三秉

曾子仕于莒①,得粟三秉②,方是之时,曾子重其禄而轻其身;亲没之后,齐迎以相,楚迎以令尹③,晋迎以上卿④,方是之时,曾子重其身而轻其禄。怀其宝而迷其国者⑤,不可与语仁;窘其身而约其亲者,不可与语孝。任重道远者,不择地而息;家贫亲老者,不择官而仕。故君子桥褐趋时⑥,当务为急⑦。传云⑧:不逢时而仕,任事而敦其虑⑨。为之使而不入其谋,贫焉故也。《诗》云:"夙夜在公⑩,实命不同。"

【注释】①曾子:名参,字子舆,春秋鲁国武城人,点的儿子,孔子的学生,侍奉父母很孝顺。莒:鲁邑,在今山东莒县。②秉:古代计量器。十斗为一斛,十六斛为一秉。③令尹:春秋时楚国称卿相为令尹。④上卿:卿,古官名。分上、中、下三等。⑤宝:指道德才学。⑥褐:粗布衣。⑦当务:当前紧要的要务。⑧传云：作者为他所传的《诗经》作的解说。⑨敦：竭尽。⑩公：官署。诗句出自《诗经·召南·小星》。

【译文】曾子去鲁国莒邑当地方官，是为了获得三秉粟子的俸禄。在这个时期，曾子看重的是俸禄的多少，而不在乎自己本身职位的高低。他的父母亲去世后，齐国迎候他来做宰相，楚国也迎候他来做令尹，晋国也迎候他来做上卿。在这个时期，曾子专注于自己的学识修养未去做高官，他不在乎俸禄的多少。如果一个人具备才学和品行，却没能让国家脱离迷乱的处境，那就不要跟他谈仁道了；如果因自命清高而死守穷困，使亲人生活困顿，那就不要跟他谈孝道了。一个挑重担、走远路的人，不会刻意选择舒适的地方停留，而是适时随地休息而保持精力；家里贫穷、亲人年老体衰，为了孝养他们，就不会挑选官位高的才去做。所以君子赶路时穿粗布衣前行，只是为这当下任务中最急切要办的事。因此为《诗经》作这样的传解说："一个人没遇到适当时节却需要出来做官，做事时一定要尽力考虑周到。为做事只因听命去完成任务而没有参与谋划，那只算为解决家里一时贫困的缘故。"所以《诗经》说："早晚都在官署里忙着做事，（我）这命运和别人不一样。"

2.守节贞理

传曰：夫《行露》之人许嫁矣①，然而未往也。见一物不具，一礼不备，守节贞理②，守死不往。君子以为得妇道之宜，故举而传之，扬而歌之，以绝无道之求，防污道之行乎！《诗》曰："虽速我讼，亦不尔从③。"

【注释】①行露：《诗经·召南》中的诗题。②贞：坚守的意思。③速：促使。尔：你。诗句出自《诗经·召南·行露》。

【译文】书传记载说：写《行露》的女诗人曾经被嫁给一户人家，但是她没有到男家去。因为男方不具备一件聘礼，没有践行一个礼节，所以她坚守着节操义理，至死没有依从。君子认为女子已成持操妇道的模范，所以拿出这件事来传述，宣扬、歌颂她，以此拒绝世间不合道理的要求，防止无视礼节的邪道行于世。她在《诗经》中说："即使你把我送上公堂，强迫娶我，我也坚决不随从！"

3.孔子南游

孔子南游，适楚，至于阿谷之隧①，有处子佩瑱而浣者②。孔子曰："彼妇人其可与言矣乎！"抽觞以授子贡③，曰："善为之辞，以观其语。"子贡曰："吾，北鄙之人也，将南之楚。逢天之暑，思心潭潭④，愿乞一饮⑤，以表我心⑥。"妇人对曰："阿谷之隧，隐曲之泛⑦，其水载清载浊，流而趋海，欲饮则饮，何问妇人乎？"受子贡觞，迎流而挹之⑧，奂然而弃之⑨，促流而挹之⑩，奂然而溢之，坐，置之沙上，曰："礼固不亲受。"子贡以告。孔子曰："丘知之矣。"抽琴去其轸⑪，以授子贡，曰："善为之辞，以观其语。"子贡曰："向子之言，穆如清风，不悖我语，和畅我心。于此有琴而无轸，愿借子以调其音。"妇人对曰："吾，野鄙之人也，僻陋⑫而无心，五音不知⑬，安能调琴。"子贡以告。孔子曰:"丘知之矣。"抽絺纮五两⑭,以授子贡,曰:"善为之辞,以观其语。"子贡曰:"吾,北鄙之人也,将南之楚。于此有絺纮五两,吾不敢以当子身⑮,敢置之水浦⑯。"妇人对曰:"客之行,差迟乖人⑰,分其资财,弃之野鄙。吾年甚少,何敢受子,子不早去,今窃有狂夫守之者矣⑱。"《诗》曰:"南有乔木⑲,不可休思。汉有游女,不可求思。"此之谓也。

【注释】①阿谷:地名,所处未详。隧:别版作"阳"。阳:南面。②处子:处女,未出嫁的女子。瑱:别版作"璜",《说文》:"璜,半璧也。"浣:洗濯。③抽:取出。觞:酒杯。子贡:姓端木,名赐,字子贡,卫国人。孔子的学生,善于言辞。④潭:"覃"的假借字,焯,火热。⑤乞:给与。⑥表:散发。⑦泛:别版作"汜"。汜:水边。⑧迎流:逆着水流。⑨奂然:水盛多的样子。⑩促流:促,别版作"从"。从流:顺着水流。⑪轸:琴下转弦器。⑫僻陋:学识鄙陋。⑬五音:宫、商、角、徵、羽。⑭絺:细的葛布。纮:别版作"绤",粗的葛布。两:四丈为一两。⑮敢:语词,表示冒昧的意思。⑯水浦:水边。⑰差迟乖人:行为错误,不合人情。⑱狂夫:狂妄的人,指女亲属。⑲乔木:高大而小枝往上竦立的树木。诗句出自《诗经·周南·汉广》。

【译文】孔子往南方游历,前去楚国,走到阿谷的南面,看见一个女子佩戴着玉瑱在河边洗衣服。孔子对子贡说:"那个姣美的女子也许可以跟她交谈吧!"随手拿出酒杯递给子贡,说:"好好地跟她说一番话,听她怎么回答。"于是,子贡对那个女子说:"我是北方偏远地区的人,将要向南到楚国去。恰逢这样大热的暑天,内心狂躁发热,希望你给我一杯水,来散发心中的躁热。"女子回答说:"阿谷的南面,弯曲的河边,这水无论清浊都流向大海,想喝就取勺来喝,为什么还要问我这个女子要呢?"不过,她还是接过子贡的杯子,逆着水流盛满水,把它倒掉;顺着水流又盛满了一杯,跪坐着,把酒杯放在沙滩上,说:"礼节本来就规定,不能亲自交给你。"子贡把这些告诉了孔子。孔子说:"我知道她的意思了。"于是就拿出一把琴,去掉调弦的轸,交给子贡,说:"好好地跟她说一番话,听她怎么回答。"子贡又对女子说:"刚才你的话很得体,像清风沁入人心,正与我的话意相投,我心里感到畅快。这儿有把琴却没有调整琴弦的轸,想请你调调音。"女子回答说:"我是乡野之人,见识有限,心智不灵,不能分辨五音,怎么能够调节琴音呢!"子贡又把这些告诉了孔子。孔子说:"我知道她的意思了。"于是拿出细葛布和粗葛布各五匹,交给子贡,说:"好好地跟她说一番话,听她怎么回答。"子贡又去跟那个女子说:"我是北方偏远地区的人,将要向南到楚国去。这儿有细葛布和粗葛布各五匹,我不敢直接交给你,冒昧地把它放在水边,请你收下吧!"女子回答说:"客人的行为错误,不合人情,拿出你的财资,随意把它抛弃在郊野。我还很年轻,怎敢接受您的这些东西。您如果不早点离开,我那暗中守护我的性情粗暴的家人知道了就不好了。"《诗经》说:"南山上有高大的树木,却不能在树下休息。汉水边有美女在悠游,却不能追求到她呀!"说的正是这件事啊。

4.有智寿乎

哀公问孔子曰①:"有智寿乎②?"孔子曰:"然。人有三死而非命也者③，自取之也。居处不理，饮食不节，劳过者④，病共杀之。居下而好干上⑤，嗜欲不厌⑥，求索不止者⑦，刑共杀之。少以敌众⑧，弱以侮强，忿不量力者，兵共杀之。故有三死而非命者，自取之也。"《诗》云："人而无仪，不死何为⑨？"

【注释】①哀公：春秋时鲁国国君，名蒋，周公的后代。②智：聪明的人。③非命：违背道理做事而遭受的命运。④劳：操劳。⑤干上：冒犯居于上位的人。⑥不厌：不知满足。⑦求索：要求。⑧敌：别版作"泛"。⑨仪：尊严的容貌和举动。诗句出自《诗经·鄘风·相鼠》。

【译文】鲁哀公问孔子说："聪明的人会长命吗？"孔子答道："是啊。人有三种情况死于意外灾祸，都是自己招惹来的。日常起居没有规律，生活饮食没有节制，劳作操心过度，疾病便一齐袭来害死他。地位低下的人总喜欢冒犯地位居上的人，欲望总是不满足，要求索取不停的人，会招来刑罚杀死他。人数少的队伍总是去侵扰人数多的，力量弱小的队伍总是去欺辱力量强大的，意气用事而不自量力的人，将被将士所杀害。所以这三种人死于非命，是咎由自取的。"《诗经》说："做人要是没有礼仪，不去死那还为什么呢？"

5. 日月不高

传曰：在天者，莫明乎日月；在地者，莫明于水火；在人者，莫明乎礼仪。故日月不高，则所照不远；水火不积，则光炎不博①；礼义不加乎国家②，则功名不白③。故人之命在天，国之命在礼。君人者,降礼尊贤而王④,重法爱民而霸。好利多诈而危,权谋倾覆而亡。《诗》曰:"人而无礼,胡不遄死⑤!"

【注释】①光炎:光辉。②加:施行。③白:显著。④降:通"隆"。隆:重视。⑤胡不:为什么不? 遄:迅速。诗句出自《诗经·鄘风·相鼠》。

【译文】书传记载说:在天上,没有一种明亮比得过日月;在地上,没有一种光明比得过水火;在人群中,没有一种文明比得过礼义。所以说太阳、月亮如果不高悬空中,它们的光辉就不会照及辽远的地方;水火如果不积聚起来,它们的润泽和光辉就不会广博;礼义如果不用在国家的治理上,执政者的功业和名誉就不会显赫。因此,人的命运受于上天,国家的命脉取决于礼制。为人君者,如果推崇礼制而又尊重贤人,就可以称王于天下;重视法治而又爱护人民,就可以称霸诸侯。如果只贪图私利、总是欺诈那就很危险;如果想用权术谋略去颠覆他人,那就会自取灭亡。《诗经》中说:"做人却不懂得礼节,那还不如不快点离开人世呢!"

6.辩善之度

君子有辩善之度①,以治气养性②,则身后彭祖③;修身自强④,则名配尧禹⑤。宜于时则达⑥,厄于穷则处,信礼者也。凡用心之术,由礼则理达⑦,不由礼则悖乱⑧。饮食衣服,动静居处,由礼则知节,不由礼则垫陷生疾⑨。容貌态度,进退移步⑩,由礼则夷国⑪。政无礼则不行,王事无礼则不成,国无礼则不宁,王无礼则死亡无日矣。《诗》曰:"人而无礼,胡不遄死?"

【注释】①辩:通"遍"。遍善:无所往而不善。度:礼法。②治气:涵养精气。性:古通"生"字。③彭祖:姓彭,名铿,相传唐尧时臣,封于彭城,善导引行气,历夏至殷末,寿七百余岁。④修身自强:通过品德修养达到自强。⑤尧:帝喾子,姓伊耆,亦作伊祁,初封于陶,又封于唐,故号称陶唐氏,相传在位百年,为圣明的君主。儿子丹朱不孝,传位给舜。禹:姓姒氏,名文命。父鲧,治理洪水无功,被处死,禹继承父业,平治水患,初封夏伯,后接受舜的禅让为天子,在位八年,政治清明。⑥时:意为处。⑦理达:治达。为避唐讳,治字改为理。⑧悖:迷惑。⑨垫陷:瘦弱。⑩移步:行进。⑪夷:中国古代称东部的民族。国:中国。

【译文】君子如果能实施处处行善的礼法,以它来涵养精气保重身心,就可以比彭祖更长寿;以它来修养品德达到自强,名声就可以同尧禹相比。符合时宜就会通达,艰难困苦则隐伏,这是因为相信礼法。凡是运用心术,遵循礼法就达到法治,不遵循礼法就引起紊乱。吃东西、穿衣服,日常生活一举一动,遵循着礼仪,就自然通晓生活规律;不遵循礼仪,身子就会瘦弱生病。容貌修饰、情态变化,进出行进的举止,遵循着礼就会使夷族文化同化。政治不遵循礼制就无法实行,君王的政事不按礼制来施行就一无所成,国家没有礼制就不能安宁,君主没有礼制很快就会消亡。《诗经》说:"做人却反而不懂得礼节,那为什么还不快点离开人世呢?"

7. 不仁之至

传曰：不仁之至忽其亲①，不忠之至倍其君②，不信之至欺其友。此三者，圣王之所杀而不赦也。《诗》曰："人而无礼，不死何为？"

【注释】①忽：疏忽，忽略。②倍：通"背"，背叛。
【译文】书传记载说：没有仁爱到了极点，就会疏忽父母亲；没有忠心到了极点，就会背叛君王；没有诚信到了极点，就会欺骗朋友。这三种人，圣明的君主皆要处死而不会赦免的。《诗经》说："做人却反而这样无礼，那还不如早点去死呢！"

8. 王子比干

王子比干杀身以成其忠①，柳下惠杀身以成其信②，伯夷、叔齐杀身以成其廉③，此三子者④，皆天下之通士也，岂不爱其身哉？为夫义之不立，名之不显，则士耻之，故杀身以遂其行⑤。由是观之，卑贱贫穷，非士之耻也⑥。天下举忠而士不与焉⑦，举信而士不与焉，举廉而士不与焉。三者存乎身，名传于世⑧，与日月并而息⑨，天不能杀⑩，地不能生⑪，当桀纣之世不之能污也。然则非恶生而乐死也，恶富贵好贫贱也⑫。由其理，尊贵及己而仕也，不辞也⑬。孔子曰："富而可求，虽执鞭之士吾亦为之。"故阨穷而不悯⑭，劳辱而不苟,然后能有致也。《诗》曰:"我心匪石,不可转也;我心匪席⑮,不可卷也。"此之谓也。

【注释】①比干:商纣王的叔父,纣王淫乱无道,比干进谏,纣王发怒,于是剖开他的胸膛,观看他的心,比干死。②柳下惠:春秋鲁国人,姓展,名获,字禽,居住在柳下,死后谥为惠,因此称为柳下惠。信:相传尾生会与女友相构于桥下相见,水涨,守信不去,终被淹死。典出《庄子·盗跖》。③伯夷、叔齐:商朝孤竹君墨胎初的两个儿子。伯夷,名元,夷是谥号。叔齐,名智,字公达,齐是谥号。周武王伐商,伯夷、叔齐谏止,武王胜商,统一天下,伯夷、叔齐耻食周粟,遂饿死于首阳山。④此三子者:文中举出比干、柳下惠、伯夷和叔齐四人,这三种人。⑤遂:完成,成就。⑥非士之耻也:别版作"非士之所耻者"。⑦与:参预。⑧名传于世:别版作"名传于世后"。⑨息:生,生存。⑩杀:减损。⑪生:孳长,这里解作增多。⑫恶富贵好贫贱也:别版作"非恶富贵而好贫贱也"。⑬仕:通"士"。⑭而:如果。悯:忧伤。⑮匪:同"非"。诗句出自《诗经·邶风·柏舟》。

【译文】王子比干舍弃生命以达成他对国君的忠心,柳下惠舍弃生命以达成他对朋友的忠信,伯夷、叔齐舍弃生命以成就他们的清廉。这三种人都是天下通达事理的士人,难道是他们不爱惜自己的性命吗?因为道义未能建立,美名未能彰显,士人羞耻于此,所以宁愿牺牲性命也要成就自己的德行。从这点来看他们,地位的低贱,家道的贫穷,并不是士人的耻辱。当天下推举忠诚的人,而这种荣誉没有给他们;当推举信实的人,而这种荣誉没有给他们;推举廉洁的人,而这种荣誉没有给他们,才是他们的耻辱。如果忠、信、廉这三种品行存于他们身上,他们的名声就会流传于后世,和太阳、月亮一并存在,就是上天也不能抹杀,在世间也不会增减变化,即使在夏桀王、商纣王无道的时代，对他的名誉也不会有污损。但是他们并不是厌恶生存而乐意舍身，也不是厌恶富贵而喜好贫贱。如果依照常理行事，自己获得尊贵的地位和仕途，他们是不会推辞的。孔子说："如果财富可以求得到，即使执掌鞭子做马夫，我也愿意去做这件事。"所以人能在穷困时心里不悲悯，遭受劳苦和耻辱时仍然不得过且过，以后他的德行就能到达至善至美的境地。《诗经》说："我的心不像圆圆的石头，不可以任意转动；我的心不像软软的草席，不可以任意卷曲起来。"说的就是这类精忠、诚信、清廉的人。

9. 原宪居鲁

原宪居鲁①，环堵之室②，茨以蒿莱③。蓬户瓮牖④，桷桑而无枢⑤。上漏下湿，匡坐而弦歌⑥。子贡乘肥马，衣轻裘，中绀而表素⑦，轩不容巷⑧，而往见之。原宪楮冠黎杖而应门⑨。正冠则缨绝⑩，振襟则肘见⑪，纳履则踵决。子贡曰："嘻⑫！先生何病也⑬！"原宪仰而应之曰："宪闻之：无财之谓贫，学而不能行之谓病。宪贫也，非病也。若夫希世而行⑭，比周而友⑮，学以为人，教以为己，仁义之匿⑯，车马之饰，衣裘之丽，宪不忍为之也。"子贡逡巡⑰，面有惭色，不辞而去。原宪乃徐步曳杖，歌《商颂》而反，声沦于天地⑱，如出金石⑲。天子不得而臣也，诸侯不得而友也。故养身者忘家，养志者忘身，身且不爱，孰能忝之⑳。《诗》曰："我心匪石，不可转也；我心匪席，不可卷也。"

【注释】①原宪：春秋时鲁国人，或曰宋国人。字子思，故又称原思，孔子的学生，孔子为鲁司寇时，有采邑，使原思为邑宰。②环堵：周围方丈的矮房子。堵：墙长一丈，高一尺，叫做堵。③茨：用草盖房屋。蒿莱：皆草名。④瓮牖：用破瓮口做成的窗子。⑤桷桑而无枢：别版作"揉桑而为枢"。揉：屈伸木。枢：门户的转轴。⑥匡坐：端正坐着。⑦绀：青色。⑧轩：有屏藩的车子。⑨楮冠：用楮木皮做成的冠。藜：通"藜"。藜杖，用藜草茎做成的手杖。⑩正：通"整"。缨：系冠的带子。⑪振：拂拭。⑫嘻：笑声。⑬病：困苦。⑭希世：迎合世俗。⑮比周：亲近小人。⑯匿：隐藏，这里意为不实行。⑰逡巡：往后退。⑱声沦：别版作"声满"。⑲金石：谓钟和磬。⑳忝：侮辱。

【译文】原宪住在鲁国，房屋四面都被杂物堵满了，用茅草和泥盖的屋顶再长出了草。蓬草做成的门，破瓮口做成的窗户，揉屈桑木做成的门枢都破烂不完整。雨天屋顶漏雨，地下湿淋淋的，但原宪依然端坐在里边弹琴唱歌。子贡乘着肥马所驾的车子，穿着轻便暖和的皮衣，里面黑红外面洁白，气派的马车小巷子都容不下，就这样去见原宪。原宪戴着楮木皮做成的冠、拄着藜草茎做成的手杖把门打开。他整整旧冠冕，冠带断了；挥一挥衣襟，手肘现露出来；穿上鞋子，脚踵把鞋后跟顶裂了。子贡说："啊哈，先生你有什么毛病吗？"原宪笑着说："我听说：没有钱财叫做贫穷，学习的东西不会实践叫做有病，现在我是贫穷，不是有病。要是所作所为只是迎合世俗，亲近小人，和他们结为朋友，勤奋学习是为了求取别人夸赞，教诲别人是为了炫耀自己，不行仁义，只讲求高车大马的华贵装饰和衣服的华丽，我是不忍心这样做的。"子贡听了身子往后退，面上现出惭愧的颜色,没有告辞就离开了。原宪于是挂着手杖,慢慢地走,反复地歌唱《商颂》,声音充满天地之间,好像钟磬发出来的一般。他能安贫乐道,因此天子不能得到他作为臣子,诸侯不能得到他作为朋友。所以保养身体的人会忘记他的家庭,修养心志的人会忘记自己的身体,自己身体尚且顾不上爱惜,谁能有办法侮辱他呢!《诗经》说:"我的心不像圆圆的石头,不可以任意转动;我的心不像软软的草席,不可以任意卷曲起来。"

10.所谓士者

传曰:所谓士者,虽不能尽备乎道术,必有由也;虽不能尽乎美者,必有处也。言不务多,务审所行而已。行既已尊之①,言既已由之,若肌肤性命之不可易也。《诗》曰:"我心匪石,不可转也;我心匪席,不可卷也。"

【注释】①尊:通"遵",依循。
【译文】书传记载说:被称为士的人,即使不能了解到所有的大道,但是他一定能获得可通达的途径;即使不能做到非常完美,但是他一定会做到坚守原则。话不在于多说,在于审视所行之事是否合于正道罢了。行为既然合乎正道了,说话既然合乎常理了,就如同应该爱惜自己的肌肤和性命一样,不因外界事物影响而改变。《诗经》说:"我的心不像圆圆的石头,不可以任意转动;我的心不像软软的草席,不可以任意卷曲起来。"

11. 同者合焉

传曰：君子洁其身而同者合焉①，善其音而类者应焉②。马鸣而马应之，牛鸣而牛应之。非知也③，其势然也④。故新沐者必弹冠，新浴者必振衣。莫能以己之皭皭⑤，容人之混污然。《诗》曰："我心匪鉴，不可以茹⑥。"

【注释】①洁：修治完美。同者：同类的人，指品德完美的人。②音：言语。③知：通"智"，智慧。④势：情势。⑤皭皭：洁白的样子。⑥鉴：通"镜"。茹：容纳，忍受。诗句出自《诗经·邶风·柏舟》。

【译文】书传记载说：君子要把他的品德修养得完美，有良好品德的人便来和他交往，所说的话合于道理，讲理的人便来相呼应。所以马一叫，其他马也随着它叫起来；牛一叫，其他牛也随着它叫起来。这并不是它们有智慧，而是自然的情势是这样。因此，刚洗过头的人一定弹一弹帽子，刚洗过澡的人一定抖一抖衣服。谁也不能让自己洁净的身体，容忍别人来掺杂污染的！《诗经》说："我的心不像青铜镜那样，不能一照都留影，是不能容忍污浊的。"

12. 过而不式

荆伐陈①，陈西门坏。因其降民使修之②，孔子过而不式③。子贡执辔而问曰："《礼》：'过三人则下，二人则式。'今陈之修门者众矣,夫子不为式,何也④?"孔子曰:"国亡而弗知,不智也;知而不争,非忠也;亡而不死⑤,非勇也。脩门者虽众,不能行一于此,吾故弗式也。"《诗》曰:"忧心悄悄⑥,愠于群小⑦。"小人成群,何足礼哉?

【注释】①荆:国名,即楚国。②脩:通"修",修筑。③式:手肘凭靠着车子前面的横缘木,低下头来敬礼。④也:表示疑问的语气词,通"耶"。⑤亡:危亡。⑥悄悄:忧愁的样子。诗句出自《诗经·邶风·柏舟》。⑦愠:恨怒、生气。

【译文】楚国攻打陈国,陈国都城的西门因此损毁了。因而楚军命令投降的陈国人去修筑,孔子坐车子经过那儿,不向修整城门的人行礼。子贡执着马缰绳,问孔子说:"《礼》书上说:'乘车子从三个人的面前经过,就要下车;从两个人面前经过,就在车上行礼。'现在陈国修筑城门的人很多,老师不行礼,是为什么呢?"孔子说:"国家消亡了,但是却不知道,这算是不聪明的;明知国家灭亡了,但是却不起来反抗,这算是没有忠心的;国家危亡却不舍得牺牲性命,这算是不勇敢的。修整城门的人虽然多,而智、忠、勇这三种美德中,没有做到一种,所以我不对他们行礼致敬。"《诗经》说:"我的心总是忧愁、怨恨这般小人。"这类小人如此多,怎么值得我向他们行礼呢?

13.灭迹于人

传曰:喜名者必多怨,好与者必多辱①。唯灭迹于人,能随天地自然,为能胜理②,而无爱名;名兴则道不用,道行则人无位矣。夫利为害本,而福为祸先。唯不求利者为无害,不求福者为无祸。《诗》曰:"不忮不求③,何用不臧④。"

【注释】①与:可当作"誉",声誉。②胜理:把握事理。胜:任,把握。③忮:嫉害。求:贪求。诗句出自《诗经·邶风·雄雉》。④臧:善。

【译文】书传记载说:喜好名声的人一定会遭受众人的怨恨,爱好声誉的人一定会遭受众人的侮辱。只有不在人世留下一点踪迹的人,才能依从天地自然运转的规律,把握事物的道理,而不会贪求虚无的名誉;名誉好的人是不用修道的,真正修道的人是不会看中名誉和地位的。利益是灾害的本源,福气是祸患的先导。只有不追求利益的人才不会遭受损害,不追求福气的人才不会遭遇祸患。《诗经》说:"不嫉害他人,不贪求利益,无论做什么事,都没有不好的。"

14.聪者自闻

传曰:聪者自闻,明者自见,聪明则仁爱著而廉耻分矣。故非道而行之①,虽劳不至;非其有而求之,虽强不得②。故智者不为非其事，廉者不求非其有，是以害远而名彰也。《诗》云："不忮不求，何用不臧。"

【注释】①非道而行之：别版作"非其道而行之"，这样和下文"非其有而求之"对应成文。②强：勉强。

【译文】书传记载说：耳朵灵敏的人能辨别自己说出的话的是非，眼睛敏锐的人能看出自己行为的得失，耳聪目明的人仁爱的心能够彰显，还能够分辨廉耻。所以去做不合正道的事情，虽然劳苦但不会达到目的；追求不应有的东西，虽然尽了力也不会得到。所以聪明的人不去做不应当做的事情，清廉的人不去追求不应有的东西，所以能够远离祸害而声名彰显。《诗经》说："不妒忌别人，不贪求非分的东西，不论做什么事都没有不好的。"

15.安命养性

传曰：安命养性者，不待积委而富①；名号传乎世者，不待势位而显。德义畅乎中而无外求也②。信哉！贤者之不以天下为名利者也。《诗》曰："不忮不求，何用不臧。"

【注释】①积委：积蓄。②畅：通达。

【译文】书传记载说：安于天命、存心养性的人，不需要等待积蓄了财宝才富裕起来；名声流传于世间的人，不需等待有了权势地位才显达起来。因为美好的道德信义充满心中而不需要向外去寻求。令人信服啊！有德行的人不需以拥有天下才获得名和利。《诗经》说："不妒忌别人，不贪求非分的东西，不论做什么事都没有不好的。"

16.同声相应

古者，天子左五钟①。将出，则撞黄钟②，而右五钟皆应之。马鸣中律③，驾者有文，御者有数。立则磬折④，拱则抱鼓⑤，行步中规，折旋中矩。然后太师奏升车之乐⑥，告出也。入则撞蕤宾⑦，以治容貌。容貌得则颜色齐⑧，颜色齐则肌肤安⑨。蕤宾有声，鹄震马鸣⑩，及倮介之虫⑪，无不延颈以听。在内者皆玉色⑫，在外者皆金声⑬。然后少师奏升堂之乐⑭，即席告入也⑮。此言音乐有和，物类相感⑯，同声相应之义也。《诗》云："钟鼓乐之⑰。"此之谓也。

【注释】①天子左五钟：别版作"天子左右五钟"。古时音乐分为十二律，阳律有六，即黄钟、大簇、姑洗、蕤宾、夷则、无射。阴律有六：即林钟、南吕、应钟、大吕、夹钟、中吕。依照二律各造一钟。天子的宫殿，把黄钟、蕤宾悬挂在南面和北面，其它十个钟分别悬挂在东面和西面。②黄钟：钟，通"锺"。③中：合。④磬折：身体偻曲像磬背一般。磬：乐器，用玉石做成，形状好像矩。⑤拱：拱手，两手相合以表示敬意。⑥太师：乐官长。⑦蕤宾：十二律之一。别版这句后有"而左五钟皆应之"。⑧得：得体，恰如其分。⑨齐：庄重肃敬。⑩鹄：鸟名，一名天鹅。震：通"振"。指鹄鸟振翅而飞。⑪倮：同"裸"，同无羽毛鳞介蔽身的动物叫倮虫。介：有甲壳蔽体的动物叫介虫。⑫玉色：玉的颜色是不变的，用来比喻人的操行坚贞。⑬金声：声音浑厚优美,用来比喻人的言语。金:指钟镈之类。⑭少师:乐官,职位比太师低。⑮即席:就位。⑯物类:同类的事物。⑰钟鼓乐之:用钟鼓奏乐使他快乐。诗句出自《诗经·周南·关雎》。

【译文】古时,天子宫殿的左边悬挂有五口大钟。天子要外出的时候,就敲击黄钟,随后右边五口钟,就会跟黄钟相应和。这时马鸣声合于音律,骑马的人有节度,驾车的人有礼数。站立的人身体像磬一般偻曲着,拱手的人像怀抱着鼓,行走合于规,转身合于矩。接着太师奏起出车的乐曲,宣告天子准备外出了。天子回来的时候,就敲击蕤宾,左边五口钟跟蕤宾相和应,用来整饰仪容。仪容得体,面容气色就庄重肃敬,面容气色庄重肃敬,身体就安适。蕤宾发出声音,使得鹄鸟张开翅膀飞起来,马也鸣叫,甚至各种动物没有不伸长脖子静听的。每个人受了感应,使得内在的德行像玉般润泽坚贞,外在的说话声像钟镈般浑厚优美。然后少师奏起登堂的乐曲,宣告天子要进来了。这就是说声乐间互相调和,同类的事物互相感应,同类的声音相互应和的道理。《诗经》说:"敲击着钟鼓使他快乐。"就是这个意思。

17.枯鱼衔索

枯鱼衔索①,几何不蠹②!二亲之寿,忽如过隙③;树木欲茂,霜露不凋使;贤士欲成其名,二亲不待。家贫亲老,不择官而仕。《诗》曰:"虽则如毁,父母孔迩④。"此之谓也。

【注释】①枯鱼:不得水而干死的鱼。②蠹:败坏,腐烂。③忽如过隙:忽:迅速。过隙:出于《庄子》,原文作"白驹过郤"。郤,通"隙"。意为像白色强壮的马奔驰过缝隙一般迅速。一说白驹是日影。④毁:毛诗、韩诗当作"燬",烈,火。迩:近。诗句出自《诗经·周南·汝坟》。

【译文】干死的鱼挂在绳索上,没有多久就腐烂了。双亲的年寿,像骏马在细小的缝隙前跑过一样很快就过去了;树木要长得茂盛,但是霜露却不让它这样;贤士想成名后奉养父母,但双亲的年纪大了,等不到他成名。所以家里贫穷,双亲老了,就不能选择好的官职才去做。《诗经》说:"虽然明知王室政治像烈火一般暴虐,但仍然有人不顾这些去任职,是因为父母迫近饥寒的缘故。"说的就是这个道理。

18.可无忧与

孔子曰:"君子有三忧:弗知①,可无忧与?知而不学,可无忧与?学而不行,可无忧与?"《诗》曰:"未见君子,忧心惙惙②。"

【注释】①知:见闻,知识。②惙惙:深忧的样子。诗句出自《诗经·召南·草虫》。

【译文】孔子说:"君子有三项忧愁:没有知识,可不会忧愁吗?知道自己没有知识又不去学习,可不会忧愁吗?已经学了,但是却不能学以致用,可不会忧愁吗?"《诗经》说:"没有见到君子,我的心非常担忧。"

19.其母不哭

鲁公甫文伯死①,其母不哭也②。季孙闻之③,曰:"公甫文伯之母,贞女也④。子死不哭,必有方矣⑤。"使人问焉。对曰:"昔,是子也,吾使之事仲尼。仲尼去鲁,送之,不出鲁郊;赠之,不与家珍;病,不见士之视者⑥;死,不见士之流泪者;死之日,宫女缞绖而从者⑦,十人。此不足于士,而有余于妇人也。吾是以不哭也。"《诗》曰:"乃如之人兮⑧,德音无良⑨。"

【注释】①公甫文伯:春秋鲁国大夫,季孙斯的堂兄弟,姓公甫,一作公父,名歜。②其母:公甫文伯的母亲是敬姜,莒国人。③季孙:指季孙斯,春秋鲁国的大夫。④贞女:有贤德的女子。贞:正。⑤方:道理。⑥病,不见士之亲者:别版作"病,不见士之来亲者"。⑦缞绖:丧服。缞:用麻布做成的衣服。绖:用麻或葛布系在头上或腰上。从:谓随从他而死。⑧之人:这个人。⑨德:品德行为。音:语言。良:好。诗句出自《诗经·邶风·日月》。

【译文】鲁国的大夫公甫文伯死去了,他的母亲敬姜没有哭泣。季孙斯听到这件事,说:"公甫文伯的母亲,是一个非常贤德的女子。儿子死去了却不痛哭,这里面一定是有原因的。"于是就派人去询问。公甫文伯的母亲回答说:"从前,我这个儿子啊,我叫他侍奉孔子。孔子离开鲁国,他送孔子,没有送出都城的郊外;赠送礼物,也没有把家里的珍宝送给孔子;他生病的时候,没有看见士人来探视;死了,没有看见士人流过眼泪;死的那一天,宫女穿着丧服随他而死的，一共有十个人。可见他平时没有礼貌地对待士人，但是却过分偏爱妇人，我因为这些事没有哭泣。"《诗经》说："可见这个人啊，品行和言语都不好。"

20.天地有合

传曰：天地有合，则生气有精矣①；阴阳消息②，则变化有时矣③；时得则治，时失则乱。故人生而不具者五④：目无见，不能食，不能行，不能言，不能施化⑤。三月微的⑥，而后能见；七月而生齿，而后能食；朞年髑就⑦，而后能行；三年脑合⑧，而后能言；十六精通，而后能施化。阴阳相反⑨，阴以阳变⑩，阳以阴变。故男八月生齿，八岁而龆齿⑪，十六而精化小通。女七月生齿，七岁而齔齿⑫，十四而精化小通。是故阳以阴变，阴以阳变。故不肖者⑬，精化始具，而生气感动，触情纵欲，反施化⑭，是以年寿亟夭⑮，而性不长也⑯。《诗》曰："乃如之人兮，怀婚姻也，太无信也，不知命也⑰。"贤者不然，精气阗溢⑱，而后伤时不可过也。不见道端，乃陈情欲以歌道义。《诗》曰："静女其姝⑲，俟我乎城隅，爱而不见⑳，搔首踟蹰㉑。""瞻彼日月，悠悠我思，道之云远，曷云能来㉒？"急时辞也，是故称之日月也。

【注释】①精：神灵、神明。②阴阳：宇宙间生长万物的二原理。阳数是单数，阴数是双数。男性的原理为阳，女性的原理为阴。消：灭。息：生。③时：四时，春夏秋冬。④具：完备。⑤施化：施行化育，指男女交媾，生育儿女。⑥微的：指婴儿双目略具视力。别版作"彻昫"，眼睛转动。⑦朞年：一年，朞，同"期"。髕就：别版作"膑就"，膝盖头长成。⑧脑：脑门，指脑盖顶上接缝处。⑨阴阳相反：阴穷转为阳，阳穷转为阴。反：转。⑩阴以阳变：阴凭藉阳数起变化。以：依凭。⑪齠齿：毁齿，乳齿脱落。⑫龀齿：更换牙齿。⑬不肖：不贤，没有德行的人。⑭反施化：别版作"反龀施化"。⑮亟：急促。夭：短折。⑯性：同"生"，生命。⑰命：寿命。⑱阒溢：充满。⑲静：贞洁沈静。姝：美好。俟：等待。⑳爱：隐蔽。㉑踟躅：踯躅，徘徊。诗句出自《诗经·静女》。㉒曷：什么时候。诗句出自《诗经·雄雉》。

【译文】书传记载说：天地之间相合，就会产生神明之气；阳阴增减盛衰，就有时节的变化；跟时节相合就得以安泰，跟时节相背就造成紊乱。所以人生下来没有具备的能力有五种：眼睛看不见东西，不会吃固体的食物，不会走路，不会说话，不会生育。经过三个月时间，眼睛能够感觉光亮，然后能看见东西，七个月后长出牙齿，然后能够吃固体食物；一年后，膝盖长成，然后能够行走；三年后，脑门已经合闭，就能说话；十六年后，精气开始通达，然后能够生育。阴阳的变化是相反相成的，阴凭借阳而起变化，阳凭借阴而起变化。所以男子生下来八个月后长出牙齿，八岁换牙齿，十六岁精气化育的能力成熟。女子生下来七个月后长出牙齿，七岁换牙齿，十四岁精气化育的能力成熟。所以男子是凭借双数而生长，女子是凭借单数而生长。所以，没有德行的人，精气化育的能力刚具备，容易被青春气息感动，触发了情怀，放纵情欲，寿数就会减少，寿命就不会长。《诗经》说："就是这个人啊！总思念着男女婚姻的事，太不专心诚实了，不知道放纵情欲会减少寿命。"有德行的人就不是这样，等到精气充沛了，然后才考虑别让爱情的时节溜过。因为没有看见实行正道的端绪,就陈述心里的情感和欲望,以歌颂正道。《诗经》上说:"娴静的姑娘长得真美丽,在城里的角落等着我,城墙遮住了她而我看不见,我搔着头徘徊着。""抬起头仰望那太阳和月亮,引起我悠悠的思念,道路那么遥远,你什么时候能够回来呢?"这是在急迫的时候所说的话,因此诗人在诗里称之为太阳和月亮。

21.有仕之善

楚白公之难①,有仕之善者②,辞其母,将死君③。其母曰:"弃母而死君,可乎?"曰:"闻事君者,内其禄而外其身④。今之所以养母者,君之禄也,请往死之。"比至朝⑤,三废车中⑥。其仆曰:"子惧,何不反⑦也?"曰:"惧,吾私也;死君,吾公也。吾闻君子不以私害公。"遂往死之。君子闻之曰:"好义哉!必济矣夫⑧!"《诗》云:"深则厉⑨,浅则揭⑩。"此之谓也。

【注释】①白公之难:春秋楚国太子建的儿子,名胜,封于白,因此称为白公。楚惠王骊逐太子建,白公杀令尹子西,惠王出奔,后叶公高率领国人诛白公,迎接惠王返国。②仕之善:姓庄,名之善,生平未详。③死君:为国君效死。④内:同"纳"。外:遗弃,牺牲。⑤比:近,将近。朝:朝廷。⑥废:坠,跌倒。⑦反:同"返",回去。⑧济:达成。⑨厉:不脱衣服涉水。⑩揭:撩起衣服涉水。诗句出自《诗经·邶风·匏有苦叶》。

【译文】楚国白公胜作乱时,有一个名叫庄之善的人,辞别他的母亲,说要为国君牺牲。他的母亲说:"抛弃了母亲,为国君牺牲生命,这样做可以吗?"庄之善回答说:"我听说侍奉国君的人,接受国君的俸禄就要为国君而牺牲。现在我用来供养母亲的,是国君给我的俸禄,请您让我前往战场去为国君牺牲。"将要到达朝廷时,他好几次跌倒在车上。他的仆人说:"您心里惧怕,为什么不返回呢?"庄之善回答说:"惧怕,是我个人的事;为国君牺牲,是我应该做的公事。我听说有德行的人不会因为个人私事而耽误国家的事。"他最终为国君牺牲了。当时有德行的人听到这件事,说:"多么崇尚正义的人啊!他一定能够达成愿望的呀!"《诗经》说:"水深的时候,就穿着衣服涉水;水浅的时候,就撩起衣裳涉水。"就是说的这个道理。

22.晋国之急

晋灵公之时①,宋人杀昭公②。赵宣子请师于灵公而救之③。灵公曰:"非晋国之急也。"宣子曰:"不然。夫大者天地,其次君臣,所以为顺也。今杀其君,所以反天地、逆人道也,天必加灾焉④。晋为盟主而不救⑤,天罚惧及矣。《诗》云:'凡民有丧⑥,匍匐救之⑦。'而况国君乎?"于是灵公乃与师而从之⑧。宋人闻之,俨然感说⑨,而晋国日昌⑩,何则?以其诛逆存顺。《诗》曰:"凡民有丧,匍匐救之。"赵宣子之谓也。

【注释】①晋灵公:春秋晋襄公的儿子,名夷皋,在位十四年。昏庸无道,人民不服,终被赵杀。②昭公:春秋宋成公的儿子,名杵白,无道,在位九年。人民不服，襄公夫人派遣卫伯杀之。③赵宣子：春秋晋国的大夫，名盾，赵衰的儿子。死后，谥为宣子，又称宣孟。④加：施与，降与。⑤盟主：诸侯盟会，主持其事的国君，叫做盟主。⑥丧：凶祸的事。⑦匍匐：手足并行，尽力的意思。诗句出自《诗经·邶风·谷风》。⑧与师：通"举"，发动、派出。⑨俨然：恭敬的样子。感说：感动而喜悦。说：通"悦"。⑩昌：兴盛。

【译文】晋灵公的时候，宋国人杀了自己的国君昭公。赵宣子请求灵公出师相救。晋灵公说："这对晋国来说不是一件紧要的事情。"赵宣子说："不对。宇宙间最伟大的是天地，其次是国君和臣子，天地君臣要有尊卑，这样才能上下有序。现在宋国人杀了自己的国君，这是违背天地规律，背叛为人的道义，上天一定会降下灾祸。晋国是天下诸侯盟会的首领，却不去拯救宋国，上天的惩罚恐怕就要降临了。《诗经》说：'凡是人民遇到灾祸，都要尽力去拯救他们。'何况是国君遇到灾祸呢？"于是，晋灵公就派出军队，一齐到宋国惩罚叛逆的人。宋国人听到这件事，既感动又喜悦，晋国也一天天地昌盛起来，这是什么缘故呢？因为他诛杀叛逆的人，保全遵循道义的人。《诗经》说："凡是人民遇到灾祸，都要尽力去拯救他。"赵宣子就是这样的人。

23.城削则崩

传曰：水浊则鱼喁①，令苛则民乱，城削则崩②，岸削则陂③。故吴起削刑而车裂④，商鞅峻法而支解⑤。治国者譬若乎张琴然，大弦急，则小弦绝矣。故急辔御者⑥，非千里之御也。有声之声，不过百里，无声之声，延及四海。故禄过其功者削，名过其实者损。

情行合而名副之⑦,祸福不虚至矣。《诗》云:"何其处也⑧?必有与也;何其久也?必有以也。"故惟其无为,能长生久视,而无累于物矣。

【注释】①喁:鱼口向上,露出水面。②削:削减。③陂:同"陀",堕落。④吴起:战国时卫国人,善于用兵。先后为鲁国、魏国、楚国的将领。削:通"峭",严厉。车裂:古时酷刑,将人的肢体分别缚在车上,曳引车身,把人体分裂。⑤商鞅:战国时卫国的庶公子,姓公孙氏,喜好刑名法术之学,为秦孝公相,定变法令,立富强之策,封于商,号商君。支:通"肢",肢体被分解。⑥辔:马缰绳。御:当作"衔",马的勒口具。⑦情:真情。行:行为。副:相称。⑧何其:为什么。处:谓处在这种境地。诗句出自《诗经·邶风·旄丘》。

【译文】书传记载说:如果水混浊,鱼就会露出水面呼吸;如果国家的法令苛刻,就会引起人民混乱;如果城墙撬薄了,就会崩溃;如果河岸被侵蚀了,就会塌陷坠落。所以吴起实行严厉的刑罚,最终自己被人用车子分裂而死,商鞅施行严酷的法令,终于自身被人分解而亡。治理国家好比弹奏琴一样,粗弦施张太急促了,细弦就会蹦断。所以驾御马的人把缰绳拉得太紧,就无法行走千里。有声响的声音,不过传至一百里远,没有声响的声音,可以传遍天下。所以俸禄超过功劳就会被减少,名声超过才能就会被削减。内心与行为相一致,跟名声就相称,灾祸或者幸福都不会无缘无故地到来。《诗经》说:"为什么会处在这样的境地呢?一定有它的道理;为什么能这样长久下去呢?一定有它的原因。"所以人只有不超越客观实际而为,才能够高寿且耳目不衰,不会被外界的事物牵累。

24.衣服容貌

传曰：衣服容貌者，所以说目也①；应对言语者②，所以说耳也；好恶去就者，所以说心也。故君子衣服中③，容貌得④，则民之目悦矣；言语逊⑤，应对给⑥，则民之耳悦矣；就仁去不仁，则民之心悦矣。三者存乎身，虽不在位⑦，谓之素行⑧。故中心存善而日新之⑨，虽独居而乐，德充而形⑩。《诗》曰："何其处也？必有与也。何其久也？必有以也。"

【注释】①说：通"悦"，喜悦。②应对：应诺对答。③中：适宜。④得：得体。⑤逊：谦逊。⑥给：敏捷。⑦在位：居于高位，做大官。⑧素行：守着本来的分位来行事。是《中庸》"素其位而行"简略成的一个词。素：本来。用作动词，意为守其本分。⑨日新：每天求进步。新：革新。⑩形：显著。

【译文】书传记载说：服装容貌，是让人们看了眼睛觉得舒适；对答言语，是让人们听了耳朵觉得舒适；令人喜好或是厌恶的事，该做的去做，不该做的不去做，这样会使人感到高兴。所以有德行的人穿衣服很得体，容貌很适宜，人们看了，眼睛就感到舒适；说话谦虚对答如流，人们听了，耳朵就感到舒畅；做合于仁道的事，不做违背仁道的事，那么人们就感到高兴。具备了这三种德行，虽然没有做大官，可以说是能守着本分行事。所以心中能保存天所赋予的善念，每天都追求进步，这样虽然只是一个人住着，也能自得其乐，充实的德行就自然显露出来。《诗经》说："为什么会处在这样的境地呢？一定有它的道理；为什么能这样长久下去呢？一定有它的原因。"

25.仁道有四

　　仁道有四：礠为下①。有圣仁者②，有智仁者③，有德仁者④，有礠仁者。上知天，能用其时；下知地，能用其财；中知人，能安乐之：是圣仁者也。上亦知天，能用其时；下知地，能用其财；中知人，能使人肆⑤之：是智仁也⑥。宽而容众，百姓信之；道所以至⑦，弗辱以时⑧：是德仁者也。廉洁直方，疾乱不治⑨，恶邪不匡⑩；虽居乡里，若坐涂炭⑪；命入朝廷，如赴汤火⑫；非其民不使，非其食弗尝；疾乱世而轻死，弗顾弟兄；以法度之，比于不详⑬：是礠仁者也。传曰：山锐则不高，水径则不深⑭，仁礠则其德不厚，志与天地拟者其人不祥。是伯夷、叔齐、卞随⑮、介子推⑯、原宪、鲍焦⑰、袁旌目、申徒狄之行也⑱，其所受天命之度，适至是而亡⑲，弗能改也。虽枯槁弗舍也⑳。《诗》云："亦已焉哉㉑！天实为之，谓之何哉！"礠仁虽下，然圣人不废者，匡民隐括㉒，有在是中者也。

　　【注释】①礠：通"廉"，廉洁。②圣：通达事理。③智：智慧，聪明。④德：修养有得于心。⑤肆：正直。⑥是智仁也：别版作"是智仁者也"。⑦至：到达。⑧弗辱以时：不屈辱自己，随从世俗。辱：屈。以：于。⑨疾乱：痛恨紊乱。⑩匡：矫正。⑪涂炭：泥土和炭灰。⑫汤火：热水和烈火。⑬比：接近。不详：不吉利。详：通"祥"。⑭径：平直。⑮卞随：夏朝人，汤以天下让之,不受,自投桐水而死。⑯介子推:春秋晋国人,亦称 介之推。曾随从晋文公逃亡到国外十九年,晋文公回国,赏赐随从逃亡的人,没有赏赐介之推,介之推亦不提起,于是与其母隐居于绵山。文公用火烧山,介之推竟不出来,被烧死。⑰鲍焦:周时耿介之士。⑱申徒狄:商朝贤人,姓申徒,名狄。⑲适至是而亡:亡,别版作"己"字。⑳枯稿:别版作"枯槁"。指人的身体瘦瘠而缺少生机。㉑已焉:既然。诗句出自《诗经·邶风·北门》。㉒隐括:即檃栝,矫正弯曲的器具。

【译文】仁道有四种,用清廉来实行仁道的是最低等的一种。有用圣明来践行仁道的人,有用智慧来践行仁道的人,有用德行来践行仁道的人,有用清廉来践行仁道的人。在上知道天道,就能够利用天时;在下知道地理,就能够利用土地所出产的财物;在中知道人事,就能够让人民过着安乐的生活:这就是用圣明来实现仁道的人。对上也知道天道,能够利用天时;对下知道地理,能够利用土地出产的财物;对世间知道人事,能够让人民正直:这是用智慧来实现仁道的人。气量极大,能够容纳民众的意见,老百姓全都信任他;能够完成仁道,不委屈自己,迁就于世俗:这是用德行来实现道的人。清廉高洁大方正直,痛恨混乱,但是没去治理它;厌恶淫邪的人,可是没去矫正它;虽然居住在乡间,好像坐在泥土、炭灰上面;国君命令他到朝廷去做官,好像要他到水深火热当中;不是他的人民不去使唤,不是他应当吃的食物不去尝;疾恨混乱的时代而轻易去死,连他的兄弟也不去照顾;用礼法衡量他,他的行为达不到理想的效果:这是用清廉来实现仁道的人。书传记载说:尖锐的山不容易变得高峻,直流的水不容易形成深渊,只是以清廉实行仁道的人,他的德行就不会深厚,志向要与天地相比的人将会不吉祥。这些正是伯夷、叔齐、卞随、介子推、原宪、鲍焦、袁旌目、申徒狄等人的行为，他们接受天所赋予的限度，只是恰好到了这个地步，这是不能改变的。即使消瘦而死去，他们也不舍弃。《诗经》说："既然已经如此！实在是上天的安排，还讲什么呢？"以清廉来实现仁道虽然是最低等的，但是圣人也不愿废弃，因为至少可以作为一种匡正人民的工具，有这样的效果也算是一种中规中矩的方法。

26.自投于河

申徒狄非其世，将自投于河。崔嘉闻而止之①，曰："吾闻圣人仁士之于天地之间也，民之父母也。今为儒雅之故②，不救溺人，可乎？"申徒狄曰："不然。桀杀关龙逄③，纣杀王子比干④，而亡天下。吴杀子胥⑤，陈杀泄冶⑥，而灭其国。故亡国残家，非无圣智也，不用故也。"遂抱石而沉于河。君子闻之，曰："廉矣！如仁欤？则吾未之见也。"《诗》曰："天实为之，谓之何哉⑦？"

【注释】①崔嘉：人名，生平不详。②儒雅：风度温文尔雅。别版作"濡足"。濡足，脚被水沾湿。③桀：夏朝君王，暴虐无道，宠爱妃子妹喜，作酒池糟丘，在深谷中作长夜饮。关龙逄谏，桀杀，诸侯叛桀附汤，汤伐桀，桀败走，死于南巢，在位五十三年国亡。④纣：纣王，商朝的君王，名受，姓子。后世称他为"帝辛"。他是商朝第三十二位君王，在位三十年，是历史上最暴虐的君王之一。他性情暴虐，因而被人称为"商纣王"，"纣"形容的就是他纣虐无道。比干：纣王的叔父。纣王好酒淫乐，宠爱妃子妲己，比干谏，纣王杀之，百姓怨恨，诸侯背叛。周武王伐纣，纣兵败逃往鹿台，赴火死。在位五十三年,国亡。⑤吴:周时国名。周太王长子泰伯居吴,在今江苏省无锡县梅里,本为伯爵,传至寿梦,称王,疆土扩大,据有淮水泗太以南至浙江省嘉湖之境。传至夫差,被越国所灭。子胥:姓伍,名昌,春秋楚国人,父奢,兄尚,为楚平王所杀,子胥奔吴,辅佐吴王阖庐伐楚,攻入楚都郢,子胥掘平王墓鞭尸,以报父兄之仇。阖庐死,夫差立,伐越,大破之,越王句践请和,夫差许之,子胥谏,不听,后太宰伯嚭于夫差前进谗言,夫差赐子胥剑,令其自杀,胥遂自杀,其后九年,越灭吴。⑥陈:国名,周武王平定天下,求虞舜之后,封于陈。今河南省开封县以东,安徽省亳县以北皆其地。泄冶:春秋陈灵公时为大夫,因谏而死。⑦谓:奈何不得的意思。诗句出自出自《诗经·邶风·北门》。

【译文】申徒狄讽刺当时的社会腐败,将要投河自尽。崔嘉听说后就去制止他,说:"我听人家说圣人仁士生活在天地间,就是人民的父母。现在你为了表明自己斯文儒雅的原因,不去拯救落在水里的人,这样做可行吗?"申徒狄回答说:"不是的。当初夏桀杀掉关龙逢,商纣杀掉王子比干,因此葬送了天下。吴王夫差杀掉伍子胥,陈灵公杀掉泄冶,因此他们使国家灭亡。所以国家灭亡、家庭残破,并不是因为没有具有圣德和智慧的人,而是国君不任用他们的原因。"于是他就抱着一块石头投河自尽了。君子听到这件事后,说:"多么清廉啊!如同仁吗?我还没有看出他具备这种德行呢。"《诗经》说:"实在是上天作出的安排,还能说些什么呢?"

27.衣弊肤见

鲍焦衣弊肤见①,挈畚持蔬②,遇子贡于道。子贡曰:"吾子何以至于此也?"鲍焦曰:"天下之遗德教者众矣,吾何以不至于此也?吾闻之:世不己知而行之不已者,爽行也③;上不己用而干之不止者,是毁廉也④。行爽毁廉,然且弗舍⑤,惑于利者也。"子贡曰:"吾闻之:非其世者⑥,不生其利;污其君者⑦,不履其土。非其世而持其蔬。《诗》曰:'溥天之下⑧,莫非王土。'此谁有之哉?"鲍焦曰:"于戏⑨!吾闻贤者重进而轻退⑩,廉者易愧而轻死。"于是弃其蔬而立槁于洛水之上⑪。君子闻之,曰:"廉夫!刚哉!夫山锐则不高,水径则不深。行磏者德不厚,志与天地拟者,其为人不祥。鲍焦可谓不祥矣!其节度浅深,适至于是矣!"《诗》云:"亦已焉哉!天实为之,谓之何哉?"

【注释】①衣弊肤见:穿着破衣,皮肤现露出来。弊:通"敝",破败。见:同"现",露出。②挈:提。畚:用草或竹木制成盛物的器具。持:别版作"捋",采取的意思。③爽行:错误的行为。爽:差错,过错。④干:求。⑤舍:休止。⑥非:诋毁。⑦污:指摘。⑧溥:遍。诗句出自《诗经·小雅·北山》。⑨于戏:同"呜呼",感叹词。⑩重进而轻退:这里是不做官的意思。重:不轻率。进:前进,这里解为出去做官的意思。退:退后。⑪洛水:水名。发源于陕西省雒南县冢岭山,进入河南省境,经过巩县,流入黄河。

【译文】鲍焦穿着破衣服皮肤也露了出来,他提着畚箕拿着蔬菜,在路上遇到了子贡。子贡说:"你为什么沦落到这种地步呢?"鲍焦说:"世上放弃道德教化的人很多,我怎么不会沦落到这种地步呢?我听人家说:世人不了解,可是自己仍然不停地去做,这是错误的行为;朝廷不重用,可是自己仍然不停地去追求,这是败坏了清廉的德行。一个人行为有过失,清廉的德行被败坏,可是仍然不停止,是被利益所迷惑。"子贡说:"我也听人家说:批评社会弊病的人,就不从社会获取利益;指摘君主昏聩的人,就不立足君主的土地。现在你批评社会弊病,可是拿着君王土地长出的蔬菜。《诗经》说:'普天之下没有一块土地不是天子的。'你所立足的土地,所拿的蔬菜,这是属于谁的呢?"鲍焦说:"唉!我听说:有德行的人不随意去做官,会轻易辞去官职;清廉的人容易感到羞耻,会轻易选择去死。"因此他抛弃了蔬菜,站在洛水旁边开始绝食,最后像草木般枯萎而死。君子听到这件事,说:"多么清廉的人!多么刚毅的人啊!尖锐的山,不容易变得高峻;直流的水,不容易形成深渊。只是以清廉实行仁道的人,他的德行就不会深厚,志向要跟天地一样,这个人是不吉祥的。鲍焦可以说是不幸的人啊!他禀承上天所赋予命运的限度,只能达到这样的地步了。"《诗经》说:"既然这样!实在是上天作出的安排,还能说些什么呢?"

28.周道之盛

昔者,周道之盛,邵伯在朝①,有司请营邵以居②。邵伯曰:"嗟!以吾一身而劳百姓,此非吾先君文王之志也③。"于是,出而就蒸庶于阡陌陇亩之间④,而听断焉⑤。邵伯暴处远野,庐于树下⑥,百姓大悦,耕桑者倍力以劝⑦。于是,岁大稔⑧,民给家足⑨。其后在位者骄奢,不恤元元⑩,税赋繁数⑪,百姓困乏,耕桑失时。于是诗人见召伯之所休息树下,美而歌之。《诗》曰:"蔽芾甘棠⑫,勿剪勿伐⑬,召伯所茇⑭。"此之谓也。

【注释】①邵伯:周文王的庶子,名奭,食采于召。成王时,为三公,与周公以陕为界,分别治理,为二伯,故又称召伯。②有司:主管事务的官吏。③文王:姓姬,名昌,周武王的父亲。殷纣是为西伯,积善行仁,诸侯多归服。三分天下有其二,武王统一天下,追尊为文王。④蒸庶:谓百姓。蒸:通"烝",众多。庶,众多的意思。阡陌:田间小路。陇亩:田亩。⑤听断:审理诉讼。⑥庐:居住。⑦劝:勉励。⑧大稔:丰年。稔,谷熟。⑨给:充足。⑩恤:顾虑、怜悯。元元:百姓。⑪数:类,屡次。⑫蔽芾:树木茂盛掩覆的样子。甘棠:棠梨。诗句出自《诗经·召南·甘棠》。⑬剪:剪枝叶。伐:砍伐条干。⑭茇:本意在草中止息,引申为在树下休息。

【译文】从前,周朝国运兴盛的时候,邵伯在朝为官,办理建筑事务的官吏请求邵伯在邵地建筑宫殿,让邵伯居住。邵伯说:"唉!为了我一个人的舒适而劳苦百姓,这不是我们先君文王的心愿啊。"因此,他离开朝廷到田间和百姓中去,审理他们的诉讼案件。邵伯露天居住在远郊野外,在树下居住,百姓十分高兴,耕田养蚕的人用双倍的力量努力生产。于是,谷物获得了大丰收,百姓家家丰衣足食。而邵伯以后,在位的官员骄淫奢侈,不体恤老百姓,所收赋税繁多,百姓穷困贫乏,耕田养蚕都不能赶上农时。当时诗人看见邵伯曾经在下面休息过的那棵树,就作诗歌颂邵伯。诗中这样说:"枝繁叶茂的甘棠啊!不要剪去它的枝叶,不要砍伐它的树干,因为召伯曾经在这树下休息过。"说的就是这件事。

卷 二

29.庄王围宋

楚庄王围宋①,有七日之粮,曰:"尽此而不克②,将去而归。"于是使司马子反乘堙而窥宋城③,宋使华元乘堙而应之④。子反曰:"子之国何若矣?"华元曰:"惫矣!易子而食之,析骸而爨之⑤。"子反曰:"嘻⑥!甚矣惫。虽然,吾闻围者之国,箝马而抹之⑦,使肥者应客。今何吾子之情也⑧?"华元曰:"吾闻君子见人之困则矜之⑨,小人见人之困则幸之⑩。吾望见吾子似于君子,是以情也。"子反曰:"诺。子其勉之矣⑪!吾军有七日粮尔!"揖而去。子反告庄王,庄王曰:"若何?"子反曰:"惫矣!易子而食之,析骸而爨之。"庄王曰:"嘻!甚矣惫。今得此而归尔。"子反曰:"不可。吾已告之矣,曰:军亦有七日粮尔。"庄王怒曰:"吾使子视之,子曷为而告之⑫?"子反曰:"区区之宋⑬,犹有不欺之臣,何以楚国而无乎?吾是以告之也。"庄王曰:"虽然,吾子今得此而归尔⑭。"子反曰:"王请处此,臣请归耳。"王曰:"子去我而归,吾孰与处乎此⑮?吾将从子而归。"遂师而归⑯。君子善其平已也⑰,华元以诚告子反,得以解围,全二国之命。《诗》云:"彼姝者子,何以告之⑱?"君子善其以诚相告也。

【注释】①楚庄王围宋:《春秋》记载,宣公十四年秋九月,楚庄王围宋。楚庄王:春秋诸侯,穆王子,名侣,有雄才,曾灭庸,克宋,伐陈,围郑,与晋国争霸,在位二十三年。宋:国名,在今河南省商丘县,本为商帝乙子启(微子)的封地,武王灭商,封纣子武庚于此。成王时,武庚叛,仍以其地封微子,爵为宋公。②克:胜。③司马:官名,掌管军事。子反:春秋楚公子熊侧的字。闉:小门。别版作"堙",登城的器具。④华元:春秋宋人,华督的曾孙,历事文、共、平三君。⑤枅骸:斫开人的骨头。骸:人骨。爨:炊。⑥嘻:惊惧声。⑦箝:用木条卡在马口中。箝马而秣之:把草料放在马的嘴里,将木条卡在马口中,使它吃不下草料,别人见了,以为还有充足的粮草。秣:别版作"秩"。秩:饲养。⑧情:暴露实情。⑨矜:怜悯。⑩幸:感到庆幸。⑪其:表示劝勉的语气词。勉:努力,谓努力坚守着城。⑫曷为:为什么。⑬区区:小的意思。⑭吾子今得此而归尔:别版作"吾得此而归尔"。⑮孰:谁,什么人。⑯遂师而归:别版作"遂帅师而归"。帅:通"率",领导。⑰平:使平和。⑱姝:美丽。诗句出自《诗经·鄘风·干旄》。

【译文】楚庄王率兵包围了宋国,到后来军中只剩下七天的粮草,楚庄王说:"如果吃完了这些粮草还不能攻下宋城,我们就带领将士离开此地回国。"于是派遣司马子反爬过城门,蹬上土岗窥视宋国的营寨,宋国大将华元也上土岗出来应对。子反说:"先生的国家现在怎么样?"华元说:"非常疲惫困乏啊!没吃的,各家把孩子交换着吃;没烧的,把骨骼拆开当柴火。"子反说:"唉!实在困乏疲惫到了极点啊!虽然如此,可我听说被围困的国家,把草料放在马的嘴里,用木条卡住马的嘴巴,不让它吃下去,用特别肥壮的回应来客。现在你为什么把真实的情形告诉我呢?"华元说:"我听人说:君子见人有危难就会怜悯,小人见人有危难就庆幸。我看您是个君子,所以以实情相告。"子反说:"说得对呀!你可要尽力去坚守啊!我们的军队里也只有七天的粮草了!"子反向华元作揖离去。子反回去报告庄王,庄王说:"宋国城里的情形怎么样呢?"子反说:"他们非常困乏疲惫!没吃的,各家把孩子交换着吃;没烧的,把骨骼拆开当柴火。"庄王说:"唉!确实困乏疲惫到了极点了啊!现在我们先轻而易举地取了宋国,然后再归朝。"子反说:"不可以。我已经告诉华元,说:我们的军队也只有七天的粮草罢了。"庄王生气地说:'我派遣你去察看宋国城里的情形,你为什么把我们的军队只有七天粮草的实情也告诉他们呢?"子反说:"小小的宋国,还有不骗人的臣子,为什么楚国却没有呢?所以我把我们的真实情形告诉了他。"庄王说:"即使这样,我现在仍可以攻下宋国的都城,然后归朝呢!"子反说:"君王请留在这里,让我先归朝。"庄王说:"你离开我归朝,我和谁留在这儿呢?我将跟你一起归朝。"于是率领将士回到楚国。有德行的人赞美子反和华元使得两国得以和平,华元把宋国的实情告诉子反,使得宋国解困,保全了两国人的生命。《诗经》说:"那个美好的人,我将告诉他什么呢?"有德行的人赞美他们以真情相告。

30.婴相从绩

鲁监门之女婴相从绩①,中夜而泣涕②。其偶曰③:"何谓而泣也④?"婴曰:"吾闻卫世子不肖⑤,所以泣也。"其偶曰:"卫世子不肖,诸侯之忧也,子曷为泣也⑥?"婴曰:"吾闻之异乎子之言也。昔者,宋之桓司马得罪于宋君⑦,出于鲁⑧,其马佚而骤吾园⑨,而食吾园之葵⑩,是岁,吾闻园人亡利之半。越王勾践起兵而攻吴⑪,诸侯畏其威,鲁往献女,吾姊与焉⑫,兄往视之,道畏而死⑬。越兵威者,吴也;兄死者,我也。由是观之,祸与福相反也⑭。今卫世子甚不肖,好兵,吾男弟三人,能无忧乎?"《诗》曰:"大夫跋涉⑮,我心则忧。"是非类与乎⑯?

【注释】①监门:官名,守城门的小官。婴:女孩的名字。绩:缉麻成线。②中夜:半夜。③偶:同伴。④何谓:为什么。谓:通"为",何为。⑤卫:国名,周武王封其弟康叔于卫。世子:天子诸侯的嫡子。不肖:不贤。⑥曷为:为什么。曷:何,何为。⑦桓司马:桓魋,春秋宋国人,为宋国司马。桓司马得罪于宋君,事见《春秋》。⑧出:逃亡。⑨佚:通"逸",逃奔。骤:马在地上打滚。⑩葵:指莬葵,植物名,古时多取为蔬菜,茎紫黑色,花白色。⑪勾践:春秋越国国君,父允常,曾与吴王阖闾相怨伐,允常死,勾践即位,败吴师于樵李,后为吴王夫差所败,投降,矢志报仇,终灭吴国。⑫与:参与。⑬道畏:道路上遇见可畏的事物,如强盗等。⑭反:别版作"及"。⑮跋涉:不问水的浅深,直前济渡,视水行如陆行。诗句出自《诗经·鄘风·载驰》。⑯与:通"欤"。

【译文】鲁国看守城门者的女儿叫婴,她和同伴一起纺麻线,半夜里却哭泣起来。她的同伴问:"你为什么而哭呢?"婴说:"我听说卫国的世子不肖,所以哭泣。"她的同伴说:"卫国的世子不肖,这是诸侯君王所担忧的事,您为什么哭泣呢?"婴说:"我听说的和您说的不一样。从前,宋国的桓司马得罪了宋国的国君,出逃到鲁国,他的马逃到我的菜园子里打滚,还吃了我园子里的葵菜。这一年,我听的人损失了一半的收成。越王勾践起兵攻打吴国,各诸侯国畏惧他的威势,鲁国把美女呈献给越王,我的妹妹在其中啊。我的哥哥前去越国探视她,却在路上惊悸而死。越国的军队攻打的是吴国,可是死掉的是我的哥哥啊。由此看来,人的祸和福是互相关联的。现今卫国的世子很不肖,喜好战争,我有三个弟弟,能不替他们担忧吗?"《诗经》说:"大夫不问水的深浅鲁莽渡河,我的内心就忧愁起来。"这难道不是同类的事情吗?

31.夫嫁娶者

高子问于孟子曰①:"夫嫁娶者,非己所自亲也。卫女何以得编于《诗》也②?"孟子曰:"有卫女之志则可,无卫女之志则怠③。若伊尹于太甲④,有伊尹之志则可,无伊尹之志则篡。夫道二⑤:常之谓经⑥,变之谓权⑦,怀其常道⑧,而挟其变权⑨,乃得为贤。夫卫女,行中孝⑩,虑中圣⑪,权如之何?"《诗》曰:"既不我嘉⑫,不能旋反。视尔不臧,我思不远。"

【注释】①孟子：名轲，字子舆，战国邹人（今山东邹县）。曾受业于孔子之孙子思，有《孟子》七篇传世，传述唐虞三代的德化。他继承并发挥了孔子的学说和思想，在中国古代成为仅次于孔子的最有影响的儒家宗师，从而获得了"亚圣"的称号。②卫女：指卫懿公女。在她未出嫁，齐国和许国同时来求婚，卫懿公想答应许国的婚事。他的女儿请傅母转告懿公，说："齐国大而且离卫国近，许国小而离卫国远，把我许配许国，卫国一旦有外患，有谁能够帮助呢？"卫懿公不听，最终把女儿嫁给许穆公。后来，狄人侵卫，大败之，卫国迁都于楚丘。当卫国战败时，许穆夫人吊问卫侯，而作《载驰》这首诗。③怠：怠慢，不合于礼。④伊尹：商时贤相，名挚。商汤王孙太甲即位，无道，伊尹放太甲于桐，经过三年，太甲悔过，伊尹迎归，还政于太甲。⑤道：这里指处事的方法。⑥经：正道，常理。⑦权：权宜，违反常规而作出适宜的临时措施。⑧怀：抱，坚守。⑨挟：持，把握。⑩中：合。⑪圣：通达事理。⑫嘉：美好。诗句出自《诗经·鄘风·载驰》。

【译文】高子问孟子说："出嫁和娶妻，不是儿女自己所能决定。为什么会把卫懿公女儿的诗编进《诗经》里呢？"孟子说："有卫懿公女儿的心志是可以的，没有卫懿公女儿的心志便是不合礼。就像伊尹对待太甲，有伊尹的心志是可以的，没有伊尹的心志便是篡权了。处理事情有两种方法：恒久不变的叫做经，变通合时宜的叫做权，一个人能够坚守着恒久的正道，把握变通而合时宜的措施，才算得是有才德的人。卫懿公的女儿，行为能合于孝道，思虑能通达事理，说她能把握权变怎么样？"《诗经》说："既然不肯赞同我的好计谋，不能回到故都去。已看出你过去的作为不妥善，我的思虑难道算不深远吗？"

32.听朝罢晏

　　楚庄王听朝罢晏①。樊姬下堂而迎之②,曰:"何罢之晏也?得无饥倦乎?"庄王曰:"今日听忠贤之言,不知饥倦也。"樊姬曰:"王之所谓忠贤者,诸侯之客欤?中国之士欤③?"庄王曰:"则沈令尹也④!"樊姬掩口而笑。庄王曰:"姬之所笑,何也?"姬曰:"妾得于王⑤,尚汤沐⑥,执巾栉⑦,振衽席⑧,十有一年矣。然妾未尝不遣人之梁郑之间⑨,求美女而进之于王也。与妾同列者,十人;贤于妾者⑩,二人。妾岂不欲擅王之宠哉⑪?不敢私愿蔽众美,欲王之多见则娱。今沈令尹相楚数年矣,未尝见进贤而退不肖也,又焉得为忠贤乎?"庄王旦朝,以樊姬之言告沈令尹,令尹避席⑫,而进孙叔敖⑬。叔敖治楚,三年,而楚国霸。楚史援笔而书之于策,曰:"楚之霸,樊姬之力也。"《诗》曰:"百尔所思⑭,不如我所之⑮。"樊姬之谓也!

　　【注释】①听朝:在朝廷治理国家的政事。②樊姬:楚庄王夫人,姓樊。③中国:国中。④沈令尹:沈是氏,或者是食邑,令尹是官名。⑤妾得于王:别版作"妾得侍于王"。妾:是妇人谦卑的称呼。⑥尚:执掌。汤沐:沐浴。⑦巾:拭布。栉:梳子。⑧振:通"整",整埋。衽席:席子。⑨之:到。⑩贤:胜过。⑪擅:专有。⑫避席:让位。别版作"辞位"。⑬孙叔敖:春秋楚国人,蔿贾的儿子,亦称蔿敖,性恭俭,是楚国贤能的令尹。⑭百尔:凡尔。诗句出自《诗经·鄘风·载驰》。⑮所之:所思虑的。

【译文】楚庄王在朝廷治理政事，退朝很晚。樊姬走下殿去迎接他，说："为什么退朝这么晚呢？难道不饥饿疲倦吗？"庄王回答说："今天听到忠贤的人的话，不觉得饥饿和疲倦。"樊姬又问道："大王所说的忠心贤明的人，是诸侯的门客呢？还是我们国内的士人呢？"楚庄王回答说："就是沈令尹啊！"樊姬用手遮住嘴巴笑了起来。庄王问道："樊姬你笑了，这是为什么呢？"樊姬回答说："我服侍大王，侍奉你沐浴，在旁边执持浴巾、梳子，整理床铺席子，已经有十一年了。但是我从没停止派遣人到梁国和郑国物色美丽的女子进献给大王。现在妃子中地位与我同等的，有十个人；地位超过我的，有两个人。我哪里不希望大王对我专宠呢？但是我不敢为了我个人专宠的愿望把许多美貌的女子隐藏起来，我是希望大王见到许多美女而心里感到快乐。沈令尹在楚国执政已经好几年了，没有看到他推荐贤明的人，罢黜不贤明的人，他怎么能算是忠诚贤明的人呢？"楚庄王第二天早晨上朝时，把樊姬这番话告诉了沈令尹，沈令尹自己让出职位，推荐孙叔敖为令尹。孙叔敖开始治理楚国，经过三年，楚国便称霸于诸侯。楚国的史官提笔在史书简策上这样记载："楚国能够称霸于诸侯，是樊姬的功劳。"《诗经》说："凡是你所想到的，不如我思考得那样深远。"说的便是樊姬啊！

33.见于夫子

闵子骞始见于夫子①，有菜色②，后有刍豢之色③。子贡问曰："子始有菜色，今有刍豢之色，何也？"闵子曰："吾出蒹葭之中④，入夫子之门,夫子内切瑳以孝⑤,外为之陈王法,心窃乐之⑥。出见羽盖龙旗旃裘旖相随⑦,心又乐之。二者相攻胷中⑧,而不能任,是以有菜色也。今被夫子之文寖深⑨,又赖二三子切瑳而进之。内明于去就之义,出见羽盖龙旗旃裘相随,视之如坛土矣⑩,是以有刍豢之色。"《诗》曰:"如切如瑳⑪,如琢如磨。"

【注释】①闵子骞:名损,字子骞,性孝友,春秋鲁国人,为孔子弟子,以德行著称。夫子:老师,这里指孔子。②菜色:饥饿的脸色。③刍豢之色:润泽的脸色。食草的动物叫做刍,如牛羊等;食谷类的动物叫做豢,如犬豕等。④蒹葭:草名,是价值低贱的水草。指村野鄙陋地方。⑤切瑳:喻师生或朋友间讨论学问。这里作教导解。⑥窃:私自。⑦羽盖:用翠鸟羽毛被覆的车盖。旂:今作"旗",画龙的旗子。裘旖:当作"旖裘"。旖:通"毡",用毛织制的衣服叫毡裘。⑧胷:同"胸"。⑨文:别版作"寖"。寖:渐。⑩坛土:别版作"粪",粪土,污浊的泥土,言其可厌恶。⑪瑳:同"磋",锉平。诗句出自《诗经·卫风·淇奥》。

【译文】闵子骞刚开始接受孔子的教化时,呈现出营养不良的脸色,后来脸色变得红润有光泽。子贡问道:"你以前是营养不良的脸色,现在变得润泽,这是什么原因呢?"闵子骞回答说:"我生长在村野僻远的地方,来到老师的门下,老师教导我在家如何孝顺父母,在朝中学习圣王治理国家的方法,心中私下感到快乐。出去看见达官贵人坐在华丽的车上,前后龙旗飘扬,穿着高雅华丽服饰的官吏在后面跟随着,心里更加喜悦。这两种快乐的事在我心中互相纠结,太过兴奋而不能承受,因此脸上现出干枯的颜色。现在我接受老师的教育渐渐深刻,又跟同学们一起探讨切磋,学问长进了。心中能够明辨去留的道理，到外面看见华丽的车子上飘扬着龙旗，穿着高贵衣服的官吏跟随着，就好像看到秽浊的泥土一般，因此脸上现出润泽的颜色。《诗经》说："好像治理骨角一般，先用刀斧切开，再用锉刀挫平，好像雕刻玉石一般，先用锤凿雕琢，再用砂石磨光。"

34. 星坠木鸣

传曰："雩而雨者①，何也？"曰："无何也，犹不雩而雨也。""星坠木鸣，国人皆恐，何也？""是天地之变，阴阳之化，物之罕至者也。怪之，可也；畏之，非也。夫日月之薄蚀，怪星之党见②，风雨之不时，是无世而不尝有也。上明政平，是虽并至，无伤也；上闇政险③，是虽无一，无益也。夫万物之有灾，人妖最可畏也。"曰："何谓人妖？"曰："枯耕伤稼④，枯耘伤岁⑤。政险失民，田秽稼恶⑥，籴贵民饥⑦，道有死人，寇盗并起，上下乖离⑧，邻人相暴⑨，对门相盗，礼义不修⑩，牛马相生，六畜作妖⑪，臣下杀上，父子相疑。是谓人妖⑫，是生于乱。"传曰："天地之灾，隐而废也⑬；万物之怪，书不说也⑭。无用之变⑮，不急之灾⑯，弃而不治。若夫君臣之义，父子之亲，男女之别，切瑳而不舍也。"《诗》曰："如切如瑳，如琢如磨。"

【注释】①雩：祭名，求雨而举行的祭祀。②党见：偶然出现。党：通"傥"。③闇：昏庸。④枯：同"楛"，粗糙，马虎的意思。⑤耘：锄草。岁：谷物成熟。⑥秽：荒芜。⑦籴：买谷。⑧乖离：不谐和。⑨暴：通"搏"，搏斗。

⑩脩：通"修"，整治。⑪作：发生。⑫人妖：指人为的怪现象。⑬废：舍弃。⑭书：经书。⑮变：荀子《天论篇》作"辩"，辩论。⑯灾：《荀子》作"察"，考察。

【译文】书传记载说："祭祀祈求上天下雨就下雨了，这是什么原因呢？"回答说："没有什么原因，这与不求雨就下雨是一样的。"有人问道："天上的陨石像流星一样坠落下来，树木间传出巨大的响声，全国的人都感到惊恐，这是怎么回事？"回答说："这只是天地的常规有了改变，阴阳的常规起了变化，事物发生了少见的现象。对这些觉得奇怪是可以的，产生恐惧那就不正常了。原来日蚀、月蚀的发生，流星的偶尔出现，刮风下雨的不合时节，这些都是各个时代常有的现象。要是君主很英明，政治很清平，这些怪现象即使一起出现，也不会造成伤害；要是君主很昏庸，政治腐败，这些怪现象如果一样也不发生，也是没有什么好处的。在各种灾害当中，人妖才是最可怕的。"有人问道："什么叫做人妖呢？"回答说："粗野的耕作伤害了庄稼的成长，粗劣的锄草伤害了庄稼的成熟。政治环境险恶失掉民心，田地荒芜庄稼成长不好，粮价昂贵造成人民饥饿，路上有饿死的人，盗匪和窃贼并起，君臣上下不谐和，邻居互相打斗，对门居住的人互相偷窃，礼义不修明，马会生牛，牛会生马，六畜也发生妖异的现象，臣子杀君主，父子互相猜疑。这些现象叫作人妖，这些妖孽都是由世事混乱导致的。"书传记载说："天地间的灾异现象，把它隐匿起来搁置一旁；万物的怪现象，经书上是不作宣扬的。没有用的辩论，不急需解决的灾情，可暂时弃置不去理。至于君臣间的道义，父子间的亲爱，男女间的界限，那是应该经常研讨而不能舍弃的。"《诗经》说："好像治理骨角一般，先用刀斧切，再用锉刀修平，好像治理玉石一般，先用锤凿雕琢，再用砂石磨光。"

35. 教之以仁

孔子曰："口欲味，心欲佚①，教之以仁；心欲兵②，身恶劳，教之以恭；好辩论而畏惧，教之以勇；目好色，耳好声，教之以义。"《易》曰："艮其限③，列其夤④，厉熏心⑤。"《诗》曰："吁嗟女兮，无与士耽⑥。"皆防邪禁佚，调和心志。

【注释】①佚：通"逸"，安乐。②兵：别版作"安"。③艮：停。限：身体中央。④列：分解。夤：夹脊肉。⑤厉：危险。熏：烧灼。⑥耽：逸乐。诗句出自《诗经·卫风·氓》。

【译文】孔子说："嘴巴想品尝美味的食物，内心想恣纵安乐的人，用仁爱去教化他；内心想要攻击他人，自身厌恶劳累的人，要用恭敬去教化他；喜欢和别人辩论，但是内心有所畏惧，这种人要用勇敢去教化他；眼睛喜欢看美好的颜色，耳朵喜欢听优美的音乐，这种人要用道义去教化他。"《易经》说："身上腰不能屈伸，扯开其胁部肌肉，这可能有危险，心里像火熏一样不安宁。"《诗经》说："唉！女孩子呀！不要和男子过分玩乐啊。"这些都是防备淫邪，禁止逸乐，使人的心志调和安适的忠告。

36.丰上激下

　　高墙丰上激下①,未必崩也;降雨兴②,流潦至③,则崩必先矣。草木根荄浅④,未必撅也⑤;飘风兴⑥,暴雨坠,则撅必先矣。君子居是邦也,不崇仁义,尊贤臣,以理万物⑦,未必亡也;一旦有非常之变,诸侯交争,人趋车驰,迫然祸至,乃始忧愁,干喉焦唇,仰天而叹,庶几乎望其安也⑧,不亦晚乎?孔子曰:"不慎其前,而悔其后。"嗟乎!虽悔无及矣。《诗》曰:"掇其泣矣⑨,何嗟及矣。"

　　【注释】①丰:厚大。激:通"礉",险峻不平。②降:通"洚",大。③潦:雨后积蓄的水。④荄:草根。⑤撅:通"蹶",倒下。⑥飘风:暴风。⑦物:指人和事而言。⑧庶几:希望。⑨掇:别版作"啜"。啜:哭泣很伤心,乃至抽泣的样子。诗句出自《诗经·王风·中谷有蓷》。

　　【译文】高大的墙体上宽厚下单薄,不一定会崩塌;下大雨时,流水不断冲刷着,那么就一定先崩塌。草木的根扎得浅,不一定会马上倒下;狂风刮起来,暴雨下起来,那么一定会先倒下。君主在自己的国家里,不崇尚仁义,没有尊敬贤能的臣子,这样去处理国家的事务,不一定马上灭亡;一旦遇上变故,诸侯间互相交战,人民争相驾车到处奔逃,突然的灾祸到来,这才开始忧愁,喉咙都喊干了,嘴唇都讲烂了,对着上天叹息,希望国家能够安定,岂不是太晚了吗?孔子说:"事先不谨慎处理,事后才悔恨。"唉!虽然后悔,也来不及了。《诗经》说:"担忧你的哭泣,嗟叹怎么来得及呢!"

37. 三言可贯

曾子曰:"君子有三言可贯而佩之①:一曰无内疏而外亲②,二曰身不善而怨他人,三曰患至而后呼天。"子贡曰:"何也?"曾子曰:"内疏而外亲,不亦反乎?身不善而怨他人,不亦远乎?患至而后呼天,不亦晚乎?"《诗》曰:"掇其泣矣,何嗟及矣。"

【注释】①三言:三句话。②内:指亲近的人。外:指疏远的人。
【译文】曾子说:"君子可以一贯奉行三句话:第一句话是说不要疏远亲人而亲近外人,第二句话是说不要自己行为有错反倒埋怨别人,第三句话是说不要等到祸患降临后才开始呼天喊地。"子贡问:"这三句话是什么含义呢?"曾子回答说:"疏远亲人而亲近外人,这不是违背常理吗?自己行为有错反倒埋怨别人,这问题不就是远离了因果吗?祸患降临后才开始呼天喊地,这不是晚了些吗?"《诗经》说:"担忧你的哭泣,嗟叹怎么来得及呢!"

38. 霜雪雨露

夫霜雪雨露,杀生万物者也。天无事焉,犹之贵天也①。执法厌文②,治官治民者③,有司也。君无事焉,犹之尊君也。夫辟土殖谷者,后稷也④;决江流河者⑤,禹也⑥;听狱执中者⑦,皋陶也⑧;然而圣后者⑨,尧也⑩。故有道以御之⑪,身虽无能也,必使能者为己用也；无道以御之，彼虽多能，犹将无益于存亡矣。《诗》曰："执辔⑫如组，两骖如舞⑬。"贵能御也。

【注释】①犹：尚且，仍然。贵：尊敬。②执法厌文：执行法令，持守法律条文。厌：持守。③官：事。④后稷：周朝的始祖，名弃，尧任命他为稷官，号为后稷。⑤流：别版作"疏"。⑥禹：夏朝开国的君主，姒氏，最初封为夏伯，平治水患有功，受舜禅让，而有天下。⑦听狱：审理诉讼案件。执中：持守中正之道，无过与不及。⑧皋陶：人名，亦作咎繇，虞舜的臣子，造律立狱。⑨然而圣后者：《淮南子·诠言训》作"然而有圣名者"。⑩尧：帝喾次子。初封陶，后徙唐，故又称为陶唐氏，其号曰尧，又称放勋，继其兄挚为天子，有德政，在位九十八年，传位给舜。⑪御：治理人民。⑫辔：马缰绳。组：丝绳。⑬骖：古时一车四马，中间夹辕的两匹马，叫做服马，服马外的两匹马，叫做骖马。诗句出自《诗经·郑风·大叔于田》。

【译文】霜雪雨露的降临，会杀伤及生养万物。上天没有亲自去做事，人们仍然以上天为尊贵。执行法令和持守法律条文，处理国事和治理人民，是官吏们的职责。国君没有亲自去做这些事，但是人民仍然以国君为尊贵。引导人民开垦荒地种植五谷的，是后稷；领导人民疏导各处江河的，是夏禹；公正地审理百姓诉讼案件的，是皋陶；但是有圣王声望的，却是唐尧。所以能遵循正道去治理国家，自身即使没有什么才能，定然要让有才能的人为自己所任用；不能遵循正道去治理国家，他即使有多项才能，还是不能使国家永远存续。《诗经》说："手中执持马的缰绳，好像执持柔软的丝绳一般，两匹骖马奔驰而来，步伐好像舞蹈般和谐而有节奏。"可贵的是善于驾驭。

39.知上有人

传曰:孔子云:"美哉!颜无父之御也①。马知后有舆而轻之,知上有人而爱之。马亲其正②,而爱其事。如使马能言,彼将必曰:'乐哉!今日之驵也③。'至于颜沦,少衰矣④。马知后有舆而轻之,知上有人而敬之。马亲其正,而敬其事。如使马能言,彼将必曰:'驵来⑤!其人之使我也。'至于颜夷而衰矣⑥,马知后有舆而重之,知上有人而畏之。马亲其正,而畏其事。如使马能言,彼将必曰:'驵来!驵来!女不驵⑦,彼将杀女。'"故御马有法矣,御民有道矣。法得则马和而欢,道得则民安而集。《诗》曰:'执辔如组,两骖如舞。'此之谓也。"

【注释】①颜无父:古时善于驾驭马车的人。②亲:亲自为之。正:通"政",职务,劳役。③驵:通"骤",马疾行。④颜沦:古时善于驾驭马车的人。⑤来:语尾助词。⑥颜夷:古时善于驾驭马车的人。⑦女:通"汝",你。

【译文】书传记载说:孔子说:"高超啊!颜无父驾驭马车的技能太高超了!。马知道它后面拖着车厢而不觉得重,知道车上坐着的是爱护它的人。马驾着车子,就会喜爱它所做的事情。假如能使马说话,它一定会这样说:'愉快啊!我今天驾的车跑得多么快呀!'到了颜沦,他驾驭马车的技术就稍微差了一点。马知道它后面拖着车厢而不觉得重,知道车上坐着的是敬重它的人。马驾着车子,就认真地行驶着。假如能使马说话,它一定会这样说:'快跑啊!那个人在驱使着我。'到了颜夷,他驾驭马车的技术就更差了,马知道它后面拖着车厢而觉得沉重,知道车上坐着的是畏惧它的人。马驾车子也畏惧地行驶着。如果能使马说话,它一定这样说:'赶快跑呀!赶快跑呀!不赶快跑,他将要杀掉你。'所以驾驭马要有一定的方法,治理人民也要有一定的方法。驭马的方法得当,那么马就能和顺而欢心,治理人民的方法得当,那么人民就能安心聚集在一起。"《诗经》说:"执持马的缰绳,好像执持柔软的丝绳一般,两匹骖马奔驰,步伐好像舞蹈般和谐而有节奏。"这就是说的这个道理。

40.颜渊侍坐

颜渊侍坐鲁定公于台①,东野毕御马于台下②。定公曰:"善哉!东野毕之御也。"颜渊曰:"善则善矣!其马将佚矣。"定公不说③,以告左右曰:"闻君子不谮人④,君子亦谮人乎?"颜渊退,俄而,厩人以东野毕马佚闻矣⑤。定公蹴席而起,曰:"趣驾召颜渊⑥。"颜渊至,定公曰:"乡寡人曰⑦:'善哉!东野毕之御也。'吾子曰:'善则善矣!然则马将佚矣。'不识吾子以何知之⑧?"颜渊曰:"臣以政知之。昔者舜工于使人⑨,造父工于使马⑩。舜不穷其民,造父不极其马。是以舜无佚民,造父无佚马。今东野毕之上车执辔,御体正矣⑪。周旋步骤⑫,朝礼毕矣⑬,历险致远,马力殚矣⑭。然犹策之不已⑮,所以知佚也。"定公曰:"善。可少进。"颜渊曰:"兽穷则啮⑯,鸟穷则啄,人穷则诈。自古及今,穷其下能不危者,未之有也。

《诗》曰：'执辔如组，两骖如舞。'善御之谓也。"定公曰："寡人之过矣。"

【注释】①颜渊：颜回，字子渊，春秋末期鲁国人。颜回是孔子最得意的弟子，是孔门十哲之一、孔门七十二贤之首，儒家五大圣人之一。十四岁拜孔子为师，终生师事之。侍坐：在尊长旁边，坐着相陪。鲁定公：姬姓，名宋，为春秋诸侯国鲁国君主，是鲁国第二十五任君主。他为鲁昭公的弟弟，承袭鲁昭公担任该国君主，在位15年，谥号为定。②东野毕：人名，姓东野，名毕。③说：通"悦"，喜悦。④谮人：恶言毁人。⑤俄而：一会儿。厩人：管理马匹的人。⑥趣：迅速。⑦乡：通"向"，过去，以前。寡人：寡德之人，天子或诸侯自己谦称。⑧识：知道。⑨工：善长。⑩造父：周缪王时人，善于御马。⑪御体：御：当作"衔"，勒马口的铁。体：马的身体。⑫周旋：转弯。步：慢行。骤：奔跑。⑬朝礼毕矣：别版作"毕朝矣"。朝：通"调"。毕：完成训练。⑭殚：竭尽。⑮策：鞭马使前进。⑯啮：咬。

【译文】颜渊陪着鲁定公在看台上坐着，东野毕驾着马车在台前奔驰。鲁定公说："多么高超啊！东野毕驾驭马车的技术！"颜渊说："高超是高超啊！但是他的马会跑失。"鲁定公听了很不高兴，告诉他左右的人说："听说有德行的人是不会在背后用坏话毁谤人家的，难道有德行的人也会用坏话毁谤人家吗？"颜渊告辞，不一会儿，管理马匹的人告诉鲁定公，东野毕的马匹已经逃走了。鲁定公跨过坐席站了起来，说："赶快驾车去请颜渊到这儿来。"颜渊来到，鲁定公说："以前我说：'多么高超啊！东野毕驾驭马车的技术！'你说：'高超是高超啊！但是他的马会跑失。'不知道你是怎么知道的呢？"颜渊说："我是根据政事推测而知道的。从前，虞舜擅长治理人民，造父擅长驾驭马匹。虞舜不使人民处于极度穷困的境地，造父不使马疲倦到极点。因此虞舜在位的时候没有逃跑的人民,造父驾驭马也没有逃走的马匹。现在,东野毕驾驭马,上车时就拉紧马缰头,使得马衔口和马的身体端正了,开步就驰骋很快,朝廷的规范是达到了。历尽艰险到达很远的地方,马的力量用尽了,可是还要要求马不停地跑,我根据这些就知道马会跑失。"鲁定公说:"说得很好。还可以再说一点吗?"颜渊说:"臣听说:兽被逼到尽头就会咬人,鸟被逼到尽头就会啄人,人被逼到尽头就会欺诈别人。从古到今,还没有把自己手下的人逼到尽头而自己却没有危险的。《诗经》说:'执持马的缰绳,好像执持柔软的丝绳一般,两匹骖马奔驰来,步伐好像舞蹈般和谐而有节奏。'这就是说人善于驾驭的意思。"鲁定公说:"这是我的过失。"

41. 脱剑而入

崔杼弑庄公①,合士大夫盟②。盟者皆脱剑而入,言不疾,措血至者死③,所杀者十余人。次及晏子④,奉杯血⑤,仰天而叹曰:"恶乎⑥!崔杼将为无道,而杀其君。"于是盟者皆视之,崔杼谓晏子曰:"子与我⑦,吾将与子分国;子不与,我杀子,直兵将推之⑧,曲兵将钩之⑨,吾愿子之图之也。"晏子曰:"留以利而倍其君⑩,非仁也;劫以刃而失其志者,非勇也⑪。《诗》曰:'莫莫葛藟⑫,延于条枚⑬。恺悌君子⑭,求福不回⑮。'婴其可回矣!直兵推之,曲兵钩之,婴不之革也⑯。"崔杼曰:"舍晏子。"晏子起而出,授绥而乘⑰。其仆驰,晏子抚其手曰:"麋鹿在山林,其命在庖厨。命有所悬⑱,安在疾驱⑲?"安行成节⑳，然后去之。《诗》曰："羔裘如濡㉑，洵直且侯㉒；彼己之子，舍命不渝㉓。"晏子之谓也。

【注释】①庄公：春秋齐灵公的儿子，名光，被大夫崔杼所弑，在位六年。臣子杀君父叫做弑。②合：会众。盟：誓约。《礼记·曲礼》注："盟者，杀牲歃血，誓于神饱。"③指血至者死：别版作"指不至血者死"。④次：至。晏子：春秋齐国大夫，名婴，字仲，史称晏平仲，历事灵公、庄公、景公，以节俭力行显于世。⑤奉：同"捧"。⑥恶乎：即"呜呼"，感叹词。⑦与：亲附，听从。⑧直兵：平直的兵器，如刀剑。⑨曲兵：弯曲的兵器，如戈。⑩留：留恋。以：于。倍：通"背"，背叛。⑪劫：威逼。⑫莫莫：茂盛貌。葛：草名，蔓生，茎细长，茎之纤维可织布。藟：草，也是蔓生，其籽可食。⑬延：蔓延。枚：树干。⑭恺悌：和乐平易。⑮回：邪。诗句出自《诗经·大雅·旱麓》。⑯革：改变。⑰绥：上车时用来把手的绳子。别版作"援"，牵引。⑱悬：维系。⑲安：何。⑳安行：慢行。㉑羔裘：小羊羊皮做的衣服。濡：润泽。㉒洵：信。直：正直。侯：美。㉓舍命：舍弃生命。渝：通"渝"，变。诗句出自《诗经·郑风·羔裘》。

【译文】崔杼杀了齐庄公，集合朝廷的士大夫在太公庙一起誓约。誓约的人都解下剑进入太公庙，凡是宣读誓约不迅速的，手指不沾染牲血的人被处死，已经杀了十多个人。轮到晏子时，晏子捧着盛牲血的器皿，脸朝向天叹息说："唉！崔杼将要做出不合正道的事，弑杀他的国君。"因此，参加盟誓的人都盯着他，崔杼对晏子说："你如果归附我，我将和你平分国家；你如果不归附我，我就杀掉你。用平直的兵器刺杀你，用弯曲的兵器钩杀你，我希望你认真考虑一下。"晏子说："如果因留恋利禄而背叛他的国君，那不是仁；如果被刀剑所胁迫而丧失他的志向，那不是勇。《诗经》说：'茂盛的葛草和藟草，蔓延缠绕在树木的枝条上。和乐的君子，追求幸福要能够守着正道而不邪曲。'我晏婴怎么可以不守正道呢！用平直的兵器杀我，用弯曲的兵器钩杀我，即使这样我也不会改变的。"崔杼说："释放晏子。"晏子站起来走了出去，接过马夫从车前递来的绳索登上马车。他的马夫驾着车子向前奔驰，晏子抚摸着车夫的手，说："好像麋鹿生活在山林里，可它的生命却操持在厨房里人的手中。我的生命既然维系在别人身上，那为什么要驾着车奔驰呢？"因此，车子合于节度缓缓前行，慢慢离开。《诗经》说："羔羊皮袍像油似的光润；他的为人既正直又美好。他是这样的一个人啊，宁愿牺牲生命也要保持节操。"说的就是晏子啊！

42. 公而好直

楚昭王有士曰石奢①。其为人也，公而好直，王使为理②。于是道有杀人者，石奢追之，则父也③。还返于廷④，曰："杀人者，臣之父也。以父成政，非孝也；不行君法，非忠也；弛罪废法⑤，而伏其辜⑥，臣之所守也。"遂伏斧锧⑦，曰："命在君。"君曰："追而不及，庸有罪乎⑧？子其治事矣⑨。"石奢曰："不然。不私其父⑩，非孝也；不行君法，非忠也；以死罪生，不廉也。君欲赦之，上之惠也；臣不能失法，下之义也。"遂不去鈇锧，刎颈而死乎廷。君子闻之曰："贞夫法哉⑪！石先生乎！"孔子曰："子为父隐，父为子隐，直在其中矣⑫。"《诗》曰："彼己之子，邦之司直⑬。"石先生之谓也。

【注释】①楚昭王：春秋楚平王子，名壬，在位二十七年。石奢：春秋楚国人，廉直坚正无所回避。②理：司法官。③则父也：别版作"则其父也"。④廷：朝廷。⑤弛：赦免。罪：犯人。废：弃置不用。法：法律。⑥伏：屈服。辜：罪。⑦斧锧：腰斩的刑具。斧：斫刀。锧：鑕。行刑时，将犯人放置鑕上而斫。⑧庸：哪里。⑨事：职事。⑩私：偏袒。⑪贞：坚定，固守。⑫直：坦白直率。语句出自《论语·子路》。⑬司：主管。诗句出自《诗经·郑风·羔裘》。

【译文】楚昭王时有一个士人名叫石奢。他的为人，公正而且耿直，昭王任命他做司法官。当时发现在道路上有杀人的人，石奢去追捕他，原来是他的父亲杀了人。于是石奢回到朝廷，告诉昭王说："杀人的是我的父亲。把父亲处以极刑以维护法令，对我来说是不孝顺；不执行国君的法令，对我来说是不忠心；释放罪犯，废除法律，然后自愿接受刑罚，这是我所要做的事。"于是伏在铁锧上待刑，说："我的性命在君王手里。"昭王说："追捕不到犯人，哪里有罪呢？你还是去处理你管理的事务吧！"石奢说："不对。如果不偏袒父亲，是不孝顺的；如果不执行国君的法令，是没有忠心的；如果苟且活着，那是不清廉的。君王要赦免我的罪过，这是君上对臣子施恩惠；我不能违反国家法令，这是臣下应遵奉的道义。"于是坚决不离开铁锧，终被砍断头颈，死在朝廷上。君子听到这件事，说："如此严守着法律啊！正直的石先生！"孔子说："父亲为儿子隐瞒，儿子为父亲隐瞒，直率坦白就在这里面了。"《诗经》说："那个正直的人啊！是国家司法的正义主持者。"这就是说的石先生啊！

43.隐括之中

外宽而内直,自设于隐括之中①。直己不直人,善废而不悒悒②,蘧伯玉之行也③。故为人父者,则愿以为子④;为人子者,则愿以为父;为人君者,则愿以为臣;为人臣者,则愿以为君。名昭诸侯⑤,天下愿焉。《诗》曰:"彼己之子,邦之彦兮⑥。"此君子之行也。

【注释】①设:安。隐括:指矫揉弯曲竹木,使之平直或成形的工具。②废:废置,被免除官职。悒悒:忧郁不乐。③蘧伯玉:春秋时卫国的大夫,名瑗,字伯玉,孔子的弟子。④愿:希望。⑤昭:显著。⑥彦:美士,贤人。诗句出自《诗经·郑风·羔裘》。

【译文】对外待人宽厚而内心正直无私,把自己安放在道德行为的规范中。纠正自己的过失而不计较别人的过失,善于处理自己在不得志境地的心情,没有因忧郁而显得不快乐,蘧伯玉的行为就是这样。所以当父亲的,就希望他成为自己的儿子;做儿子的,就希望他成为自己的父亲;做君主的,就希望他成为自己的臣子;做臣子的,就希望他成为自己的君主。名声在诸侯中显著,天下的人都希望他成为自己的人。《诗经》说:"那正直无私的人啊!是国家的贤人。"这位君子的行为就是这样的。

44.倾盖而语

传曰:孔子遭齐程本子于郯之间①,倾盖而语终日②。有间③,顾子路曰:"由来!取束帛④以赠先生。"子路不对。有间,又顾曰:"取束帛以赠先生。"子路率尔而对曰⑤:"昔者,由也闻之于夫子,士不中道相见⑥,女无媒而嫁者,君子不行也。"孔子曰:"夫《诗》不云乎?'野有蔓草,零露溥兮⑦。有美一人,清扬宛兮⑧。邂逅相遇⑨,适我愿兮⑩。'且夫齐程本子,天下之贤士也。吾于是不赠,终身不之见也。大德不逾闲,小德出入可也⑪。"

【注释】①程本子:晋国人,姓程,名本,字子华,自号程子。善持论,聚徒著书。郯:地名,在今山东郯城县西南。②倾盖:车盖相交接。盖:车盖。③有间:过了一会儿。④束帛:将布帛捆成一束,古时聘问的礼物。⑤率尔:轻率的样子。⑥中道:道中,道路当中。⑦零:落。溥:滚圆圆的。⑧清扬:眼睛清明。宛:美。⑨邂逅:意外地遇见。⑩适:合。诗句出自《诗经·郑风·野有蔓草》。⑪闲:界限,规律。语句出自《论语·子张》。

【译文】书传记载说:孔子驾车在郯遇见了齐国的程本子,两部车子的车盖交接,他们坐在车上交谈了一整天。在谈话的间歇,孔子回头对子路说:"由,你去拿布帛来,赠送给程先生。"子路没有回应。过了一会儿,孔子又回头对子路说:"去拿布帛来,赠送给程先生。"子路轻率地回答说:"从前,我听老师说,士人不能在路途中不经过别人介绍而相见,女子不能没有得到媒人介绍而出嫁,君子是不应该这样做的。"孔子回答说:"《诗经》有首诗不是这么说吗?

'郊野上蔓延生长着青草,露珠圆滚滚地沾在草叶上。有一位美人,眉清目秀委婉可人。我意外和她相遇,她正适合我的心愿。'况且齐国的程本子,是天下有德行的人。我在这个时候不赠送礼物给他,或许一生也见不到他了。人的重大节操不能逾越界限,行为上的小节可以稍微宽松一点。"

45. 主善之心

君子有主善之心,而无胜人之色;德足以君天下,而无骄肆之容①;行足以及后世,而不以一言非人之不善。故曰:君子盛德而卑②,虚己以受人③,旁行不流④,应物而不穷。虽在下位,民愿戴之;虽欲无尊,得乎哉!《诗》曰:"彼己之子,美如英⑤,美如英,殊异乎公行⑥。"

【注释】①骄肆:骄傲放肆。②卑:谦卑。③受人:容纳别人。④旁:通"溥",普遍广大。流:放纵流荡。⑤英:花。⑥公行:执掌兵车的官,随从君主出行。这里解作贵族。诗句出自《诗经·魏风·汾沮洳》。

【译文】君子有决意行善的心理,外表却没有优胜别人的脸色;他的德行足以成为天下君子的榜样,却没有骄傲放肆的态度;他的善行足以流传于后世,却不说一句别人不好的话。所以说:君子具有美好的德行而又很谦逊,自己能够虚心地接纳别人的意见,遍行天下而不放纵离散,能够应付万事的变化,而不会造成穷困的处境。虽然地位低下,但人民都拥戴他;这样的人即使自己不愿被别人尊崇,都是不可能的!《诗经》说:"那个小伙子啊!他的德行像鲜花一般美丽,他的德行像鲜花一般美丽,实在跟王公贵族不一样啊!"

46.易和难狎

君子易和而难狎也①,易惧而不可劫也②。畏患而不避义死,好利而不为所非,交亲而不比③,言辩而不乱。荡荡乎④,其义不可失也⑤;磏乎⑥,其廉不可刬也⑦;温乎,其仁厚之宽大也;超乎,其有以殊于世也!《诗》曰:"美如玉,美如玉,殊异乎公族⑧。"

【注释】①易和而难狎:别版作"易知而难狎"。知:交接。狎:轻辱,戏弄。②劫:用威力胁迫。③交亲:交好。比:结党。④荡荡:广大。⑤其易:变易。失:丧失操守。⑥磏:通"廉"。⑦廉:棱。刬:伤。⑧公族:掌管国君宗族的官。诗句出自《诗经·魏风·汾沮洳》。

【译文】可以轻易和君子交朋友,但是却难以用不合礼仪的行为来亲近他,容易产生恐惧感,但是不能变成一种威胁。虽然畏惧祸患,但是为了正义也会不惜付出性命;虽然追求利益,但是也不会做违背良心的事情;跟人结交很亲密,但不结党营私;雄辩的言辞非常明晰,而没有杂乱地玩弄辞藻。胸怀是多么广博啊,他能随着万物变化,不会丧失平素的操守;为政多么清廉啊,他的行为方正不会伤害他人;为人多么温和啊,他的仁慈宽厚广大;智慧是多么高超啊,他和世俗的人就是有所不同。《诗经》说:'他的德行像玉一般美丽,他的德行像玉一般美丽,实在跟王公贵族不一样啊!"

47.冯于马徒

商容尝执羽籥①,冯于马徒②,欲以化纣而不能。遂去,伏于太行③。及武王克殷,立为天子,欲以为三公④,商容辞曰:"吾常冯于马徒,欲以化纣而不能,愚也;不争而隐,无勇也。愚且无勇,不足以备乎三公。"遂固辞不受命。君子闻之曰:"商容可谓内省而不诬能矣⑤!君子哉!去素餐远矣⑥!"《诗》曰:"彼君子兮,不素餐兮。"商先生之谓也。

【注释】①商容:商纣时的大夫,以直谏为纣王所贬。羽籥:古时祭祀或宴飨时舞者所执持的两件东西。羽:雉鸡尾。籥:一种编组多管乐器。②冯:通"凭",依靠。马徒:养马的人。③伏:隐居起来。太行:山名。起于河南省济源县,经山西省,延伸到河北省境,至获鹿县止。④三公:周朝以太师、太傅、太保为三公。⑤诬:欺罔,谓以无为有。⑥素餐:没有功劳而食俸禄。

【译文】商容曾经拿着雉鸡尾和钥笛,想依托一班养马的人,去劝化纣王,但是没有做到。于是他离开鲁地,隐居在太行山中。待到武王打败殷朝,做了天子,想任命他为三公,商容却推辞说:"我曾想依托一班养马的人,去劝化纣王,但是没有做到,这不是聪明;没有去谏诤而隐居起来,这是不勇敢。我既不聪明又不勇敢,不配做三公。"就坚决推辞不接受武王的任命。君子听到这件事,说:"商容可以说是能够自我反省,而不欺骗别人说自己是有才能的人。他实在可称为君子啊!那些白吃俸禄的人和他相差很远。"《诗经》

说:"那个受人尊敬的君子啊!没有白吃俸禄呀!"商先生就是这样的人。

48.过听杀人

晋文公使李离为理①,过听杀人②,自拘于廷,请死于君。君曰:"官有贵贱,罚有轻重,下吏有罪,非子之罪也。"李离对曰:"臣居官为长,不与下吏让位;受爵为多③,不与下吏分利。今过听杀人,而下吏蒙其死,非所闻也。"不受命。君曰:"子必自以为有罪,则寡人亦有罪矣。"李离曰:"法,失刑则刑,失死则死。君以臣为能听狱决疑④,故使臣为理。今过听杀人,臣之罪当死。"君曰:"弃位委官,伏法亡国⑤,非所望也。趣出!无忧寡人之心。"李离对曰:"政乱国危,君之忧也;军败卒乱,将之忧也。夫无能以事君,阇行以临官⑥,是无功不食禄也。臣不能以虚自诬⑦。"遂伏剑而死⑧。君子闻之曰:"忠矣乎!"《诗》曰:"彼君子兮,不素餐兮。"李先生之谓也。

【注释】①晋文公:春秋以前的晋国国君,大约在周幽王时期。献公次子,名重耳,为晋侯,继齐桓公之后,为诸侯盟主。理:司法官。②过听:审理错误。③爵:《史记·循吏传》作禄字。④决疑:判决疑难的案件。⑤伏法:犯法被杀。⑥阇行:行为不好。⑦诬:欺骗。⑧伏剑:用剑自杀。

【译文】晋文公任命李离为司法官,审判案件有错失,误杀了人,他就把自己拘囚到朝廷上,请求晋文公判处他死刑。晋文公说:

"官职有高低的不同,刑罚有轻重的差别,部下犯了罪,不是你的罪过。"李离回答说:"我是司法官中的长官,没把职位让给部属;享受的爵禄多,没有把利益分给部属。现在审理案件有错失,误杀了人,部属反而被处死,我从来没有听说过,我无法接受君王的命令。"晋文公说:"假如你认为自己有罪,那么我也有罪了。"李离说:"法官遵守法纪,错误地判刑也应判自己刑罚,错误地判人死罪就应判自己死罪。君王以为我能够听理讼狱,判决疑难的案件,所以任命我为司法官。现在审判错了,误杀了人,按罪责应当被处死刑。"晋文公说:"抛弃你的官职,自愿被处死刑,忘记了国家,这并不是我所希望的。快出去,不要让我烦扰了。"李离回答说:"政治紊乱,国家危险,这是君王所忧虑的;军队被打败了,士兵队伍杂乱,这是将军所忧虑的。没有才能去侍奉君王,言行不端而去做官,这是没有功劳而接受国家的俸禄。我不能用虚伪来欺骗自己。"于是以剑自刎而死。君子听到这件事,说:"多么忠心啊!"《诗经》说:"那个君子啊!不吃国家的俸禄呀!"李先生就是这样的人啊!

49.楚狂接舆

楚狂接舆躬耕以食①。其妻之市②,未返,楚王使使者赍金百镒③造门,曰④:"大王使臣奉金百镒,愿请先生治河南⑤。"接舆笑而不应,使者遂不得辞而去。妻从市而来曰:"先生少而为义,岂将老而遗之哉!门外车轶⑥,何其深也!"接舆曰:"今者,王使使者赍金百镒,欲使我治河南。"其妻曰:"岂许之乎⑦?"曰:"未也。"妻曰:"君使不从,非忠也;从之,是遗义也。不如去之。"乃夫负釜甑⑧,妻戴纴器⑨,变易姓字,莫知其所之。《论语》曰:"色斯举矣⑩,翔而后集⑪。"接舆之妻是也。《诗》曰:"逝将去汝⑫,适彼乐土⑬;适彼乐土,爰得我所⑭。"

【注释】①接舆:春秋楚国人,姓陆,名通,字接舆。昭王时,政令无常,于是被发佯狂,不仕,时人称为楚狂。②之:前往。③赍:赐给。镒:古时衡名,二十两为镒,或云二十四两为镒。④造:来到。⑤河南:泛指黄河以南的土地。⑥车轶:车轮所碾的痕迹。轶:辙字的假借字。⑦岂:难道。⑧乃:其,他的。负:背着。釜:锅。甑:炊物用的瓦器。⑨戴:头顶着。纴器:织布的器具。⑩色:脸色,这里解作不善的脸色。斯:这就,便。举:超,这里解作飞起。⑪翔:飞回。语出《论语·乡党篇》。⑫逝:发语声。⑬适:前往。⑭爰:于是,在那里。所:处所,安居的地方。诗句出自《诗经·魏风·硕鼠》。

【译文】楚国的狂人名字叫接舆的,亲自种田来供自己吃。他的妻子到集市去,没有回来时,楚国的国君派遣使者赐给接舆黄金两千两。使者来到接舆门前,说:"国君派遣我送上黄金两千两,希望先生到黄河以南一带去治理。"接舆笑着没有回答,使者得不到回应,就不辞而别了。接舆的妻子从集市上回来,跟接舆说:"先生年轻的时候为人仗义,难道年纪老了就不仗义了吗?你看门外的车迹多深啊!"接舆回答说:"刚才君王派遣使者送给我黄金两千两,要我到黄河以南一带去治理。"他的妻子问道:"难道你已经答应了吗?"接舆回答说:"没有答应。"接舆的妻子说:"不遵从君王的任命,是不忠;遵从了,是违背了义。不如离开此处,到别的地方去。"于是他的丈夫背着铁锅和瓦制的炊器等,妻子头顶着织布的器具,离开后改换姓名,无人知道他们到哪儿去了。《论语》上说:"(孔子)脸色一动,野鸡便飞向天空,盘旋一阵就又聚集在一起。"接舆的妻子就是这样一个人。《诗经》说:"我现在要离开你这儿,到我所喜欢去的乐土;到我所喜欢去的乐土,那里才是我安身的处所。"

50.桀为酒池

昔者桀为酒池糟堤①,纵靡靡之乐②,一鼓而牛饮者三千③人。群臣皆相持而歌④曰:"江水沛兮⑤!舟楫败兮⑥!我王废兮⑦!趣归于亳⑧,亳亦大兮!"又曰:"乐兮乐兮!四牡骄兮⑨!六辔沃兮⑩!去不善兮从善⑪,何不乐兮?"伊尹知大命之将至⑫,举觞告桀曰⑬:"君王不听臣言,大命至矣,亡无日矣。"桀拍然而抃⑭,盍然而笑曰⑮:"子又妖言矣。吾有天下,犹天之有日也,日有亡乎?日亡,吾亦亡也。"于是伊尹接履而趋,遂适于汤,汤以为相。可谓适彼乐土,爱得其所矣。《诗》曰:"逝将去汝,适彼乐土;适彼乐土,爱得我所。"

【注释】①桀:夏朝君王孔甲的曾孙,名癸,暴虐无道,汤伐桀,桀败,死于南巢。②纵:恣肆地演奏。靡靡之乐:淫荡的音乐。③牛饮:如牛俯身饮水。④持:扶。⑤沛:充盛的样子。⑥楫:桨。⑦废:败坏昏乱。⑧趣归:归附。趣,通"趋",趋向。亳:地名,商汤王建都的地方。⑨牡:雄性的牲畜。骄:高大的马。⑩辔:缰绳。古时四匹马驾的车子,每匹马有两辔,共八辔,因两匹骖马的内辔系而不用,故称六辔。沃:美盛。⑪去不善兮从善:别版作"去不善而从善"。后一个善为使动用法。⑫大命：天命，指上天所给予的地位。⑬觞：酒器。⑭忻：欢喜、快乐。⑮盍然：笑声。

【译文】从前，夏桀王建造了酒池后积糟成堤，在台上演奏淫荡的音乐，臣子像牛一般低下头在池里喝酒的，有三千多人。许多臣子都互相扶持在唱着歌，歌词是说："江里的水非常盈满啊！船和桨都摇坏了啊！我们的君王是那么昏聩啊！赶快到亳都归附商汤王去，亳那个地方很广阔！"又唱道："多快乐啊！多快乐啊！驾车的四匹雄马是多么高大！六条缰绳是多么壮硕啊！离开昏聩的君王去归附贤明的君王，怎么不快乐呢？"伊尹知道夏桀王将要丧失君王的地位，于是举起酒杯，走到夏桀王的面前说："君王如果不听从我的话，就会丧失君王的地位，不久就会消亡。"夏桀王喜乐地看着伊尹，突然笑着说："你又说怪诞的话了！我拥有天下，就好像上天有太阳一样，太阳会消亡吗？太阳如果会消亡，那我也情愿消亡呀！"因此伊尹穿上鞋子就离开，立即归附商汤王，商汤王任命他作宰相。伊尹可以说是去到了他所喜欢的一块乐土，那儿才是他安身的地方。《诗经》说："我现在要离开你这儿，到我所喜欢去的乐土；到我所喜欢去的乐土，那儿才是我安身的地方。"

51.去夏入殷

伊尹去夏入殷①，田饶去鲁适燕，介之推去晋入山。田饶事鲁哀公而不见察②，谓哀公曰："臣将去君，黄鹄举矣③。"哀公曰："何谓也？"田饶曰："君独不见夫鸡乎④！头戴冠者，文也；足傅距者⑤，武也;敌在前敢斗者,勇也;见食相呼者,仁也;守夜不失时者,信也。鸡虽有此五德,君犹日瀹而食之者⑥,何也?则以其所从来者近也。夫黄鹄一举千里,止君园池,食君鱼鳖,啄君黍粱。无此五德者,君犹贵之者何也?以其所从来者远也。故臣将去君,黄鹄举矣!"哀公曰:"止。吾将书子之言也。"田饶曰:"臣闻:食其食者,不毁其器;阴其树者⑦,不折其枝。有臣不用,何书其言为?"遂去,之燕⑧。燕立以为相,三年,燕政大平,国无盗贼。哀公喟然太息⑨,为之辟寝三月⑩,减损上服⑪。曰:"不慎其前,而悔其后,何可复得?"《诗》云:"逝将去汝,适彼乐国;适彼乐国,爰得我直⑫。"

【注释】①去:离开。②察:赏识。③黄鹄:大鸟名,能够飞千里。举:鸟飞去。④独:岂,怎么。⑤距:鸡脚后方所生突起的尖爪。⑥瀹:烹煮。⑦阴:通"荫",庇护。⑧之:往,到。⑨喟然:叹息的样子。太息:深深地叹息。⑩辟寝:辟,同"避",避寝进内室。⑪上服:施行于人的脸上的刑罚。如割鼻子的劓刑,额上刺字再涂上墨的墨刑。⑫直:正道,理想。

【译文】伊尹曾经离开夏来到殷,田饶曾经离开鲁国来到燕国,介之推曾经离开晋国而进入山中。田饶侍奉鲁哀公却不被哀公所赏识,田饶对哀公说:"我将要离开君王,像黄鹄一般远飞。"哀公说:"这话是什么意思呢?"田饶说:"君王难道没有见过鸡吗?鸡的头上戴着冠子,就是有文采;脚后有个利爪,就是很英武;敌人在前面敢于跟它战斗,这是勇敢的表现;得到食物互相招呼,这是仁爱的表现;守夜准点按时鸣叫,这是守信的表现。鸡虽然具备了这五种德行,但是君王每天还是要煮来吃掉,这是为什么呢?因为从近处很容易得到它。黄鹄一飞就能到达千里,现在停靠在君王的田园和池塘里,吃君王池塘里的鱼鳖,啄食君王田园里的黍粱。它并没有具备文武勇仁信这五种德行,但是君王还看重它,这是因为它从远地飞来的原因。所以我将要离开君王,像黄鹄一般远飞。"哀公说:"你留下来吧!我要把你这番话记下来。"田饶说:"我听说,吃人家的食物,不要毁坏人家盛食物的器物;在树下庇荫的人,不要折断那棵树的枝条。君王有贤臣却不任用,记下这些话有什么用呢?"于是他离开鲁国,到燕国去。燕王任命他为卿相,经过三年,燕国政治安定,天下太平,国内没有强盗和窃贼。哀公深深地感叹后悔,为他不能重用田饶这件事,躲到内室静思三个月,还减少剸墨等刑罚。有人批评鲁哀公说:"事先不谨慎做事,事后才来懊悔,这怎样能够弥补呢?"《诗经》说:"我现在要离开你,到我所喜欢的快乐的国家去;到我所喜欢的快乐的国家去,在那儿可以实现我的理想。"

52. 身不下堂

子贱治单父[①],弹鸣琴,身不下堂,而单父治。巫马期以星出[②],以星入,日夜不处[③],以身亲之,而单父亦治。巫马期问于子贱,子贱曰:"我任人[④],子任力。任人者佚[⑤],任力者劳。"人谓子贱[⑥],则君子矣。佚四肢,全耳目,平心气[⑦],而百官理[⑧],任其数而已[⑨]。巫马期则不然,乎然事惟[⑩],劳力教诏[⑪],虽治犹未至也。《诗》曰:"子有衣裳,弗曳弗娄[⑫];子有车马,弗驰弗驱。"

【注释】①子贱:姓宓,名不齐,春秋鲁国人,孔子的学生。单父:春秋时鲁邑,故城在今山东单县南西。②巫马期:姓巫马,名施,字子期,春秋鲁国人,孔子的学生。③处:休息。④任:用。⑤佚:通"逸",安乐。⑥谓:评论。⑦心气:心脏之气,指心脏的强弱而言。⑧官:事。理:平治。⑨数:术,方法。⑩乎然事惟:别版作"弊性事情"。弊:困之。事:劳。⑪教诏:教导。⑫曳、娄:拖曳,指穿着。诗句出自《诗经·唐风·山有枢》。

【译文】宓子贱治理单父这个地方,每天弹奏着琴,没有走下公堂,就把单父治理得很好。后来巫马期也治理单父,清早天空中还有星星的时候他就出去工作,一直到晚上星星出现了才回家,无论白天或晚上他都不休息。凡事都亲力亲为,把单父也治理得不错。巫马期问子贱治理单父的做法和感想。子贱回答说:"我任用贤能的人帮助我做事,而你是尽自己个人的力量努力去做。把事情交给贤能的人去做所以觉得安逸,凡事都亲自去做所以觉得辛苦。"有人评议宓子贱是个真君子。他能让身体安逸不觉劳累,让耳朵、眼睛能够保全不受损伤,让心气平和不发脾气。这样把所有的事情都治理得很好,因为他懂得运用有效的方法。巫马期就不是这样,对治理这类事只用一种办法,自己尽力去劳作,去教化百姓,虽说也把单父治理得很好,但是还没有到达最高的境界。《诗经》说:"你有上衣和下裳,不去穿戴放在箱子里;你有车子与乘马,不去驾骑放在一旁。"

53.不能勤苦

子路曰:"士不能勤苦,不能轻死亡,不能恬贫穷①,而曰我行义,吾不信也。昔者,申包胥立于秦廷②,七日七夜,哭不绝声,是以存楚。不能勤苦,焉得行此?比干且死③,而谏愈忠;伯夷、叔齐饿于首阳,而志益彰。不轻死亡④,焉能行此?曾子褐衣缊绪⑤,未尝完也;粝米之食⑥,未尝饱也。义不合,则辞上卿。不恬贫穷,焉能行此?夫士欲立身行道,无顾难易,然后能行之;欲行义白名⑦,无顾利害,然后能行之。"《诗》曰:"彼己之子,硕大且笃⑧。"良非笃修身行之君子⑨,其孰能与之哉⑩?

【注释】①恬:安。②申包胥:春秋楚国的大夫,姓公孙,名包胥。封以申,故号申包胥。③且:将要。④轻:看轻,使动用法。⑤褐衣:粗毛布衣。缊绪:旧棉絮。⑥粝米:糙米。⑦白:显著。⑧硕大:指德行美好。笃:指性情厚重。诗句出自《诗经·唐风·椒聊》。⑨良:实在。⑩孰:怎么。与:参与。

【译文】子路说:"士人不勤勉吃苦,不看淡死亡,不安心过贫穷的生活,却说我能够实行道义,我是不相信的。从前,申包胥站在秦国的朝廷上,七天七夜,不停地哭泣,因此得以保存楚国。如果他不能勤勉吃苦,怎么能够做到这点呢?比干将要被纣王处死时,他更加忠心地劝告纣王;伯夷、叔齐在首阳山挨饿,他们的心志更加明显。没有看淡死亡,怎么能够做到这些呢?曾参即使穿的是粗布衣服,也从没有完好过;吃的即使是糙米饭,也从没有吃饱过。如果要他做不合道义的事,他宁愿辞去上卿的职位。没有安于过贫穷生活的人,怎么能够做到这点呢?士人要想立身于世实行正道,应该不考虑事情困难或容易而都去做,这样理想才能实现;要想实行正义使名声彰显,应该不管事情是有利还是有害,这样理想才能实现。"《诗经》说:"他那个人呀,德行美好而且性情厚重。"不是有深厚修养、身体力行的君子,怎么能够达到这种地步呢?

54.薪于韫丘

子路与巫马期薪于韫丘之下①,陈之富人有虞师氏者,脂车百乘②,觞于韫丘之上③。子路与巫马期曰:"使子无忘子之所知④,亦无进子之所能⑤,得此富,终身无复见夫子,子为之乎?"巫马期喟然仰天而叹,阘然投鎌于地⑥,曰:"吾尝闻之夫子:'勇士不忘丧其元⑦,志士仁人不忘在沟壑。'子不知予与⑧?试予与?意者,其志与⑨?"子路心惭,故负薪先归。孔子曰:"由来⑩,何为偕出而先返也?"子路曰:"向也⑪,由与巫马期薪于韫丘之下,陈之富人有处师氏者,脂车百乘,觞于韫丘之上,由谓巫马期曰:'使子无忘子之所知,亦无进子之所能,得此富,终身无复见夫子,子为之乎?'巫马期喟然仰天而叹,阘然投鎌于地,曰:'吾尝闻夫子:"勇士不忘丧其元,志士仁人不忘在沟壑。"子不知予与?试予与?意者,其志与?'由也心惭,故先负薪归。"孔子援琴而弹。《诗》曰:"肃肃鸨羽⑫,集于苞栩⑬。王事靡盬⑭,不能蓺稷黍⑮。父母何怙⑯?悠悠苍天,曷其有所⑰?"予道不行邪,使汝愿者。"

【注释】①薪:采薪。韫丘:山名。郝懿行《尔雅义疏》:"韫丘当即宛丘,声近假借也。"宛丘在陈国都城旁侧,今河南省淮阳县东南。②脂车:油涂车轴,以利运转。借指驾车出行。③觞:酒杯。这里指进酒劝饮。④使:假如。⑤进:长进,进步。⑥阘然:投物的声音。鎌:同"镰"。⑦元:头。⑧予:

我。与：通"欤"。疑问语气词。⑨意：通"抑"，还是。⑩由：子路名。来：助词。⑪向：昔，以前。⑫肃肃：羽声。鸨：鸟名，形状像雁，而比雁大，脚上无后趾。⑬苞：茂盛。栩：栎树。⑭监：停息。⑮蓺：种植。⑯怙：依靠。⑰曷：何。所：处所，指安身的地方。诗句出自《诗经·唐风·鸨羽》。

【译文】子路和巫马期在韫丘下砍柴，陈国有个富人姓虞师的，他驾车百辆邀请亲朋好友，在韫丘上饮酒作乐。子路看了就跟巫马期说："假如让你不忘掉你所获得的知识，也不增长你所具有的才能，得到像陈国富人那么多的财富，让你一辈子见不到老师，愿意这样做吗？"巫马期脸朝向天，深深地叹息着，把镰刀嗒的一声投掷在地上，说："我曾经听老师说：'勇敢的人，不怕掉失脑袋；有高尚志向和道德的人，不怕弃尸山沟，死无葬身地。你难道不知道我的志向吗？这是用话来试探我呢？还是你自己就有这个志向呢？"子路心中感到惭愧，因此背着柴先回家。孔子看见子路回来，就问道："由，为什么你和巫马期一道去砍柴，但是你却先回来呢？"子路回答说："刚才，我同巫马期在韫丘下砍柴，陈国有一个富人姓虞师的，他驾车百辆邀来亲朋好友，在韫丘上饮酒作乐。我跟巫马期说：'假如让你不忘记你所学到的知识，也不增长你所具有的才能，得到像陈国富人那么多的财富，然后让你一辈子见不到老师，愿意这样做吗？'巫马期脸朝向天，深深地叹息着，把镰刀嗒的一声丢在地上，说：'我曾经听到老师说：勇敢的人，不怕掉失脑袋；有高尚志向和道德的人，不怕弃尸山沟，死无葬身地。你难道不知道我的志向吗？这是用话来试探我呢？还是你自己就有这个志向呢？我心里感到惭愧，因此背着柴先回家。"孔子拿起琴来弹唱起来。《诗经》中说："鸨鸟翅膀振动，发出肃肃的声响，它停息在桦树上。为了大王的差事忙个不停,还不能在家种小米和高粱。父母亲的生活依靠谁呢?老天呀老天!我什么时候能够获得安身的地方呢?"我倡导的仁道不能实行,使得你这样期望着。

55.有埶尊贵

子曰:"士有五:有埶尊贵者①,有家富厚者,有资勇悍者②,有心智惠者③,有貌美好者。有埶尊贵者④,不以爱民行义理,而反以暴敖⑤。家富厚者,不以振穷救不足,而反以侈靡无度。资勇悍者,不以卫上攻战,而反以侵陵私斗。心智惠者,不以端计数⑥,而反以事奸饰诈⑦。貌美好者,不以统朝莅民⑧,而反以蛊女从欲⑨。此五者,所谓士失其美质者也。"《诗》曰:"温其如玉⑩,在其板屋⑪,乱我心曲⑫。"

【注释】①埶:同"势",权势。②资:天性。勇悍:勇敢强悍。③惠:同"慧"。④有埶尊贵者:别版作"埶尊贵者"。⑤暴敖:暴戾骄傲。别版下有"凌物"二字。敖:通"傲"。⑥端:审察。数:治乱的定数。⑦事奸:从事奸邪的事。饰诈:掩饰诈伪。⑧统朝莅民:统理朝廷官吏,治理人民。⑨蛊:诱惑。从:通"纵",放纵。⑩温:温和。⑪板屋:用木板盖成的房屋。⑫心曲:心灵深处。诗句出自《诗经·秦风·小戎》。

【译文】孔子说:"士人有五类:有的权势强大,有的家境富裕,有的本性勇敢,有的天资聪颖,有的面容俊美。权势强大的人,没有利用他的权力去爱护人民,依照法理去做事,反而利用暴戾傲慢的权力欺侮人们。家境富裕的人,没有使用他的财富去救济贫困的人，反而利用财富过着奢侈靡烂、没有节度的生活。本性勇敢的人，没有利用他的勇敢保卫君王，和敌人战斗，反而用来欺侮人们，参与私斗。天资聪颖的人，没有利用他的明察来策划政务措施，反而用来做奸邪的事，掩饰诈伪的行为。面容俊美的人，没有利用他的良好形象去带动朝廷官吏、统率人民建设家园，反而用来诱惑女子放纵情欲。这五种人，可说是士人中丧失了美好本性的。《诗经》说："君子温和好像玉一般，我住在板屋里想念着他，心灵的深处都被搅乱了。"

56.事行为后

上之人所遇，色为先①，声音次之，事行为后。故望而宜为人君者②，容也；近而可信者，色也；发而安中者③，言也；久而可观者，行也。故君子容色，天下仪象而望之④，不假言而知为人君者⑤。《诗》曰："颜如渥丹⑥。"其君也哉！

【注释】①色为先：别版作"容色为先"。色：肤色，指外貌与表情。②故望而宜为人君者：别版作"故望而知宜为人君者"。③安中：妥善。④仪象：准则。⑤不假言而知为人君者：别版作"不假言而知宜为人君者"。⑥渥：浸染。丹：红色。诗句出自《诗经·秦风·终南》。

【译文】处于上位的人，人民所能接触到的，首先是外在的容颜，其次是声音，最后是他做事行为。所以一眼看去，就知道他适合做君主的，是他的容貌；和他接近，就知道他是可以相信的，是他脸上的表情；听他所表达的就很恰当，是他的语言；和他长久相处发现有值得看的,是他的做事行为。所以君子的容貌和颜色,天下人都把它作为准则,不需要用言语说明,就知道他适合做君主。《诗经》说:"他的脸色红润得好像浸染着红色泥土。"人们一眼看去就知道他是君王呀!

57.子夏读诗

子夏读《诗》已毕①。夫子问曰:"尔亦何大于《诗》矣②?"子夏对曰:"《诗》之于事也,昭昭乎若日月之光明③,燎燎乎如星辰之错行④。上有尧舜之道,下有三王之义⑤。弟子不敢忘,虽居蓬户之中⑥,弹琴以咏先王之风⑦。有人亦乐之,无人亦乐之。亦可发愤忘食矣⑧。《诗》曰:'衡门之下⑨,可以栖迟⑩;泌之洋洋⑪,可以乐饥⑫。'"夫子造然变容⑬,曰:"嘻⑭!吾子始可以言《诗》已矣。然子以见其表⑮,未见其里。"颜渊曰⑯:"其表已见,其里又何有哉?"孔子曰:"窥其门⑰,不入其中,安知其奥藏之所在乎⑱!然藏又非难也。丘尝悉心尽志,已入其中。前有高岸,后有深谷,泠泠然如此⑲,既立而已矣。"不能见其里,未谓精微者也⑳。

【注释】①子夏:春秋卫国人,姓卜,名商,字子夏,孔子的学生,和子由同列文学科。②大:赞美。③昭昭乎:光明的样子。④燎燎乎:明显的样子。错行:相互交错运行。⑤三王:指夏商周三代开国的君王——夏禹、商汤、周文王。⑥蓬户:用蓬草编成门,谓简陋的房子。⑦风:诗歌。⑧发愤:谓心里自觉不满足而奋力去做。⑨衡门:横木作为门,言房屋简陋。⑩栖迟:

安身止息。⑪泌：泉水。洋洋：水势盛大的样子。⑫乐饥：喜乐正道，忘记饥饿。诗句出自《诗经·陈风·衡门》。⑬造然：仓卒的样子。⑭嘻：惊叹词。⑮以：通"已"，已经。⑯颜渊：名回，字子渊，故亦称颜渊，春秋鲁国人，孔子的学生，敏而好学，安贫乐道。⑰窥：视。⑱奥：深秘不易窥见。藏：指珍藏。⑲泠泠然：领悟的样子。⑳精微：精粹微妙。

【译文】子夏读完了《诗经》。孔子问道："你对于《诗经》有什么赞美的话吗？"子夏回答道："《诗经》里记载的事情，光耀得好像太阳月亮般明丽，显明得像天上的星星在旋转运行。往上说包含着唐尧、虞舜治理天下的道理，往下来说包含夏禹、商汤、周文王平定天下的道理。我牢牢记在心里，一刻也不敢把它忘记。虽然我居住在简陋的房子里，弹着琴，吟咏着古代圣王的诗歌。有人和我在一起我感到快乐，没有人和我在一起我也感到快乐。努力去追求道义都忘记了吃饭。《诗经》说：'简陋的房子里，可以作为我安身的地方；泉水洋洋地流淌着，我喜爱道义可以忘记饥饿。'"孔子突然脸色大变，说："啊！现在可以跟你讨论《诗经》了。可是你虽然已经看到它的外表，还没有看到它的实质。"颜渊说："它的外表已经看到，它的实质还有什么呢？"孔子回答说："只站在门口看现象，没有深入到它的本质，怎么知道其中深藏的精妙的道理！但是要发现其中精微的道理，也不是件困难的事。我曾经竭尽我的心志，深入到里面去了解本质。好像前面有高大的河岸，后面有深邃的山谷，已经领悟到这种地步，痴痴地站立在那里！"如果没能看到它的本质，不能说得到了它的精粹和微妙。

58.飘风厉疾

传曰：国无道则飘风厉疾①，暴雨折木，阴阳错氛②，夏寒冬温，春热秋荣③，日月无光，星辰错行，民多疾病，国多不祥，群生不寿，而五谷不登④。当成周之时⑤，阴阳调，寒暑平⑥，群生遂⑦，万物宁。故曰："其风治⑧，其乐连，其驱马舒，其民依依⑨，其行迟迟⑩，其意好好⑪。"《诗》曰："匪风发兮⑫，匪车偈兮⑬。顾瞻周道⑭，中心怛兮⑮。"

【注释】①飘风：暴风。②阴阳错氛：阴气阳气错乱。氛：气。③热：炎热，别版作"熟"。荣：花。④五谷：指稻、黍、稷、麦、豆。登：成熟。⑤成周：古地名，故城在今河南省洛阳县东北，周平王建都在这里，称为东周。⑥平：均等。⑦遂：安定。⑧风：风俗。⑨依依：柔顺，留恋的样子。⑩迟迟：徐缓，从容。⑪其意好好：他的心和善。⑫匪风：不合正道的风，暴风。⑬匪车：不合正道的车子。偈：疾驰的样子，别版作"揭"。⑭周道：东周时的政治。⑮怛：悲伤。诗句出自《诗经·桧风·匪风》。

【译文】书传记载说：国家政治黑暗，就像狂风猛烈地刮起，暴雨把树木折断，阴阳错乱，夏天变得寒冷，冬天变得温暖，春天炎热酷暑，秋天草木开花，太阳月亮失去光辉，星辰的运行轨道失常，人民多患疾病，国家发生许多灾异，百姓没能长寿，五谷没能丰收。在东周初年，阴阳开始调和，寒冷暑热均为正常，人民的生活安定，万物自然生长。所以说："当时的风俗淳朴，欢欣快乐，赶马从容舒缓，人民留恋生活，走路从容不迫，内心平和善良。"《诗经》说："暴风在吹着，车子胡乱地奔驰。回想起东周初年政治清明，心里开始感到悲伤。"

59.治气养心

夫治气养心之术：血气刚强，则务之以调和①；智虑潜深②，则一之以易谅③；勇毅强果④，则辅之以道术；齐给便捷⑤，则安之以静退⑥；卑摄贪利⑦，则抗之以高志；容众好散⑧，则劫之以师友⑨；怠慢摽弃⑩，则慰之以祸灾⑪；愿婉端悫⑫，则合之以礼乐。凡治气养心之术，莫径由礼⑬，莫优得师，莫慎一好⑭。好一则博，博则精，精则神，神则化，是以君子务结心乎一也。《诗》曰："淑人君子⑮，其仪一兮⑯，其仪一兮，心如结兮⑰。"

【注释】①务：致力。②潜深：深沉。③一：专一。易：坦率。谅：忠直。④强果：坚强果断。⑤齐给：敏捷。便捷：敏捷，灵活。⑥静退：安静柔和。⑦卑摄：志气卑下畏缩。摄，通"慑"，畏惧。⑧容众好散：荀子《修身篇》作"庸众驽散"。容：通"庸"，平凡。驽：才能低下。散：不拘检。⑨劫：感化。⑩摽弃：自己抛弃自己。摽：轻，看轻自己。弃：自弃。⑪慰：畏的假借字，畏惧。⑫愿：谨慎。婉：和顺。端：正直。悫：诚谨。⑬径：敏捷迅速。⑭一好：喜好专一，思虑不杂。⑮淑：善。⑯仪：态度。⑰结：绳结。如结，形容心意的坚定。诗句出自《诗经·曹风·鸤鸠》。

【译文】治气养心的方法在于：对于血气刚强的人，就致力调理，使他内心柔和；对于思虑深沉的人，就专用平易良善来教导他；

对于勇敢坚决的人，就用正道引导他；对于说话急躁敏捷的人，就应节制他，使他安静舒缓；对于志气卑下畏缩而贪图利益的人，就提高他的勇气与意志；对于平时懒散的人，就可以让他的老师和朋友一起来约束、激励他；对于懈怠自暴自弃的人，就用将会遭受祸害来警示他；对于谨慎和顺、正直诚实的人，就用礼乐陶冶他。治气养心的方法，没有比遵循礼义更快捷的，没有比得到良师更重要的，也没有比所好专一更加神妙的了。所以喜好专一的学问就能广博，广博就能专精，专精就获得神明的护佑，神明就会化为善良的心态，所以君子要专心致志、始终如一。《诗经》说："善良君子，他的态度始终如一，他的态度始终如一，他内心的意志如同绳结般坚定不移。"

60.千金之玉

玉不琢，不成器；人不学，不成行①。家有千金之玉，不知治，犹之贫也；良工宰之②，则富及子孙。君子谋之③，则为国用。故动则安百姓，议则延民命。《诗》曰："淑人君子，正是国人④；正是国人，胡不万年？"

【注释】①行：德行。②宰：治理。③谋：想到。④正：安定。诗句出自《诗经·书风·鸤鸠》。

【译文】玉石没有经过雕琢，就不能成为有用的器物；人没有经过学习，就不能成就他的德行。家里有很贵重的玉，不知道加以琢磨成器,这如同没有宝玉一样贫穷;经过手艺精湛的工匠雕琢成为宝物,那就能使得子子孙孙变得很富有。君子有这种方法,就会被国家器重。他的作为就能使人民的生活更加安定,他的议政能延及人民的生计。《诗经》说:"善良君子,在于安定百姓的生活;如果安定百姓的生活,怎么不会使得百姓长寿呢?"

61. 嫁女之家

嫁女之家,三夜不息烛,思相离也。取妇之家①,三日不举乐,思嗣亲也②。是故婚礼不贺,人之序也③。三月而庙见④,称来妇也⑤。厥明见舅姑⑥,舅姑降于西阶⑦,妇升自阼阶⑧,授之室也⑨。忧思三日,不杀三月⑩,孝子之情也。故礼者,因人情为文。《诗》曰:"亲结其缡⑪,九十其仪⑫。"言多仪也。

【注释】①取:即娶。②嗣亲:传宗接代。嗣:接续。③序:代。指女子由娘家嫁到夫家,替代婆婆承担家务,与丈夫负起传宗接代的责任。④庙见:结婚时,如果新郎的父母已死,在结婚三个月后,新妇要到公公婆婆的庙里祭奠,这种礼节,叫做庙见。⑤来妇:来到公婆家为媳妇。《仪礼·士昏礼》:"若舅姑既没,则妇人三月乃奠菜,祝曰:某氏来妇。"⑥厥:其,指结婚那天。厥明:结婚的第二天。明:明日。舅:公公,新妇称丈夫的父亲为舅。姑:婆婆,新妇称丈夫的母亲为姑。⑦西阶:在庭院西边的石阶,是宾客上下厅堂时所走的石阶,又称宾阶。阼阶:在庭院东边的石阶,是主人上下厅堂时所走的石阶,又称主阶。⑨室:家室,指家室里的事情。⑩杀:减轻。⑪缡:遮蔽膝盖的东西。古时女子出嫁,母亲为其结缡。⑫九十:言多。诗句出自

《诗经·豳风·东山》。

【译文】嫁女儿的人家，一连三天晚上就寝都不熄灭火烛，为的是思念亲人就要相互离别了。娶媳妇的人家，一连三天都不作乐，考虑到娶媳妇来传宗接代的责任重大。所以婚礼不庆祝，因为这是传宗接代的重要时候。在结婚后三个月中，选定一个日期，让新媳妇到公婆的庙里祭奠，儿媳自称为来妇。在结婚的第二天清早，新媳妇在厅堂里拜见公婆，公婆从西边的宾客台阶走下来，新媳妇从东边的主人台阶走上去，这表示公婆已经把全家的家务交给儿媳处理了。为什么要忧思三天，一直到三个月还没减轻，这是孝顺父母的心情造成的啊！所谓礼，就是依据人的感情而制定的规章。《诗经》说："母亲亲自为出嫁的女儿结璃，婚嫁的礼仪有九十来项呀。"就是说婚嫁时有很多礼仪。

62.治道毕矣

原天命①，治心术②，理好恶③，适情性，而治道毕矣④。原天命，则不惑祸福；不惑祸福，则动静修⑤。治心术则不妄喜怒，不妄喜怒则赏罚不阿⑥。理好恶则不贪无用，不贪无用则不害物性⑦。适情性则不过欲，不过欲则养性知足⑧。四者不求于外，不假于人，反诸己而存矣⑨。夫人者，说人者也⑩。形而为仁义⑪，动而为法则。《诗》曰："伐柯伐柯⑫，其则不远。"

【注释】①原：本，依据。天命：天所赋予的，如贤愚吉凶。②治：

研究。心术：心思，念头。③好：喜爱。恶：厌恶。④治道：修养德行的方法。⑤动静俻：别版作"动静循理"。⑥阿：偏袒。⑦物：外物。性：本性。⑧欲：欲度。⑨反：反省。诸：之于。存：具有。⑩说人：使别人喜悦。说：同"悦"。⑪形：表现。⑫伐柯：砍伐树枝，做成斧柄。柯：斧柄。诗句出自《诗经·豳风·伐柯》。

【译文】人们秉持上天所赋予的使命，修正自己的心念，理清喜好、厌恶，调理喜怒哀乐的心情，使得情性能够适应环境，这样，个人修养德行的方法就已具备了。人们秉持上天所赋予的使命，就不被祸福所迷惑；不被祸福所迷惑，行为就能动静循理。就不会喜怒无常，不会喜怒无常那赏罚就不会出现偏差。理清喜好厌恶的对象就不会贪求于本性无用的东西，不贪求于本性无用的东西就不会因物欲而伤害本性。把喜怒哀乐的性情调和好了，欲望就不会超过节度；欲望不超过节度，便能滋养心性，获得内心的满足了。这四种修养德行的方法，不必去外面寻求，也不需别人的帮助，不断反省自己，这样品德就具备了。做人，在于使别人喜欢你。表现在外在的行为都合于仁义，每一举动都可以成为别人的榜样。《诗经》说："砍伐树枝做斧柄，砍伐树枝做斧柄，就依照手里拿的斧柄尺度去伐取好了。"

卷 三

63.甑盆无膻

传曰：昔者，舜甑盆无膻①，而下不以余获罪②；饭乎土簋③，啜乎土型④，而农不以力获罪⑤。麑衣而执甑领⑥，而女不以巧获罪⑦。法下易由，事寡易为功⑧，而民不以政获罪⑨。故大道多容，大德多下；圣人寡为，故用物常壮也⑩。传曰：易简而天下之理得矣。《诗》曰："政有夷之行⑪，子孙保之。"忠易为礼，诚易为辞，贤人易为民，工巧易为材。《诗》曰："政有夷之行，子孙保之。"

【注释】①甑：炊物用的瓦器。盆：盛物用的瓦器，口大，较盘为深。膻：同"膻"，肉类食物。②下：指在下的人民。以：因为。余：丰足。③饭：吃饭。土簋：盛饭的瓦器。④啜：饮。型：通"铏"，盛汤的器具。⑤农：农业生产者。⑥麑：小鹿。甑：曲。⑦巧：巧妙。⑧事寡易为功：别版作"事寡易为"。⑨政：法制政令。⑩用：行。物：事。壮：大。⑪政：政令。夷：易。行：

实行。诗句出自《诗经·周颂·天作》。

【译文】书传记载说：从前，虞舜的生活非常节俭，他饮食的碗里没有肉类，而在下的人民不会因为富裕而犯罪；他吃饭用的是瓦器，喝汤用的也是这样器皿，农夫不会因为力气用在生活所需之外而犯罪。他穿的是小鹿皮做的衣服，领子是弯曲的，女子不会因为缝纫的技术高超而犯罪。法令简单人民就容易遵从，事情简约人民就容易做完，不会因为违反政令而犯罪。由此可见，具有大道的人能够容纳许多人，具有大德的人，人民愿意归附他；圣明的人很少作为，所以能常做出伟大的事。书传记载说：把握简易的原则，天下的道理就能得到了。《诗经》说："国君简明的政令容易实施，人民自觉遵守，后世子孙就能长久保住他建立的功业。"一个人如果尽忠，他的行为就容易合于礼，一个人如果真诚，说出的话就精准，贤人容易成为良民，工匠技术好就容易处理材料。《诗经》说："国君简明的政令容易实施，人民自觉遵守，后世子孙就能长久保住他建立的功业。"

64.有殷之时

有殷之时①，谷生汤之廷②，三日而大拱③。汤问伊尹曰："何物也？"对曰："谷树也。"汤问："何为而生于此？"伊尹曰："谷之出泽，野物也，今生天子之庭，殆不吉也。"汤曰："奈何？"伊尹曰："臣闻：妖者，祸之先；祥者，福之先。见妖而为善，则祸不至；见祥而为不善，则福不臻④。"汤乃斋戒静处⑤，夙兴夜寐。吊死问疾,赦过赈穷。七日而谷亡,妖孽不见,国家昌。《诗》曰:"畏天之威⑥,于时保之⑦。"

【注释】①有殷之时:殷时。有、之:语助词。②谷:树木名,落叶乔木,高二三丈,树皮纤维。③拱:两手合抱。④臻:到达。⑤斋戒:不饮酒,不茹荤,沐浴更衣,以示虔诚。⑥威:威灵。⑦时:是。保:安定。诗句出自《诗经·周颂·我将》。

【译文】殷商的时候,谷树生长在商汤王的宫廷里,过了三天,大得可以两手合抱。商汤问伊尹:"这到底是什么东西?"伊尹回答:"这是谷树。"商汤又问:"谷树为什么会生长在这里呢?"伊尹回答说:"谷树生长在水泽,是野生的植物,现在长到天子的宫廷里,恐怕不吉利。"商汤说:"那该怎么办?"伊尹说:"我听说,妖孽总是在灾祸没有发生前出现,祥瑞在福运没有到来前出现。发现了妖孽而做好事,那么灾祸就不会来临;发现祥瑞而做不好的事,那么福运就不会来临。"商汤于是斋戒,安静地独自在房间里反省,每日清早起床,很晚才去睡。哀吊死者家属,慰问伤患病人,赦免犯错囚人,赈济贫困穷人。经过七天,谷树就死了,妖孽消失了,国家开始兴盛起来了。《诗经》说:"敬畏天上的威灵,因此国家得以安定。"

65.文王寝疾

昔者,周文王之时,莅国八年①,夏六月,文王寝疾②。五日而地动,东西南北不出国郊③。有司皆曰④:"臣闻:地之动,为人主也。今者，君王寝疾，五日而地动，四面不出国郊。群臣皆恐，请移之⑤。"文王曰："奈何其移之也⑥？"对曰："兴事动众，以增国城，其可移之乎！"文王曰："不可。夫天之道见妖⑦，是以罚有罪也，我必有罪，故此罚我也。今又专兴事动众⑧，以增国城，是重吾罪也，不可以之⑨。昌也请改行重善移之，其可以免乎！"于是遂谨其礼节⑩，袄皮革以交诸侯；饰其辞令，币帛以礼俊士⑪；颁其爵列等级田畴⑫，以赏有功。遂与群臣行此，无几何而疾止。文王即位八年而地动，之后四十三年，凡莅国五十一年而终，此文王之所以践妖也⑬。《诗》曰："畏天之威，于时保之。"

【注释】①莅国：在位。莅：临。②寝疾：卧病。③国：都城。④有司：有关官吏。⑤移：转移。⑥奈何：如何。⑦见：显露。⑧专：特别。⑨不可以之：别版作"不可以移之"。⑩谨：慎重办理。⑪饰：通"饬"，整治。辞令：应对的言辞。币帛：馈赠的礼物。币：圭璧。帛：丝绸。⑫颁：赐予。爵列：爵位。田畴：田地。⑬践：消除。

【译文】从前，周文王的时候，当他即位后八年，夏天的六月，文王卧病在床。生病后的第五天，发生地震，地动的范围没有超出京城的郊外。官吏都说："我们听说，地震是因国君而发生的。现在，君王生病五天发生地震，四面没有超出京城的郊外。许多臣子都感到恐惧，请求把疾病转移到其他地方去。"文王说："怎么把疾病转移出去呢？"官吏回答说："发动民众大兴土木，来扩充京城，大概就可以把您的疾病转移出去。"文王说："不可以这样做。上天显示出妖孽，是用来惩罚有罪的人，一定是我有罪，所以上天来处罚我。现在又专门大兴土木，使民众劳苦，来扩充京城，这是加重我的罪过，不可以这样做。我要改变我的作为，着重行善，来转移我的疾病，或许可以消除我的罪过吧！"因此就慎重整修礼节，备足祭祀皮具，与各诸侯结交；斟酌交往辞令，赠送圭璧丝绸，以表示对才智出众者的敬意，把爵位、田地赏赐给有功劳的人。于是和臣子们一起做这些事情，没过多久，文王的疾病便好了。文王在位八年，发生地震，以后又当了四十三年的君主，总共在位五十一年才逝世，这就是文王用来消除灾祸的办法。《诗经》说："敬畏天上的威灵，因此国家得以安定。"

66.不尊无功

王者之论德也①，而不尊无功，不官无德，不诛无罪。朝无幸位，民无幸生②。故上贤使能③，而等级不逾④；折暴禁悍⑤，而刑罚不过⑥。百姓晓然皆知夫为善于家，取赏于朝也；为不善于幽，而蒙刑于显。夫是之谓定论⑦，是王者之德⑧。《诗》曰："明昭有周⑨，式序在位⑩。"

【注释】①王者之论德也：别版作"王者之论也"。②幸：侥幸。③上：通"尚"，尊重。④不逾：各当其材。⑤折暴：制裁暴戾的人。⑥刑罚不过：刑罚没有错失，罚当其罪。过：错。⑦定论：不能改变的理论。⑧是王者之德：别版作"是王者之论"。⑨明昭：明白显示。周：周朝。诗句出自《诗经·周颂·时迈》。⑩式：语词。序：按照次序。

【译文】君主有评判品德高下的准则,不尊崇没有功劳的人,不任命没有德行的人做官,不诛杀没有罪过的人。在朝的臣子没有能侥幸得到爵位的,在野的百姓也没有能侥幸生存的。所以要尊重有贤德的人,任用有才能的人,按照等级给与适当的职位而不越级;制裁暴戾的人,禁阻凶悍的人,刑罚没有乱用。百姓都清楚地知道在家做了好事,在朝廷都能得到奖赏;在暗地里做了坏事,也会当着众人受到刑罚。这些就叫做常理,都是王者的德政标准。《诗经》说:"明白地昭示诸侯,周朝的天子拥有天下,是因为能把贤能的人依次安排在适当的职位上。"

67. 从俗为善

传曰:以从俗为善,以货财为宝,以养性为己为道①,是民德也②,未及于士也。行法而志坚③,不以私欲害其所闻,是劲士也,未及于君子也。行法而志坚,好脩其所闻,以矫其情,言行多当,未安谕也④,知虑多当,未周密也⑤,上则能大其所隆也⑥,下则能开道不若己者⑦,是笃厚君子,未及圣人也。若夫百王之法⑧,若别白黑;应当世之变,若数三纲⑨;行礼要节⑩,若运四支⑪;因化之功⑫,若推四时⑬;天下得序,群物安居,是圣人也。《诗》曰:"明昭有周,式序在位。"

【注释】①养性:使心智本性不受损害。②民德:普通人的道德。③行法:行为合于法度。④安:妥善。谕:明了。⑤周密:周道细密。⑥大其所隆:

把所尊崇的人的学说发扬光大。所隆：所尊崇的人。⑦不若己者：不如自己的人。⑧若夫百王之法：别版作"若夫修百王之法"。⑨若数三纲：好像计算三个数目那样容易。⑩要节：自我约束以合乎礼节法度。⑪支：肢。⑫因化之功：凭借时势的变化而建立功业。⑬推：转动。

【译文】书传记载说：把顺从世俗认为是善行，把财物认为是宝贝，把保护心智本性认为是要道，这是普通人的道德，还没有达到士人的境界。行为合于法度，意志坚定如一，不让私欲妨害自己的视听，这是刚正的士人，还没有到达君子的境界。行为合于法度，志意坚定如一，喜好思虑他所听闻的事物，以矫正自己的性情，说话和行为多半恰当，但是还没有完全明了其中的道理，拥有知识、思考问题多半恰当，但是还不能做得周密细致，对上层而言，能够把自己所尊崇的人的学说发扬光大，对下层而言，能够启发指导不如自己的人，这是笃实厚德的君子，还没有到达圣人的境界。面对历代王朝所颁布的法令，好像辨别白色和黑色那样便利；应付当世的变化，好像计算几个简单的数目那样容易；行礼合于法度，好像运转四肢一样方便；顺应时势的变化建立功业，好像上天运转四时一样自然；使得天下事物都有一定次序，万物各得其所，这样便算是圣人。《诗经》说："明白地昭示诸侯，周朝的天子拥有天下，是因为能把贤能的人依次安排在适当的职位上。"

68.召李克问

魏文侯欲置相①，召李克问②，曰："寡人欲置相③，非翟黄则魏成子④，愿卜之于先生⑤。"李克避席而辞曰⑥："臣闻之：卑不谋尊，疏不间亲⑦。臣外居者也，不敢当命⑧。"文侯曰："先生临事勿让。"李克曰："夫观士也，居则视其所亲，富则视其所与，达则视其所举，穷则视其所不为，贫则视其所不取，此五者足以观矣。"文侯曰："请先生就舍⑨，寡人之相定矣。"李克出，遇翟黄，曰⑩："今日闻君召先生而卜相，果谁为之⑪？"李克曰："魏成子为之。"翟黄悖然作色⑫，曰："吾何负于魏成子⑬？西河之守⑭，吾所进也⑮；君以邺为忧⑯，吾进西门豹⑰，君欲伐中山⑱，吾进乐羊⑲；中山既拔⑳，无守之者，吾进先生；君欲置太子傅，吾进赵苍㉑。皆有成功就事，吾何负于魏成子？"克曰："子之言克于子之君也，岂比周以求大官哉㉒！君问置相，非成则黄，二子何如？臣对曰：君不察故也。居则视其所亲，富则视其所与，达则视其所举，穷则视其所不为，贫则视其所不取。五者以定矣，何待克哉？是以知魏成子为相也，且子焉得与魏成子比？魏成子食禄日千钟㉓，什一在内，以聘约天下之士㉔，是以得卜子夏㉕、田子方㉖、段干木㉗，此三人，君皆师友之。子之所进皆臣之，子焉得与魏成子比乎？"翟黄逡巡再拜曰㉘："鄙人固陋㉙，失对于夫子。"《诗》曰："明昭有周，式序在位。"

【注释】①魏文侯：战国魏驹孙，名斯，《史记》作"都"，周威烈王时，与韩赵列为诸侯，在位三十八年。②李克：战国时魏国人，子夏的学生。③寡人：寡德的人，古时诸侯的谦称。④翟黄：战国魏国下郹人。《史记》作"璜"。魏成子：魏文侯的弟弟，名成。⑤卜：问，选择。⑥避席：古人席地而坐，有所敬则离坐而起。⑦间：参与计谋。⑧当命：接受命令。当：任。⑨舍：客舍，宾馆。⑩曰：别版作"翟黄曰"。⑪果：终于。⑫悖：通"勃"，勃然，忽然。⑬负：比不上。⑭西河：地名，地在黄河西，故名。陕西省华阴、白水、澄城诸县一带。⑮进：推荐。⑯邺：地名，故城在今河南省临漳县西。⑰西门豹：姓西门，名豹，战国魏文侯时为邺令，曾开凿沟渠，以利灌溉，革除人民陋俗。⑱中山：古国名。春秋时白狄别种鲜虞之国。战国时为中山国，与六国并称，后为赵武灵王所灭。⑲乐羊：战国魏文侯时将军，伐中山有功，封于灵寿。⑳拔：攻而取得。㉑赵苍：卷八第九章作"赵苍唐"，《史记·世家》作"屈侯鲋"。㉒比周：亲厚，勾结。㉓钟：量器名，六斗四升为一釜，十釜为一钟。㉔什一：十分之一。㉕卜子夏：姓卜，名商，春秋卫国人。子夏是他的字，孔子的学生。㉖田子方：战国时魏文侯的老师。㉗段干木：姓段干，名木，战国时魏国人。守道不仕，魏文侯很重视他。㉘逡巡：退却的样子。㉙固陋：卑陋。

【译文】 魏文侯想任命卿相，召李克前来商议，魏文侯问道："我打算任命卿相，不是翟黄就是魏成子，希望先生帮我进行选择。"李克从席位上站了起来推辞说："我听人家说：地位低的人不能参与计谋地位高的人的事，疏远的人不能参与计谋和君王亲近的人的事。我是外人，不敢接受你所交给的命令。"魏文侯说："对这件事，先生请不要推辞。"李克说："观察士人的方法，在平时，观察他所亲近的人；当他富裕时，就观察他把钱给哪些人；当他显达时，就观察他举荐哪些人；当他穷困时，就观察哪些是他所不做的事；当他贫乏时，就观察哪些是他所不要的东西。从这五点就足以观察出士人的人品了。"魏文侯说："请先生回宾馆，我要任命的卿相已经确定了。"李克从王宫出来，遇见翟黄，翟黄说："今天听说君王召先生去选择卿相，不知道最后决定由谁来做卿相呢？"李克说："请魏成子做卿相。"翟黄马上变了脸色，说："我什么地方比不上魏成子呢？防守西河的人是我推荐的；君王担忧邺县的治安，我推荐西门豹去管理；君王想讨伐中山国，我就推荐乐羊作将领；中山国攻克后，无人去防守，我就推荐了先生；君王要为太子找老师，我就推荐赵苍。我所举荐的人，他们办事都是成功的，我有什么地方比不上魏成子呢？"李克说："你把我推荐给国君，难道是为了结党营私，借此来求得大官吗？君王打算任命卿相，想从魏成子和翟黄两个人中作选择，问我这两个人怎么样？我只回答说：君王你没有仔细观察。你观察他平时亲近的是什么人；当他富裕时，就观察他把钱给与什么人；当他显达时，就观察他举荐什么人；当他穷困时，就观察他不做的是什么事情；当他贫之时，就观察他所不要的是什么东西。从这五点，就可以决定谁适合做卿相了，哪里是要我来决定呢？"因此知道君王选择魏成子做卿相，而且你哪里能够和魏成子相比呢？魏成子得到国家的俸禄，每天有千钟，他只把十分之一用在家里，其余的俸禄都用来聘请天下的贤士，因此得到卜子夏、田子方、段干木这三位贤人，君王都把他们看成老师和朋友。但是你所推荐的人，君王都任用为臣子，你哪里能够和魏成子相比呢？"翟黄徘徊着，再三作揖，说："我见识少，对先生不礼貌。"《诗经》说："明白地昭示诸侯，天子拥有周家天下，是因为能把贤能的人依次安排在适当的职位上。"

69. 成侯嗣公

成侯嗣公[1]，聚敛、计数之君也[2]，未及取民也[3]。子产取民也[4]，未及为政也；管仲为政也[5]，未及修礼。故修礼者王，为政者强，取民者安，聚敛者亡。故聚敛以招谷⑥，积财以肥敌，危身亡国之道也，明君不蹈也⑦。将脩礼以齐朝⑧，正法以齐官⑨。平政以齐下⑩，然后节奏齐乎朝⑪，法则度量正乎官，忠信爱刑平乎下⑫。如是，百姓爱之如父母，畏之如神明。是以德泽洋乎海内⑬，福祉归乎王公⑭。《诗》曰："降福简简，威仪反反。既醉既饱，福禄来反⑮。"

【注释】①成侯嗣公：卫国的国君。成侯，名遬，父声公训。成侯时，卫国弱小，贬号称侯。属于赵，在位二十九年。嗣公：嗣君，成侯的孙子，成侯卒，嗣君立，在位四十二年。②聚敛：搜刮民财。计数：锱铢计较。③取：治理。④子产：春秋后期郑国（今河南新郑）人，与孔子同时，是孔子最尊敬的人之一。⑤管仲：名夷吾，字仲，谥敬，故亦称敬仲。初事公子纠，后事齐桓公为相，通货积财，富国强兵，博洽多闻，为政宽猛并济。自郑简公时当政，历事定公、献公、声公，尊周室，攘夷狄，九合诸侯，一匡天下。⑥招谷：荀子《王制篇》作"招寇"。招致盗寇。⑦蹈：履行。⑧齐：完全。朝：朝廷。⑨官：官署。⑩平政：政教均平。⑪节奏：礼的节度。⑫刑：表现。⑬洋乎：流动充满。⑭祉：福。⑮"降福"句：简简：盛大。威仪：容貌和举动。反反：美善的样子。诗句出自《诗经·周颂·执竞》。

【译文】卫国国君成侯和嗣公，皆是搜刮钱财、锱铢计较的国君，都不能够治理百姓。郑国的大夫子产能够治理百姓，还没能够推行政教；齐国的大夫管仲能够实施政教，还没能够修行礼义。所以能够修行礼义的就可以做天下的君王，能够设施政教的，就能使国家富强，能够治理百姓的就能使国家安定，如果只知道搜刮钱财的，等待他的就是灭亡。搜刮钱财会招致盗寇，积蓄财富只会养肥敌人，这是危害自身，使国家走上灭亡的道路，贤明的国君是不走这样的道路的。贤明的国君要修治礼义以整肃朝廷，严正法度以整治官署，施政公平以整治百姓，然后朝廷上下都表现得彬彬有礼，官吏办事都能合于法度，百姓都表现出忠信爱利。这样，百姓爱戴国君好像父母一般，敬畏国君好像神明一样。因此，君王的恩惠能够广泽天下，福禄归属于天子诸侯。《诗经》上说："天神降下很多福运，仪表堂堂举止任重，既已喝醉吃饱，福禄不断无穷无尽。"

70. 庄王寝疾

楚庄王寝疾①，卜之②，曰："河为祟③。"大夫曰："请用牲。"庄王曰："止。古者，圣王制祭不过望④，濉漳江汉⑤，楚之望也。寡人虽不德，河非所获罪也。"遂不祭，三日而疾有瘳⑥。孔子闻之，曰："楚庄王之霸，其有方矣⑦，制节守职，反身不贰⑧，其霸不亦宜乎？"《诗》曰："嗟嗟保介⑨！"庄王之谓也。

【注释】①楚庄王：《左传·哀公六年》作"楚昭王"。②卜：古人烧灼龟甲，从纵横的兆纹推知未来事情的吉凶，这叫作卜。③河：黄河。祟：鬼神为灾祸。④望：祭山川。古代制定礼节，天子可以祭天地山川，诸侯只能祭祀国境内的山川。⑤濉漳江汉：皆水名。濉：《左传·哀公六年》作"睢"，"睢"亦作"沮"，水名。漳：漳水。江：长江。汉：汉水。这四条水流都经过楚国。⑥瘳：病愈。⑦方：道理，义理。⑧不贰：没有二心。⑨嗟嗟：重复的赞叹声。保介：副手，佐理的人。诗句出自《诗经·周颂·臣工》。

【译文】楚庄王生病了，大夫为他占卜，龟兆显示说："黄河之神在作祟。"大夫跟楚庄王说："请君王用牲畜祭祀黄河之神。"楚庄王回答说:"不行。从前,圣王制定祭祀的礼节,诸侯不能祭祀国境外的山川,濉水、漳水、长江、汉水这四条经过楚国的河流,楚国是可以祭祀的。我虽然德行不好,但是黄河的神不会降下灾祸给我的。"因而决定不祭祀黄河之神。过了三天,楚庄王的病患痊愈了。孔子听到这件事,说:"楚庄王称霸,是有道理的,依照礼义的节度,坚守着自己的职分,反省自己不犯错,他能够称霸于诸侯,不是应该的吗?"《诗经》说:"啊!你是天子的助手呀!"说的就是楚庄王这类人啊!

71. 人主之疾

人主之疾,十有二发①,非有贤医,莫能治也。何谓十二发? 痿②、蹶③、逆④、胀⑤、满⑥、支⑦、膈⑧、盲⑨、烦⑩、喘⑪、痹⑫、风⑬,此之曰十二发。贤医治之何? 曰:省事轻刑⑭,则痿不作⑮;无使小民饥寒,则蹶不作;无令财货上流,则逆不作;无令仓廪积腐,则胀不作;无使府库充实,则满不作;无使群臣纵恣⑯,则支不作;无使下情不上通,则隔不作⑰;上材恤下⑱,则盲不作;法令奉行,则烦不作;无使下怨,则喘不作;无使贤伏匿⑲,则痹不作;无使百姓歌吟诽谤⑳,则风不作。夫重臣群下者,人主之心腹支体也,心腹支体无疾,则人主无疾矣,故非有贤医,莫能治也。人皆有此十二疾㉑,而不用贤医,则国非其国也。《诗》曰:"多将熇熇㉒,不可救药。"终亦必亡而已矣。故贤医用,则众庶无疾,况人主乎?

【注释】①发：生。生一种病叫作一发。②痿：肌肉萎缩，失去动作能力。这里借指人身体上所生的病，譬喻国君在政治上错误的措施。③蹶：通"厥"，气上逆而生的病。④逆：气不顺的病。⑤胀：腹鼓胀。⑥满：胸腹胀满。⑦支：通"肢"，四肢所生的病。⑧膈：噎塞反胃。⑨盲：当从下文作"肓"。肓：膏肓。⑩烦：心中不安宁，则不省人事。⑪喘：哮喘，患者呼吸迫促，痰塞气道，搏击有声。⑫痹：麻痹，肢体失其感觉而麻木不仁。⑬风：风气藏在皮肤间，筋脉弛纵，手足麻木。⑭省：减免。事：劳役。⑮作：起，发生。⑯纵恣：不检束。⑰隔：当作"膈"。⑱上材恤下：别版作"上振恤下"。振恤：赈济。⑲无使贤伏匿：别版作"无使贤人伏匿"。伏匿：隐藏。⑳诽谤：指摘人的过错。㉑人皆有此十二疾：别版作"人主皆有此十二疾"。㉒将：行。熇熇：火炽盛的样子，这里形容暴戾的政治。诗句出自《诗经·大雅·板》。

【译文】君王会得十二种疾病，如果没有高明的医生，是没有办法把它们治好。是哪十二种疾病呢？痿、蹶、逆、胀、满、支、膈、肓、烦、喘、痹、风，就是这十二种疾病。高明的医生怎么医治呢？回答说："减轻民众的劳役，减少刑罚，那样就不会得痿病；不让百姓饥饿受寒，那样就不会得蹶病；不让财货集中在执政者的手中，那样就不会得逆病；不让国家的仓库粮食堆积腐烂，那样就不会得胀病；不让国家的仓库堆满财物，那样就不会得满病；不让一般的臣子放肆不检束，那样就不会得肢体的疾病；没有不让老百姓的心意往上传达到执政者的耳里，那样就不会得膈病；执政者救济老百姓，那样膏肓就不会得病；国家的法令能够实行，那样就不会得烦病；不要使得百姓埋怨，那样就不会得气喘病；不让有贤德的人隐藏起来，那样就不会得痹病；不要使百姓通过歌谣指摘执政者的过错，那样就不会得风病。大臣和老百姓，是国君的心腹肢体，心腹肢体没有疾病，国君才没有疾病，所以没有高明的医生，是不能把疾病治好的。国君得了这十二种疾病，不去请高明的医生治疗，那样他的国家一定不像一个国家。《诗经》说："总是施行残酷的暴政，没办法用药来救活他。"最后国家一定会灭亡的。所以高明的医生一经任用，众多百姓就没有疾病，何况是国君呢？

72.太平之时

传曰：太平之时，无瘖①、聋②、跛③、眇④、尪蹇⑤、侏儒⑥、折短⑦。父不哭子，兄不哭弟，道无襁负之遗育⑧，然各以序终者⑨，贤医之用也。故安止平正除疾之道无他焉，用贤而已矣。《诗》曰："有瞽有瞽⑩，在周之庭⑪。"纣之遗民也。

【注释】①瘖：哑巴，口不能说话的人。②聋：当作聋，耳朵听不见的人。③跛：脚偏废的人。④眇：一只眼睛瞎了的人。⑤尪蹇：跛脚的人。⑥侏儒：矮小的人。⑦折短：夭折，未成年而死的人。⑧襁负：用布幅束小儿在背上。这里指婴儿。⑨序终：在国家太平的时候，一般情形，年纪大的先死，年纪小的后死。序：次序，指年纪长幼的次序。终：死。⑩瞽：瞎子，古时以瞎子为乐官。⑪周：周朝。庭：宗庙的庭院。诗句出自《诗经·周颂·有瞽》。

【译文】书传记载说：天下太平的时候，没有哑巴、聋子、跛子、瞎子、矮子、夭折的人。做父亲的没有为儿子死亡而痛哭的，做兄长的没有为弟弟死亡而痛哭的，道路上没有被遗弃的婴儿，并且百姓都能依着长幼的顺序终其天年，因为任用了好的医生。所以要想国家安定太平、消除病害，没有其它办法，只要任用贤人罢了。《诗经》说：

"瞎眼的乐官,瞎眼的乐官,在周朝庙庭上奏乐。"这些乐官就是商纣时期遗留下来的人民。

73.丧祭之礼

传曰:"丧祭之礼废①,则臣子之恩薄②,臣子之恩薄,则背死亡生者众③。"《小雅》曰:"子子孙孙,勿替引之④。"

【注释】①废:弃置不用。②恩薄:恩情淡薄。③背死:背弃死者。丧礼废弃,人民背弃死去的亲人,不为亲人治理丧事。亡:通"忘"。生:别版作"先"。忘先:忘记祖先。④替:废弃。引:长,永远举行。诗句出自《诗经·小雅·楚茨》。

【译文】书传记载说:"丧礼和祭礼废弃,那么臣子对君父的恩情就会变得淡薄,臣子对君父的恩情变得淡薄,背弃死去的君主、父亲的人,忘记未死的君主、父亲的人就会多起来。《诗经·小雅》说:'子子孙孙,不要废弃祭祀,要永远举行。'"

74.顺于鬼神

人事伦①,则顺于鬼神②;顺于鬼神,则降福孔皆③。《诗》曰:"以享以祀④,以介景福⑤。"

【注释】①人事:人的作为。伦:合于道理。②鬼:各种生物死亡后产生的现象。神：泛指神仙。③孔：甚。皆：通"偕"，周遍。④享：祭祀奉献祭品。祀：祭祀。⑤介：求。景：大。诗句出自《诗经·周颂·潜》。

【译文】人的作为合于道理，则能顺从鬼怪神灵的意志；能够顺从鬼怪神灵的意志，那么鬼怪神灵赐予幸福就很普遍。《诗经》说："祭祀鬼怪神灵，以求得最大的福佑。"

75.武王伐纣

武王伐纣，到于邢丘①，楯折为三②。天雨，三日不休。武王心惧③，召太公而问曰④："意者⑤，纣未可伐乎？"太公对曰："不然。楯折为三者，军当分为三也。天雨，三日不休，欲洒吾兵也⑥。"武王曰："然何若矣⑦？"太公曰："爱其人，及屋上乌；恶其人者，憎其骨余⑧。咸刘厥敌⑨，靡使有余⑩。"武王曰："于戏⑪！天下未定也！"周公趋而进曰："不然。使各度其宅⑫，而佃其田⑬，无获旧新⑭。百姓有过，在予一人⑮。"武王曰："于戏！天下已定矣。"乃修武勒兵于宁⑯，更名邢丘曰怀，宁曰脩武，行克纣于牧之野⑰。《诗》曰："牧野洋洋⑱，檀车皇皇⑲，驷騵彭彭⑳，维师尚父㉑，时维鹰扬㉒，凉彼武王㉓，肆伐大商㉔，会朝清明㉕。"既反商㉖，及下车㉗，封黄帝之后于蓟㉘，封帝尧之后于祝㉙，封舜之后于陈㉚。下车而封夏后氏之后于杞㉛，封殷之后于宋㉜，封比干之墓，释箕子之囚㉝，表商容之间㉞。济河而西㉟，马放华山之阳㊱，示不复乘；牛放桃林之野㊲，示不复服也㊳；车甲衅而藏之于府库㊴，示不复用也。于是废军而郊射㊵，左射狸首㊶，右射驺虞㊷，然后天下知武王不复用兵也。祀乎明堂㊺,而民知孝;朝觐㊹,然后诸侯知以敬;坐三老于大学㊺,天子执酱而馈,执爵而酳㊻,所以教诸侯之悌也。此四者,天下之大教也。夫《武》之久㊼,不亦宜乎?《诗》曰:"胜殷遏刘㊽,耆定尔功㊾。"言伐纣而殷亡武也。

【注释】①邢丘:地名,即今河南省温县平皋故城。②楯:栏干的横木。别版作"轭"。轭:辕前以扼牛马颈的器具。③武王心惧:别版作"武王惧"。④太公:周东海人,本姓姜氏。他的祖先封于吕,从其封姓吕,名尚,字子牙,号太公望,武王灭纣,有功,封于齐营三尚父,就是吕尚,后世称他为姜太公。⑤意:通"抑",或,还是。⑥洒:同"洗",洗涤。⑦何若:何如,怎么样。⑧胥余:别版作"胥余",篯笆。⑨咸:皆。刘:杀。厥:其。敌:敌人。⑩靡:无,不要。⑪于戏:同"呜呼",感叹词。⑫各度其宅:别版作"各居其宅"。宅:房屋。⑬佃:耕种。⑭旧:古旧的人,指周国的人民。新:新人,指殷商的人。⑮予一人:我一人,帝王自称。⑯乃:于是。修武:整治军事。勒:统御。宁:地名,今河南省获嘉县。⑰行:且。克:胜,打败。牧之野:作"牧野",古地名,殷商都城近郊南面,今河南淇县南。⑱洋洋:广大。⑲檀车:兵车。皇皇:鲜明。⑳驷:一车四马。骠:赤身黑鬣腹部有白毛的马。彭彭:盛壮的样子。㉑师:太师。尚父:吕尚,后世称他为姜太公。㉒时:是。鹰扬:像鹰样的飞扬,形容勇武。㉓凉:别版作"亮",辅佐。㉔肆:发语词。㉕会:指会战。清明:天气晴朗。㉖既反商:别版作"既及商"。及商:抵达商国。㉗及下车:别版作"未及下车"。㉘黄帝:少典氏子,姓公孙,长于姬水,又姓姬,生于轩辕之丘,故曰轩辕氏,建国于有熊,故亦曰"有熊氏",以土德王,土色黄,故曰黄帝。败神农氏于阪泉,诛蚩尤于涿鹿,诸侯尊奉为帝,在位百年。蓟:《礼记·乐记》作"蓟",故城在今河北省大兴县西南。㉙祝:地名。故城在今山东省长清县东北。㉚陈:周国名。今河南省开封县以东,安徽亳县以北皆其地。㉛夏后氏:夏禹受舜禅为天子,国号夏,又称夏后氏。杞:古国名,周武王克商,求夏禹苗裔,得东楼公,封于杞,以奉禹祀,都雍丘,即今河南省杞县。㉜宋:本商帝乙子启的封地,周武王灭商,封纣子于此。即今河南省商丘县以东至江苏省铜山县以西之地。㉝箕子:商纣叔父,名胥余,为太师,封子爵,建国于箕,故称箕子。纣无道,箕子谏不听,被纣所囚禁。一说箕子被发佯狂为奴,周武王灭商,封于朝鲜。㉞表:显扬。商容:商纣时贤大夫,以直谏为纣所贬。闾:里门。㉟济:渡过。㊱华山之阳:华山,在陕西省华阴县南,亦称太华山。阳:山的南面叫做阳。㊲桃林:地名,在河南省阌县西,接陕西潼关县界。㊳服:驾。㊴衅:杀牲以血涂于器皿上祭祀。㊵废军:解散军队。郊射:在郊外射宫举行射礼。㊶左:在东郊设立的学校。狸首:射箭时所唱的诗篇,已亡佚。㊷右:在西郊设立的学校。驺虞:射箭时所唱的诗篇,见于《诗经》。㊸明堂:明政教之堂。古时天子祭祀,朝诸侯,飨功、养老,教学、选士,都在这里举行。㊹朝觐:诸侯来朝见。㊺学:古时的学校名。三老:年纪大而有德行的人。古时天子在大学举行奉养三老的礼节。㊻爵:酒杯。酳:饮食完毕,用酒漱口。㊼武:大武,舞名。描述武王伐纣的情景。㊽遏:阻止。刘:杀。㊾耆:达成。尔:此。诗句出自《诗经·周颂·武》。

【译文】武王伐纣,到了邢丘这个地方,发现车轭折为三段,天下大雨,一连下了三天都不停止。武王心里有点害怕,便召太公来,问道:"看这光景,好像是商纣还不可以讨伐吗?"太公答道:"不然。车轭折为三段,是说我们的军队应当分为三路。大雨三天不止,那是在洗涮我们兵士身上的尘土!"武王听了,说:"那又怎么办呢?"太公说:"如果爱那个人,就连他屋顶上的乌鸦也爱;要是憎恶那个人,就连他家里的篱笆也觉得讨厌。现在要去杀光敌人,不要剩下一个!"武王说:"唉!这是天下还没有安定时的做法啊!"周公快步走上前说:"不是的。应该让他们各人住在自己家里,耕种自己的土地,不论旧人还是新人,你应该亲近贤德的人。老百姓犯了过错,责任都在君王的身上。"武王说:"唉!这是天下已经安定了的做法啊!"于是在宁这个地方整肃军队,统领士兵,把邢丘改名为怀,把宁改名为修武,在牧野把纣王打败了。《诗经》说:"牧野多么宽广,战车多么鲜亮,四匹驾车的骊马非常壮大,太师吕尚实在威武,他像鹰一样张扬,辅佐武王,讨伐殷商,交战的那天,天气是那样晴明。"武王抵达商地,当他下战车时,就敕封黄帝的后裔管理蓟,帝尧的后裔管理祝,舜的后裔管理陈。他走下了战车,又封夏禹的后裔于杞国,封商纣的后裔于宋国,替比干修筑坟墓,把箕子释放出来,表彰商容所住的里门。他后来渡过黄河回到陕西,把所有战马都散放到华山南面的原野,不再乘骑;把所有拉辎重的牛都散放到桃林的草场上,不再驾御;把所有战车和盔甲都涂上牲血收藏到府库里,不再使用。于是解散了军队,在郊外的射宫里举行射礼,在东郊学宫举行射礼时,歌唱《狸首》,在西郊学宫举行射礼时,歌唱《驺虞》,天下人都知道武王不再使用武力征伐了。接着,武王在明堂祭祀祖先,教导百姓要知道孝顺父母;命令诸侯前来朝见,教导诸侯知道怎样做臣子;亲自耕种藉田,教导诸侯尊敬天地祖先;邀请三老坐在太学的厅堂上,天子亲自拿着调味的酱,向他们进奉食物,端着酒杯向他们敬酒,教导诸侯如何尊敬长上。这四项是天下最重要的教育内容。描述武王伐纣时的舞蹈《大武》能够流传很久,不也是当然的吗?《诗经》说:"战胜殷朝,阻止纣王残杀百姓,建立这个功业。"这就是叙述讨伐纣王而殷朝被武王所灭亡的这件事。

76.礼有来学

孟尝君请学于闵子①,使车往迎闵子。闵子曰:"礼有来学,而无往教。致师而学,不能学;往教,则不能化君也。君所谓不能学者也,臣所谓不能化者也。"于是孟尝君曰:"敬闻命矣。"明日,袪衣请受业②。《诗》曰:"日就月将③。"

【注释】①孟尝君:战国齐靖郭君婴的儿子,田氏,名文。相齐,封于薛,号孟尝君,养贤士食客数千人。②袪衣:用手摄衣。受业:从师接受学业。③就:成就。将:行,进。诗句出自《诗经·周颂·敬之》。

【译文】孟尝君请求向闵子学习,派人驾着车子前去迎接闵子。闵子说:"根据礼节,只有学生来向老师求学,而没有老师到学生那里去教导的。召请老师来向老师学,是不能学习好的;老师到你那里去教学,是不能把你教导好的。你正是一般人所说的不善于求学的人,我正是一般人所说的不善于教导的人。"孟尝君听了这番话,就说:"我很恭敬地听从你的教诲。"第二天,孟尝君亲自到闵子家里,恭敬地提起衣服的前裳,请求闵子教导他。《诗经》说:"每天都有成就,每月都有进步。"

77.不厉不断

剑虽利,不厉不断①;材虽美,不学不高。虽有旨酒嘉殽②,不尝,不知其旨;虽有善道,不学,不达其功③。故学然后知不足,教然后知不究④。不足,故自愧而勉,不究、故尽师而熟。由此观之,则教学相长也。子夏问诗,学一以知二,孔子曰:"起予者,商也,始可与言诗已矣。"孔子贤乎英杰⑤,而圣德备,弟子被光景而德彰⑥。《诗》曰:"日就月将。"

【注释】①厉:磨。②旨、嘉:美好。殽:《礼记·学记》作"肴"。③功:精善。④究:穷尽,深入。⑤贤:胜过。⑥被:受。光景:道德的教化。彰:显著。

【译文】剑虽然锐利,但是不去磨它,就不能砍断东西;人的才质虽然美好,但是不去学习,成就便不会很大。虽然有美酒好菜,如果不去品尝,就不能知道它的美味;虽然有很好的道理,如果不去学习,就不能达到精通的境地。所以学习之后才知道自己还不够,教了人以后才知道自己还不深入。知道不够,所以自己感到惭愧而尽力学习;知道不深入,所以尽量向老师请教而达到熟练的地步。从以上所说的来看,教和学是相互督促长进的。子夏向孔子请教《诗经》中的问题,他学习《诗经》,能触类旁通地了解礼,所以孔子说:"卜商呀,你真是能启发我的人,现在可以同你讨论《诗经》了。"孔子的才智超过英杰,具备了圣人的德行,学生接受他的教化,德行就彰显起来。《诗经》说:"每天都有成就,每月都有进步。"

78.凡学之道

凡学之道,严师为难①。师严然后道尊;道尊然后民知敬学。故太学之礼,虽诏于天子②,无北面③,尊师尚道也。故不言而信,不怒而威,师之谓也。《诗》曰:"日就月将,学有缉熙于光明④。"

【注释】①严:尊敬。②诏:告。③无北面:朝廷上的礼节,天子座位设置在北面,脸朝向南方,臣子脸对着天子,朝向北方。当天子入太学,向师请教时,若天子脸朝东,老师脸可朝西,不必以臣子的礼节对待天子。④缉熙:继续。诗句出自《诗经·周颂·敬之》。

【译文】求学时,尊敬老师是最难做到的。老师受到尊敬,然后知识才会受到尊重;知识受到尊重,然后民众才懂得敬重学习。所以在太学里的礼节,老师教导天子时,不必脸朝向北方,这就是为了表示尊敬老师,重视知识的意思。所以不必说话,而别人自然信任,不必发怒,而自然有威信,老师就是这样。《诗经》说:"每天都有成就,每月都有进步,研究学问继续不断地达到光明的境地。"

79.鲁人吊之

传曰:宋大水,鲁人吊之曰:"天降淫雨①,害于粢盛②。延及君地,以忧执政,使臣敬吊。"宋人应之,曰:"寡人不仁,斋戒不修③,使民不时,天加以灾④。又遗君忧,拜命之辱⑤。"孔子闻之,曰:"宋国其庶几矣⑥。"弟子曰:"何谓?"孔子曰:"昔桀纣不任其过,其亡也忽焉⑦。成汤文王知任其过,其兴也勃焉⑧。过而改之,是不过也。"宋人闻之,乃夙兴夜寐,吊死问疾。戮力宇内⑨,三岁,年丰政平。乡使宋人不闻孔子之言⑩,则年谷未丰,而国家未宁。《诗》曰:"佛时仔肩⑪,示我显德行。"

【注释】①淫雨:过量的雨。②粢盛:粢:黍稷。黍稷盛在器皿上叫做盛。这里泛指谷物。③斋戒:指修养品德,反省过失。修:整治。④加:给予,降临。⑤拜命:深厚的关怀。⑥庶几:渐近。这里指庶几兴盛。⑦忽:迅速。⑧勃:兴盛。⑨戮力:勉励。宇内:天下,这里指国内而言。⑩乡:通"向",犹假如。⑪佛:辅佐。诗句出自《诗经·周颂·敬之》。

【译文】书传记载说:宋国发生水灾,鲁国的使者前去慰问:"天上下大雨,影响了五谷的生长。蔓延到贵国的土地上,使得执政的臣子忧虑,鄙国的国君派遣我前来慰问。"宋国人把话转达给国君,国君回答鲁国的使者说:"是我缺乏仁德,没能修养好自己的德性,反省自己的过错,使役人民违背忠时,上天便降下灾祸。这又让贵国国君为我们担忧,特别感谢他深深的关怀。"孔子听到这件事,说:"宋国不久要兴盛起来了!"他的学生问道:"这是为什么呢?"孔子说:"从前夏桀王和商纣王,都不愿承担自己的过错,所以国家很快就灭亡。商汤王和周文王知道承担自己的过错,所以国家蓬勃地兴盛起来。有了过错,能够改正,就不是过错了。"宋国人听到孔子的话,就清早起身劳作,深夜才去睡觉,安抚死者的家属,慰问生病的患者。百姓勤勉劳作,经过三年,五谷收获丰盛,政局非常安定。从前假使宋国人没有听到孔子的话而奋发自励,那么五谷的收获就不会丰盛，国家就没有这么安定。《诗经》说："辅佐我完成责任，指明我显著的进德道路。"

80.公设庭燎

齐桓公设庭燎①，为便人欲造见者②，朞年而士不至③。于是东野有以九九见者④，桓公使戏之曰："九九足以见乎？"鄙人曰："臣闻君设庭燎以待士，期年而士不至。夫士之所以不至者，君天下之贤君也。四方之士皆自以不及君，故不至也。夫九九，薄能耳，而君犹礼之，况贤于九九者乎！夫太山不让砾石⑤，江海不辞小流⑥，所以成其大也。《诗》曰：'先民有言，询于刍荛。'⑦博谋也。"桓公曰："善。"乃固礼之⑧。朞月，四方之士相导而至矣。《诗》曰："自堂徂基⑨，自羊徂牛。"以小成大。

【注释】①齐桓公：春秋齐襄公弟，名小白，以襄公无道出奔莒，襄公被弑，归国即位，鲍叔牙荐管仲，任命为相，尊周室，攘夷狄，九合诸侯，一匡天下，为五霸之首。后管仲死，怠于政事，多内宠，及卒，诸公子争位，霸业遂衰。在位四十二年。庭燎：设置在庭前的火烛。②造见：来见。③朞年：亦作"期年"，周年。④九九：算术名。颜师古云：九九，计数之书，若今之《算经》也。⑤太山：即泰山，在今山东省境内。让：拒绝。砾石：比砂较粗大的岩石碎块。⑥辞：推辞不接受。⑦先民：古代的贤人。询：问。刍荛：采薪的人，谓微贱的人。⑧固礼：厚礼。⑨基：堂基。诗句出自《诗经·周颂·丝衣》。

【译文】齐桓公征召天下贤士，在庭前设置火烛，这是为了方便夜晚来见他的人,过了一年,却没有贤士来见。这时,在都城东面郊野有个乡下人用九九算术来求见齐桓公,齐桓公派人戏弄他,说:"懂得简单的九九算术,敢来见君王吗?"乡下人回答说:"我听说君王在庭前设置火烛,是为了等待贤士来见,经过了一整年,还没有贤士来。贤士之所以不来,因为君王是天下贤能的君王。来自四方的贤士都认为自己比不上君王,所以不敢来。九九算术是一种浅显的技能,如果君王能礼待只具有这种技能的人,何况才能胜过懂得九九算术的人呢!泰山不拒绝碎石,长江大海不排斥细流,所以能够成就它的伟大。《诗经》说:'古代的贤人曾经这么说,即使采薪的樵夫也向他请教。'就是说能广泛采纳别人的意见。"桓公听了说:"好的。"于是很有礼貌地接待了这位郊野乡下人。经过一个月的时间,各地贤士相互引介,相携到来。《诗经》说:"从厅堂到堂基,从小的羊到大的牛。"就是说以小事来成就大事。

81. 太平之时

太平之时,民行役者不逾时,男女不失时以偶,孝子不失时以养;外无旷夫①,内无怨女②;上无不慈之父,下无不孝之子;父子相成,夫妇相保;天下和平,国家安宁;人事备乎下,天道应乎上。故天不变经,地不易形,日月昭明,列宿有常③;天施地化,阴阳和合;动以雷电,润以风雨,节以山川,均其寒暑,万民育生,各得其所,而制国用。故国有所安,地有所主。圣人刳木为舟④,剡木为楫⑤,以通四方之物。使泽人足乎水⑥,山人足乎鱼,余衍之财有所流⑦。

故丰膏不独乐⑧,硗确不独苦⑨。虽遭凶年饥岁,禹汤之水旱,而民无冻饿之色。故生不乏用,死不转尸⑩,夫是之谓乐。《诗》曰:"于铄王师⑪,遵养时晦⑫。"

【注释】①旷夫:没有妻室的男子。②怨女:没有丈夫的女子。③列宿:群星。④刳木:剖木而空其心。刳:剖。⑤剡:斩。楫:同"揖",划船的桨。⑥泽人足乎水:荀子《王制篇》作"泽人足乎木"。⑦余衍:多余。⑧丰膏:肥沃的土地。⑨硗确:瘠薄的土地。⑩转:抛弃。⑪铄:美好。王师:帝王的军队。⑫遵:顺从。养:养育。时:这个。晦:昏昧,指商纣王。诗句出自《诗经·周颂·酌》。

【译文】天下太平的时候,服役的百姓没有超越耽搁农时的,男女能够按时结婚,孝顺的儿子能够适时奉养父母;没有找不到妻子的男子,没有找不着丈夫的女子;家庭里,在上没有不慈爱的父亲,在下没有不孝顺的儿子;父子互勉以成就他们的德行,夫妇互相恩爱。天下和平,国家安定太平;世间的美事皆具备了,天道就受到感应。所以上天不改变它的常道,土地不更改它的形状,太阳、月亮光明地照耀着,天上所有的星星都有一定的位置;上天降下雨水,土地化育万物,阴阳相合;用雷电惊动万物,用风雨滋润万物,用山川调节万物,使寒暑均恒,天下万民生长繁衍,都能够安居乐业,进而制定国家用度。所以国家能够安定,国土上有尊贵的君主;有才智的人剖开树木做成船,砍削树木做成桨,通过它流通各地出产的货物。使得居住在水边的人有足够的木料供使用,使得居住在山上的人有足够的鱼类供食用,多余的货物可以运输到其它地方。所以拥有肥沃土地的人不会单独享乐,背负贫瘠土地的人不会独自受苦。

虽然遇到收成不好的年头，像夏禹、商汤时那么严重的水灾和旱灾，但是人民没有受冻挨饿的脸色。人民在活着的时候，不会缺乏生活的费用，死了以后，不会让尸体抛弃在郊野，这叫做安乐。《诗经》说："帝王的军队多么壮美啊！即使是荒年凶岁，百姓也能得到顺利的养育。"

82. 能制天下

能制天下，必能养其民也；能养其民者，为自养也。饮食适乎藏①，滋味适乎气，劳佚适乎筋骨，寒暖适乎肌肤；然后气藏平，心术治②，思虑得。喜怒时，起居而游乐，事时而用足，夫是之谓能自养者也。故圣人不淫佚侈靡者，非鄙夫色而爱财用也③。养有适，过则不乐，故不为也。是以夏不数浴④，非爱水也；冬不频汤，非爱火也；不高台榭⑤，非无土木也；不大钟鼎⑥，非无金锡也；不沈于酒，不贪于色，非辟丑也⑦。直行情性之所安而制度⑧，可以为天下法矣。故用不靡财⑨，足以养其生，而天下称其仁也；养不害性，足以成教，而天下称其义也；适情辟余，不求非其有，而天下称其廉也；行成不可掩，息刑不可犯，执一道而轻万物，天下称其勇也。四行在乎民，居则婉愉⑩，怒则胜敌。故审其所以养，而治道具矣。治道具，而远近畜矣⑪。《诗》曰："于铄王师，遵养时晦。"言相养者之至于晦也。

【注释】①藏：同"脏"，人身内部器官。②心术：人运用其心思的方法。③鄙：轻视。色：美色。爱：吝啬。财用：财物。④数：屡次，时常。⑤台榭：泛指房屋。台：居高临下，可以瞭望四方的建筑物。榭：台上有屋叫做榭。⑥钟：古时用金属制成的乐器。鼎：古时用金属制成的器物，三足两耳，可作为祭祀时盛牲体或烹饪之用。⑦辟：通"避"，躲避。⑧安：美善，适当。⑨靡：耗费。⑩居：平居，平时。婉愉：和乐。⑪畜：顺从。

【译文】能够治理天下的君王，一定能够养育他的人民；能够养育他的人民，因为能够养育自己的缘故。饮食能适合内脏的需求，滋味能够适合心意，辛劳安逸与体力相适合，寒凉温暖与身体相适应；这以后心气和内脏才能平和；用心思考的方法才能有条理，思考才能得当。喜悦、发怒能够应时，日常生活得以安乐，凡事都切合时务而适度充足，这就是能够保养自己的人。所以圣人不过分安享奢侈，并不是轻视美色、吝啬财物。因为奉养要适当，过分就不快乐，所以不去那样做。这就像夏天不经常洗冷水澡，并不是舍不得水；冬天不经常洗热水澡，并不是舍不得柴火；不把楼房增高，并不是没有建筑用的泥土和木料；不把钟鼎加大，并不是没有铸造用的铜和锡；不沉溺于酒水，不追求美色，并不是躲避做丑陋的事。根据性情认为妥善的事再去做，加以节制度量，就可以让天下的人都去效法了。所以执政者不要耗费钱财，足够保养他的生命就可以，那么天下的人就会称赞他的行为合于道义；对于物质的需求，只求适合性情，而推辞多余的，不去追求不应当得到的东西，那么天下的人都称赞他的行为清廉；做事成功别人不能够淹没他的功劳，不采用刑罚，人民却不敢侵犯他，把握一个真理而轻视万物，那么天下的人都称赞他勇敢。这四种德行百姓都具备了，平时就会和顺快乐，发怒时就能克制敌人。所以明白怎样保养自己，便懂得治理国家的方法。懂得了治理国家的方法，那么远远的人民都会顺从。《诗经》说："帝王的军队多么壮美啊！即使是荒年凶岁，百姓也能得到顺利的养育。"就是说即使农作物生长不好的年岁，百姓也能得到很好的养育。

83. 嗜鱼不受

公仪休相鲁而嗜鱼①，一国人献鱼而不受。其弟谏曰："嗜鱼不受，何也？"曰："夫欲嗜鱼，故不受也。受鱼而免于相，则不能自给鱼；无受而不免于相，长自给于鱼。"此明于鱼为己者也②。故老子曰③："后其身而身先，外其身而身存。非以其无私乎，故能成其私。"《诗》曰："思无邪④。"此之谓也。

【注释】①公仪休：姓公仪，名休，战国时鲁国博士，为鲁穆公的卿相，为官奉法循理。②此明于鱼为己者也：别版作"此明于为己者也"。③老子：姓李，名耳，字伯阳，谥曰聪。④邪：不正。诗句出自《诗经·鲁颂·駉》。

【译文】鲁国卿相公仪休喜欢吃鱼，全国的百姓都送鱼给他，但是他都不接受。他的弟弟疑惑地说："你喜欢吃鱼，为什么不接受呢？"公仪休回答说："因为我喜欢吃鱼，所以才不能接受别人送来的鱼。因为接受人家送来的鱼，而被革除卿相的职位，就没钱来自己买鱼吃，没有接受别人送来的鱼，才能保持卿相的职位，自己就能长久地有钱买鱼吃。"这就表明爱鱼者怎么样为自己做选择。所以老子说："把自身放在最后，自身反而得到先机；将自己置之身外，反而能保全自身。这正是因为他无私,所以反倒成就了他自身的私心。"《诗经》说:"思虑没有邪念。"就是说的这个道理。

84.父子讼者

传曰:鲁有父子讼者,康子欲杀①。孔子曰:"未可杀也。夫民父子讼之为不义久矣。是则上失其道,上有道,是人亡矣②。"讼者闻之,请无讼。康子曰:"治民以孝,杀一不义,以僇不孝③,不亦可乎?"孔子曰:"否。不教而听其狱,杀不辜也④;三军大败,不可诛也;狱𧦅不治⑤,不可刑也。上陈之教,而先服之⑥,则百姓从风矣⑦;邪行不从⑧,然后俟之以刑,则民知罪矣。夫一仞之墙⑨,民不能逾,百仞之山,童子登游焉,凌迟故也⑩。今其仁义之陵迟久矣,能谓民无逾乎?《诗》曰:'俾民不迷⑪。'昔之君子道其百姓不使迷⑫,是以威厉而刑措不用也⑬。故形其仁义⑭,谨其教道,使民目晰焉而见之,使民耳晰焉而闻之,使民心晰焉而知之⑮,则道不迷,而民志不惑矣。《诗》曰:'示我显德行。⑯'故道义不易,民不由也;礼乐不明,民不见也。《诗》曰:'周道如砥,其直如矢⑰。'言其易也。'君子所履⑱,小人所视⑲。'言其明也。'睠言顾之⑳,潸焉出涕㉑。'哀其不闻礼教而就刑诛也。夫散其本教,而施之刑辟㉒,犹决其牢㉓,而发以毒矢也,不亦哀乎!故曰:未可杀也。昔者,先王使民以礼,譬之如御也,刑者,鞭策也,今犹无辔衔而鞭策以御也㉔,欲马之进,则策其后,欲马之退,则策其前,御者以劳,而马亦多伤矣。今犹此也,上忧劳而民多罹刑㉕。《诗》曰:'人而无礼,胡不遄死㉖?'为上无礼,则不免乎患;为下无礼,则不免乎刑;上下无礼,胡不遄死?"康子避席再拜曰㉗:"仆虽不敏㉘,请承此语矣㉙。"孔子退朝,门人子路难曰:"父子讼,道邪?"孔子曰:"非也。"子路曰:"然则夫子胡为君子而免之也?"孔子曰:"不戒责成㉚,害也;慢令致期㉛,暴也;不教而诛,贼也㉜。君子为政,避此三者。且《诗》曰:'载色载笑㉝,匪怒伊教㉞。'"

【注释】①康子:季康子,即季孙肥,春秋鲁国的大夫,季孙斯的儿子。哀公末年卒,谥康。②是人:这种人。亡:通"无"。③僇:使羞耻。④不辜:无罪的。⑤狱:诉讼。谳:平议。不治:诉讼的裁决评议不恰当。⑥服:实行。⑦从风:附从像风一般迅速。⑧邪行:别版作"躬行"。躬行:亲身实行。⑨仞:古时以周尺八尺或七尺为仞。⑩凌:别版作"陵"。陵迟:陵夷,丘陵之势由高而下逐渐斜倾。引伸为世运由盛而衰,逐渐颓废。⑪俾:使。迷:迷惑。诗句出自《诗经·小雅·节南山》。⑫君子:指执政者。道:通"导",教导。⑬厉:猛烈。措:弃置。⑭形:彰显。⑮晰:明白。⑯示:指示。德行:进德的道路。诗句出自《诗经·周颂·敬之》。⑰周道:周正之道。砥:细磨石。诗句出自《诗经·小雅·大东》。⑱君子:官吏。履:践行。诗句出自《诗经·小雅·大东》。⑲小人:百姓。⑳睠:回顾的样子。言:语词。诗句出自《诗经·小雅·大东》。㉑潸:流泪的样子。㉒刑辟:刑罚。㉓决:张开。㉔辔:马缰绳。御:当作"衔"勒,马口的器具。鞭策:马鞭。㉕罹刑:遭受刑罚。㉖遄:迅速。诗句出自《诗经·鄘风·相鼠》。㉗避席:古人席地而坐,表示敬意,则离坐而起。㉘仆:自己谦逊的称呼。㉙承:奉持。㉚戒:告诫。责:要求。㉛慢令:命令怠慢。致期:限期完成。㉜贼:残杀。㉝载:语词。色:谓颜色温和。㉞匪:通"非",不是。伊:与"维"字同义,是诗句出自《诗经·鲁颂·泮水》。

【译文】书传记载说:鲁国有父亲与儿子诉讼的事,季康子想把那儿子杀掉。孔子说:"不能杀。当今老百姓父子间诉讼这种不合义的事由来已久。这是在上位的执政者不行正道带来的影响,如果执政者依照正道做事,这种人就不会有了。"诉讼的人听孔子这番话,请求撤回诉讼。季康子说:"用孝道去治理人民,杀掉一个不义的人,使得不孝顺的人都感到羞辱,不也是可以吗?"孔子说:"不可以。不教化人民就判决他的罪过,这等于杀害无辜的人;就如全军都打了败仗,不可以诛杀全部的士兵;审判诉讼不合理,不能把他们处以刑罚。居上位的执政者用正道教化人民,而且自己率先实行,那么人民就会很快地跟从去做;执政者自己去实行,可是人民还有不服从的,然后再处罚他们,那么人民就知道自己的罪过了。一堵八尺高的墙,人民不能爬过去,一座八百仞的高山,就是小孩子也能爬上去,这是因为山势是逐渐倾斜的。现在仁义衰微已经很久了,能够使人民不超越吗?《诗经》说:'使得人民不迷惑。'过去的执政者教导百姓不使他们迷惑,不用威权,也不用刑罚。所以执政者彰显仁义,谨慎教导人民,使人民的眼睛明白地看到,使人民的耳朵清晰地听到,使人民的内心透彻的了解,这样在正道前面就不会迷乱,而且人民的心志也不迷惑。《诗经》说:'指给我一条提高道德品质的道路。'所以道义不容易实行,人民就没办法遵从;礼乐不显著,人民就看不见。《诗经》说:'周朝所实行的正道像磨石般平坦,像射出去的箭一样直。'这就是说容易实行的意思。又说:'执政者实行的,百姓能够看到。'就是说很明显的意思。《诗经》上又说:'我回过头来看,不禁眼泪簌簌地流下来。"就是哀伤百姓没有接受礼乐的教化而被刑罚诛杀。如果疏忽了根本的教化,施行刑罚,就好像打开牢狱,用毒箭射杀人民一样,岂不是可悲的事吗?所以说:不可以诛杀他们。从前,古代圣明的帝王用礼治理人民,好像驾御马一般,礼如同辔衔,刑罚如同马鞭,现在有人驾马,没有辔衔而用马鞭,想要马前进,就鞭策马的后面,要想马后退,就鞭策马的前面,这样,御马的人既辛劳,马也受了很多伤。现在的执政者治理人民就像这样,执政者劳苦而人民总是遭受刑罚。《诗经》说:'假如做人而不懂得礼,那为什么还不赶快去死呢?"居于上面的执政者不懂得礼,就不免会遭受灾祸,做老百姓的没有礼义,就不免遭受惩罚。上下都不懂得礼,为什么还不赶快去死呢?"季康子离开座位站起来,一再地作揖,说:"我虽然不了解事理,但愿意奉行你所说的这番话。"孔子离开朝廷回去,他的学生子路责难说:"父亲和儿子诉讼,是合于正道吗?"孔子回答说:"不是的。"子路说:"那么老师为什么替执政者出主意赦免他们呢?"孔子说:"不加告诫而要求成功,这是伤害人民;施行命令怠慢,而限期要人民完成,这是虐待人民;不加教育便行杀戮,这是残杀人民。有德行的人从政,避免做这三件事情。《诗经》说:'脸上颜色温和,现出笑容,不是发怒而是教人。'"

85. 当舜之时

当舜之时,有苗不服①,其不服者,衡山在南②,岐山在北③,左洞庭之波④，右彭泽之水⑤，由此险也。以其不服，禹请伐之，而舜不许，曰："吾喻教犹未竭也。"久喻教，而有苗民请服。天下闻之，皆薄禹之义，而美舜之德。《诗》曰："载色载笑，匪怒伊教。"舜之谓也。问曰："然则禹之德不及舜乎？"曰："非然也。禹之所以请伐者，欲彰舜之德也。故善则称君，过则称己，臣下之义也。假使禹为君，舜为臣，亦如此而已矣。夫禹可谓达乎为人臣之大体也⑥。"

【注释】①有苗：苗族古称有苗，亦称三苗，居住在西藏、四川、云南、贵州、湖南、广西和海南岛等地。②衡山：在湖南省境，为五岭山脉的支脉。③岐山：在陕西省岐山县东北。④左：指西面。洞庭：湖名，在湖南省境。环湖为岳阳、华容、安乡、常德、汉寿、沅江诸县。⑤右：指东面。彭泽：湖名，亦称彭湖，即禹贡之彭蠡。汉书称彭泽，隋以后改名为鄱阳，在江西省北境，长江以南。湖周围为南昌、进贤、余干、鄱阳、都昌、星子、德安、永修等县。⑥大体：重要的义理。

【译文】在虞舜的时候，有苗一族不归顺，他们不归顺的原因，是衡山在其南面，岐山在其北面，洞庭湖在其西面，鄱阳湖在其东面，由于据有这险要的地理位置。因为有苗一族不归顺，夏禹请求舜出兵讨伐他们，虞舜不准许，说："我的教化还没有竭尽。"历经长久的教化，有苗一族的人民请求归服。天下的人听到这件事，都认为夏禹的道义不深厚，而赞美虞舜的德行。《诗经》说："脸上颜色温和，现出笑容，不是发怒而是在教人。"就是赞美虞舜的。有人问道："那么夏禹的德行比不上虞舜吗？"回答说："不是的。夏禹请求讨伐有苗一族，为了要宣扬虞舜的德行。所以有好事就说是君王做的，有过错就说是自己犯的，这是臣子应该遵守的规矩。假使夏禹是君主,虞舜是臣子,也是会这样做的。可以说夏禹明白了做臣子的重要道义。"

86.必当其罪

季孙氏之治鲁也①,众杀人②,而必当其罪③;多罚人,而必当其过。子贡曰:"暴哉!治乎!"季孙闻之,曰:"吾杀人,必当其罪;罚人,必当其过。先生以为暴,何也?"子贡曰:"夫奚不若子产之治郑④,一年而负罚之过省⑤,二年而刑杀之罪亡,三年而库无拘人⑥。故民归之,如水就下;爱之,如孝子敬父母。子产病将死,国人皆吁嗟⑦,曰:'谁可使代子产死者乎?'及其不免死也,士大夫哭之于朝,商贾哭之于市,农夫哭之于野。哭子产者皆如丧父母。今窃闻夫子疾之时⑧,则国人喜,活则国人皆骇。以死相贺,以生相恐,非暴而何哉?赐闻之:讬法而治,谓之暴;不戒致期,谓之虐;不教而诛,谓之贼;以身胜人,谓之责⑨。责者失身,贼者失臣,虐者失政,暴者失民。且赐闻:居上位,行此四者而不亡者,未之有也。"于是季孙稽首谢曰⑩:"谨闻命矣。"《诗》曰:"载色载笑,匪怒伊教。"

【注释】①季孙氏:季孙肥,即季康子,"孙"为尊称。春秋时期鲁国的正卿。姬姓,季氏,名肥,谥康。春秋战国时,鲁国的卿家贵族,作为三桓之首,季孙氏凌驾于公室之上,掌握鲁国实权。②众杀人:"杀人众"的倒装句,下文"多罚人"同。③当:相称。④奚:何,为什么。⑤负罚:受罚。⑥库:

藏物的地方,指拘禁人的地方。⑦吁嗟:叹息。⑧窃:私自。⑨责:索取,强求。⑩稽首:叩头。

【译文】季孙氏治理鲁国,杀了很多人,不过肯定是跟他们所犯的罪相当;处罚了很多人,肯定是跟他们所犯的过失相当。子贡说:"多么暴虐啊,季孙氏治理鲁国!"季孙氏听到子贡的话,说:"我杀人,一定跟他们所犯的罪相当;处罚人,总是跟他们所犯的过失相当。先生认为我暴虐,原因是什么呢?"子贡说:"你为什么不像子产那样治理郑国?经过一年的时间,被处罚的人减少了,经过两年的时间,犯了过错受到惩罚的人没有了,经过的三年时间,监牢里没有被拘禁的人了。所以人民归顺他,好像水往下流,人民爱戴他,好像孝顺的儿子敬重父母一样。子产生病将要死了,全国人都叹息说:'谁能够替代子产去死呢?'等到子产不免因病逝世了,士大夫在朝廷上痛哭,商人在集市中痛哭,农夫在田野里痛哭。为子产痛哭的人,都好像死了父母一样。现在我听说你生病的时候,全国人民都高兴,病好了,全国人都害怕。因为你病得将要死去,人民就互相祝贺;因为你活过来了,人民就互相感到恐惧。不是因为你施行暴虐,还有什么其他原因呢?我听说:凭借着法令去治理国家,叫做暴戾;不告诫人民,限期要他们完成任务,叫做虐待;不加以教导而加刑戮,叫做残杀;自身想胜过别人,叫做强求。强取的人会丧失德义,残杀的人会丧失他的臣子,虐害的人会丧失他的政权,暴戾的人会丧失他的人民。而且我听说,执政者做这四件事而国家不灭亡,是从来没有过的。"季孙氏一听完叩头拜谢说:"我恭敬地接受您的教导。"《诗经》说:"面色温和又带着笑意,并非生气而是在宣教。"

87.缘理而行

问者曰:"夫智者何以乐于水也①?"曰:"夫水者,缘理而行②,不遗小间③,似有智者;动而下之,似有礼者;蹈深不疑④,似有勇者;障防而清⑤,似知命者;历险致远,卒成不毁,似有德者。天地以成,群物以生,国家以宁,万事以平,品物以正⑥。此智者所以乐于水也。"《诗》曰:"思乐泮水⑦,薄采其茆。鲁侯戾止⑧,在泮饮酒。"乐水之谓也。

【注释】①乐:爱好。②缘:遵循。理:地理,地势。③间:缝隙。④疑:迟疑。⑤障防:用堤防堵塞。⑥品物:众物。⑦泮:古代学官前的水池,形状如半月。代指古时诸侯设置的学校。⑧戾:到。止:语词。诗句出自《诗经·鲁颂·泮水》。

【译文】有人问道:"聪明人为什么爱好水呢?"回答道:"水依循地势而流,连一条小缝隙也不遗漏,好像是有智慧的人;往低洼的地方流去,好像是有礼貌的人;走向深谷,毫不迟疑,好像有勇气的人;堤防堵塞而澄清,好像是知道天命的人;经历险阻到达远方,最终成为江海,而不毁灭,好像是有德行的人。天地因此而形成,所有生物因此而生长,国家因此而安宁,许多事情因此而安定,许多东西因此而端正。这就是聪明人爱好水的原因。"《诗经》说:"我们兴高采烈地赶赴泮宫水边,来到泮水边上采葵菜。鲁侯驾到水边学宫,在宏大的泮宫里饮酒相庆。"这就是说爱好水的意思。

88.草木生焉

问者曰:"夫仁者何以乐于山也?"曰:"夫山者,万民之所瞻仰也。草木生焉①,万物植焉②,飞鸟集焉,走兽休焉③,四方益取与焉,出云道风④,嵸乎天地之间⑤。天地以成,国家以宁。此仁者所以乐于山也。"《诗》曰:"太山岩岩,鲁邦所瞻⑥。"乐山之谓也。

【注释】①焉:于是,在这里。②植:通"殖"。③休:停止。④道:通"导",引导。⑤嵸:山高峻的样子。⑥太山:即泰山,属阴山山系,起于胶州湾的西南,横亘山东省之中部,终于运河东岸。岩岩:石头积累的样子。瞻:看着。诗句出自《诗经·鲁颂·閟宫》。

【译文】有人问道:"仁人为什么爱好山呢?"回答道:"山是所有百姓抬头就能看到的。草木生长在这里,万物繁殖在这里,飞鸟聚集在这里,野兽活动与休息都在这里,四面八方的人都到这里来获取财宝,它飘逸出云和风,耸立于天地之间。天地因而形成,国家因而安宁。这就是仁人爱好山的缘故。"《诗经》说:"堆积着高高石头的泰山,巍峨高大,为鲁国百姓所瞻仰。"说的就是爱好山的意思。

89.文公行赏

传曰:晋文公尝出亡①,反国,三行赏而不及陶叔狐②。陶叔狐谓咎犯曰③："吾从而亡，十有一年，颜色黧黑④，手足胼胝⑤。今反国，三行赏，而我不与焉，君其忘我乎⑥？其有大过乎？子试为我言之。"咎犯言之。文公曰："噫！我岂忘是子哉！高明至贤⑦，志行全成，湛我以道⑧，说我以仁，变化我行，昭明我⑨，使我为成人者⑩，吾以为上赏。恭我以礼，防我以义，藩援我，使我不为非者，吾以为次。勇猛强武，气势自御，难在前则处在，难在后则处后，免我危难之中，吾以为次。然劳苦之士次之。《诗》曰：'率履不越⑪，遂视既发⑫。'今不内自讼过⑬，不悦百姓，将何锡之哉⑭？"

【注释】①晋文公：春秋诸侯，献公的次子，太子申生的弟弟，名重耳。献公宠爱骊姬，杀申生，重耳出奔至狄。献公死，数传至怀公圉，秦穆公怨圉，于是立重耳为晋侯。②陶叔狐：晋国人，一生追随公子重，一名壶叔（《史记·晋世家》）。《吕氏春秋》作"陶狐"。③咎犯：即狐偃，春秋晋国人，字子犯，为文公之舅，故又称舅犯，曾随文公逃亡国外，文公称霸诸侯，大抵偃谋为多。④黧黑：深点。⑤胼胝：手足皮肤久受磨擦所生的厚皮。⑥其：岂，难道。⑦高明：人性高亢明爽。⑧湛：浸染。⑨昭明：显著。⑩成人：德行完美的人。⑪率：遵循。履：礼的假借字。越：踰。⑫遂：遍。发：古与"法"通用。⑬自讼：自我反省。⑭锡：同"赐"，赏赐。诗句出自《诗经·商颂·长发》。

【译文】书传记载说：晋文公曾经逃亡到国外去，等他回到晋国，三次赏赐随从他逃亡的臣子，都没有赏赐陶叔狐。陶叔狐对咎犯说："我随着晋文公逃亡到国外，已经十一年了，脸也被晒成深黑色，手足因为过度劳作，也长了一层厚厚的皮。现在回到晋国，三次赏赐，都没有赏赐我，难道君王忘记我了吗？或者是我犯了大过错吗? 你把我的话转述给晋文公。"咎犯把陶叔狐这番话告诉了晋文公,文公说:"唉! 我哪里是忘记了那个人呢! 本性高亢明爽,志向行为完美,用正道感化我,用仁教导我,使我改变不好的行为,使我的声誉显著,德行完善的人,我给他最上等的赏赐。凡是用礼恭敬我,用义防范我,保护我,帮助我,使我不做坏事的人,我给他次等的赏赐。凡是勇敢威武,能自己驾御豪壮的气势,前面有危难,他就在前面抵挡,后面有危难,他就在后面抵挡,使我避免危难的人,我给他再次等的赏赐。而给辛劳的人更次等的赏赐。《诗经》说:'他循礼守法从不逾越规矩,遍观他的行为,都合于法度。'现在陶叔狐不反省自己的过错,没能使得百姓喜悦。我将赏赐他什么呢?"

90.古今异情

夫诈人者曰:"古今异情①,其所以治乱异道。"而众人皆愚而无知、陋而无度者也②,于其所见,犹可欺也,况乎千岁之后乎! 彼诈人者,门庭之间犹挟欺,而况乎千岁之上乎! 然则圣人何以不可欺也? 曰: 圣人以己度人者也。以心度心,以情度情,以类度类,古今一也③。类不悖,虽久同理,故性缘理而不迷也。夫五帝之前无传人④,非无贤人,久故也;五帝之中无传政,非无善改,久故也;虞夏有传政,不如殷周之察也⑤,非无善政,久故也。夫传者久则愈略,近则愈详,略则举大,详则举细。故愚者闻其大不知其细,闻其细不知其大,是以久而差⑥。三王五帝⑦,政之至也。《诗》曰:

"帝命不违⑧,至于汤齐⑨。"言古今一也。

【注释】①情:人类的性情。②陋:见识少。度:猜度。③一:相同。④五帝:即少昊、颛顼、高辛、唐尧、虞舜。传人:事迹流传于后世的人。⑤察:显明详尽。⑥差:错误。⑦三王:指夏禹、商汤、周文王。⑧帝:上帝。违:违背。⑨汤:商汤。齐:齐一,相同。诗句出自《诗经·商颂·长发》。

【译文】欺骗别人的人说:"古代和现代人的性情不同,用来治理乱世的道理也相应地不同。"一般人都是才性愚昧说不出道理、见识浅陋不会准确判断,对于他们亲自见到的事情,还会受人欺骗,何况是经过了千年以后的事情呢!那些欺骗别人的人对于门庭之间的事,尚且可以用来欺骗人,更何况是几千年之前的事呢!但是圣人为什么不易被人蒙骗呢?回答说:圣人能以自己去推断他人,用自己的心去衡量别人的心,用自己的真实想法去衡量别人的真实想法,用这类事物去衡量另一类事物,自古到今都这是样的。只要种类不变,即使时间相隔久远,它们的道理都是相同的,所以只要循着事物本身的规律去推求,人们就不会迷惑。在伏羲、神农、黄帝、尧、舜这五位帝王之前没有贤人的事迹流传下来,并不是那时没有贤能的人,而是因为时间太久的缘故;这五位帝王没有美好的政事流传到后世,并不是他们没有美好的政事,而是因为时间太久的缘故;夏禹、商汤虽然有流传到后世的政事,但不及殷周的清楚详细,并不是他们没有美好的政事,而是因为时间太久的缘故。流传的时间一长,那么就越简略;近代的事情,谈起来才详尽。简略的,就只能列举它的大概;详尽的,才能列举它的细节。愚蠢的人听到了那简略的论述就不再去了解那详尽的细节,听到了那详尽的细节就不再去了解它的大要。所以年代久了,就会产生差错。三王五帝时代,是政治最清明的时代。《诗经》说:"殷商先王施政,从不违背上天的意旨,直到商汤也仍然是这样。"就是说古代和现代的政教是一样的。

91. 生于诸冯

舜生于诸冯①,迁于负夏②,卒于鸣条③,东夷之人也。文王生于岐周④,卒于毕郢⑤,西夷之人也。地之相去也,千有余里,世之相后也,千有余岁,然得志行乎中国,若合符节⑥。孔子曰:"先圣后圣,其揆一也⑦。"《诗》曰:"帝命不违,至于汤齐。"

【注释】①诸冯:古地名,传说在山东荷泽县南五十里。②负夏:地名。③鸣条:古地名。今山西省安邑县北。④岐周:周为周代国名,岐即今岐山,在陕西省岐山县东北。⑤毕郢:即《吕氏春秋·具备篇》中的"毕程",在今陕西省咸阳县东二十里。⑥符节:符和节都是古代表示印信之物,原料有玉、角、铜、竹之不同,形状也有虎、龙、人之别,随用途而异,一般是可剖为两半,各执其一,相合无差,以代印信。⑦揆:道路。

【译文】舜生在诸冯,迁居到负夏,死在鸣条,是东方边远地区的人。文王生在岐周,死在毕郢,是西方边远地区的人。两地相距一千多里,时代相距一千多年,但他们得志后在中国所推行的政事,像符节一样吻合。孔子说:"先出的圣人和后出的圣人,他们所遵循的标准是一样的。"《诗经》说:"殷商先王施政,从不违背上天的意旨,至到商汤也仍然是这样。"

92. 观于周庙

孔子观于周庙①,有欹器焉②。孔子问于守庙者曰:"此谓何器也?"对曰:"此盖为宥座之器③。"孔子曰:"闻宥座器满则覆,虚则欹,中则正④,有之乎?"对曰:"然。"孔子使子路取水试之,满则覆,中则正,虚则欹。孔子喟然而叹曰:"呜呼!恶有满而不覆者哉⑤!"子路曰:"敢问持满有道乎?"孔子曰:"持满之道,抑而损之⑥。"子路曰:"损之有道乎?"孔子曰:"德行宽裕者,守之以恭;土地广大者,守之以俭;禄位尊盛者,守之以卑,人众兵强者,守之以畏;聪明睿智者,守之以愚;博闻强记者⑦,守之以浅。夫是之谓抑而损之。"《诗》曰:"汤降不迟⑧,圣敬日跻⑨。"

【注释】①庙:宗庙。②欹器:倾侧的器具。③宥座:君主放置座右,作为警戒。宥:同"右"。④中:半。⑤恶:怎么,哪里。⑥抑:谦退。损:贬。⑦强记:记忆力特别强。⑧汤:商汤。降:下,谦逊。不迟:应时。⑨圣敬:圣明恭敬的德行。跻:进、升,上闻于天。诗句出自《诗经·商颂·长发》。

【译文】孔子到周朝宗庙里参观,看见里面有个倾侧的器具。孔子问看守宗庙的人说:"这是什么器具呢?"看守宗庙的人回答说:"这个就是宥坐器。"孔子说:"听说宥坐器盛满了水,就会倒覆,空了就会倾侧,盛了一半的水,器具就端正,有这回事吗?"守庙的人说:"是的。"孔子命子路拿水来试一试,果然盛满了水就倒覆,盛了一半的水就端正,空了就倾侧。孔子感叹地说:"唉!哪里有盈满却不会倒覆的事呢!"子路问道:"我冒昧地问您,保持盈满有方法吗?"孔子回答:"保持盈满的方法就是自己要谦逊贬抑。"子路又问道:"要做到谦逊贬抑有哪些方法呢?"孔子回答说:"德行宽大的人,要用恭敬的态度自持;拥有广大土地的人,要用节俭的态度自持;官职崇高的人,要用卑谦的态度自持;国家人民众多、军队强大的人,要用敬畏的态度自持;聪明的人,要用愚昧的态度自持;见闻广博记忆力特别强的人,要用浅陋的态度自持。这就叫做谦逊贬抑。"《诗经》说:"商汤待人处世谦逊,他圣明庄敬的德行一天天提升。"

93.天子之位

周公践天子之位,七年,布衣之士所贽而师者十人①,所友见者十二人②,穷巷白屋先见者四十九人③,时进善者百人④,教士千人,宫朝者万人⑤。成王封伯禽于鲁⑥,周公诫之曰:"往矣!子无以鲁国骄士。吾文王之子,武王之弟,成王之叔父也。又相天下,吾于天下,亦不轻矣。然一沐三握发⑦,一饭三吐哺⑧,犹恐失天下之士。吾闻德行宽裕,守之以恭者荣;土地广大,守之以俭者安;禄位尊盛,守之以卑者贵;人众兵强,守之以畏者胜;聪明睿智,守之以愚者善;博闻强记,守之以浅者智。夫此六者,皆谦德也。夫贵为天子,富有四海,由此德也;不谦而失天下,亡其身者,桀纣是也。可不慎欤!故易有一道,大足以守天下,中足以守其国家,近足以守其身,谦之谓也。夫天道亏盈而益谦⑨,地道变盈而流谦⑩,鬼神害盈而福谦⑪，人道恶盈而好谦⑫。是以衣成则必缺衽⑬，宫成则必缺隅⑭，屋成则必加拙⑮，示不成者，天道然也。《易》曰：'谦，亨⑯，君子有终⑰，吉。'《诗》曰：'汤降不迟，圣敬日跻。'诚之哉！其无以鲁国骄士也。"

【注释】①布衣之士：指平民。贽：与人见面时携带的礼物。如玉帛、禽鸟。②友见：别版作"还贽"，回送礼物。③穷巷：隐僻的里巷。白屋：白色茅草盖成的房屋，谓贫贱的人所住的房屋。④时：时常。进善：贡献好的意见。⑤朝：朝见。⑥成王：周成王，武王的儿子，名诵，即位时年幼，周公旦摄政，制礼乐，立制度，七年，返政于成王，在位三十七年，崩。伯禽：周公旦的儿子，封于鲁。⑦沐：洗头。⑧哺：口中所吃的食物。⑨亏：减损。盈：盈满。益：增益。谦：谦退。⑩变：改变。流：流布。⑪害盈：受害。福谦：谦退的受福。⑫恶：厌恶。好：喜爱。⑬衽：衣襟。⑭隅：方角。两廉相交处。⑮拙：不精巧。⑯亨：通达。语句出自《易经·谦卦》。⑰有终：有始有终，能够长久履行的意思。

【译文】书传记载说：周公代理天子的职位，七年里面，在平民当中，他拿着礼物，用对老师的礼节去拜见的有十个人，他回送礼物，用对朋友的礼节求见的有十二个人，他先去拜访住在偏僻里巷简陋房子里的有四十九个人，时常向他进献好主意的有一百来人，教导他的有一千来人，到宫殿里朝见他的有一万来人。周成王封伯禽为鲁国的国君，周公告诫伯禽说："去吧！你不要因为做了鲁国的君王而对士人骄傲。我是文王的儿子，武王的弟弟，成王的叔父。又帮助天子治理天下，我在全天下来说，地位不算低了。我常在一次洗头当中，多次握住湿的头发去见客人；常在吃饭时，多次吐出口里的食物去见宾客，心中还恐怕错失了天下的贤士。我听说德行宽厚，用恭敬去自持的声誉就会显著；拥有广大的土地，能用节俭去自持的就会平安；官职位高权重，能用卑谦去自持的就会显达；人口众多、军队强大的，能用敬畏之心去自持的就会取胜；聪明而见识深远的，能用愚钝自持的就会吉利；见闻广博而记忆超人的，以浅陋去自持的就有智慧。这六项都是谦逊的德行。一个人能显贵成为天子，拥有天下的财富，因为他具有这种谦逊的德行。由于不谦逊而丧失了天下，牺牲了性命的，夏桀、商纣就是这种人。这六条，都是谦逊之德。即使贵为天子，富有天下，如果不谦虚，也会失去天下，身遭灭亡，夏桀、商纣就是例子，不小心谨慎不行啊！因此《易经》上有一种道理，从大处说，可以用来保守天下；其次可以用来保守国家；从近处说，可以用来保全性命，这便是谦逊。大地的规律是使水从盈满处流向虚处；鬼神也是要损害盈满者保佑谦退者；人也是厌恶自满而喜好谦虚。因此衣服做好后，要剪开做成衣襟；宫殿建好了，一定要缺一角；房屋修成，一定使它表面粗糙，以此来表示不圆满，那是由于自然的规律就是这样。《易经》上说：'谦卦亨通，君子有好结果，吉祥。'《诗经》上说：'商汤待人处世谦逊，他的圣明庄敬的德行一天天提升。'你都要引以为诫啊！你一定不能做了鲁国的国君就傲慢地对待士人。"

94.子路盛服

传曰：子路盛服以见孔子①。孔子曰："由，疏疏者何也②？昔者，江于汶③，其始出也，不足以滥觞④；及其至乎江之津也⑤，不方舟⑥，不避风，不可渡也，非其众川之多欤？今汝衣服其盛，颜色充满⑦，天下有谁加汝哉⑧？"子路趋出，改服而入，盖揖如也⑨。孔子曰："由志之⑩，吾语女：夫慎于言者不哗⑪，慎于行者不伐⑫。色知而有长者⑬，小人也。故君子知之为知之，不知为不知，言之要也⑭；能之为能之，不能为不能，行之要也。言要则知⑮，行要则仁，既知且仁，又何加哉？"《诗》曰："汤降不迟，圣敬日跻。"

【注释】①盛服：整齐华丽的衣服。②疏疏：衣服整齐的样子。③江：长江。汶：汶山，亦作"岷山"，在今四川省松潘县东南。④滥：溢满。觞：盛酒器。⑤津：渡口，渡河的地方。⑥方舟：两船相并。⑦充满：猛厉。⑧加：增益。⑨揖如：恭敬的样子。⑩志：记住。⑪哗：喧哗。⑫伐：夸耀。⑬色：颜色。长：长处。⑭要：要点。⑮知：同"智"。

【译文】书传记载说：子路穿着整齐华丽的衣服去见孔子。孔子说："由！你穿着这么整齐的衣服为什么呢？从前，长江发源于汶山，它刚流出来时，水不够盛满酒杯，等它流到长江的渡口时，如果不把两条船并起来，不避开大风，不能够渡过江，难道不是因为聚集了许多河川的水吗？现在你衣服穿得那么整齐，面色严厉，天下还有谁愿意帮你增进德业呢？"子路很快走出去，换了一套衣服进来，恭敬地作揖而入。孔子说："由，你把我的话记下来，我告诉你：凡是说话谨慎的人不会喧哗，行为谨慎的不会夸耀。从他的面色就知道他是有长处的，还是小人。所以君子对他明白的事，就说明白，对他不明白的事，就说不明白，这是说话的要点；能够做到的事就说能做到，不能够做到的事就说不能够做到，这是行为的要点。说话之要就是要有智慧，行为之要就是要有仁心，既有智慧且有仁心，还有什么需要增益的地方呢？"《诗经》说："商汤待人处世谦逊，他的圣明庄敬的德行一天天提升。"

95.不贵苟难

君子行不贵苟难①，说不贵苟察②，名不贵苟传，惟其当之为贵③。夫负石而赴河④，行之难为者也，而申徒狄能之，君子不贵者，非礼义之中也。山渊平，天地比⑤，齐秦袭⑥，入乎耳，出乎口，钩有须⑦，卵有毛⑧，此说之难持者也，而邓析惠施能之⑨，君子不贵者，非礼义之中也。盗跖吟口⑩，名声若日月，与舜禹俱传而不息，君子不贵者，非礼义之中也。故君子行不贵苟难，说不贵苟察，名不贵苟传，维其当之为贵。《诗》曰："不竞不絿⑪，不刚不柔。"

【注释】①苟：假如。②察：明察。③当：合于礼义。④负石：抱住石头。⑤比：接。⑥齐：周时国名，占有今山东省和河北省一部分地方。秦：也是周时国名，占有今陕西省长安县以西的地方。齐国在东方，秦国在西方，相距甚远。⑥袭：相合。⑦钩：通"狗"。⑧卵有毛：蛋里含有长毛的原素。卵：蛋。⑨邓析：春秋郑国的大夫，研究名家学说，曾改郑国刑书，被驷颛所杀，一说被子产所杀，著有《邓析子》两篇。惠施：战国魏国的卿相，与庄周为友，善辩论。⑩盗跖：古代传说中的大盗，或以为黄帝时人，或以为孔子时人，或以为秦时人，名跖。吟口：别版作"贪凶"。⑪竞：争。絿：急。诗句出自《诗经·商颂·长发》。

【译文】君子不因为事情很难做到就觉得可贵，说话不因为明白清晰就觉得可贵，名声不因为广泛流传而觉得可贵，只有当它合乎礼义时才可贵。譬如怀抱大石去投河，这是多么难做到的事，但是申徒狄竟能做到，但君子不认为可贵，因为这是不合于礼义的。山跟水渊是齐平的，天同地是接近的，齐国跟秦国是合在一起的，语言从耳朵听进来，从嘴里说出去，老妇人是有须胡的，蛋里面早已有毛，这是多么难于相信的话，但是邓析和惠施竟能说得头头是道，君子所以不重视它，因为这不合于礼义。盗跖贪心凶狠，但是他的名声像太阳、月亮一样，跟虞舜、夏禹一样名声永远流传，君子所以不重视这种名声，因为这是不合于礼义的。所以说君子不因为事情很难做到就觉得可贵，言语不觉得清晰明白就觉得可贵，名声不因为流传广泛而觉得可贵，只有当它合乎礼义时才可贵，《诗经》说："不争斗不急躁，不刚猛也不柔弱。"

96.伯夷叔齐

伯夷、叔齐目不视恶色，耳不听恶声；非其君不事[①]，非其民不使。横政之所出[②]，横民之所止，弗忍居也；思与乡人居，若朝衣朝冠坐于涂炭也。故闻伯夷之风者，贪夫廉，懦夫有立志。至柳下惠则不然，不羞污君，不辞小官；进不隐贤[③]，必由其道；阨穷而不悯[④]，遗佚而不怨[⑤]；与乡人居，愉愉然不去也[⑥]。虽袒裼裸裎于我侧[⑦]，彼安能浼我哉[⑧]！故闻柳下惠之风，鄙夫宽[⑨]，薄夫厚[⑩]。至乎孔子去鲁[⑪]，迟迟乎其行也，可以去而去，可以止而止[⑫]，去父母国之道也。伯夷，圣人之清者也；柳下惠，圣人之和者也；孔子，圣人之中者也⑬。《诗》曰:"不竞不絿,不刚不柔。"中庸和通之谓也⑭。

【注释】①非其君:不是他理想中的君王。②横:横逆,强暴不顺理。③进:进于朝廷,在朝廷做官。④阨穷:穷困。悯:忧愁。⑤遗佚:被遗弃,不被任用。⑥愉愉然:高兴的样子。⑦袒裼:不穿衣而肉体现露出来。裸裎:赤身露体。⑧浼:沾污。⑨鄙夫:胸襟狭小的人。⑩薄夫:刻薄的人。⑪去:离开。⑫止:留。⑬中:中正之道。不偏不倚,无过也无不及。⑭庸:平常。和:刚柔调适。通:通达。

【译文】伯夷、叔齐眼睛不看不好的事物,耳朵不听不好的声音;不是他理想的君主,不去侍奉;不是他理想的百姓,不去使唤。施行暴政的国家,住有暴民的地方,他都不忍心去居住;他认为同乡下人居住,好像穿着礼服、戴着礼帽坐在泥土或者炭灰的上面。所以听到伯夷风节的人,贪得无厌的人都清廉起来,懦弱的人也都有独立不屈的意志了。至于柳下惠就不是这样,他不以侍奉坏的君主为羞耻,也不以官职小而辞掉;在朝廷做官,不隐藏自己的才能,但是一定按照他的原则办事;遭遇穷困,也不忧愁;不被任用,也不怨恨;他同乡下人相处,高高兴兴地不离开。他认为纵然他们在我旁边赤身露体,他们哪能沾污我呢!所以听到柳下惠风节的人,心胸狭小的人也宽厚起来了,刻薄的人也厚道起来了。至于孔子离开鲁国,他慢慢地走,应该离开就离开,应该留下就留下,这是离开父母之邦的态度。伯夷是圣人当中清高的人,柳下惠是圣人当中随和的人,孔子是圣人当中能把握中正之道的人。《诗经》说:"不争斗不急躁,不刚猛也不柔弱。"就是说能够把握不偏不倚的原则,施行中和通达之道。

97.等赋正事

王者之等赋正事①,田野什一②。关市讥而不征③,山林泽梁,以时入而不禁。相地而正壤④,理道而致贡⑤。万物群来,无有流滞⑥,以相通移。近者不隐其能,远者不疾其劳。虽幽间僻陋之国⑦,莫不趋使而安乐之。夫是之谓王者之等赋正事。《诗》曰:"敷政优优⑧,百禄是遒⑨。"

【注释】①等赋:制定赋税的等差。正事:正确处理民事。②田野什一:田地抽十分之一的税。③关:关卡。市:市场。讥:仔细检查。征:征收赋税。④相地而正壤:别版作"相地而衰正"。相:考察。衰:等差。正:通"征"。⑤理道:分别道路的远近。致贡:致送贡物。⑥流滞:荀子《王制篇》作"留滞",停滞。⑦幽:深。间:隔。僻陋:偏僻。⑧敷:施行。优优:温和的样子。⑨遒:聚集。诗句出自《诗经·商颂·长发》。

【译文】王者的法度:规定好赋税等差,管理好民事,田地抽十分之一的税。关卡和集市只检查而不征税;山林和湖泊按时封闭和开放,而不禁止人民砍伐木材和捕捉鱼鳖。察看土地的肥瘠和产量的多少来确定税收的轻重,分别道路的远近来订定贡物的品类和数量。所以货物一起运来,不让它们停滞在一个池方,使各地的物产互相交换转移。这样,近处的人不隐瞒自己的能力,远处的人也不会因为奔走劳苦而生出怨恨。即使遥远偏僻国家的人民,也没有不赶来听使唤而安心愉快。王者制定赋税的等差,正确处理民事就是这样。《诗经》说:"施行政令温和,许多幸福会聚集在你的身上。"

98.赵孝成王

孙卿与临武君议兵于赵孝成王之前①。王曰:"敢问兵之要②?"临武君曰:"夫兵之要,上得天时③,下得地利④,后之发⑤,先之至,此兵之要也。"孙卿曰:"不然。夫兵之要,在附亲士民而已。六马不和,造父不能以致远;弓矢不调,羿不能以中微⑥;士民不亲附,汤武不能以战胜。由此观之,要在于附亲士民而已矣。"临武君曰:"不然。夫兵之用,变故也,其所贵,谋诈也,善用之者,犹脱兔莫知其出⑦;孙吴用之⑧,无敌于天下。由此观之,岂待亲士民而后可哉!"孙卿曰:"不然。君之所道者,诸侯之兵,谋臣之事也;臣之所道者,仁人之兵,圣王之事也。彼可诈者,必怠慢者也,君臣上下之际,突然有离德者也⑨。夫以跖而诈桀,犹有工拙焉。以桀诈尧,如以指挠沸⑩,以卵投石,抱羽毛而赴烈火,入则燋也,夫何可诈也!且夫暴国将孰与至哉⑪?彼其与至者,必欺其民⑫,民之亲我也,芬若椒兰,欢如父子,彼顾其上,如憯毒蜂虿之人⑬,虽桀跖岂肯为其所至恶,贼其所至爱哉⑭!是犹使人之子孙,自贼其父母也,彼则先觉其失,何可诈哉!且仁人之兵,聚则成卒⑮,散则成列⑯,延居则若莫邪之长刃⑰,婴之者断⑱,锐居则若莫邪之利锋⑲,当之者溃⑳,圆居则若丘山之不可移也㉑,方居则若磐石之不可拔也㉒,触之,摧角折节而退尔㉓,夫何可诈也。《诗》曰:'武王载旆㉔,有虔秉钺㉕;如火烈烈,则莫我敢曷㉖。'此谓汤武之兵也。"孝成王避席仰首曰㉗:"寡人虽不敏,请依先生之兵也。"

【注释】①孙卿:即荀况,周时赵人,时人尊称荀卿,汉人避秦宣帝讳,称为孙卿。年五十游学于齐,三为祭酒,后适楚,终兰陵令。创性恶之说。临武君:楚国将军。赵孝成王:晋大夫赵凤之后,简子十世孙。②要:要道。③天时:指天气阴晴、寒暑适宜攻战与否。④地利:指高城深池山川险阻。⑤发:出动。⑥羿:夏时有穷国之君,善于射箭。微:细微的目标。⑦脱兔:脱逃的兔子,喻行动迅速敏捷。⑧孙:指吴王阖闾的将军孙武。吴:指魏武侯的将军吴起。⑨突然:别版作"夬然",分离的样子。⑩挠:搅。沸:沸水。⑪且夫暴国将孰与至哉:荀子《议兵篇》作"且夫暴国之君将孰与至哉"。孰:谁。与:党与,相与共事。⑫必欺其民:荀子《议兵篇》作"必其民也"。⑬憯毒:惨毒。蛋:毒虫,似蝎而尾长。⑭贼:伤害。⑮卒:军队的编制,一人为卒。⑯列:行列。⑰延居:摆成直阵。古时军队阵法有方圆曲直锐。莫邪:古利剑名。⑱婴:接触。⑲锐居:摆成锐阵。⑳当:遇。㉑圆居:摆成圆阵。不动时的情形。㉒方居:摆成方阵。不动时的情形。㉓摧:折断。角:号角。节:符节。㉔武王:英武的君王,指商汤。斾:别版作"发"。载:始。载发:始兴师。㉕有虔:虔然,诚敬的样子。秉:执持。钺:类似斧头的一种兵器。㉖曷:别版作"遏",止。诗句出自《诗经·商颂·长发》。㉗仰首:别版作"抑首",低下头。

【译文】孙卿同临武君在赵孝成王的面前讨论军事。孝成王说:"我冒昧地问你们用兵的要道是什么呢?"临武君回答说:"用兵的要领:上能得到天时,下能得到地利,在敌人后出动,却比敌人早到达,这是用兵的要道。"孙卿说:"不对。用兵的要道:在于使士兵和人民亲附我罢了。驾车的六匹马步伐不调和,就是善于驾车的造父也不能驾驭到达远方;弓和箭的轻重不调和,就是擅长射箭的羿也不能射中细微的目标；兵士和人民不服从，就是贤明的商汤、周武王也不能战胜敌人。从这点来看，用兵的要道在于使士兵和人民亲附我罢了。"临武君说：'不对。运用军队，是要随机应变，它所重视的，是权谋诡诈，擅长用兵的，好像脱逃的兔子般行动敏捷，敌人不知道他的军队从哪里来；孙武、吴起运用这法术，天下无敌，从这点来看，哪里要等待士兵人民亲附，然后才可以用兵呢！"孙卿说："不对。你所说的，是诸侯的用兵，是谋臣所做的事。我所说的，是仁人的用兵，圣王所做的事。那个可以受欺诈的，一定是怠慢的人，他们君臣上下之间，心志和行事都涣散不一致。就以盗跖欺诈夏桀，其法术还有精巧和笨拙的不同。假如夏桀去欺诈唐尧，就好像用手指去搅动沸腾的水，用鸡蛋去碰石头，抱着羽毛走向猛烈的火中，进去就被烧焦了，怎么可以欺诈呢！而且暴国的君主是谁同他来呢？同他来的，一定是他的人民，但是他的人民亲附我，喜爱我，好像喜好芬芳的椒兰一般，喜欢我，好像喜欢他的父母一般；他们回头看他们的君主，好像黄蜂蝎子般惨毒的人，即使像夏桀、盗跖般昏庸凶暴，哪里愿意为他极恨的人，去伤害极爱的人呢！这就好像让别人的子孙亲自去杀害他们的父母一样，他会先发觉自己的错，怎么可以被欺诈呢？而且仁人的军队，聚合在一起，就成队伍，分散了，就成行列，摆成长形阵，就像莫邪的长刃一样，来触犯的，一定折断；摆成锐形阵，就像莫邪的利锋一样，碰到的一定溃散；摆成圆形阵，就像丘陵高山一样不能移动；摆成方形阵，就像大石一样不能搬动。和他们交战，他们一定会连号角、符节都折断，大败而归，仁人的军队怎么能够欺诈呢！《诗经》说：'英武的商汤王刚出兵，他诚敬地执持斧钺。冲锋陷阵的大军勇猛如火,没有谁敢阻挡我。'这就是描述汤武的军队。"孝成王听了孙卿这番话,离开座位站起来,低头长叹说:"我虽然不聪明,愿意遵从先生用兵的道理。"

99.受命之士

受命之士,正衣冠而立,俨然①,人望而信之;其次,闻其言而信之;其次,见其行而信之;既见其行,而众皆不信,斯下矣。《诗》曰:"慎与言矣②,谓尔不信。"

【注释】①俨然:端正庄重的样子。②慎:谨慎,小心。诗句出自《诗经·小雅·巷伯》。

【译文】接受君主任命的士人,衣服和帽子穿戴端正,笔直站立着,态度庄重,人家一见就信任他;次等的,听到他所说的话,然后会信任他;再次一等的,看到他的行为,然后才信任他;已经看到他的行为,但是大家却都不信任,这是最下等的了。《诗经》说:"你说话谨慎啊!不然,说你是不可信任的人。"

100.目能视乎

昔者,不出户而知天下①,不窥牖而见天道②,非目能视乎千里之前,非耳能闻乎千里之外,以己之情量之也。己恶饥寒焉③,则知天下之欲衣食也;己恶劳苦焉,则知天下之欲安佚也;己恶衰乏焉,则知天下之欲富足也。知此三者,圣王之所以不降席而匡天下④。故君子之道,忠恕而已矣⑤。夫处饥渴,苦血气⑥,困寒暑,动肌肤⑦,此四者,民之大害也。害不除,未可教御也。四体不掩⑧,则鲜仁人;五藏空虚⑨,则无立士⑩。故先王之法,天子亲耕,后妃亲蚕,先天下忧衣与食也。《诗》曰:"父母何尝⑪?""心之忧矣,之子无裳⑫。"

【注释】①不出户而知天下:别版作"圣王不出户而知天下"。②牖:窗。③恶:厌恶。饥寒:饥饿和寒冷,指穷困。④降席:离开座位走下来。⑤忠:尽心竭力。恕:推己反人。⑥血气:这里指精神。⑦肌肤:肌肉和皮肤,这里指身体。⑧四体:指身体。掩:指穿衣服。⑨五藏:指心、肝、脾、肺、肾。这里指胃。⑩立士:有节操的。⑪尝:食。诗句出自《诗经·唐风·鸨羽》。⑫裳:本义是指(夫君、君长穿着的)裙。引申义是指男女穿着的下衣。通常指代"衣服"。诗句出自《诗经·卫风·有狐》。

【译文】从前,圣明的君王不出门户,就能够推知天下的事理;不望窗外,就可以认识日月星辰运行的自然规律。并不是他的眼睛能够看到千里之外的事物,耳朵能够听到千里之外的声音,而是他能用自己的心去度量千里之外的事物。自己厌恶饥饿和寒冷,便推知天下的人都希望吃得饱穿得暖;自己厌恶辛劳,便推知天下的人都希望舒适;自己厌恶穷困,便推知天下的人都希望富裕。知道这三点,就知道圣明的君王不需要离开座位走下来,就能把天下治理好的原因了。所以君子处世之道,不外乎忠恕罢了。遭受饥渴,精神痛苦,受寒冷和酷热所困扰,身体辛劳,这四种是人民重大的危害,危害不除掉,人民便不能接受教育。身上没有衣服穿,社会上就很少有仁人,肚子吃不饱,社会上就没有有节操的人。所以古代圣明的君王治理天下的方法是天子亲自耕田,后妃亲自养蚕,早于天下的人忧虑衣和食的问题。《诗经》说:"父母吃什么呢?""我心里很忧愁,那个人没有衣服穿。"

卷 四

101.炮烙之刑

纣作炮烙之刑①。王子比干曰:"主暴不谏,非忠也;畏死不言,非勇也。见过即谏,不用即死,忠之至也。"遂谏,三日不去朝,纣囚杀之。《诗》曰:"昊天大怃②,予慎无辜③!"

【注释】①炮烙:在铜柱上涂脂膏,下面燃烧炭火,令犯人在铜柱上走。②昊天大怃:下章作"昊天太怃"。老天降下来的威怒太大了。昊天:老天。怃:通"妩",大。③慎:真的。无辜:没有罪过。诗句出自《诗经·小雅·巧言》。

【译文】商纣王作炮烙的刑具惩治百姓。王子比干说:"君主暴虐,不去劝阻,不忠心;怕死,不敢说话,不勇敢。看到君主有过错,就劝阻他,君主不采纳,就去死,忠心才算到了极点。"于是劝告纣王,三天都不离开朝廷,纣王把比干囚禁起来,然后杀掉。《诗经》

说:"老天降下来的威怒太大了,我真的没有罪过呀!"

102.桀为酒池

桀为酒池,可以运舟;糟丘,足以望十里;而牛饮者三千人①。关龙逢进谏曰:"古之人君,身行礼义,爱民节财,故国安而身寿。今君用财若无穷,杀人若恐弗胜,君若弗革②,天殃必降③,而诛必至矣④。君其革之!"立而不去朝。桀囚而杀之。君子闻之曰:"天之命矣!"《诗》曰:"昊天太忾,予慎无辜!"

【注释】①牛饮:如牛俯身饮水。②革:改变。③殃:灾祸。④诛:惩罚。

【译文】夏桀建造成的酒池,大船可以在里面运行;用酒糟堆成山丘,站上面可以看到十里外的地方;像牛一般俯身就在池里喝酒的有三千人。关龙逢劝告说:"古时候的君主,亲身践行礼义,爱护人民,节省财物,所以国家安定而自己能够长寿。现在君王你使用钱财好像用不完似的,杀人好像杀不尽似的,您如果不改变行为,上天定会降下灾祸,一定会责罚你的。君王还是改变你的行为吧!"关龙逢站立在朝廷上,一直不离开。夏桀王把他囚禁起来,然后杀掉。君子听到这件事,说:"这是上天的意思啊!"《诗经》说:"老天降下来的威怒太大了,我真的没有罪过呀!"

103.以道覆君

有大忠者，有次忠者，有下忠者，有国贼者。以道覆君而化之①，是谓大忠也；以德调君而辅之②，是谓次忠也；以谏非君而怨之③，是谓下忠也；不恤乎公道之达义④，偷合苟同⑤，以持禄养者⑥，是谓国贼也。若周公之于成王，可谓大忠也；管仲之于桓公，可谓次忠也；子胥之于夫差⑦，可谓下忠也；曹触龙之于纣⑧，可谓国贼也。皆人臣之所为也，吉凶贤不肖之效也⑨。《诗》曰："匪其止共⑩，惟王之邛⑪。"

【注释】①覆：覆盖，充满。②调：调理。③以谏非君而怨之：别版作"以是谏非而死之"。④不恤：不顾。⑤偷合苟同：别版作"偷合苟容"。偷合：苟且相合。⑥以持禄养者：别版作"以持禄养交者"。交：朋友。⑦子胥：伍子胥，名员，春秋楚国人，父伍奢，兄伍尚，为楚平王所杀，伍子胥奔吴。其后吴败越，越王勾践请和，吴王夫差许，子胥谏不听，太宰嚭谮之，夫差赐子胥自杀而死。⑧曹触龙：商纣王时的佞臣。⑨不肖：不贤。⑩匪：通"非"，不。共：通"恭"，恭敬，严肃认真的意思。⑪邛：病害。诗句出自《诗经·小雅·巧言》。

【译文】有上等忠诚的人，有次等忠诚的人，有下等忠诚的人，有贼害国家的人。用正道被覆君主进而感化他，可称为大忠；用美德教导君主并且辅佐他，可称为次忠；用正确的道理去劝阻君主的错误而遭受责怪，可称为下忠；不顾道义，苟且投合君主的心理，讨好君主，用俸禄来养他的朋党，这叫做国贼。好像周公对于成王，可说是大忠；管仲对于齐桓公，可说是次忠；伍子胥对于夫差，可说是下忠；曹触龙对于商纣王，可说是国贼。这些都是臣子的行为表现，对国家却有吉利或凶险、贤或不贤的效果。《诗经》说："他不严肃认真地做本分工作，使得君王也受其害。"

104. 无取口谗

哀公问取人。孔子曰："无取健①，无取佞，无取口谗。健，骄也；佞，谄也②；谗，诞也③。故弓调然后求劲焉，马服然后求良焉④，士信悫然后求知焉⑤。士不信焉，又多知，譬之豺狼，其难以身近也。《周书》曰：'为虎傅翼也⑥。'不亦殆乎？"《诗》曰："匪其止共，惟王之邛。"言其不恭其职事，而病其主也。

【注释】①健：骄傲。②谄：献媚，讨好。③诞：说话夸张。④服：驯服。⑤信悫：诚谨。⑥傅：通"附"，附益。《逸周书寤敬》："毋为虎傅翼，将飞入邑，择人而食。"

【译文】哀公问孔子如何选择人。孔子回答说："不要选择健人，不要选择佞人，不要选择口谗的人。健人，骄傲；佞人，谄媚；谗人，说话夸张。所以弓要先调准，然后要求它有力；马要先驯服，然后把它训练成为优良奔马；士人必先要有诚实的品德，然后要求他有丰富的知识。士人不诚实，知识越丰富，就好像豺狼一样，不可以接近。《周书》上说：'替老虎加上翅膀。'岂不是很危险吗？"《诗经》说："他做事态度不恭敬，使得君王受到伤害。"是说他不认真去做本分的事情,使得君王受到伤害。

105.国人知之

齐桓公独以管仲谋伐莒①,而国人知之。桓公谓管仲曰:"寡人独为仲父言②,而国人知之,何也?"管仲曰:"意若国中有圣人乎③!今东郭牙安在④?"桓公顾曰:"在此。"管仲曰:"子有言乎?"东郭牙曰:"然。"管仲曰:"子何以知之?"曰:"臣闻君子有三色⑤,是以知之。"管仲曰:"何谓三色?"曰:"欢忻爱说⑥,钟鼓之色也⑦;愁悴哀忧⑧,衰绖之色也⑨;猛厉充实⑩,兵革之色也⑪。是以知之。"管仲曰:"何以知其莒也?"对曰:"君东南面而指,口张而不掩,舌举而不下,是以知其莒也。"桓公曰:"善。《诗》曰:'他人有心,予忖度之⑫。'"东郭先生曰:"目者,心之符也⑬;言者,行之指也⑭。夫知者之于人也⑮,未尝求知而后能知也。观容貌,察气志,定取舍,而人情毕矣⑯。"《诗》曰:"他人有心,予忖度之。"

【注释】①以:与。莒:国名,在今山东省莒县。②为:与。③圣人:是指聪明通达事理的。④东郭牙:姓东郭,名牙。⑤君子:指地位高的执政者。色:面色。⑥忻:同"欣"。爱说:喜悦。说:同"悦"。⑦钟鼓之色:听到音乐时脸上的表情。钟和鼓都是乐器。⑧愁悴哀忧:忧愁悲哀。悴:忧。⑨衰绖之色:遇到丧事时脸上的表情。衰绖:丧服。⑩猛厉:严厉。⑪兵革之色:谋划军事时脸上的表情。兵:兵器。革:甲胄。⑫忖度:揣度。诗句出自《诗经·小雅·巧言》。⑬符:符信。符:征信之具。古时用竹木或金玉做成,上面书写文字,剖为二,各执其一,合之以为征信。⑭指:意向。⑮知:通"智"。知者:智慧高的人。⑯人情:人的心意。

【译文】齐桓公独自同管仲商量讨伐莒国,全国人都知道这件事。桓公对管仲说:"这是我单独同你商量的,可是全国人都知道了,这是什么缘故呢?"管仲说:"我料想国内有聪明人啊!现在东郭牙在那里呢?"桓公往堂下看,说:"在这里。"管仲对东郭牙说:"你有话要说吗?"东郭牙说:"是的。"管仲问道:"你怎么知道讨伐莒国这件事呢?"东郭牙回答说:"我听说执政者有三种面色,所以我知道这件事。"管仲接着问道:'什么叫做三种面色呢?"东郭牙回答说:"欢欣喜悦,这是听到音乐时所表现的面色;忧愁悲哀,这是遇到丧事时所表现的面色;威猛严厉,这是谋划军事时所表现的面色。所以我知道你们在谋划军事。"管仲又问道:"你怎么知道要讨伐的是莒国呢?"东郭牙回答说:"你的手指东南,嘴巴张开而不闭起来,舌头往上翘而不下降,所以知道要讨伐莒国。"桓公说:"很好。"东郭先生说:"眼睛是内心的符信,言语是行为的意向。聪明人的对于别人,从没有要求先通晓什么,然后才能知道事情的结果。通过观看人家的容貌,细察人家的表情和志向,从中决定取舍内容,这样,人家的心意就全部了解完了。"《诗经》说:"人家心里想什么,我也能够揣度出来。"

106.坚甲利兵

今有坚甲利兵,不足以施敌破虏①;弓良矢调,不足射远中微②,

与无兵等尔。有民不足强用严敌③,与无民等尔。故盘石千里④,不为有地;愚民百万,不为有民。《诗》曰:"维南有箕,不可以簸扬;维北有斗,不可以挹酒浆⑤。"

【注释】①施:行,攻击。虏:称敌人为虏。②中微:射中目标。微:指目标。③强用:训练成坚强的兵士。严敌:戒备敌人。④盘石:大石。⑤箕:星名。箕可以用来簸扬谷物,箕星则不能扬。斗:南斗星,南斗在箕星的北面,故云维北有斗。挹:酌。浆:汁液。诗句出自《诗经·小雅·大东》。

【译文】现在有坚牢的盔甲,锐利的兵器,但是不足以用来攻克、打败敌军;弓质优良,箭调得正,如果不能射到远处,命中目标,这和没有兵器是一样的。有人民不能训练成强健的兵士戒备敌人,这和没有人民是一样的。所以说大石虽远铺千里,不能说是有土地,愚笨的人民虽有百万,不能说是有人民。《诗经》说:"南方有箕星,但是不可以用来簸扬谷物;箕星的北面有南斗星,但是不可以用来酌取酒浆。"

107. 五弦之琴

传曰:舜弹五弦之琴,以歌《南风》①,而天下治。周平公酒不离于前②,钟石不解于悬③,而宇内亦治④。匹夫百亩一室⑤,不遑启处⑥,无所移之也。夫以一人而兼听天下⑦,其日有余而下治,是使人为之也。夫擅使人之权⑧,而不能制众于下,则在位者,非其人也。《诗》曰:"维南有箕,不可以簸扬;维北有斗,不可以挹酒浆。"言有位无其事也。

【注释】①南风:歌曲名。②周平公:周代无平公,《淮南子·诠言训》和《淮南子·泰族训》作周公。③钟:乐器名。石:即磬,磬有用石制成的,所以称磬为石。悬:指悬挂钟磬的架子。④宇内:天下。⑤匹夫:百姓。⑥遑:闲暇。启:跪。古人席地,跪与坐无别。处:居。⑦听:治理。⑧擅:专有。

【译文】书传记载说:虞舜弹奏五弦琴,唱着《南风歌》,天下就太平了。周公让酒不离开他的面前,整天都在喝,钟磬都悬挂在架子上时常弹奏,天下也已经太平了。一般老百姓耕种一百亩的田地,住在一间房子里,没有闲暇的时间过安宁的日子,没有时间到其他地方做事情。大凡一个人处理天下繁多的事务,还有多余的时间作其他事而人民都能安居乐业,是因为任用贤人去做事的原因。至于具有指令他人的权力,却不能管制在下的民众,那就是因为居高位的人,不是贤能的人。《诗经》说:"南方有箕星,但是不可以用来簸扬谷物;箕星的北面有南斗星,但是不可以用来酌取酒浆。"就是说有他的职位,但是不做他本分的事情。

108.送之出境

齐桓公伐山戎①,其道过燕,燕君送之出境。桓公问管仲曰:"诸侯相送,固出境乎?"管仲曰:"非天子不出境。"桓公曰:"然畏而失礼也。寡人不可使燕失礼。"乃割燕君所至之地以与之。诸侯闻之,皆朝于齐。《诗》曰:"静恭尔位②,好是正直。神之听之,介尔景福③。"

【注释】山戎:古民族名,即后世的匈奴。齐桓公二十三年,山戎伐燕,燕请齐国援救,齐桓公救燕国,于是讨伐山戎。②静:治,劳作。恭:恭敬。尔位:职务。③介:助。景福:大福。诗句出自《诗经·小雅·小明》。

【译文】齐桓公讨伐山戎,他回朝时路过燕国,燕国的国君出来把他送出了燕国的国境。桓公问管仲说:"诸侯互相送行,本来需要送出国境外吗?"管仲回答说:"不是送天子,不需要送出国境。"桓公说:"那么是燕国国君畏惧我,因此失礼了。我不可以使燕国国君失礼。"于是把燕国国君所到达的地方割让给燕国。诸侯听到这件事,都到齐国来朝见桓公。《诗经》说:"勤劳而认真地对待你本分的职务,喜爱具有正直德行的人。神明知道你这一切,就会赐给你很大的福分。"

109.韶用干戚

韶用干戚①,非至乐也;舜兼二女②,非达礼也;封黄帝之子十九人③,非法义也④;往田号泣⑤,未尽命也⑥。以人观之则是也⑦,以法量之则未也⑧。礼曰:"礼仪三百,威仪三千⑨。"《诗》曰:"静恭尔位,正直是与⑩,神之听之,式谷以女⑪。"

【注释】①韶:舜乐名。干:盾。戚:大斧。②舜兼二女:唐尧将两个女儿娥皇和女英同时嫁给舜。兼:谓兼娶,同时娶。③封黄帝之子十九人:指舜时的事。出自《韩非子·说疑》:"封黄帝之子十九人,非法义也。"④法义:正义。⑤往田号泣:舜因为父母亲对他不好,所以到田里去,向天诉苦哭泣。⑥尽命:完全了解天命。⑦是:对的,正确的。⑧未:言未必是。⑨礼仪:婚丧等大礼。威仪:进退举止的小礼。语出《礼记·中庸》。⑩与:交好。⑪式谷以女:是说将降福禄给你。谷:善。女:汝。诗句出自《诗经·小雅·小明》。

【译文】演奏韶乐时,舞师手上拿着盾牌和大斧,所以韶乐不是最好的音乐;虞舜同时娶了唐尧的两个女儿,这不是通行的礼节;虞舜把地分封给黄帝的十九个儿子,这是不合于法规的;他到田里向天诉苦哭泣,这是不了解天命。从人道来看这些是对的,但用礼法来衡量就未必了。《礼记》中说:"重大的礼节仪式有三百多项,细小的规矩有三千来条。"《诗经》说:"勤劳认真去做你本分的职务,和正直的人交好。神明听到你的作为,将降福禄给你。"

110. 治辩之极

礼者,治辩之极也①,强国之本也②,威行之道也,功名之统也③。王公由之,所以一天下也;不由之,所以陨社稷也④。是故坚甲利兵,不足以为武;高城深池,不足以为固;严令繁刑,不足以为威。由其道则行⑤,不由其道则废。

昔楚人蛟革犀兕以为甲⑥,坚如金石,宛如钜蛇⑦,惨若蜂虿⑧,轻利刚疾⑨,卒如飘风⑩,然兵殆于垂沙⑪,唐子死⑫,庄蹻走⑬,楚分为三、四者。此岂无坚甲利兵也哉!所以统之非其道故也。汝淮以为险⑭,江汉以为池⑮,缘之以方城⑯,限之以邓林⑰。然秦师至于鄢郢举⑱,若振槁然⑲,是岂无固塞限险也哉!其所以统之者,非其道故也。纣杀比干,而囚箕子,为炮烙之刑,杀戮无时⑳,群下愁怨,皆莫冀其命㉑。然周师至,令不行乎左右,而岂其无严令繁刑也哉!其所以统之者,非其道故也。若夫明道而均分之,诚爱而时使之,则下之应上,如影响矣㉒;有不由命,然后俟之以刑,刑一人而天下服,下不非其上,知罪在己也。是以刑罚竞消,而威行如流者,无他由,是道故也。《诗》曰:"自东自西,自南自北,无思不服㉓。"如是则近者歌讴之,远者赴趋之,幽闲僻陋之国,莫不趋使而安乐之,若赤子之归慈母者㉔。何也?仁刑义立㉕,教诚爱深,礼乐交通故也。《诗》曰:"礼仪卒度㉖,笑语卒获。"

【注释】①治辩:治理。②本:根本。③统:统类,总要。④陨:丧失。社:土地神。稷:谷神。社稷:国家。⑤由:用。道:正道。⑥蛟:通"鲛",鲨鱼,皮坚硬。犀:犀牛,皮在兽类中最为坚厚。兕:状如犀牛,青色。⑦宛:地名,今河南省南阳。钜:古代的钢。⑧惨:惨毒。蛋:毒虫。⑨轻利:轻便。刚疾:刚健迅速。⑩卒:通"猝",急速。⑪殆:危亡。垂沙:地名。⑫唐子:唐蔑,或作唐昧。⑬庄蹻:原为强盗,后为楚国将军。⑭汝:汝水。淮:淮水。⑮江:长江。汉:汉水。池:城池。⑯缘:环绕。方城:楚国北边的山名。⑰限:界限。邓:地名,今湖北省襄阳东北。邓林:邓地的山林。⑱鄢郢:楚国都城,今湖北省宜城西南。举:攻击。⑲振:击。槁:枯叶。⑳无时:时时。㉑冀:希求。㉒影响:影子随从形体,回响应答声音。㉓思:句中词语。服:顺从。诗句出自《诗经·大雅·文王有声》。㉔赤子:婴儿。㉕刑:通"形",显著。㉖卒:尽。度:法度。诗句出自《诗经·小雅·楚茨》。

【译文】礼是治理国家的最高准则,强大国家的根本,是威力盛行的途径,是建立功名的纲要。天子诸侯遵循它,所以能够统一天下;不遵循它,所以造成国家的灭亡。所以,坚韧的甲胄、锋利的兵器,不足以获得胜利,高大的城墙、宽深的护城河,不足以巩固国防,严酷的法令、繁苛的刑罚,不足以增加威力。按礼办事,就事事成功,不按礼办事,就诸事皆废。

从前楚国人用沙鱼、犀牛、兕的皮做成铠甲,坚实得像金石一样,用宛地出产的刚硬的铁做矛,惨毒得像黄蜂、蝎子一般,士兵身手敏捷,善于奔走,迅速得像疾风一般,但是在垂沙这个地方被秦、齐、韩、魏四国打败,将军唐蔑战死,庄𫏋起兵作乱,楚国四分五裂。这难道是没有坚实的铠甲、锋利的武器吗?是因为没有用礼统治国家的缘故。楚国凭借汝水、淮水作为防守的要塞,长江、汉水作为护城河,北面有方城山围绕着,邓地的山林作为屏障。但是秦国的将军白起率领军队来到,鄢、郢就被攻占下来,好像击落枯叶般容易,这难道是没有坚固的防守要塞、险要的地形吗?是因为没有用礼统治国家的缘故。商纣王杀了比干,把箕子囚禁起来,制作炮烙的刑罚,时常杀戮人民,臣下要战战兢兢,都不知能否保存他们的性命。当周武王的军队到达,纣王的命令使连他最亲近的人也不奉行,这难道是没有严厉的法令、繁杂的刑罚吗?是因为没有用礼统治国家的缘故。

使百姓明确道义,按等级平均分配,真诚爱护人民,按时使役他们,那么人民附和君主,好像影子和回响一般,如果还有不服从法令的,就用刑罚处分他,只要刑罚一个人,天下都会归服,受刑罚的人不怨恨在上的君王，因为他知道自己有罪过，因此刑罚会很快地消失，而君主的声威像水流般传播，这没有别的原因，因为遵从礼的缘故。《诗经》说："从东方、西方、南方、北方来看，四方的人没有一个不服从。"能够这样，近处的人都会歌颂，远方的人都来归服，遥远偏僻国家的人民，没有不赶来听使唤并感到安心愉快的，好像婴儿回到慈母身边一般。这是什么缘故呢？由于君主仁义彰明，道义建立，教化真诚，爱护深切，礼乐通达的缘故。《诗经》说："礼节规矩完全合于法度，谈笑有分寸合乎时宜。"

111. 以礼分施

君人者，以礼分施，均遍而不偏。臣以礼事君，忠顺而不解①。父宽惠而有礼，子敬爱而致恭。兄慈爱而见友，弟敬诎而不慢②。夫照临而有别③，妻柔顺而听从。若夫行之而不中道④，即恐惧而自竦。此全道也⑤，偏立则乱，具立则治⑥。请问兼能之奈何？曰审礼。昔者，先王审礼以惠天下。故德及天地，动无不当。夫君子恭而不难⑦，敬而不巩⑧，贫穷而不约⑨，富贵而不骄，应变而不穷，审之礼也。故君子于礼也，敬而安之；其于事也，经而不失⑩；其于人也，宽裕寡怨而弗阿⑪；其于仪也⑫，脩饰而不危⑬；其应变也，齐给便捷而不累⑭；其于百官伎艺之人也⑮，不与争能而致用其功；其于天地万物也，不拂其所而谨裁其盛⑯；其待上也⑰，忠顺而不解；其使下也，均遍而不偏；其于交游也⑱，缘类而有义⑲；其于乡曲也⑳，容而不乱㉑。是故穷则有名，通则有功；仁义兼覆天下而不穷，明通天地,理万变而不疑㉒。血气平和,志意广大,行义塞天地㉓,仁知之极也㉔。夫是谓先王,审之礼也。若是,则老者安之,少者怀之,朋友信之,如赤子之归慈母也。曰:仁刑义立,教诚爱深,礼乐交通故也。《诗》曰:"礼仪卒度,笑语卒获。"

【注释】①解:通"懈",怠慢。②诎:顺从。③照临:审理,照顾。④中道:合于正道。⑤全道:君臣、父子、兄弟、夫妇之道。⑥具:通"俱",皆。⑦难:畏惧。⑧巩:通"恐",畏惧。⑨约:卑屈简约。⑩经:常道。⑪阿:借为"诃",诃责。⑫仪:容貌和举动。⑬危:高。⑭便捷:迅速敏捷。⑮百官:百工,各种工匠。伎:通"技"。⑯拂:违反,破坏。所:处所,恰当的位置。裁:裁取。盛:美盛。⑰待上:别版作"事上"。⑱交游:朋友。⑲缘:依循。类:种类。⑳乡曲:乡野偏僻的地方,这里指此地的人。㉑乱:非礼义谓乱。㉒疑:通"凝",凝滞。㉓行义:实行仁义。㉔知:通"智"。

【译文】做君王,要按照礼义去施舍,公平而不偏私。做臣子,要按照礼义去侍奉君主,忠诚顺从而不懈怠。做父亲,要宽厚仁爱而有礼节。做子女,要敬爱父母而极有礼貌。做哥哥,要仁慈地爱护弟弟,付出自己的友爱。做弟弟,要恭敬顺服不怠慢。做丈夫,尽力照顾而又有一定的界限。做妻子,要温柔和顺而且听从,如果丈夫不遵行礼仪,就诚惶诚恐而独自保持警惕。这些道理,假如只在某一方面建立实施,天下就会紊乱;全部建立实施,国家就会安定。请问如何才能全部建立实施呢?回答说:明察礼义。从前,古代圣王明察礼义,使天下人蒙受恩惠。所以君王的恩泽普及于天地,每一举动没有不恰当的。君王恭肃而不畏惧,敬慎而不恐怯,贫穷时不卑屈,富贵时不骄纵，应对事物的变化，不会穷蹙，都是因为明察于礼义啊！所以君子对于礼义，敬重并遵守它；他对于事务，做起来直截了当但不出差错；他对于别人，很少埋怨，宽宏大量但不阿谀奉承；对于容貌或举动，要加以修饰而不自以为清高；对于应付事变，迅速敏捷而不糊涂；对于各种工匠及有技艺的人，不和他们竞争技能的高下而能做到很好地利用他们的工作成果；对于天地万物，不破坏他们的规律，谨慎裁取它们中美好的以供使用；侍奉君主，忠诚顺从而不懈怠；使唤下边的人，公平而不偏私；与人交往，依循道义而有法度；对于乡下人，宽大涵容但不违反礼义。所以君子处境穷困时也享有名望，显达时就能够建立功业；他的仁爱宽厚之德普照天下而无穷尽，他的明智通达能够整治天地万物，处理各种事变而不疑惑。他心平气和，思想开阔，德行道义充满在天地之间，仁德智慧达到了极点。这种人就叫做圣人，这是因为他弄明白了礼义的缘故啊。能做到这种地步，老年人生活安乐，年轻人怀有远大理想，朋友之间相互信任，好像婴儿回到慈母身边一般。回答说：因为仁义彰明，道义建立，教化真诚，爱护深切，礼乐通达的缘故。《诗经》说："礼节规矩完全合于法度，谈笑有分寸合乎时宜。"

112.晏子聘鲁

晏子聘鲁①，上堂则趋②，授玉则跪。子贡怪之，问孔子曰："晏子知礼乎？今者晏子来聘鲁，上堂则趋，授玉则跪，何也？"孔子曰："其有方矣③。待其见我，我将问焉。"俄而晏子至，孔子问之。

晏子对曰:"夫上堂之礼,君行一,臣行二。今君行疾,臣敢不趋乎!今君之授币也卑④,臣敢不跪乎!"孔子曰:"善,礼中又有礼。赐,寡使也,何足以识礼也!"《诗》曰:"礼仪卒度,笑语卒获。"晏子之谓也。

【注释】①聘:访问。古代诸侯之间派遣大夫互相聘用。②堂:宗庙的庙堂。古代聘礼在宗庙举行。③方:道理。④币:用来馈赠的东西,玉、马、皮、圭、璧、帛都称为币。

【译文】晏子访问鲁国,他登上庙堂时,快步走过,鲁国国君授给他玉时,他就跪下来接受。子贡感到奇怪,就问孔子说:"晏子懂得礼节吗?现在晏子来鲁国访问,他登上庙堂时,快步走过,国君授给他玉时,他就跪下来接受。这是为什么呢?"孔子说:"大概是有道理的。等他来看我,我将会问他。"不一会儿,晏子来见孔子,孔子问他这件事。晏子回答说:"登上庙堂的礼节,君主走一步,臣子要走二步。君主走得快,我哪里敢不赶快走呢。在君主授玉给我时,态度卑谦,我哪里敢不跪呢?"孔子说:"非常好,在礼节当中又有礼节。赐呀!你很少出使外国,怎么能够懂得礼节呢!"《诗经》说:"礼节规矩完全合于法度,谈笑有分寸合乎时宜。"说的就是晏子这样的人。

113.古者八家

古者八家而井田。方里为一井①。广三百步,长三百步②,为一里，其田九百亩。广一步、长百步，为一亩。广百步，长百步，为百亩。八家为邻③，家得百亩，余夫各得二十五亩④。家为公田十亩，余二十亩共为庐舍，各得二亩半。八家相保，出入更守，疾病相忧，患难相救，有无相贷，饮食相召，嫁娶相谋，渔猎分得，仁恩施行，是以其民和亲而相好。《诗》曰："中田有庐，疆场有瓜⑤。"今或不然，令民相伍⑥，有罪相伺⑦，有刑相举⑧，使构造怨仇，而民相残，伤和睦之心，贼仁恩⑨，害士化⑩，所和者寡，欲败者多，于仁道泯焉⑪。《诗》曰："其何能淑⑫，载胥及溺⑬。"

【注释】①方里：面积方一里。②步：古时长度单位。有六尺为一步，有八尺为一步，有六尺四寸为一步。邻：古时经济及行政组织单位，周礼以五家为邻。④余夫：古时一夫一妇受田亩，供养家中父母妻儿五口。五口以外，有力气耕田的男子，叫做余夫。⑤中田：田地中间。疆：田畔。诗句出自《诗经·小雅·信南山》。⑥伍：行政组织单位。五家为伍。⑦伺：侦察。⑧举：揭发，检举。⑨贼：害，伤害。⑩害士化：别版作"害上化"。上化：君主的教化。⑪泯：灭。⑫淑：善。⑬载：则。胥：互相。溺：沉溺水中，喻丧亡。诗句出自《诗经·大雅·桑柔》。

【译文】古代的时候，八家划分为一个井田单位。方圆一里定为一井。宽三百步，长三百步定为一里，一里田地的面积有九百亩。宽一步，长一百步，定为一亩。宽一百步，长一百步，定为一百亩。八家组成一个邻，每家分得田地一百亩，余夫另外又可分得二十五亩。每家耕种公田十亩，其余二十亩地，用来共同建造房屋，每家可以分得两亩半。八个家庭互相保护，出入时候轮流看管房屋，生了疾病互相照顾，遇到灾难互相救助，富裕的人借贷财物给贫困的人，每家有好吃的食物互相邀请,嫁女儿或娶媳妇大家在一起商量筹划,捕捉到鱼、野兽大家平分,大家以仁爱之心相处,因此人民和睦亲爱而且互相友好交往。《诗经》说:"大田中间有居住的房屋,田埂边长着瓜果和菜蔬。"现在不是这样,君主命令百姓五家组成一伍,谁犯了罪,互相监视,谁犯了法,互相揭发,使百姓彼此结下仇恨,互相残害,伤害了和睦之心,残伤了仁德,损害了教化,使得人民亲睦的行为少了,败坏淳朴民风的作为多了,仁人之道因此消失了。《诗经》说:"那怎么能够办得好,不过是会相互落水罢了。"

114.天子不言

天子不言多少,诸侯不言利害,大夫不言得丧,士不言通财货,不贾于道①。故驷马之家②,不持鸡豚之息③;伐冰之家④,不图牛马之入;千乘之君,不通货财。冢卿不修币施⑤,大夫不为场圃⑥,委积之臣⑦,不贪市井之利⑧。是以贫穷有所欢,而孤寡有所措手足也⑨。《诗》曰:"彼有遗秉⑩,此有滞穗⑪,伊寡妇之利⑫。"

【注释】①不贾于道:别版作"不为贾道",不经商的意思。②驷马:一辆车四匹马。古礼大夫才能驾驷马。③息:繁育。④伐:凿。古时卿大夫以上,在冬天令人凿取冰块,藏在地窖里,准备来年祭祀或丧事时用。⑤冢卿不修币施:荀子《大略篇》作"冢卿不修币"。上卿的家里不放高利贷。冢卿:上卿。修币:经营货币,指放高利贷等。⑥场:整理农作物的地方。圃:种植菜蔬的地方。⑦委积之臣:掌管仓廪的官吏。委积:积聚。⑧市井:市镇。古时没有市场,人们早晨到井边汲水时,携带物品,在井边买卖,后世因此称市镇为市井。⑨孤寡有所措手足：孤儿寡妇出力谋生的地方。孤寡：孤儿寡妇。措：安置。⑩秉：禾把。诗句出自《诗经·小雅·大田》。⑪滞：留下。⑫伊：句首语气词。

【译文】天子不谈论自己有多少财产，诸侯不讲求自己的利害，大夫不计较自身的得失，士人不去贩运、买卖财物。所以拥有驷马驾车的人家，不应计较一鸡一猪的财物；能够凿冰供祭祀的富豪贵族，不应谋求饲养牛马得到的收入；拥有千辆兵车的国君，不私自经营商业。上卿的家里不放高利贷，大夫的家里不修筑谷场、开辟菜园，管理仓库粮草的官吏不贪求市井买卖利益。因此即使贫穷的人生活地也很愉快，孤儿寡妇有出力谋生的地方。《诗经》说："那里有农夫遗留下来的禾把，这里有遗留下来的禾穗，为了照顾寡妇任她来拾取以维持生活吧。"

115. 人主欲得

人主欲得善射，及远中微，则悬贵爵重赏以招致之。内不阿子弟①，外不隐远人，能中是者取之，是岂不谓之大道也哉②！虽圣人弗能易也。今欲治国驭民，调一上下③，将内以固城，外以拒难④。治则制人，人弗能制。乱则危削，灭亡可立待也⑤。然而求卿相辅佐，独不如是之公，惟便嬖比己之是用⑥，岂不谓过乎！故有社稷⑦，莫不欲安，俄则危矣；莫不欲存，俄则亡矣。古之国千余，今无数十，其故何也？莫不失于是也。故明主有私人以百金名珠玉⑧，而无私人以官职事业者，何也？曰：本不利所私也⑨。彼不能而主使之，是闇主也；臣不能而为之，是诈臣也。主闇于上，臣诈于下，灭亡无日矣⑩，俱害之道也。故惟明主能爱其所爱，闇主则必危其所爱。夫文王非无便嬖亲己者，超然乃举太公于舟人而用之⑪，岂私之哉！以为亲邪？则异族之人也；以为故耶？则未尝相识也；以为姣好耶⑫？则太公年七十二，齫然而齿堕矣⑬！然而用之者，文王欲立贵道，欲白贵名，兼制天下，以惠中国，而不可以独，故举是人而用之。贵道果立，贵名果白，兼制天下，立国七十一，姬姓独居五十二，周之子孙苟不狂惑，莫不为天下显诸侯。夫是之谓能爱其所爱矣。故惟明主能爱其所爱，闇主必危其所爱，此之谓也。大雅曰："贻厥孙谋⑭，以燕翼子⑮。"小雅曰："死丧无日⑯，无几相见。"危其所爱之谓也。

【注释】①阿：偏护，偏爱。②是岂不谓之大道也哉：别版作"是岂不致人之道也"。③调一：调和齐一。上下：君主和民。④拒难：抵御外患。⑤乱则危削，灭亡可立待也：猪饲彦博说："宜言：乱无危辱灭亡之祸也。"⑥便嬖：统治者亲近宠爱的人。比：亲近。⑦故有社稷：荀子《君道篇》作"故有社稷者"。⑧百金名珠玉：别版"金石珠玉"。⑨本：别版作"大"。⑩无日：不到几天。形容很迅速。⑪超然：超远的样子。太公：即吕尚。舟人：荀子《君道篇》作"州人"。⑫姣好：美好。⑬齫然：没有牙齿的样子。⑭贻厥孙谋：是说遗下谋略给他的孙子。贻：遗。诗句出自《诗经·大雅·文王有声》。⑮燕：安乐。翼：护卫。⑯死丧无日：诗句出自《诗经·小雅·頍弁》。

【译文】君主想要得到善于射箭的人，射得很远而又能命中微小的目标，就要拿出高贵的爵位、丰厚的奖赏来招引他们。对内不偏袒自己的子弟，对外不埋没关系疏远的人，能够射中的人就录取他，这难道不是求得善射者的办法吗？即使是圣人也不能改变它。

现在君主想要治好国家，管好人民，协调统一上下，对内要巩固城防，对外抵抗敌人的侵略。国家治理好了，就能制服别人，而别人不能制服他。国家混乱，那么危险、屈辱、灭亡的局面就立刻到来。但是君主在求取卿相辅佐的时候，却不是这样公正，而只任用左右亲信以及亲近依附自己的人，这难道不是错得很厉害了吗？所以拥有国家的，无不希望安定，但不久就危险了；无不希望国家长存的，但不久就灭亡了。古代有上千个国家，今天只有几十个了，那是什么原因？都是因为用人不公而丢失了政权啊。所以英明的君主有把金银宝石珍珠玉器私下给人的，但从来没有把官职政务私下给人的。这是为什么呢？回答说：因为私下给人官职根本不利于那些被偏爱的人。那些人没有才能而君主任用他，那么这就是君主昏庸；臣子无能而冒充有才能，那么这就是臣子欺诈。君主昏庸于上，臣子欺诈于下，国家很快就会灭亡。所以这是对君主以及所宠爱的臣子都有害的做法啊。所以只有贤明的君主能够爱他所爱的人，昏庸的君主就一定会使得他所爱的人遭受危险。文王不是没有左右亲近的人，但他却离世脱俗地在别国人中提拔了姜太公而重用他，这哪里是偏袒他呢？以为他们是亲族吧？但周族姓姬，而太公姓姜。以为他们是故旧吧？但他们从来不相识。以为周文王爱漂亮吧？但那个人的年岁已七十二，牙齿都掉得光光的了。但是还要任用他，那是因为文王想要树立宝贵的政治原则，想要显扬尊贵的名声，全面控制了天下，以此来造福天下，而这些是不能单靠自己一个人办到的，所以提拔了这个人而任用了他。宝贵的政治原则果然建立起来了，尊贵的名声果然明显卓著，全面控制了天下，设置了七十一个诸侯国，其中姬姓诸侯就占五十二个,周族的子孙,只要不是发疯糊涂的人,无不成为天下显贵的诸侯。像这样才算叫做能够爱他所爱的人。只有英明的君主才能爱护他所宠爱的人,昏庸的君主就必然会危害他所宠爱的人。说的就是这个道理。《诗经·大雅》中说:"遗下谋略给他的孙子,使他的儿子安乐,同时卫护他。"这就是说能爱他所爱的人。《诗经·小雅》中说:"不到几天就要死亡了,也没有几次相见的机会了。"这就是说使他所爱的人遭遇危险。

116. 问者不告

问者不告,告者勿问①,有诤气者勿与论②。必由其道至然后接之,非其道则避之。故礼恭然后可与言道之方③,辞顺然后可与言道之理,色从然后可与言道之极④。故未可与言而言,谓之警;可与言而不与言,谓之隐。君子不警⑤,言谨其序。《诗》曰:"彼交匪纾⑥,天子所予。"言必交吾志然后予。

【注释】①问者不告,告者勿问:荀子《劝学篇》作"问楛者不告,告楛者勿问"。问楛:是说所问的事不合礼义。②诤气:好胜,凭一时意气来争论。诤,通"争"。③方:法度。④极:致极,终极。⑤君子不警:荀子《劝学篇》作"君子不警不隐"。不警不隐:说话适宜的意思。⑥交:接。纾:急缓。诗句出自《诗经·小雅·小旻》。

【译文】向你问不合乎礼义的事的,别回答他;告诉你不合礼义的事的人,别再问他;有逞意气好争胜的人,不要同他辩论。所以,一定要合乎道的标准,才给予礼遇;如果不按道的标准,就回避他。因此,对于恭敬有礼的人,才可与之谈道的宗旨;对于言辞和顺的人,才可与之谈道的内容;他如果态度诚恳,才可与之论及道的精深极致。所以不可以交谈的人却跟他交谈,叫做盲目;可以交谈的人却不跟他交谈,叫做隐瞒。有道德有学问的人,不盲目,不隐瞒,说话谨慎又有序。《诗经》说:"他跟人交往不急缓,天子因此赏赐他。"就是说一定要同我的心志交合然后才给予他。

117.子为亲隐

子为亲隐①,义不得正;君诛不义,仁不得受②。虽违仁害义,法在其中矣。《诗》曰:"优哉游哉③!亦是戾矣④。"

【注释】①隐:隐瞒过错。②受:别版作"爱"。③游:别版作"柔"。④亦是:于是。戾:至。诗句出自《诗经·小雅·采菽》。

【译文】儿子替父母亲隐瞒他们过错,就道义来说是不公正;君主诛杀不义的臣子,就仁义来说是不爱人的。虽然这两种做法都违背了仁,损害了义,但却合于法度。《诗经》说:"悠闲自得过日子,从容行走去生活!达到这种的地步!"

118.王者何贵

齐桓公问于管仲曰:"王者何贵?①"曰:"贵天。"桓公仰而视天。管仲曰:"所谓天,非苍莽之天也②。王者以百姓为天。百姓与之则安,辅之则强,非之则危③,倍之则亡④。"《诗》曰:"民之无良⑤,相怨一方。"民皆居一方而怨其上,不亡者,未之有也。

【注释】①贵:重视。②苍:深青色。莽:深邃。③非:诋毁。④倍:通"背",背叛。⑤良:善。诗句出自《诗经·小雅·角弓》。

【译文】齐桓公问管仲说:"君王应该重视什么?"管仲回答说:"应该重视天。"桓公抬起头看天。管仲说:"我所说的天,不是青色深远的天。君王应该把百姓当作天。百姓服从他,那么国家就安定;百姓帮助他,国家就会强盛;百姓埋怨他,国家就会危险;百姓背叛他,国家就会灭亡。"《诗经》说:"人民没有善良的德行,却互相埋怨对方。"人民都站在一边埋怨他的君王,国家不灭亡,是从来没有听说过的。

119. 不忘其马

善御者不忘其马,善射者不忘其弓,善为上者不忘其下。诚爱而利之,四海之内,阖若一家①;不爱而利,子或杀父,而况天下乎!《诗》曰:"民之无良,相怨一方。"

【注释】①阖:合。

【译文】擅长驾驭马的人不会忘记他的宝马,擅长射箭的人不会忘记他的弓箭,善于做君主的人不会忘记他的人民。真诚爱护人民而为他们谋利益,天下人像一家人一样聚合在一起;不爱护人民反而想从人民那儿获取利益,就是儿子也会杀父亲,何况天下的人呢!《诗经》说:"人民没有善良的德行,却互相埋怨对方。"

120.为宗族患

出则为宗族患,入则为乡里忧。《诗》曰:"如蛮如髦①,我是用忧。"小人之行也。

【注释】①蛮:南蛮。髦:西夷的别称。诗句出自《诗经·小雅·角弓》。

【译文】出去时成为同一族宗人的祸患,回来时使得本乡人都在忧愁。《诗经》说:"言语行为好像蛮夷一样,因此,我的心深感忧愁。"

121.能知于人

有君不能事,有臣欲其忠;有父不能事,有子欲其孝;有兄不能敬,有弟欲其从令。《诗》曰:"受爵不让,至于己斯亡①。"言能知于人,而不能自知也。

【注释】①亡:通"忘"。诗句出自《诗经·小雅·角弓》。
【译文】面对君主不能尽心事奉,却希望臣子对他忠心;面对父亲不能尽心事奉，却希望儿子对他孝顺；面对兄长不去尊敬，却希望弟弟听从他的命令。《诗经》说："埋怨人家不把爵位让给自己，但是却忘记自己也不让人。"就是说知道要求别人如何对待我，可是不知道反省自己，如何对待别人。

122. 当世之愚

夫当世之愚，饰邪说①，文奸言②，以乱天下。欺惑众愚，使混然不知是非治乱之所存者，则是范睢、魏牟、田文、庄周、慎到、田骈、墨翟、宋鈃、邓析、惠施之徒也③。此十子者，皆顺非而泽④，闻见杂博，然而不师上古⑤，不法先王，按往旧造说⑥，务自为工，道无所遇⑦，而人相从。故曰：十子者之工说，说皆不足合大道，美风俗，治纲纪，然其持之各有故⑧，言之皆有理，足以欺惑众愚，交乱朴鄙⑨，则是十子之罪也。若夫总方略⑩，一统类⑪，齐言行⑫，群天下之英杰⑬，告之以大道，教之以至顺⑭，陬要之间⑮，衽席之上⑯，简然圣王之文具⑰，沛然平世之俗趋⑱，工说者不能入也⑲，十子者不能亲也⑳。无置锥之地㉑，而王公不能与争名，则是圣人之未得志者也，仲尼是也㉒。一天下，财万物，长养人民，兼利天下。通达之属，莫不从服，工说者立息。十子者迁化，则圣人之得执者，舜禹是也。仁人将何务哉？上法舜禹之制，下则仲尼之义，以务息十子之说，如是者，仁人之事毕矣，天下之害除矣，圣人之迹着矣。《诗》曰："雨雪瀌瀌㉓，见晛曰消㉔。"

【注释】①饰：修饰。邪说：不正当的主张。②文：掩饰。奸言：奸诈的言论。③范睢：亦作"范雎"，战国魏人，字叔。著名政治家、军事谋略家。他同商鞅、张仪、李斯先后任秦国丞相，对秦统一天下起了重大作用。魏牟：战国时魏人。即魏公子牟，因封于中山，也叫中山公子牟。《汉书·艺文志》著录《公子牟》四篇，已佚。田文：战国时齐国贵族，四公子之一。因封于薛（今山东滕县东南），又称薛公，号孟尝君。门下有食客数千。秦昭王时曾入为秦相，不久逃归，后为齐湣王相国。曾联合韩、魏击败楚、秦。齐湣王七年（前294年）因贵族田甲叛乱事，为湣王所疑，谢病归薛，不久出奔至魏，任相国。曾西合秦、赵与燕共伐破齐。庄周：宋国蒙地人，做过地方漆园吏。先秦时期伟大的思想家和哲学家、思想家、文学家，老子思想的继承和发展者。后世将他与老子并称为"老庄"。慎到：先秦诸子之一。赵国人，早年曾学"黄老道德之术"，为道法家。他长期在齐国稷下讲学，是稷下学官的学术领袖人物之一。田骈：战国时思想家。又称陈骈，齐国人。他雄于辩才，曾讲学稷下。墨翟：春秋末战国初宋国（今河南商丘）人，著名的思想家、教育家、科学家、军事家。墨家学派的创始人，后来其弟子收集其语录，完成《墨子》一书传世。宋鈃：宋国人，与齐宣王同时，游稷下，著书一篇。邓析：河南新郑人，郑国大夫，春秋末期思想家，"名辨之学"倡始人。他第一个提出反对"礼治"思想，主张"不法先王，不是礼义"。惠施：战国中期宋国（今河南商丘）人，战国时期著名的政治家、辩客和哲学家，是名家思想的开山鼻祖和主要代表人物。惠施是合纵抗秦的最主要的组织人和支持者，他主张魏国、齐国和楚国联合起来对抗秦国，并建议尊齐为王。④泽：有光泽。⑤师：效法。上古：指上古的圣贤。⑥按：依照。往旧：古代的学说。造说：创造新学说。⑦遇：契合。⑧持：执持某种说法。有故：有根据。⑨朴鄙：朴素和卑陋。⑩总：综揽，统领。方略：方策谋略，这里指各种学问各种知识。⑪一：贯通。统：原理原则。类：各部细节。⑫齐言行：语言和行动一致。⑬群：会合。⑭至顺：指最通达最合理的理论。⑮隩：通"奥"，室西南隅。⑯衽席：寝卧的地方。指不出室堂的意思。衽：席子。⑰文：文章，指礼乐法度。具：具备。⑱沛然：盛大的样子。平世：使世道太平。俗：风俗，这里指教化。趋：荀子《非十二子》作"起"，兴起。⑲入：进入。⑳亲：接近。㉑锥：一头尖锐，可以扎窟窿的工具。指插锥尖的一点地方，形容极小的一块地方。没有一寸一分的土地。㉒仲尼：孔子的字。㉓瀌瀌：盛多的样子。㉔晛：日气。诗句出自《诗经·小雅·角弓》。

【译文】现在愚蠢的人，粉饰邪恶的说法，美化奸诈的言论，用来搞乱天下。欺骗、迷惑社会上一般无知的人，使得天下人迷乱，不知道是非标准、治乱原因所在，那就是范雎、魏牟、田文、庄周、慎到、田骈、墨翟、宋钘、邓析、惠施这些人。这十人都修饰他们荒谬的言论，使它变得看上去辉煌漂亮，他们的见识多而不纯，不效法古代圣王的言论和作为，只是依照过去某种说法，自造新的学说，尽力把自己的理论得很圆滑，却和正道毫不相合，但是一般人都听从、相信他的言论。所以说：这十个人看似圆滑的言论，但都不能和大道相符合，不能使社会风俗变得醇美，不能理顺人伦的纲纪，然而他们执持的言论似乎都有根据，建立的学说仿佛都有理，足以蒙骗、迷惑社会上无知的人，使朴素和卑陋也混淆不清，这就是这十人的罪过。至于综合各种学问和知识，贯通纲纪和条例内容，使自己的言论和行为一致，聚合天下的英雄豪杰，告诉他们大道，传授最合理的学说，就在堂室之中，起居作息之处，圣明君王的礼乐制度就这样简要地具备了，美好的风俗也就兴盛起来，擅长论说的人不能得以侵入，那十个学者也无法得以接近。这种人虽然没有一寸一分的领地，但是帝王公侯全不能和他较量声名，这就是圣人当中不得意的，孔子便是这种人。统一天下，管理万物，养育人民，使天下人都得到好处。凡舟车能到达的地方，没有人不归顺服从，圆滑的学说立刻消失。上述十个学者改变他们的主张，这是圣人得到了权势后能做到的，虞舜和夏禹便是这种人。如今有仁心的人究竟应该做些什么呢？往上来说，效法虞舜、夏禹的典章制度，往下来说，效法孔子的德范，致力去平息上述位学者的说法，如果能够这样，仁人的功业就算完成，天下的毒害就会消除，圣王的事迹就能显著了。《诗经》说："雪花落下满天飘舞，但一见到阳光就全部融化了。"

123.君子大心

君子大心则敬天而道①，小心则畏义而节；知则明达而类②，愚则端悫而法③；喜则和而治，忧则静而违④；达则宁而容⑤，穷则纳而详⑥。小人大心则慢而暴，小心则淫而倾⑦；知则攫盗而渐⑧，愚则毒贼而乱⑨；喜则轻易而快，忧则挫而慑⑩；达则骄而偏⑪，穷则弃而累⑫。其肢体之序⑬，与禽兽同节，言语之暴，与蛮夷不殊。出则为宗族患，入则为乡里忧。《诗》曰："如蛮如髦⑭，我则用忧。"

【注释】①大心：心胸大。②类：类推，触类旁通。③端悫：端正恭谨。④违：避开，排遣。⑤容：宽裕不狭隘。⑥穷则纳而详：别版作"穷则纳而约"。约：隐约。⑦淫而倾：淫邪谄媚地侍奉人。⑧攫盗：盗窃。攫：取。渐：渐幸。⑨毒：害。贼：伤。⑩挫：摧折，退缩。慑：恐惧。⑪偏：别版作"褊"。⑫累：失意。⑬肢体：身体。序：次序。⑭髦：夷狄。诗句出自《诗经·小雅·角弓》。

【译文】如果君子之心往大的方面用就会敬奉自然而遵循规律，往小的方面用就会敬畏礼义而有所节制；聪明的话就会明智通达而触类旁通，愚钝的话就会端正诚笃而遵守法度；高兴的话就会平和地去治理，忧愁的话就会冷静地去治理；如果显贵就会文雅而明智，如果困窘就会自我约束而明察事理。小人就不是这样，如果其心往大的方面用就会傲慢而粗暴，如果往小的方面用就会邪恶而倾轧别人；聪明的话就会巧取豪夺而用尽心机，愚钝的话就会狠毒残忍而作乱；高兴的话就会轻浮而爽快，忧愁的话就会垂头丧气而心惊胆战；如果显贵就会骄横而不公正，如果困窘就会自暴自弃而失意。他的每一个举动，跟禽兽相同，他粗暴地说话，跟蛮夷也没有差别。出外便成为同族的祸患，回来使同乡里的忧愁。《诗经》说："言语行为好像蛮夷一样，我因此感到忧愁。"

124. 爱由情出

传曰：爱由情出，谓之仁；节爱理宜，谓之义；致爱恭谨，谓之礼；文礼，谓之容①。礼容之美，自足以为治。故其言可以为民道，民从是言也；行可以为民法，民从是行也；书之于策②，传之于志③，万世子子孙孙道而不舍④。由之则治，失之则乱，由之则生，失之则死。今夫肢体之序，与禽兽同节，言语之暴，与蛮夷不殊，混然无道⑤，此明王圣主之所罪。《诗》曰："如蛮如髦，我是用忧。"

【注释】①容：仪容。②策：简策。③志：传记。④道：遵循。舍：放弃。⑤混然：混浊的样子。

【译文】书传记载说：爱从性情中表达出来，称之为仁；节制爱使它适宜，称之为义；表达爱能做到恭敬谨慎的地步，称之为礼；用礼对待人，称之为容。美好的礼仪容貌，足够表现出修身养己的品德。所以他所说的话可以作为人民的规范，人民遵从他所说的话；他的行为可以作为人民的准则，人民就遵从他的行为；他的言行可以刻于简策上，流传于传志中，千年万代的子孙都遵循着。按照这样做，国家就会安定，未按照这样做，国家就会混乱；按照这样做，就能生存，不按照这样做，就会死亡。现在一般人的一举一动，和禽兽相同，言语粗暴，和蛮夷一样，混浊不合正道，是圣明的君主所要惩罚的人。《诗经》说："言语行为和蛮夷一样，我因此感到忧愁。"

125. 说春申君

客有说春申君者曰①："汤以七十里，文王百里②，皆兼天下，一海内。今夫孙子者③，天下之贤人也。君藉之百里之势④，臣窃以为不便于君⑤。若何？"春申君曰："善。"于是使人谢孙子⑥，去而之赵⑦，赵以为上卿。客又说春申君曰："昔伊尹去夏之殷，殷王而夏亡；管仲去鲁而入齐，鲁弱而齐强。由是观之，夫贤者之所在，其君未尝不善，其国未尝不安也。今孙子，天下之贤人，何谓辞而去⑧？"春申君又云："善。"于是使请孙子⑨。孙子因伪喜谢之⑩："鄙语曰：'疠怜王⑪。'此不恭之语也，虽不可不审也⑫，非比为劫杀死亡之主者也⑬。夫人主年少而放，无术法以知奸，即大臣以专断图私，以禁诛于己也，故舍贤长而立幼弱，废正直而用不善。故春秋之志曰：楚王之子围聘于郑⑭，未出境，闻王疾，返问疾，遂以冠缨绞王而杀之⑮，因自立。齐崔杼之妻美，庄公通之⑯。崔杼不许，欲自刃于庙⑰。庄公走出，逾于外墙，射中其股，遂杀而立其弟景公⑱。近世所见，李兑用赵⑲，饿主父于沙丘，百日而杀之。淖齿用齐，擢闵王之筋，而悬之于庙，宿昔而杀之⑳。夫疠虽癕肿疕疵㉑，上比远世，未至绞颈射股也，下比近世，未至擢筋饿死也。夫劫杀死亡之主，心之忧劳，形之苦痛，必甚于疠矣。由此观之，疠虽怜王，可也。"因为赋曰："旋玉瑶珠不知佩㉒，杂布与锦不知异㉓，间嫫子都莫之媒㉔，嫫母力父是之喜㉕。以盲为明，以聋为聪，以是为非，以吉为凶。呜呼！上天！曷维其同！"《诗》曰："上帝甚蹈㉖，无自瘵焉㉗。"

【注释】①春申君：战国楚相，姓黄名歇，号春申君，有口辩，相楚二十余年，门客常三千人。②文王百里：别版作"文王以百里"。③孙子：即荀况，避汉宣帝讳，故称孙子，荀、孙古音相近。④藉：依托。⑤不便：不利。⑥谢：辞去。⑦去而之赵：《战国策·楚策》作"孙子去而之赵"。⑧谓：通"为"。⑨于是使请孙子：别版作"于是使人请孙子"。⑩伪喜：别版作"为书"。谢：告。⑪疠：恶疮，这里指生恶疮的人。⑫审：细察。⑬非比为劫杀死亡之主者也：《战国策》作"此为劫杀死亡之主言也"。⑭围：楚共王的次子。共王孙麇为令尹，执掌军事，出使郑国，闻楚王病，遂返国，杀麇自立，在位十一年，卒，谥灵。⑮冠缨：系冠的丝带。⑯通：通奸。⑰欲自刃于庙：别版作"欲自刃于庙，崔杼又不许"。⑱遂杀：别版作"遂杀之"。⑲用：被重用，当权。⑳宿昔：旦昔，不久。㉑癕：同"痈"。癕肿：脓疮。疵：病。

㉒旋：通"琁"，即琼字，赤玉。瑶：美石。珠：珍珠。㉓杂：杂陈。锦：有彩色花纹的丝织物。异：分别。㉔间嫆：古时的美女。子都：古时的美男子。莫媒：没有为他作媒，比喻没有人推举贤能的人。㉕嫫母：丑陋的女子。力父：不详，疑也是丑陋的人。㉖蹈：变动，谓喜怒无常。㉗瘵：病害。诗句出自《诗经·小雅·菀柳》。

【译文】有一个食客游说楚国的春申君说："商汤王凭借七十里的地方，周文王凭借一百里的地方，他们都兼并了天下，一统了海内。现在荀子，他是当今天下的贤人，您竟想给他一百里土地的势力范围。我私下认为对于您很不利，不知您以为如何？"春申君说："说得对。"于是就派人谢辞了荀子。荀子就离开楚国到了赵国。赵王封他为上卿。这时宾客又对春申君说："从前，有位伊尹离开夏国到了殷国去，结果令殷王统一了天下，而夏朝灭亡了；管仲离开鲁国到齐国去，鲁国变得衰弱而齐国强大起来。从这些事实看来，贤人在的地方，那个国君没有不好的，那个国家没有不安定的。荀子是当今天下的贤人，为什么辞退他呢？"春申君又说："好。"因此春申君就派人请荀子回楚国来。荀子装作很高兴，就写了封信说："俗语说：生癞的人还可怜被臣子杀死的国王。这虽然是一句很不礼貌的话，但不能不加思考。这是针对一般被臣子杀死的国君而说的。如果人主年轻又矜持自己的才能，又没有方法和手段识别奸邪的人，那么大臣就要专横跋扈独断专行。为了禁绝自己的灾难，他们就要杀死有才能年长的君主，拥立年幼、体弱的君主，废弃正直的人，抬举不义的人。所以《春秋左氏传》中记载说：楚共王的儿子围访问郑国，还没有离开国境，听到父王生了病，便回来探听楚王的病，可是却用帽子的丝带绞君王的脖子而把他杀死，自己立为国君。齐国大夫崔杼的妻子长得很美丽,齐庄公和她私通。崔杼不允许,想让他到宗庙去自杀。崔杼却让庄公逃命,他刚爬过王宫的外墙,就被崔杼的部属用箭射中了大腿,于是被杀死,崔杼拥立他的弟弟景公。近代看到的,李兑在赵国专擅朝政,把武灵王围困在沙丘宫,不给他食物,过了一百天武灵王活活饿死。淖齿在齐国当权治国,竟然抽出齐闵王的筋,把他悬挂在宗庙的梁上,隔了一夜把闵王活活吊死。生恶疮的人虽然身上长着脓疮,结着疮疤,但是和古代的国君相比较,还没有到被人用帽带绞颈、用箭射大腿那种地步,和近代的国君比较,也没有到被人抽筋、活活饿死的地步。被臣子劫持刺杀而死的君主,他内心感到的忧愁,形体所受的痛苦,必定比生癞病的人还要厉害。由此看来,连生癞疮的人还可怜国王,也有道理。"因此,荀子又作一篇赋说:"珍贵的隋侯珠,不知道把它们佩带在身上;皇家的龙袍和粗丝,不能分辨它们的好坏;闾娵子都长得美,却没有人为他们作媒;嫫母力父生得丑,反而喜欢他们。把瞎子当作眼光明亮的人,把聋子当作听觉灵敏的人,把对的认为是不对的,把吉利认为是凶祸。唉!上天呀!他的作为,我怎么能够和他相同呢!"《诗经》说:"上帝呀!君王喜怒无常,不要害了自己。"

126.南苗异兽

南苗异兽之鞯①,犹犬羊也。与之于人,犹死之药也。安旧俗质②,习贯易性而然也③。夫狂者自齕④,忘其非刍豢也⑤。饭土,忘其非粱饭也。然则楚之狂者楚言,齐之狂者齐言,习使然也。夫习之于人，微而着，深而固，是畅于筋骨，贞于胶漆⑥，是以君子务为学也。《诗》曰："既见君子，德音孔胶⑦。"

【注释】①南苗：疑为地名。鞹：去了毛的皮。②安旧侈质：别版作"安旧移质"。旧：长久。③贯：同"惯"。④龁：用齿咬物。⑤刍豢：食草的牲畜叫做刍，如牛羊。食谷类的牲畜叫做豢，如犬豕。⑥贞：坚固，牢固。⑦德音：善言，指情话。胶：固。指情意殷切，执一不变。诗句出自《诗经·小号·隰桑》。

【译文】南苗这个地方有奇异野兽的皮，好像与狗和羊的皮一样。可是给人去吃，就会像吃了毒药那样被毒死。假如服用时间久了，就可以改变人身体本质，习惯了会改变人的本性。疯狂的人咬着自己，不知道这是猪肉、牛肉。吃着泥土，不知道这不是高粱米饭。不过，楚国的狂人说楚国的方言，齐国的狂人说齐国的方言，是因为习惯使他们这样。由此可知，习惯对于人，隐微而显著，深刻而牢固，它流躺在人的全身，像胶漆般黏着，所以君子一定要致力去求学。《诗经》说："见到了那位君子，他的话牢牢地印在我的心底里。"

127.学问之道

孟子曰："仁，人心也；义，人路也。舍其路弗由，放其心而弗求①。人有鸡犬放，则知求之，有放心，而不知求，其于心为不若鸡犬哉！不知类之甚矣②，悲矣！终亦必亡而已矣。故学问之道无他焉，求其放心而已。"《诗》曰："中心藏之③，何日忘之？"

【注释】①放：丧失。②不知类：不知轻重。③藏：放在心上，喜爱。诗句出自《诗经·小雅·隰桑》。

【译文】孟子说："仁是人的善心，义是人的正路。放弃了他那条正路而不走，丢失了他的那颗善心而不晓得去寻找。有人走失了鸡狗还知道去寻找而丢失了善心却不知道去寻找。他看待善良的心竟不如鸡和狗重要呀！太不懂得事情的轻重了，多么可悲啊！最后一定会灭亡罢了。所以说学问之道没有别的，就是把那丧失的善心找回来罢了。"《诗经》说："因喜爱而珍藏于心中，哪一天会忘却呢？"

128. 不行不至

道虽近，不行不至；事虽小，不为不成；每自多者①，出人不远矣②。夫巧弓在此手也，传角被筋③，胶漆之和，即可以为万乘之宝也④。及其彼手，而贾不数铢⑤。人同材钧⑥，而贵贱相万者，尽心致志也。《诗》曰："中心藏之，何日忘之？"

【注释】①自多：自以为贤能。②出：超越。③传：别版作"傅"。傅：通"附"，附着。被：覆，加。④万乘之宝：价值万辆车子的宝物。乘：车辆。车四马为一乘。⑤贾不数铢：价格不过几铢，形容价值很低。贾：通"价"，价值。铢：古时重量单位，相当一颗粟子的重量。⑥钧：通"均"。

【译文】即使再近的路，不走也不能到达目的地；即使再小的事,不去做也不可能完成;常常觉得自己很有才能的人,他不会比别人强多少。有一把精巧的弓在这个人手里,他把它附着在动物的角上,被覆牛筋,涂上胶水和油漆,就可以成为比得上价值万辆车子的宝物。但是到了那个人的手里,却不值多少钱。同是人,制造的材料也相同,但是价格的高低相差上万倍,是因为这个人能竭尽他的心力去做的缘故。《诗经》说:"因喜爱而珍藏于心中,哪一天会忘却呢?"

129.知刑之本

传曰:诚恶恶①,知刑之本;诚善善②,知敬之本。惟诚感神,达乎民心,知刑敬之本,则不怒而威,不言而信。诚德之主也。《诗》曰:"鼓钟于宫③,声闻于外。"

【注释】①恶恶:厌恶不善的人和事。②善善:爱好善人善事。③鼓:敲击。诗句出自《诗经·小雅·白华》。

【译文】书传记载说:厌恶坏人坏事,这是知道刑罚的根本;喜爱好人好事,这是知道恭敬的根本。只有真诚能感动神明,通达人民的心中,知道刑罚、恭敬的根本,那么就不需发怒而自然有威严,不需发话而自然被信任。真诚是道德的中心。《诗经》说:"敲钟在宫里,声音却传到外面去。"

130.孔子见客

孔子见客,客去。颜渊曰:"客,仁也?"孔子曰:"恨兮其心,颡兮其口①。仁则吾不知也,言之所聚也②。"颜渊蹴然变色③,曰:"良玉度尺,虽有十仞之土,不能掩其光;良珠度寸,虽有百仞之水,不能掩其莹④。夫形,体也;色,心也⑤,闵闵乎其薄也⑥。苟有温良在中⑦,则眉睫着之矣;疵瑕在中⑧,则眉睫不能匿之。《诗》曰:"鼓钟于宫,声闻于外。"

【注释】①颡:稽颡的简称,一种叩拜礼。颡:疑当作"类"。类:善。②言之所聚也:与上下文不相连贯,疑为后世在书旁附注,误入正文。③蹴然:变色的样子。④莹:别版作"辉"。⑤夫形,体也;色,心也:别版作"夫体之包心也"。⑥闵:同"悯"。闵闵:忧愁貌,深远貌,关切貌,这里指关注的样子。⑦温良:温和善良。⑧疵瑕:过错。

【译文】孔子会见宾客,宾客离开后,颜渊问道:"宾客是仁人吗?"孔子回答道:"他的内心充满怨恨,说起话来嘴都到前额了。他是不是仁人,那我就不知道了,只听到他说了很多话。"颜渊听后立刻就变了脸色,说:"美玉超过一尺,即使有十仞厚的土,也遮掩不住它的光芒;好的珍珠超过一寸,即使有百仞深的水,也遮掩不住它的晶莹。我们所说的形体包裹着内心,常常担心身体太单薄而不能包裹内心。如果有温和善良蕴蓄在心中,就会通过眉宇之间表现出来;如果心中有瑕疵,眉宇之间也无法掩藏它。"《诗经》说:"宫中敲击编钟,乐声在宫外就可以听到。"

131.钟鼓于宫

伪诈不可长,空虚不可守,朽木不可雕,情亡不可久。《诗》曰:"钟鼓于宫,声闻于外。"言有中者必能见外也。

【译文】虚伪欺诈不能长久,空虚是事物不能守存,腐朽的木块不能雕刻,情感丧失了相处不能长久。《诗经》说:"宫中敲击编钟,乐声在宫外就可以听到。"这是说内心有的品质一定会表现到外表来。

132.口不能道

所谓庸人者,口不能道乎善言,心不能知先王之法,动作而不知所务①,止立而不知所定②。日选于物,而不知所贵,不知选贤人善士而讬其身焉,从物而流,不知所归。五藏无政③,心从而坏遂不反,是以动而形危,静则名辱。《诗》曰:"之子无良④,二三其德⑤。"

【注释】①务:指应该专心致力的事情。②定:确定的方向。③五藏无政:荀子《哀公》作"五凿为政"。五凿:五窍,指耳目口五窍。政:主宰。④子:这个人。⑤二三其德:三心二意。诗句出自《诗经·小雅·白华》。

【译文】所谓庸人,即这样一种人:嘴里说不出合乎礼义的话,心里不知道古代圣王的礼法制度；行动起来不知道要致力的事情；停下来站在那儿又不知他确定什么方向；每天选择事物，但不知道他重视的是什么；不知道选择贤达高尚的人士听从他们的教诲；在外面随波逐流，不知道自己归宿何处。五官的欲望主宰了整个身体，心随着而败坏不能返回，因此活动身体就会遭受危险，安静时名声受到玷污。《诗经》说："这个人不善良，做事三心二意。"

133. 应之于门

客有见周公者，应之于门曰："何以道旦也？"客曰："在外即言外，在内即言内，入乎？将毋？"周公曰："请入。"客曰："立即言义，坐即言仁，坐乎？将毋？"周公曰："请坐。"客曰："疾言则翕翕①，徐言则不闻，言乎？将毋？"周公唯唯②，且也逾③。明日兴师而诛管蔡④。故客善以不言之说，周公善听不言之说，若周公可谓能听微言矣⑤。故君子之告人也微，其救人之急也婉。《诗》曰："岂敢惮行⑥？畏不能趋⑦。"

【注释】①翕翕：象声词，指声音大，怕别人听见。②周公唯唯：别版作"周公曰唯唯"。唯唯：谦逊应辞。③逾：别版作"喻"或"谕"，了解。④管蔡：指管叔鲜、蔡叔度，周武王之弟。武王死后，挟商纣王子武庚叛，周公诛之。⑤微言：隐微不明显的话。⑥惮：怕。诗句出自《诗经·小雅·绵蛮》。⑦趋：急行。

【译文】有一个宾客拜见周公，周公在门口应对说："您有什么话要告诉我呢?"宾客说:"在门外我就说门外的事,在门内我就说门内的事,是进去呢?还是不进去呢?"周公说:"请您进来。"宾客说:"站着我就说有关义的事,坐着我就说有关仁的事,是坐下呢?还是不坐下呢?"周公说:"请您坐下。"宾客说:"快点说声音就显得刚暴,慢慢说声音就听不到。是说话呢?还是不说话呢?"周公说是的是的,我知道了。第二天周公就起兵杀向管叔、蔡叔。所以这个宾客善于说不能明白说出的话,周公善于听不能明白说出的话,周公可说是能了解微言大义了。君子劝告人家的话显得隐微,他救人家的急难也委婉。《诗经》说:"那里是怕走呢?怕的是走不快。"

卷 五

134.子夏问曰

子夏问曰:"《关雎》何以为《国风》始也①?"孔子曰:"《关雎》至矣乎!夫《关雎》之人,仰则天②,俯则地。幽幽冥冥③,德之所藏;纷纷沸沸④,道之所行。如神龙变化,斐斐文章⑤。大哉!《关雎》之道也,万物之所系,群生之所悬命也。河洛出图书⑥,麟凤翔乎郊⑦,不由《关雎》之道,则《关雎》之事将奚由至矣哉?夫六经之策⑧,皆归论汲汲⑨,盖取之乎《关雎》,《关雎》之事大矣哉,冯冯翊翊⑩。'自东自西,自南自北,无思不服⑪'。子其勉强之,思服之。天地之间,生民之属,王道之原,不外此矣。"子夏喟然叹曰:"大哉!《关雎》乃天地之基也。"《诗》曰:"钟鼓乐之⑫。"

【注释】①关雎:是《诗经》"国风"中第一首诗。国风包括十五国的诗：即周南、召南、邶、鄘、卫、王、郑、齐、卫、唐、秦、陈、桧、曹、豳所收的诗，多半是民间歌谣。②则：效法。③幽幽冥冥：高深高远的样子。④纷纷沸沸：繁杂腾涌的样子。⑤斐斐：文彩的样子。⑥河：黄河。洛：洛水。相传伏羲时，龙马从黄河出来，伏羲模仿龙马身上的文，画成八卦，叫做河图。相传夏禹治水，神龟从洛水中负书出来，即《周书·洪范》九畴，后人称之为"洛书"。⑦麟：麒麟，仁兽，麇身、牛尾、一角。凤：凤凰，神鸟。相传麒麟、凤凰出现，是天下太平的征象。⑧六经：指易、书、诗、礼、乐、春秋。⑨汲汲：急迫的意思。⑩冯冯翊翊：充实茂盛的样子。⑪思：语辞。诗句出自《诗经·大雅·文王有声》。⑫钟鼓乐之：用钟鼓奏乐使他快乐。诗句出自《诗经·周南·关雎》。

【译文】子夏问道："为什么会把《关雎》这首诗放在《国风》的第一篇呢？"孔子回答说："《关雎》这首诗太好了。作《关雎》这首诗的人，抬起头来效法天道，低下头来效法地理。多么高深幽远啊，这是德行所储藏的地方；多么繁杂腾涌啊，这是正道所绝行的地方。好像神龙一样变化莫测，文采斐然可观。多伟大啊！《关雎》这首诗里面所表达的道理，包含天地万物所维系之理，各种生命生存繁衍之道。黄河出龙图，洛水出龟书，麒麟凤凰飞翔于郊野，如果不是遵循《关雎》的道理去做，那么《关雎》所表现的和谐安乐的气象怎么会出现呢？六经的内容与结论，都急于齐家治国平天下的道理，大概都从《关雎》这首诗中采撷的，《关雎》包含的事理多么广大，多么充实丰盛。"从东方、从西方、从南方、从北方，没有不顺从的"。你奋勉地去学习它，好好地去思索它。天地之间的道理，人民生存的归因，王道形成的根源，都包含在其中，没有例外。"子夏感叹地说："多么伟大呀！《关雎》是天地万物的基础。"《诗经》说："敲钟击鼓声,总使人快乐。"

135. 圣人之心

孔子抱圣人之心,仿徨乎道德之城①,逍遥乎无形之乡②。倚天理,观人情,明终始,知得失。故兴仁义,厌势利,以持养之。于是周室微,王道绝③,诸侯力政④,强劫弱⑤,众暴寡,百姓靡安,莫之纪纲⑥,礼仪废坏⑦,人伦不理⑧,于是,孔子"自东自西,自南自北","匍匐救之⑨"。

【注释】①彷徨:徘徊。②逍遥:优游自得的样子。③王道:用德统一天下之道。④力政:同"力征",以武力进行征伐。⑤劫:威迫。⑥纪纲:法纪政纲。⑦仪:当作"义"。⑧人伦:人类相处的准则谓"五伦",就是父子有亲,君臣有义,夫妇有别,长幼有序,朋友有信。⑨匍匐:指手足并用爬行,引申为尽力的意思。诗句出自《诗经·邶风·谷风》。

【译文】孔子怀抱着圣人之心,徘徊于道德的领域之中,优然自得地行走在无形迹的境地。依靠着上天所赋予的道理,观察人们的性情,明察事情的开始和终结,知晓事情的是非成败结果。所以宣扬仁义,憎恶权势和财利,用来养育人心。在这时候,周朝王室开始衰弱,王道不再实行,诸侯间以武力相互征伐,强大的劫持弱小的,众多的欺侮寡少的,老百姓生活不安定。没有法纪和政纲,礼义废弃败坏,人伦没有理顺。因此,孔子"从东方来,从西方来,从南方来,从北方来","尽力来拯救它"。

136. 王者之政

　　王者之政，贤能不待次而举①，不肖不待须臾而废②，元恶不待教而诛③，中庸不待政而化④。分未定也⑤，则有昭穆⑥。虽公卿大夫之子孙也，行绝礼仪⑦，则归之庶人。遂倾覆之民⑧，牧而试之⑨。虽庶民之子孙也，积学而正身，行能礼仪，则归之士大夫，敬而待之⑩。安则蓄，不安则弃。反侧之民⑪，上收而事之⑫，官而衣食之⑬，王覆无遗⑭。材行反时者，死之无赦，谓之天诛。是王者之政也。《诗》曰："人而无仪⑮，不死何为？"

　　【注释】①次：官位的次序。②不肖：没有贤德的人。须臾：顷刻，一会儿。废：罢免。③元恶：首恶的人。④中庸：中等平常的人。⑤分：名位。⑥昭穆：古代在宗庙里排列长幼次序的方法。始祖在正中，左边列下一代，叫昭，右边又列再下一代，叫穆。父辈为昭，子辈为穆，孙辈又为昭，曾孙辈又为穆。这里用其引伸义，表示高下贵贱次序的意思。⑦仪：当作"义"。⑧倾覆：作乱。⑨牧：教养。试：考验。⑩敬而待之：荀子《王制篇》作"须而待之"。须：待。⑪反侧：不安守本分。⑫上收而事之：周廷塞校补这句上有"五疾"两字。五疾：指哑子、聋子、跛脚、断臂和身体发育不全的人。事：役使。⑬官而衣食之：荀子《王制篇》作"官施而衣食之"。施：给与。⑭王覆无遗：《荀子》作"兼覆无遗"。⑮仪：威仪之礼。诗句出自《诗经·鄘风·相鼠》。

　　【译文】君王的政事，有贤德有才能的人，不按照通常程序就把他们提拔起来；不贤德的人，立刻加以罢免；首恶不需教育就立即处死；一般人，不等待国家刑法政令的处置就进行教化。在名位未定以前，就把贤惠的人和不肖的人区分出高下。虽然是公卿大夫的子孙，要是行为不合礼义，就把他们归在庶人中。如果是作乱的人民，就教养、考验他们。虽然是庶人的子孙，要是积累学问，修养好品德，行为合礼义，就把他们归在士大夫中，敬重地对待他们。安于职守就留用他，不安于职守就抛弃他。哑子、聋子、跛脚、断臂和身体发育不全的人，君王收养他们，给予他们工作，由官府施给他们衣食，全部加以照顾，不遗漏一个。才智和行为违反当时朝纲的，处死他们不予饶恕，这叫做上天的诛杀。这些都是君王的政事。《诗经》说："做人要是不懂得礼义，不去死还等什么？"

137.民之源也

君者，民之源也。源清则流清，源浊则流浊。故有社稷者，不能爱其民，而求民亲己爱己，不可得也。民不亲不爱，而求为己用，为己死，不可得也。民弗为用，弗为死，而求兵之劲，城之固，不可得也。兵不劲，城不固，而欲不危削灭亡，不可得也。夫危削灭亡之情，皆积于此，而求安乐是闻，不亦难乎？是枉生者也[①]。悲夫！枉生者不待时而灭亡矣。故人主欲强固安乐，莫若反己；欲附下一民，则莫若及之政[②]；欲脩政美俗，则莫若求其人。彼其人者，生今之世，而志乎古之世[③]，以天下之王公莫之好也，而是子独好之；以民莫之为也，而是子独为之也。抑为之者穷，而是子犹为之，而无是须臾怠焉差焉。独明夫先王所以遇之者[④]，所以失之者。知国之安危臧否，若别白黑，则是其人也。人主欲强固安乐，则莫若与其人为之，巨用之，则天下为一，诸侯为臣；小用之，则威行邻国，莫之能御。若殷之用伊尹，周之遇太公，可谓巨用之矣；齐之用管仲，楚之用孙叔敖⑤，可为小用之矣。巨用之者如彼，小用之者如此也。故曰："粹而王⑥，驳而霸⑦，无一而亡。"《诗》曰："四国无政⑧，不用其良。"不用其良臣而不亡者，未之有也。

【注释】①枉生：荀子《君道篇》作"狂生"。狂生：狂人，蔽于外物，内心迷乱的人。②及：别版作"反"。③世：荀子作"道"。④遇：荀子作"得"。⑤孙叔敖：春秋楚国蔿贾的儿子，亦称蔿敖。性恭俭，代虞为相，施政导民，三月而楚国大治，楚庄王因此称霸于诸侯。⑥粹：纯粹。⑦驳：假借为"驳"，杂的意思。⑧四国：指天下。无政：没有良好的政治。诗句出自《诗经·小雅·十月之交》。

【译文】君主是百姓的本源。本源清澈，下面支流就清澈；本源混浊，下面支流就混浊。所以拥有国家的人，要是不能爱护他的百姓，却要求百姓亲近他、爱戴他，是办不到的。百姓不亲近、爱戴他，而要求百姓被他使役，为他牺牲，也是办不到的。人民不被他任用，不为他牺牲，而希求兵力强劲，城池完好牢固，也是办不到的。兵力不强劲，城池不完好牢固，而想要国家不处于危险、不被削弱、不会灭亡，也是办不到的。国家处于危险、削弱、灭亡的情势，而希求得到安定快乐，岂不是很困难的吗？这种人一定是狂妄荒诞的人。多么悲哀啊！这种狂人不多久就会消亡。所以君主希望国家强大、政权巩固、人民安定快乐，不如反省自己；要想使臣子服从朝纲指令、统一人民思想，不如先修明国家政治；要想国家政治修明、风俗醇美，不如先寻求贤明之人。那种贤明之人，生在现代却有志实行古时的大道，天下的王公没有一个喜好正道的，但是他却喜好；天下的百姓没有一个去行正道的，唯独他去实行。然而去做这事的人大多穷困，但他还是自觉去做，没有片刻怠慢、出错。他独自思考古代帝王所以得到天下的原因，也思考他们所以失掉天下的原因。了解国家的安定和危险、好和不好的状况，如同分别白色、黑色一般容易，就是这种贤明之人。君主想要国家强大、政权巩固、人民安定快乐，就不如让这种贤明之人去治理它，重用贤明之人，天下就可以统一，诸侯都来称臣；一般地使用他们，那么国家的声威就可以到达邻近的国家，没有人阻挡得住。好像殷朝任用伊尹，周朝对待太公，可说是重用他；齐国任用管仲，楚国任用孙叔敖，可说是一般使用他们。重用贤明之人，那么天下就统一，小用贤明之人，便像这样称霸诸侯。所以说："完全信用贤明之人就能统一天下，不完全信用贤明之人也能称霸诸侯，国家没有一个贤明之人就会灭亡。"《诗经》说："天下没有良好的政治，都不任用贤明之人。"不任用贤臣而不会灭亡，是从来没有过的。

138. 天下之善

　　造父①，天下之善御者矣，无车马，则无所见其能。羿②，天下之善射者矣，无弓矢，则无所见其巧。彼大儒者，调一天下者也，无百里之地，则无所见其功。夫车固马选③，而不能致千里者，则非造父也。弓调矢直，而不能射远中微，则非羿也。用百里之地，而不能调一天下，制四夷者，则非大儒也。彼大儒者，虽隐居穷巷陋室^④，无置锥之地^⑤，而王公不能与争名矣；用百里之地，则千里国不与之争胜矣；箠笞暴国^⑥，一齐天下，莫之能倾，是大儒之勋^⑦。其言有类^⑧，其行有礼，其举事无悔，其持检应变曲当^⑨，与时迁徙，与世偃仰^⑩。千举万变，其道一也，是大儒之稽也^⑪。故有俗人者，有俗儒者，有雅儒者，有大儒者。耳不闻学，行无正义，迷迷然以富利为隆^⑫，是俗人也。逢衣博带^⑬，略法先王，而足乱世。术谬学杂，其衣冠言行，为已同于世俗，而不知其恶也。言谈议说，已无异于老墨^⑭，而不知分，是俗儒者也。法先王，一制度，言行有大法，而明不能济法教之所不及^⑮、闻见之所未至，知之为知之，不知为不知，内不自诬^⑯，外不诬人。以是尊贤敬法，而不敢怠傲焉，是雅儒者也。法先王，依礼义，以浅持博，以一行万；苟有仁义之类，虽鸟兽若别黑白^⑰；奇物变怪^⑱，所未尝闻见，卒然起一方^⑲，则举统类以应之，无所疑^⑳；援法而度之，奄然如合符节^㉑，是大儒者也。故人主用俗人，则万乘之国亡；用俗儒，则万乘之国存；用雅儒，则千里之国安；用大儒，则百里之地久，而三年，天下诸侯为臣^㉒；用万乘之国，则举错定于一朝之间^㉓。《诗》曰："周虽旧邦，其命维新^㉔。"文王亦可谓大儒已矣。

【注释】①造父：周穆王的车夫，善于驾车。②羿：有穷国的君主，善于射箭，曾逐夏朝太康而篡位。③马选：驾车的马力量齐。选：齐一。一说选为优良。④穷巷陋室：狭窄的巷子，简陋的屋子。⑤置锥之地：锥尖极小，置锥之地，言贫穷没有一寸一分的土地。⑥箠笞：惩罚，征伐。箠：马鞭。笞：

打击。⑦勋：功绩。⑧类：法度。⑨其持检应变曲当：荀子《儒效篇》作"其持险应变曲当"。曲：周遍。当：适当。⑩偃仰：俯仰，变动。⑪稽：成就。⑫迷迷然：模糊不明的样子。⑬逢衣：宽大的衣服。博带：宽阔的衣带。⑭老墨：老聃和墨翟。⑮济：助成。⑯诬：欺罔。⑰虽鸟兽：荀子《儒效篇》作"虽在鸟兽"，犹虽在蛮貊。⑱变怪：荀子《儒效篇》作"怪变"。⑲卒然：急遽的样子。卒：同"猝"。⑳疑：凝滞。㉑奄然：相同的样子。㉒天下诸侯为臣：荀子《谲效篇》作"天下为一，诸侯为臣"。㉓则举错定于一朝之间：别版作"则举错而定，一朝而伯"。意为很迅速就能安定。举错：举起和放置。㉔周虽旧邦：文王的祖父太王，从豳地迁到岐山（在今陕西岐山县）下，始定国号为周，因此说周虽旧邦，诗句出自《诗经·大雅·文王》。

【译文】造父是无下最善于驾驭马车的，要是没有车马，就无法表现出他的才能。羿是天下最善于射箭的，要是没有弓箭，就无法表现出他的技能。大儒是调理一统天下的人，要是没有百里的土地，就不能表现他的功绩。有了坚固的车子，优良的马，但是不能一天走千里的路，就不是造父。有了调满的弓，平直的箭，但是不能射得很远，命中细微的目标，就不是羿。治理百里的地方，但是不能调理统一，统制四方的夷狄，就不是大儒了。大儒虽然隐居在狭窄的巷子里，住在简陋的房子中，贫穷得没有一寸土地，但高贵的王公也不能同他争名声；治理百里的地方，就是拥有千里土地的国家也不能与他争胜负；讨伐残暴的国家，统一天下，没有人能使他偏倾，这是大儒的功绩。他说话有法度，行为合于礼，他做事从不后悔，扶正艰难的局势，应付国内外的事变，处处恰当，顺应时代，随世局而变。虽千变万化，但他们始终如一，这就是大儒的考察标准。所以有普通百姓民众，有浅陋迂腐的儒士，有雅德的儒者，有学问渊博的儒者。耳朵不去听正道之声，行为不合于正义之举，只是迷迷糊糊地崇尚财富，这是俗人。穿着宽大的衣服，系着宽大的衣带，简略地效法先王，只足以淆乱世人的视听。学术乖缪杂驳，他穿的衣服、戴的帽子、言语和行为，已经和世俗的人一样，但却不知道厌恶自己。谈话议论，已经同老子、墨子没有不同，但是他不知道辨别，这便是俗儒。效法先王，统一制度，言语和行为都遵守最高的法度，但是他对事理的明辨不能补足法度所没有具备的、耳朵没有听到、眼睛没有看到的事物。他知道的就说知道，不知道的就说不知道，对内不欺骗自己，对外不欺骗他人。因此尊崇贤者，敬重法度，不敢懈怠傲慢，这是雅儒。效法先王，遵循礼义，用浅近简易的事理来推求博大复杂的事理，用一种道理去推求各种事理；只要是符合仁义的事，即使在鸟兽之中，也好像辨别白色、黑色那般容易；对于稀奇的事物，怪异的变化，从来没有听说、看见的，猝然在某地方出现，就能拿出纲纪来应付，毫无滞凝；引用法度来度量，如同符节般相切合，这是大儒。所以君主偏爱任用俗人，那么万乘的大国也会灭亡；偏爱任用俗儒，那么万乘的大国还能保存；偏爱任用雅儒，那么千乘的国家能够安定；偏爱任用大儒，那么百里的地方可以长久保全，三年之后，天下就可以得到统一，诸侯都来俯首称臣；用他治理万乘的国家，他就会采取措施安定国家，使名声很快地显赫。《诗经》上说："周虽然是个古老的国家，但是文王刚接受天命为天子，去创造一个新世界。"文王也可以称为大儒了。

139.成王读书

楚成王读书于殿上①,而伦扁在下②,作而问曰③:"不审主君所读何书也④?"成王曰:"先圣之书。"伦扁曰:"此真先圣王之糟粕耳⑤!非美者也。"成王曰:"子何以言之?"伦扁曰:"以臣轮言之。夫以规为圆,矩为方,此其可付乎子孙者也。若夫合三木而为一,应乎心,动乎体,其不可得而传者也。则凡所传,真糟粕耳。故唐虞之法,可得而考也,其喻人心⑥,不可及矣。"《诗》曰:"上天之载,无声无臭。⑦"其孰能及之?

【注释】①楚成王:春秋楚文王的儿子,名熊恽。庄子《天道篇》、《淮南子·道应训》作"齐桓公"。②伦扁:《庄子》《淮南子》作"轮扁"。轮扁:做车轮的工匠,名扁。③作:站起来。④审:知道。⑤糟粕:酒渣,比喻废弃的东西。⑥喻:告晓。⑦载:事。臭:气味。诗句出自《诗经·大雅·文王》。

【译文】楚成王在殿上读书,名叫扁的工匠在殿下制作车轮,他站起来问楚成王道:"不知道君王读的是什么书?"楚成王回答说:"读的是古代圣王所著的书。"轮扁说:"这实在是古代圣王留下的废弃无用之物啊!不是美好的东西。"成王说:"你为什么这样说呢?"轮扁回答说:"根据我制造车轮的道理来说的。我制造车轮,用规画成圆形,用矩画成方形,这是可以传授给子孙后代的。至于结合三块木料成为一块,这需要跟心相感应,用身手来操作,这是不能简单传授的。那么凡是可以传授的，实在是无用的东西罢了。所以唐虞时代的法度，可以考证出来，但是他教导人心的方法，是不容易获得的。"《诗经》说："上帝的事情，听之无声，嗅之无味。"究竟怎样才能获得呢？

140.已得其曲

孔子学鼓琴于师襄子而不进①。师襄子曰："夫子可以进矣！"孔子曰："丘已得其曲矣，未得其数也②。"有间③，曰："夫子可以进矣！"曰："丘已得其数矣，未得其意也。"有间，复曰："夫子可以进矣！"曰："丘已得其人矣，未得其类也④。"有间，曰："邈然远望⑤，洋洋乎⑥！翼翼乎⑦！必作此乐也，默然思⑧，戚然而怅⑨，以王天下，以朝诸侯者，其惟文王乎？"师襄子避席再拜曰："善！师以为文王之操也⑩。"孔子持文王之声，知文王之为人。师襄子曰："敢问，何以知其文王之操也？"孔子曰："然。夫仁者好伟⑪，和者好粉⑫，智者好弹⑬，有恳勲之意者好丽⑭。丘是以知文王之操也。"

【注释】①师襄子：春秋鲁国的乐官，擅长弹琴。《论语》称击磬襄。②数：学习的途径。③有间：过了不久。④类：种类。⑤邈然：遥远的样子。⑥洋洋：盛大充满的样子。⑦翼翼：严正的样子。⑧默然思：别版作"黯然而黑"。黯：深黑。⑨戚然而怅：别版作"几然而长"。几：通"颀"，身材高大的样子。⑩操：琴曲。⑪伟：盛大，壮美。⑫粉：粉饰。⑬弹：弹奏。⑭恳勲之意：委曲周到的心意。丽：华美。

【译文】孔子跟师襄子学习弹琴,学了很久仍没有学习新曲子。师襄子说:"可以增加学习内容了!"孔了说:"我已经了解曲调了,但是还没掌握演奏的技巧。"过了不久,师襄子说:"可以学习新的曲子了!"孔子说:"我已经掌握了演奏技巧,但还没领会曲子的意境。"过了不久,师襄子又说:"可以学习新的曲子了!"孔子说:"我已经了解了作者,但是还不了解他属于哪类。"过了不久,孔子说:"我远远看去,多盛大啊!多严正啊!一定是创作这首乐曲的人,他的肤色是深黑的,身材高大,统领天下,朝见诸侯,大概是文王吧!"师襄子离开座位,一再作揖说:"好。老琴师传授此曲时就是说的文王的琴曲。"所以孔子把握文王的乐曲,就了解文王的为人。师襄子说:"我冒昧地问,你怎么知道是文王创作的琴曲呢?"孔子说:"仁人喜好壮美,温和的人喜好粉饰,聪明的人喜好弹奏,心意委曲周到的人喜好华丽。我因此知道是文王作的琴曲。"

141. 达其本者

传曰:闻其末而达其本者,圣也。纣之为主,劳民力,冤酷之令加于百姓①,憯凄之恶施于大臣②。群下不信,百姓疾怨。故天下叛,而愿为文王臣,纣自取之也。夫贵为天子,富有天下,及周师至,而令不行乎左右,悲夫!当是之时,索为匹夫③,不可得也。《诗》曰:"天位殷适,使不侠四方④。"

【注释】①冤酷:苛刻残酷。②憯凄:惨痛。恶:刑戮。③索:要求。

匹夫：平民，寻常的人。④侠：或作"挟"，通达。诗句出自《诗经·大雅·大明》。

【译文】书传记载说：听到枝末就能了解事物根本的就是圣人。商纣作为君王，使人民劳苦，对百姓施与残酷的政令，对大臣施与惨痛的刑罚。群臣不信任他，百姓怨恨他。所以天下人背叛他，希望成为文王的臣子，这是商纣自己招致的。商纣虽然地位高贵为天子，拥有天下所有的财富，可是等周国军队到来，他的命令连身边最亲近的人都不奉行，多么可悲啊！在这个时候，即使要想做个平民，也得不到啊！《诗经》说："商纣为天子，是殷朝正统的嫡子，因为施行暴政，上天使他的命令不能通达天下。"

142. 五色虽明

夫五色虽明①，有时而渝②；丰交之木③，有时而落。物有成衰，不得自若④。故三王之道⑤，周而复始。穷则反本，非务变而已。将以止恶扶微⑥，绌缪沦非⑦，调和阴阳，顺万物之宜也。《诗》曰："勉勉我王⑧，纲纪四方⑨。"

【注释】①五色：指青、黄、赤、白、黑五种颜色。②渝：改变。③丰交：茂盛相交错。④自若：如常不变。⑤三王：三代之王，指夏禹、商汤、周文王武王。夏崇尚忠，商崇尚敬，周崇尚文。⑥止恶扶微：别版作"正恶扶微"。正：救正。恶：过失。扶微：扶持衰微。⑦绌：摈去。缪：错误。沦：消灭。非：错失。⑧勉勉：勤勉。我王：谓文王。诗句出自《诗经·大雅·棫朴》。⑨纲纪：治理。四方：天下。

【译文】五种颜色虽然鲜明,但过些时候是会褪色的;茂盛的树木,过些时候是会凋零的。事物有成长和衰退的过程,不会经常不变。所以夏商周三代帝王所实行的王道,循环复始。王道在困窘穷尽时就会追念本原,再从根本做起,并不是单单致力于一种简单改变罢了。而是要挽救险恶的局势,摆脱衰微的命运,去除过失,消灭错误,使阴阳调和,顺应自然万物。《诗经》说:"勤勉不已周文王,用政纲和法纪治理四方天下。"

143.天地之体

礼者,则天地之体①,因人情而为之节文者也②。无礼,何以正身?无师,安知礼之是也。礼然而然,是情安于礼也;师云而云,是知若师也。情安礼,知若师,则是君子之道。言中伦③,行中理,天下顺矣④。《诗》曰:"不识不知⑤,顺帝之则⑥。"

【注释】①则:效法。②节文:节制文饰。③中:合。伦:道理。④顺:和。⑤知:同"智"。诗句出自《诗经·大雅·皇矣》。⑥顺:遵循。

【译文】礼是效法天地之根本,顺应人之常情而加以节制文饰制定。没有礼,用哪些东西来修身?没有老师,怎样会知道礼对不对呢?礼这么规定就这么行,这就是天性安于礼了;老师这么说就这么说,这就是知识跟老师一样的了。这就是君子的道理。说话合于伦理,行为合于义理,天下就和顺了。《诗经》说:"不倚仗知识,不显示聪明,顺着上帝的自然法则去做。"

144. 不知顺孝

上不知顺孝,则民不知反本①。君不知敬长,则民不知贵亲。禘祭不敬②,山川失时③,则民无畏矣。不教而诛,则民不识劝也。故君子脩身及孝,则民不倍矣。敬孝达乎下,则民知慈爱矣④。好恶喻乎百姓,则下应其上,如影响矣。是则兼制天下,定海内,臣万姓之要法也⑤,明王圣主之所不能须臾而舍也。《诗》曰:"成王之孚⑥,下土之式⑦,永言孝思,孝思惟则⑧。"

【注释】①反:报答。本:天地父母。②禘祭:古代一种隆重祭始祖的典礼。③失时:不按时。山川:山神和川神。④慈爱:敬爱父母尊长。⑤臣:使动用法,使之为臣。万姓:所有氏族。⑥成王:周成王。孚:信。⑦下土:指人民。之:是。式:效法。⑧则:效法,指效法祖先。诗句出自《诗经·大雅·下武》。

【译文】居上位的执政者不知道孝顺,那么底层的人民也就不知道报答天地父母。君王不知道尊敬长辈,那么人民也就不知道尊贵亲长。君主举行禘祭时,态度不恭敬,不按时祭祀山神和川神,那么人民也就没有敬畏之心。不先教导人民,等人民犯了罪就诛杀他,那么人民就不知道劝勉。所以君子修养自身品德以及孝顺父母,那么人民也就不会背弃父母了。尊敬长辈、孝顺父母的行为影响了在下的人民,那么人民就知道孝顺父母、敬爱亲长了。把所喜爱的、所厌恶的告诉百姓,那么百姓就会追随执政者,就像影子随从形体,回响随从声音一般迅速。这就是统治天下,安定中国,使所有部族都来称臣的重要方法,是圣明的君主不能片刻舍弃的。《诗经》说:"成王的信实,人民都会效法他。他永远保存孝敬的心意,这种孝敬的心意是效法他的祖先的。"

145.成王之时

成王之时,有三苗贯桑而生①,同为一秀②,大几满车,长几充箱③。成王问周公曰:"此何物也?"周公曰:"三苗同一秀,意者④,天下殆同一也。"比几三年⑤,累有越尝氏重九译而至⑥,献白雉于周公⑦:"道路悠远,山川幽深,恐使人之未达也,故重译而来。"周公曰:"吾何以见赐也?"译曰:"吾受命国之黄发曰⑧:'久矣!天之不迅风疾雨也,海不波溢也⑨,三年于兹矣!意者,中国殆有圣人⑩,盍往朝之⑪?'于是来也。"周公乃敬求其所以来⑫。《诗》曰:"于万斯年⑬,不遐有佐⑭。"

【注释】①苗:禾苗。贯:贯通。桑:桑树。②秀:禾花。③箱:车厢。④意:难道,莫非。⑤比几:这两个字都有近之意。⑥累有越尝氏重九译而至:别版作"果有越尝氏重而至"。越尝氏:也作越裳氏,古国名,故址在今越南南部。⑥九译:多次的翻译。⑦献白雉于周公:别版作"献白雉于周公曰"。⑧黄发:指老年人。⑨波溢:波涛汹涌。⑩中国:我国古时多在黄河流域建都。因为和四方蛮夷区别,故自称中国。⑪盍:为什么不。⑫敬:慎重。⑬于万斯年:祝福成王长命万岁。⑭遐:远。佐:辅佐。诗句出自《诗经·大雅·下武》。

【译文】周成王的时候，有三棵禾苗贯穿桑树而生，共同长出一枝大禾花，花朵大得几乎盛满一整车，长得几乎充满一个车厢。成王问周公："这是什么东西呢？"周公回答说："三棵禾苗共同长出一朵花，莫非是天下将要统一了。"过了三年，果然有越尝国派遣使者经人多次传译来到周朝，把白色的雉鸟奉献给周公，说："我国距离中国，道路遥远，又有高山大河阻隔着，恐怕使者不能一下子传达明白，所以经过多次传译前来朝贡。"周公谦虚地说："我怎么能得贵国的赏赐呢？"传译的人说："命令我传译的越尝国里的老年人说：'好久时间了，上天不刮狂风，不下暴雨，大海也没有波涛汹涌，到如今已经三年了！莫非是中国出了圣明的君主，怎么没有去朝见呢？'因此派遣使者前来朝贡。"周公很慎重地探问越尝国为什么前来朝贡的原因。《诗经》说："祝福成王基业长达千万年，不远万里都来辅佐他。"

146.登高临深

登高临深，远见之乐，台榭不如丘山所见高也①；平原广望，博观之乐，沼池不如川泽所见博也。劳心苦思，从欲极好②，靡财伤情，毁名损寿，悲夫伤哉！穷君之反于是道③，而愁百姓④。《诗》曰："上帝板板⑤，下民卒瘅⑥。"

【注释】①台：可供眺望的高建筑物。榭：台上的屋子。高：疑当作

"远"。②从欲：放纵欲望，不加限制。从：通"纵"。③穷君：小国的君主。反：违背。是道：正道。④愁：使忧愁。⑤上帝：指君王。板板：违反，谓违反上天和先王之道。⑥卒：作"瘁"，病苦。瘅：劳病。诗句出自《诗经·大雅·板》。

【译文】攀登高处往下看，观赏远方的景色很有乐趣，因为在楼台比不上在丘山上看得高远；在平原向四周看，观赏广阔的景致很有乐趣，因为在沼池比不上在河流水泽边看得广博。费尽心机，冥思苦想，放纵欲望，竭力满足嗜好，浪费财物，伤害性情，毁坏名誉，折损寿命，是多么可悲啊！小国的君王违背了正道，而使得百姓忧愁不断。《诗经》说："君主违反了正道，天下人民遭受了劳苦。"

147. 不易之术

儒者，儒也。儒之为言无也，不易之术也①。千举万变，其道不穷②，六经是也。若夫君臣之义，父子之亲，夫妇之别，朋友之序，此儒者所谨守，日切磋而不舍也③。虽居穷巷陋室之下，而内不足以充虚④，外不足以盖形⑤，无置锥之地，明察足以持天下⑥。大举在人上，则王公之材也；小用使在位，则社稷之臣也。虽岩居穴处，而王侯不能与争名，何也？仁义之化存尔。如使王者听其言，信其行，则唐虞之法可得而观，颂声可得而听。《诗》曰："先民有言⑦，询于刍荛⑧。"取谋之博也。

【注释】①术：道理。之为言：声训术语，即释者与被释者之间在读音上相通,有时是同音关系,有时是双声叠韵关系。②穷:达到极点。③切磋:精益求精的意思。④充虚:充满饥饿的肚子。虚:空虚,指空虚的肚子。⑤盖形:遮盖身体。形:身体。⑥持:保守,安定。⑦先民:古代的贤人。⑧刍荛:割草砍柴的人。诗句出自《诗经·大雅·板》。

【译文】儒者就是儒。儒之为言无,它是永远不改变的道理。千变万化,道理无穷尽,六经里面所说的就是这些。至于君臣之间的道义,父子之间的亲情,夫妇之间的区别,朋友之间的次序,这些是儒者谨慎守持,每天研讨勉励而不舍弃的。儒者即使居住在狭小的巷子,房子简陋,食物无法填饱肚子,衣服难以掩盖身体,没有一寸站立的地方,但是他敏锐地观察足以安定天下。让他的地位在一般人之上,可以封他王公;如果小用他,请他做官,那么也是国家重要的臣子。即使他居住在山岩洞穴,王侯将相也不能和他争名声,为什么呢?因为他具备了仁义的德行。假使君王听从他的话,信任他的作为,那么唐尧、虞舜时代的法度能够看得到,人民歌颂的声音能够听得到。《诗经》说:"古代的贤人曾经这么说,哪怕是割草砍柴的人,有时都得去请他。"意思是说要广博地采纳别人的意见。

148. 广厦之下

传曰:天子居广厦之下,帷帐之内,旆茵之上①,被蹴舄②,视不出闑③,莽然而知天下者④,以其贤左右也⑤。故独视不若与众视之明也,独听不若与众听之聪也,独虑不若与众虑之工也。故明主使贤臣辐凑并进⑥,所以通中正而致隐居之士⑦。《诗》曰:"先民有言,询于刍荛。"此之谓也。

【注释】①旃:通"毡",毛织物。茵:车席。②被衮躧舄:别版作"被衮躧舄"。被:穿着。衮:天子礼服,其面绣着卷龙。躧舄:拖着鞋子。③闺:内室。④莽然:莽,通"漭"。漭然:广远的样子。⑤以其贤左右也:别版作"以有贤左右也"。⑥辐凑:车辐聚集于毂,此作聚集。辐:车轮中直木。凑:聚。⑦通:交好。

【译文】书传记载说:天子居住在大房子,在帏帐里面坐卧于毛毡上,穿着绣着卷龙的礼服,拖着鞋子,眼睛不往室外看,就能知道天下的事情,因为在他的身边都是贤能的人。所以独自一个人观察,不如跟众人一起观察来得明白;独自一个人去听,不如跟大家一起听来得清楚;独自一个人思考,不如跟大家一起思考来得周到。所以明智的君主会让贤能的臣子一起聚集在他的朝廷,跟中正的人交往而招引隐居的贤人。《诗经》说:"古代的贤人曾经这么说,哪怕是割草砍柴的人,有时都得去请他。"就是说的这个道理。

149. 天设其高

天设其高,而日月成明;地设其厚,而山陵成名;上设其道,而百事得序。自周衰坏以来①,王道废而不起,礼义绝而不继。秦之时,非礼义,弃《诗》《书》,略古昔,大灭圣道,专为苟妄②,以贪利为俗,以较猎为化③,而天下大乱。于是兵作而火起,暴露居外,而民以侵渔遏夺相攘为服习④,离圣王光烈之日久远,未尝见仁义之道,被礼义之风。是以嚚顽无礼⑤,而肃敬日益凌迟⑥。以威武相摄,妄为佞人⑦,不避祸患,此其所以难治也。人有六情:目欲视好色,耳欲听宫商⑧,鼻欲嗅芬香,口欲嗜甘旨,其身体四肢欲安而不作,衣欲被文绣而轻暖。此六者,民之六情也。失之则乱,从之则穆。故圣王之教其民也,必因其情,而节之以礼;必从其欲,而制之以义。义简而备,礼易而法,去情不远,故民之从命也速。孔子知道之易行,曰:"《诗》云:'牖民孔易⑨。'非虚辞也。"

【注释】①自周衰坏以来:别版作"自周衰以来"。②苟妄:不遵守礼法。③较猎:别版作"较告"。告:向官府告发。猎:逮捕。④侵渔:像渔夫捕鱼,比喻掠夺人家财物。遏夺:抢劫掠夺。相攘:互相窃取。服习:习惯。⑤嚚顽:说话不忠信。顽:内心没有德义。⑥肃敬:恭敬。凌,当作"陵"。凌迟:渐趋衰败。⑦佞人:善于花言巧语,阿谀奉承的人。⑧宫商:是宫、商、角、徵、羽五音中的二音,这里指音乐。⑨牖:窗户。此处通"诱",劝导的意思。孔易:很容易。诗句出自《诗经·大雅·板》。

【译文】天处在高高之上,因而太阳和月亮能够成就它们普照的事业;地那么厚重,因而高山丘陵能够成就它们体势的巨大;在上的执政者制定了治国方针,因而国家的各种事务能够有序进行。自从周王室衰微以后,王道废弃而不能恢复,道义断绝而不能继续。到秦朝统一天下,反对礼义,毁弃《诗》《书》,轻视古代的东西,尽力消除圣人的学说,行为不遵从礼法,贪求财利成为一种风俗,向官府互相告发形成了一种风气,天下大乱,因此战争频发,兵士杀人放火,百姓无家可归,露居野外,而一些百姓劫夺偷窃成了习惯,因为距离圣王的太平时代太久远了,他们从没有受到仁义之道的教导,接受礼义之风的熏陶。因此说话不忠信,行为不合礼,恭敬的心一天天衰微。人民用武力互相威胁,不守本分,卑鄙诌媚,为非作歹,这就是国家难于治理的原因。凡人有六种情欲：眼睛想要看美好颜色，耳朵想要听动人的音乐，鼻子想要嗅芳香的气味，嘴巴想要吃美好的食物，身体想要舒适而不劳作，衣服想要穿绣花而轻便温暖的。这六种，是一般人民的六种情欲。不满足人民这六种情欲，国家就会混乱；顺从人民这六种情欲，国家便会和平。所以圣明的君王教导人民，一定依顺他们的性情，用礼来节制他们；一定顺从他们的欲望，而用义来节制他们。所实行的义虽简单却完备，所实行的礼虽容易却有法度，与人情相距不远，所以人民很容易遵从国家颁布的法令。孔子了解正道很容易实行，所以说："《诗经》讲：'教导人民是非常容易的事。'这不是虚假的话。"

150.燔以沸汤

蚕之性为丝，弗得女工燔以沸汤①，抽其统理②，不成为丝。卵之性为雏③，不得良鸡覆伏孚育，积日累久，则不成为雏。夫人性善，非得明王圣主扶携④，内之以道⑤，则不成为君子。《诗》曰："天生蒸民⑥，其命匪谌⑦。靡不有初⑧，鲜克有终⑨。"言惟明王圣主然后使之然也。

【注释】①燔：煮。②统理：丝的头绪。③雏：小鸡。④扶携：扶持提携，教导的意思。⑤内：同"纳"，送进去。以：于。⑥蒸：众多。⑦命：天命，上天赋予的性。谌：相信，信赖。⑧靡：没有。初：开始。⑨鲜克：很少能够。诗句出自《诗经·大雅·荡》。

【译文】蚕的本性会吐丝,但是蚕茧如果没有得到女工用滚水去煮,抽出丝绪加以整理,就不能成为丝。鸡蛋的本性可以孵出小鸡,但是没有健康的母鸡花很久的时间去孵蛋,就不能成为小鸡。人的本性是善良的,但是没有得到圣明君王的教化,纳入正道,就不会成为有德行的贤人。《诗经》说:"上天生养众多百姓,没有一个人生下来天性不是善良的,但是最后很少能够保持善良的本性。"就是说只有得到圣明的君王的教化,然后才能使人成为善良的人。

151.智如泉源

智如泉源,行可以为表仪者①,人师也;智可以砥②,行可以为辅弼者,人友也;据法守职,而不敢为非者,人吏也;当前决意③,一呼再喏者,人隶也。故上主以师为佐,中主以友为佐,下主以吏为佐,危亡之主以隶为佐。语曰:"渊广者,其鱼大;主明者,其臣慧。相观而志合,必由其中④。"故同明相见⑤,同音相闻⑥,同志相从,非贤者莫能用贤。故辅弼左右所任使者,有存亡之机⑦,得失之要也,可无慎乎?《诗》曰:"不明尔德⑧,时无背无侧;尔德不明,以无陪无卿⑨。"

【注释】①表仪:标准,准则。②砥:砥砺,磨刀石。意为磨炼,切磋。③当前:在人面前。决:《群书治要》作"快"。快意:称合别人心意。④中:内心。⑤同明:对事物有相同眼光的人。明:目光,视力。⑥同音:言论相同的人。音:声音,这里解作言论。⑦机:事情没有发生前的预兆。⑧明:修明。

⑨卿:卿士。诗句出自《诗经·大雅·荡》。

【译文】智慧像有源头的泉水一样永远不竭尽,行为可以作为别人表率的人,是老师;智慧可以教导人,行为可以辅助别人的人,是朋友;依据法律、坚守职责,不敢做坏事的人,是官吏。在人面前投合别人的心意,别人一呼唤,多次应诺,是奴隶。所以上等的君王用老师作辅佐他的人,中等的君王用朋友作辅佐他的人,下等的君王用官吏作辅佐他的人,使国家危亡的君王用奴隶作辅佐他的人。古语说道:"水渊广大,那儿生长的鱼也会大;君主明智,他的臣子也会聪明。君臣之间互相观摩而志趣投合,一定是从内心发出的。"所以眼光相同的人会互相看到,言论相同的人会互相听到,志趣相同的人会互相随从,不是贤能的人不会任用贤能的人。所以君王任用在身旁辅佐的大臣,就存有国家存亡的先机预兆,在是非成败的关键时候,难道可以不谨慎吗?《诗经》说:"知人之明你没有,不知判臣结朋党;知人之明你没有,不知公卿谁能当。"

152.禹以夏王

昔者,禹以夏王,桀以夏亡;汤以殷王,纣以殷亡。故无常安之国,宜治之民,得贤则昌,不肖则亡,自古及今,未有不然者也。夫明镜者,所以照形也;往古者,所以知今也。夫知恶往古之所以危亡,而不袭蹈其所以安存者①,则无以异乎却行而求逮于前人②。鄙语曰:"不知为吏,视已成事。"或曰:"前车覆,后车不诫③,是以后车覆也。"故夏之所以亡者,而殷为之;殷之所以亡者,而周为之。故殷可以鉴于夏④，而周可以鉴于殷。《诗》曰："殷鉴不远，在夏后之世⑤。"

【注释】①袭蹈：遵行。②逮：追上。③诫：警戒。④鉴：镜子。⑤殷：殷朝。夏后之世：指夏朝。诗句出自《诗经·大雅·荡》。

【译文】从前，大禹凭借夏朝统一了天下，桀拥有夏朝却落个亡国的下场；商汤凭借殷朝统一了天下，纣拥有殷朝却落个亡国的下场。所以说没有长久安定的国家，有适合治理的人民，君主能得到贤明的臣子，国家就会兴盛，失去贤能的人才国家就会灭亡。从古代到现在，没有不是这样的。明镜是用来映照外物形体的，过去的事迹是用来了解现在的。知道厌恶那些历史上导致国家动荡灭亡的原因，却不去追求、学习那些历史上让国家安定昌盛的方法，那么就和退后走而希望赶上前面的人没有什么差别。俗语说："不知道怎么做官吏，可以看过去官吏所做的事。"有人说："前面走的车子翻了，后面走的车子不加警惕，因此后面走的车子也翻了。"所以夏朝灭亡的作为，殷朝却依旧那样做；殷朝所以灭亡的作为，周朝却依旧那样做。所以殷朝可以把夏朝的灭亡作为借鉴，周朝可以把殷朝的灭亡作为借鉴。《诗经》说："殷商的借鉴并不远，应知夏桀是什么下场。"

153.骄溢之君

传曰：骄溢之君寡忠，口惠之人鲜信①。故盈把之木无合拱之枝②，荣泽之水无吞舟之鱼③。根浅则枝叶短，本绝则枝叶枯。

《诗》曰:"枝叶未有害,本实先拨④。"祸福自己出也。

【注释】①口惠之人:口头答应给人家好处而不兑现的人。②把:一手所握。拱:两手所围合。③荥泽:别版作"荣泽"。荥泽:泽名,即《书·禹贡》中所说:"荥陂既潴。"夏以后面积缩小,汉平帝时成平地。借来指小的水泽。吞舟之鱼:大鱼。④拨:断绝,败坏。诗句出自《诗经·大雅·荡》。

【译文】书传记载说:骄傲的君王很少能对人竭尽心力的,爱在口头上许人以好处的人,很少有恪守信誉的。所以用一只手就能握满的小树没有两手合围那么粗的枝条,小水泽里不会有能吞舟的大鱼。树根浅扎,长出的枝叶就短小,树根断绝了,枝叶就自然枯萎。《诗经》说:"并不是树枝和叶子有伤残,实在是因为树根先折断了。"说灾祸和幸福是由自己造成的。

154.水渊深广

水渊深广,则龙鱼生之;山林茂盛,则禽兽归之;礼义修明①,则君子怀之②。故礼及身而行修③,礼及国而政明。能以礼扶身,则贵名自扬,天下顺焉,令行禁止④,而王者之事毕矣。《诗》曰:"有觉德行⑤,四国顺之⑥。"夫此之谓也。

【注释】①修明:整治清明。②怀:归附。③及:到。④禁:禁令。止:至,通达。⑤觉:大,明显。诗句出自《诗经·大雅·抑》。⑥四国:天下。顺:顺从。

【译文】川渊如若深广,龙和鱼就自然生长在那儿;山上如若树林茂盛,鸟兽就自然聚集在那儿;君主如若礼义整治清明,有德行的人就归从于他。所以用礼来修身,行为就美好,用礼来治理国家,政治就清明。能够用礼来修身,那么美好的名誉自然得到传播,天下的人都会顺从,国家的政令能够实行,禁令能够通达,君王所要做的事情便具备了。《诗经》说:"君王如若有大德行,四方天下的人都归顺他。"就是说明这个道理。

155.谈说之术

孔子曰:"夫谈说之术,齐庄以立之①,端诚以处之,坚强以待之,辟称以喻之②,分以明之③,欢忻芬芳以送之④,宝之珍之,贵之神之⑤。如是,则说恒无不行矣。夫是之谓能贵其所贵。若夫无类之说⑥,不形之行⑦,不赞之辞⑧,君子慎之。"《诗》曰:"无易由言⑨,无曰苟矣。"

【注释】①齐庄以立之:荀子《非相篇》作"齐庄以苁之"。齐庄:庄重。苁:临。②辟:通"譬"。譬:比喻。称:述说。③分以明之:别版作"分别以明之"。④忻:同"欣"。⑤神之:不敢怠慢的意思。⑥无类之说:不合礼义的言论。类:美善。⑦形:通"刑",法度。⑧赞:帮助。⑨易:轻易。由:于。诗句出自《诗经·大雅·抑》。

【译文】孔子说:"谈话劝说的方法是:以严肃庄重的态度去面对他,以端正真诚的心地去对待他,以坚定刚强的意志去扶持他,以比喻称引的方法来使他通晓,用条分缕析的方法来使他明了,欢欣、和气地迎送，要如对珍宝般的爱惜对方，要如对神明般的敬重对方。如果能像这样，那么劝说的话永远没有不被别人接受的，这是因为能掌握别人希望人家尊重他的心理。至于不合礼义的言论，不合法度的行为，对别人没有帮助的言辞，君子会很谨慎对待它。"《诗经》说："不要轻率地乱发言，不要说做事可又马马虎虎了。"

156. 内不乏食

夫百姓内不乏食，外不患寒，则可教御以礼义矣①。《诗》曰："蒸畀祖妣②，以洽百礼③。"百礼洽则百意逐，百意逐则阴阳调，阴阳调则寒暑均，寒暑均则三光清④，三光清则风雨时⑤，风雨时则群生宁。如是，则天道得矣。是以不出户而知天下，不窥牖而知天道。《诗》曰："惟此圣人，瞻言百里⑥""于铄王师⑦，遵养时晦⑧"。言相养之至于晦也。

【注释】①教御：教化。御：治理。②蒸：进奉。畀：献与。祖：祖父以上皆称祖。妣：祖母以上皆称妣。诗句出自《诗经·周颂·丰年》。③洽：相合。百礼：各种礼。④三光：指太阳、月亮、星辰。⑤时：及时，按时。⑥瞻言百里：所见长远。诗句出自《诗经·大雅·桑柔》。⑦于：叹词。铄：美好、辉煌。王师：王朝的军队。⑧遵：循，率领。养：奉养。时：是，这个。晦：晦冥，黑暗。指昏庸的商纣。诗句出自《诗经·周颂·酌》。

【译文】老姓在家不缺之食物，在外不忧虑寒冷，那么就可以用礼义去教化他们了。《诗经》说："进献先祖先妣尝，完成百礼供祭飨。"和各种礼的节度相结合，那么各种心意便能够达成；各种心意能够达成,那么阴气阳气就能调和;阴气阳气调和,那么寒冷和暑热就能均恒,寒冷和暑热均恒;那么太阳、月亮和星星都一样清明;太阳、月亮和星星都一样清明,那么风雨就能适时;风雨都能适时,那么所有生物都能安宁。这样,就能和天道相合了。所以圣人不要走出门,就能知道天下的事情;不必从窗户看出去,就能知道自然的法则。《诗经》说,"唯有这个圣人,他的眼光远大望得远""帝王的军队多么壮美啊!能够顺应时势,退守等待,直至出击,扫荡黑暗"。就是说周朝能够攻取昏庸的商朝。

157.天有四时

天有四时:春夏秋冬,风雨霜露,无非教也①。清明在躬②,气志如神,嗜欲将至③,有开必先。天降时雨,山川出云。《诗》曰:"崧高维岳④,骏极于天⑤。维岳降神,生甫及申⑥。维申及甫,维周之翰⑦。四国于蕃⑧,四方于宣。"此文武之德也。三代之王也,必先其令名。《诗》曰:"明明天子⑨,令闻不已⑩。矢其文德⑪,洽此四国⑫。"此大王之德也⑬。

【注释】①教:教化。②清明:谓清澈明洁的德行。躬:身。③嗜:喜好。④崧:当作"嵩"。嵩高:即崇高。岳:五岳,即东岳泰山,西岳华山,南岳霍山,北岳恒山,中岳嵩山。⑤骏:当作"峻",高大。极:到达。⑥甫:仲山甫。申:申伯樊仲。⑦翰:干,犹今言干部。⑧蕃:当作"藩",屏障。诗句出自《诗经·大雅·崧高》。⑨明明:通"勉勉",动勉。⑩令闻:好的名誉。⑪矢:

施。⑫洽:和,合。⑬大王:即太王,周文王的祖父,号古公,字亶父。

【译文】一年有四季:春夏秋冬四个季节,风雨霜露等现象,这些无不和教化有关。圣人自身的德行极其清明,气志微妙如神,当他将要得到天下的时候,神明一定为他降生贤能的辅佐之臣。上天及时降下了雨,山川也吐出云气。《诗经》说:"五岳居中的嵩山,巍巍高耸入云天。唯有这么崇高的岳神,才能生出仲山甫和申伯那么伟大的人物。唯有伟大的仲山甫和申伯,才是周王的得力部将。他们保护了四方的蕃国,也把周王的恩德宣扬到四方。"这是褒扬了文王、武王的德行。夏商周三代统一天下,在其称王之前就已经有了美好的名声。《诗经》说:"勤勉的天子,好的名声千古流传,施行礼乐教化,使四方国家和洽。"这是赞扬太王的德行。

158.蓝青地黄

蓝有青①,而丝假之,青于蓝;地有黄,而丝假之,黄于地。蓝青地黄,犹可假也,仁义之事,不可假乎哉?东海之鱼②,名曰鲽③,比目而行④。不相得,不能达。北方有兽,名曰娄⑤,更食而更视⑥。不相得,不能饱。南方有鸟,名曰鹣⑦,比翼而飞。不相得,不能举。西方有兽,名曰蟨⑧,前足鼠,后足兔。得甘草,必衔以遗蛩蛩距虚⑨,其性非能蛩蛩距虚⑩,将为假之故也⑪。夫鸟兽鱼犹相假,而况万乘之主而独不知假此天下英雄俊士,与之为伍,则岂不病哉!故曰:以明扶明,则升于天;以明扶闇⑫,则归其人;两瞽相扶,不伤墙木,不陷井阱⑬,则其幸也。《诗》曰:"惟彼不顺⑭,往以中垢⑮。"闇行也。

【注释】①蓝：蓼蓝，叶子含蓝汁，可提制染料。②东海：在我国的东面，长江口以南，台湾海峡以北。③鲽：鱼名，比目鱼的一种。体侧扁，右面暗褐色，左面白，微黄，两眼均在右面，常以左面贴沙而卧。④比：合。这种鱼眼睛只在一面，要两条鱼配合起来游动，这样左右才都有眼睛方便游水。⑤娄：一种像獾的动物。⑥更：更替。⑦鹣：鸟名，《尔雅》作"鹣鹣"，郭璞注："似凫，青赤色，一目翼，相得乃飞。"这种鸟只有一只眼睛，一只翅膀，要两只鸟配合起来才能飞行。⑧蟨：古书上说的一种兽。《吕氏春秋》作"蹶"。《尔雅》作"蟨"。⑨蛩蛩距虚：传说中的异兽，蛩蛩与距虚为相类似而形影不离的二兽，一说为一兽。⑩能：别版作"爱"。⑪将为假之故也：别版作"将为假足之故也"。⑫闇：不明，这里指眼力不明的人，即瞎子。⑬井：水井。阱："阱"的异体字，陷阱。⑭不顺：指不顺着道理做事的人。⑮往：别版作"征"，行的意思。垢：通"诟"，耻辱。诗句出自《诗经·大雅·桑柔》。

【译文】蓝草含有青色的色素，丝用蓝草去染它，青的颜色胜过蓝草；黄土含有黄色的色素，丝用黄染料去染它，黄的颜色超过泥土。蓝草是青色的，泥土是黄色的，还可以借用来染成青色和黄色的东西，仁义难道不可借用吗？东海里有一种鱼，名字叫做鲽，需两条鱼相配合才能游水。如果不配合，就无法到达目的地。北方有一种野兽，名字叫做娄，这种野兽也需配合起来，一个半体取食，另一半体看守，互相更替，防范敌人。如果不互相合作，就无法吃饱。南方有一种鸟，名字叫做鹣，这种鸟只有一只眼睛，一只翅膀，要两只配合起来才能飞行。如果不配合，就不能飞起来。西方有一种野兽，名字叫做蟨，前脚像老鼠，后脚像兔子。蟨获到甘草，一定会衔着送给蛩蛩距虚吃,本心不是爱它,因为要借用蛩蛩距虚的脚去行动的缘故。鸟兽鱼之间还知道互相合作,何况大国君主难道不知道凭借天下的英雄和才华出众的人,与他们在一起,不那样难道不会遭受困厄呢!所以说:眼睛明锐的人扶助眼睛明锐的人,就可以登天;眼睛明锐的人扶助瞎子,就可以把瞎子送回家;两个瞎子互相扶持,不被墙壁或树木碰伤,不掉到水井或陷阱里面去,就算幸运了。《诗经》说:"那个不按道理做事的人,他的行为闇昧。"这是愚昧地行为。

159.德宜君人

福生于无为①,而患生于多欲。知足,然后富从之;德宜君人②,然后贵从之。故贵爵而贱德者,虽为天子,不尊矣;贪物而不知止者③,虽有天下,不富矣。夫土地之生不益④,山泽之出有尽。怀不富之心,而求不益之物;挟百倍之欲,而求有尽之财,是桀纣所以失其位也。《诗》曰:"大风有隧,贪人败类⑤。"

【注释】①无为:顺其自然,不加强求。②君人:为人君主。君:动词。③止:停止,满足。④益:增加。⑤隧:道。败:毁坏。类:善。诗句出自《诗经·大雅·桑柔》。

【译文】福气产生于顺其自然,祸患产生于欲望太多。一个人知道满足,然后才会感受富裕;德行适合做人君王,然后才有尊贵的地位。所以重视爵位而轻视德行的人,即使做了天子,但是并不尊贵；贪求财物而不知道满足的人，即使拥有天下，但是并不觉得富裕。土地生长的东西不会增加，山林水泽出产的东西是会穷尽的。怀着不感到富足的心理，去追求不会增加的东西；怀着成百倍的欲望，去追求会穷尽的财物，这就是夏桀、商纣丧失他们天子地位的原因。《诗经》说："大风刮得很猛，贪心的人败坏人类的善道。"

160.安国保民

哀公问于子夏曰："必学然后可以安国保民乎？"子夏曰："不学而能安国保民者，未之有也。"哀公曰："然则五帝有师乎①？"子夏曰："臣闻黄帝学乎大坟②，颛顼学乎禄图③，帝喾学乎赤松子④，尧学乎务成子附⑤，舜学乎尹寿⑥，禹学乎西王国，汤学乎贷乎相⑦，文王学乎锡畴子斯⑧，武王学乎太公⑨，周公学乎虢叔⑩，仲尼学乎老聃。此十一圣人，未遭此师，则功业不能著乎天下，名号不能传乎后世也。"《诗》曰："不愆不忘⑪，率由旧章⑫。"

【注释】①五帝：指黄帝、颛顼、帝喾、唐尧、虞舜。②大坟：《吕氏春秋·尊师篇》作"大挠"，《新序·杂五》作"大真"。③颛顼：上古帝王，黄帝孙。禄图：《吕氏春秋》作"伯夷父"，《新序》作"绿阙"。④帝喾：黄帝的曾孙，受封于辛，后代高阳氏为天子，称高辛氏。赤松子：帝喾时为雨师。⑤务成子附：《荀子·大略》作"君寿"，《吕氏春秋》作"子州"。⑥尹寿：《吕氏春秋》作"许由"。《荀子》作"务成昭"。⑦贷乎相：《吕氏春秋》作"小臣"，《新序》作"威子伯"。⑧锡畴子斯：《新序》作"铰时子斯"。⑨太公：《新序》作"郭叔"。⑩虢叔：《新序》作"太公"。⑪愆：过错。⑫率：遵循。旧章：古代圣王的典章制度。诗句出自《诗经·大雅·假乐》。

【译文】哀公问子夏："君主一定要先学习为政之道，然后才可以安定国家保护人民吗？"子夏回答道："不学习为政之道而能够安定国家保护人民，是从来没有听说过的。"哀公问："那么五帝有老师吗？"子夏说："我听说黄帝向大坟学习，颛顼向禄图学习，帝喾向赤松子学习，唐尧向务成子附学习，虞舜向尹寿学习，夏禹向西王国学习，商汤向贷乎相学习，文王向锡畴子斯学习，武王向太公学习，周公向虢叔学习，孔子向老聃学习。这十一个圣人，如果没有遇到那么好的老师，那么功业就不能显著于天下，名声不能流传于后世。"《诗经》说："不犯过错，不要遗忘，一切遵从古代圣王的规章制度。"

161. 天地之大

德也者，包天地之大，配日月之明；立乎四时之周，临乎阴阳之交。寒暑不能动也，四时不能化也。敛乎太阴而不湿①，散乎太阳而不枯②。鲜洁清明而备，严威毅疾而神③。至精而妙乎天地之间者，德也。微圣人④，其孰能与于此矣！《诗》曰："德輶如毛⑤，民鲜克举之⑥。"

【注释】①敛：收藏。太阴：指月亮。②散：散布。太阳：指日。枯：干。古人认为太阳是火精。③严：严厉。威：威武。毅：果决。疾：迅速。神：神妙。④微：非，不是。⑤輶：清。鲜：少。⑥克：能。诗句出自《诗经·大雅·蒸民》。

【译文】道德,它的广大包含了天地,它的光明同太阳、月亮相匹配;耸立在四时的周围,濒临在阴阳交合的地方。寒冷暑热不能使它转移,四时不能使它变化。收藏在月亮之中不会潮湿,散布在太阳之下不会干枯。清洁鲜明且完备,严厉威武、果决迅速且神妙,在天地之间最精粹、美妙的,就是道德。如果不是圣人,谁能达到这种境界呢!《诗经》说:"懿德轻得像鸿毛一样,人们很少能够举得动它。"

162.如岁之旱

如岁之旱,草不溃茂①。然天勃然兴云②,沛然下雨③,则万物无不兴起之者。民非无仁义根于心者也④,王政恔迫⑤,而不得见⑥,忧郁而不得出。圣王在,彼躐舄⑦,视不出合⑧,而天下缱⑨,倡而天下和。何如在此,有以应哉?《诗》曰:"如彼岁旱,草不溃茂。"

【注释】①溃:通"汇"。茂盛的样子。溃茂:郑玄笺:"溃茂之溃,当作汇。汇,茂貌。"②勃然:突然。③沛然:盛大的样子。④根:动词,立下根基。⑤恔:恐惧。迫:逼迫。⑥见:通"现",显露。⑦彼躐舄:别版作"被衮躐舄"。躐:拖着。舄:鞋子。⑧合:应作"阁"。⑨而天下缱:别版作"动而天下缱"。缱:缠绵。诗句出自《诗经·大雅·召旻》。

【译文】就像遇到干旱的年成,草长得不怎么茂盛。如果天上突然起了乌云,哗啦哗啦地下起大雨来,那么万物就没有不长得茂盛的。人民并不是没有将仁义根植在自己心中,而是因为君王暴政的恐惧和逼迫,使它不能显露,心中忧愁郁积,使它不能显出。圣明的君王在位，他穿着礼服，拖着鞋子，不看外面的情形，但是他的一举一动，天下人都随从，他的倡导，天下人都附和。圣王在位，天下人都响应，是什么原因呢？《诗经》说："好像遇到干旱的年成，草生长得不茂盛。"

163. 君之所道

"道者①，何也？"曰："君之所道也②。""君者，何也？"曰："群也③。为天下万物而除其害者④，谓之君。""王者，何也？"曰："往也。天下往之，谓之王。"曰："善养生者⑤，故人尊之；善辩治人者⑥，故人安之；善显设人者⑦，故人亲之；善粉饰人者⑧，故人乐之。四统者具⑨，天下往之；四统无一，而天下去之。往之谓之王，去之谓之亡。"故曰："道存则国存，道亡则国亡。"夫省工商，众农人，谨盗贼，除奸邪，是所以生养之也。天子三公⑩，诸侯一相，大夫擅官⑪，士保职⑫，莫不治理，是所以辩治之也。决德而定次⑬，量能而授官。贤以为三公，贤以为诸侯，次则为大夫，是所以显设之也。修冠弁衣裳⑭，黼黻文章⑮，雕琢刻镂，皆有等差，是所以粉饰之也。故自天子至于庶人，莫不称其能，得其意，安乐其事，是所同也。若夫重色而成文⑯，累味而备珍⑰，则圣人所以分贤愚，明贵贱。故道得则泽流群生，而福归王公，泽流群生，则下安而和，福归王公，则上尊而荣，百姓皆怀安和之心，而乐戴其上。夫是之谓下治而上通，下治而上通，颂声之所以兴也。《诗》曰："降福简简⑱，威仪反反⑲。既醉既饱，福禄来反⑳。"

【注释】①道：治理国家的原则。②道：动词，遵循。③群：使人合群。④为：别版作"群"。⑤善养生者：别版作"善生养人者"。生养：兴利除害，使人丰衣足食。⑥辩：通"辨"，治理。⑦设：施，任用。选拔和任用贤能的人。⑧粉饰：修饰。⑨统：总要，原则。⑩三公：太师、太傅、太保。⑪擅官：专领一官的事。擅：专。⑫保职：谨守他的职务。⑬决德而定次：判断他的德行而确定职位。⑭冠弁：泛指各种礼帽。衣裳：泛指各种礼服。⑮黼黻：泛指礼服上所绣的华美花纹。文章：文彩。⑯重：多。文：文彩。⑰累：多。味：滋味，指食物。备：具备。珍：珍异的食品。⑱简简：盛大貌。⑲反反：美善的样子。⑳来：是。诗句出自《诗经·周颂·执竞》。

【译文】有人问："道是什么？"回答说："道就是君王治理国家所应遵循的原则。"有人又问："君是什么？"又答说："是合群的意思。使天下的人归合，替他们除去祸害的人，叫做君。"有人再问："王是什么？"再回答说："归往的意思。使天下的人都归服他，叫做王。"接着又说："善于使人丰衣足食的，所以人就尊敬他；善于治理人的，所以人就顺从他；善于重用贤能的，所以人就亲爱他；善于文饰人的，所以人就喜欢他。四种治国的才能都具备，天下的人都归服他；四种才能都不具备，天下的人都背弃他。天下的人都归服他，叫做王；天下的人都背弃，叫做灭亡。"所以说："道存在，国家就存在；道亡失，国家就灭亡。"减少百工和商人的人数，增加农夫，防范盗贼，除去奸邪的人，就是生养人民。天子设三公，诸侯设一位卿相，大夫专领一官的事务，士人谨守他的职务，他们没有不把事情都处理得很好的，这些就是治理人民的方法。度量人的德行，来确定他的职位；依照人的才能，来授予适当的官职。有贤德才能的人,任命为三公,次一等的任命为诸侯,再次一等的就任命为大夫,这就是重用贤能的人。制定各种礼帽、礼服,礼服上的文采,器物上的雕刻,都分等级,这是文饰美化职别。所以从天子到平民,每个人的职位和他们的才能相称,都适合他们的心意,使他们都能安心愉快地做好分内的事,这是大家相同的地方。至于穿着各种有不同文彩的衣服,饮食各种珍异味道的食品,这是圣明君王用来分别贤愚,明辨贵贱的。所以能够合乎治理国家的原则,那么恩惠便能够广布在百姓的身上。幸福属于君王公,恩惠广布百姓身上,那么在下的百姓就能够生活安定而和谐相处,幸福归属君王公侯,那么在上的执政者就有尊贵而且荣耀,老百姓都怀着安定和平的心,愉快地拥护执政者,这叫做在下的人民安定而使得在上的执政者也安定,人民安定而执政者也安定,这就是人民歌颂君王的诗歌产生的原因。"
《诗经》说:"神降下了很多福气,祭祀的人显得仪态庄重美善。祭祀后,神已经醉饱了,把福禄赐给祭祀的人。"

164.奄治天下

圣人养一性而御夫气①,持一命而节滋味②。奄治天下③,不遗其小。存其精神,以补其中④,谓之士⑤。《诗》曰:"不竞不絿⑥,不刚不柔。"言得中也。

【注释】①一性:善性,仁义礼智之性。御:驾驭,治理。夫:指称词,那个。气:正气。②一命:天命,就是人所赋予的。滋味:本指口所吃食物的滋味,这里泛指耳目口鼻等欲望。③奄治:广博地治理。④补:裨益。中:中道。⑤谓之士:别版作"谓之志"。⑥竞:争。絿:求。诗句出自《诗经·商颂·长发》。

【译文】圣人培养仁义礼智之性,以获得治理天下的浩然正气;保持着上天所赋予的正理,而节制他的欲望。圣人广博地治理天下,连小的地方也不忽略。保存他的精神,用来增补中道之气,这是圣人的心志。《诗经》说:"不骄傲也不谄媚,不刚强也不柔弱。"就是说求得中道的意思。

165.朝廷之士

朝廷之士为禄,故入而不出①;山林之士为名,故往而不返②。入而亦能出,往而亦能返,通移有常③,圣也。《诗》曰:"不竞不絿,不刚不柔。"言得中也。

【注释】①入:进入朝廷做官。出:离开朝廷不做官。②往:前往山林隐居。返:回到朝廷做官。③通:通达。移:迁移。有常:合于常道。

【译文】在朝廷做官的人是为了俸禄,所以一直留在朝廷做官而不愿意离开;隐居山林的人是为了名声,所以一直隐居而不愿意出来做官。在朝廷做官,也能够退隐;隐居山林,也能够出来做官,出入往返都合于常道,便是圣人。《诗经》说:"不骄傲也不谄媚,不刚强也不柔弱。"就是说合于中道的意思。

166.孔子侍坐

　　孔子侍坐于季孙①。季孙之宰通曰②:"君使人假马③,其与之乎④?"孔子曰:"吾闻君取于臣,谓之取,不曰假。"季孙悟,告宰通曰⑤:"今以往,君有取,谓之取,无曰假。"孔子曰正假马之言⑥,而君臣之义定矣。《论语》曰:"必也正名乎⑦!"《诗》曰:"君子无易由言⑧。"

　　【注释】①侍坐:陪着尊长在旁坐着。季孙:季孙氏,指季孙肥,即季康子。②通:传达。③假:借。④其:疑问语气词。⑤告宰通曰:《新序·杂事五》作"告宰曰"。⑥孔子曰正假马之言:别版作"孔子正假马之言"。⑦正:纠正。名:名份。出自《论语·子路》。⑧无:不要。易:轻易。由:于。诗句出自《诗经·小雅·小弁》。

　　【译文】孔子陪季孙一起坐着。季孙的总管通报说:"君王派人来借马,可以借给他吗?"孔子说:"我听说君主向臣子拿东西,叫做取,不叫做借。"季孙领悟孔子的意思,告诉总管说:"从今以后,君主派人来拿东西,就说取,不要说借。"孔子纠正借马的话,使君主、臣子的名义确定了。《论语》上说:"首先应该把名份确立了!"《诗经》说:"君子人不要轻易地说话。"

卷 六

167.彰君之恶

比干谏而死。箕子曰:"知不用而言,愚也;杀身以彰君之恶,不忠也。二者不可,然且为之,不祥莫大焉①。"遂解发佯狂而去②。君子闻之,曰:"劳矣!箕子!尽其精神,竭其忠爱,见比干之事,免其身,仁知之至③。"《诗》曰:"人亦有言,靡哲不愚④。"

【注释】①祥:善。莫大:没有超过。焉:于此。②解发:解衣被发。③知:通"智"。④靡:无,没有。哲:贤人。愚:佯愚。诗句出自《诗经·大雅·抑》。

【译文】比干劝谏纣王却被杀害。箕子说:"知道所说的话不被君主采信,但是仍然要说,这便是愚笨;牺牲了性命而使君主的恶彰显,这便是不忠。愚和不忠这两件事都是不对的,但是仍然去做,没有比这更不吉祥的事了。"因此,他就解开衣服披散着头发,假装发疯而离去。君子听到这件事,说:"多么劳心啊!箕子呀!尽了他的心意,也尽了他对纣王的忠心和爱护,看见比干被杀死的事实,因此逃避了死亡,可谓仁爱聪明到了极点。"《诗经》说:"古代贤人曾经这么说,伟大的智者不会受欺骗。"

168.布衣之士

齐桓公见小臣①,三往不得见。左右曰:"夫小臣,国之贱臣也,君三往而不得见,其可已矣②!"桓公曰:"恶③!是何言也!吾闻之:布衣之士不欲富贵④,不轻身于万乘之君⑤;万乘之君不好仁义,不轻身于布衣之士⑥。纵夫子不欲富贵,可也;吾不好仁义,不可也。"五往而得见也。天下诸侯闻之,谓桓公犹下布衣之士,而况国君乎!于是相率而朝⑦,靡有不至。桓公之所以九合诸侯⑧,一匡天下者⑨,此也。《诗》曰:"有觉德行⑩,四国顺之。"

【注释】①小臣:官名,职位很低的官。②已:罢休,休止。③恶:语词,表示惊讶语气。④布衣之士:平民。⑤轻身:不尊重自己的身份。轻:轻视。⑥轻身:看清自己。⑦相率:连续不绝。⑧九合诸侯:齐桓公纠合诸侯共计十一次。九:是虚数,表示多次。合:纠合。⑨匡:正。⑩觉:大,显著。诗句出自《诗经·大雅·抑》。

【译文】齐桓公去见职位低微的官吏,去了三次,都没有见到。左右亲近的人说:"小臣,是国中地位低贱的臣子,君王去看了他三次都没有见到,可以不去了!"齐桓公说:"哦!这是什么话!我曾听说：平民不需要获得富贵名望，所以不看轻自己的身份去拜访大国的国君；大国的国君不喜好仁义，所以不看轻自己的身份去拜访一个平民。臣子不需要获得富贵名望，这是可以的；但是我不喜好仁义，这是不可以的。"去走访了五次，才见到那位官吏。天下的诸侯听到这件事，认为齐桓公对平民都这样尊敬谦让，何况是国君呢！因此接连不断地来朝见齐桓公，几乎没有不来朝见的。齐桓公所以能够多次召集诸侯盟会，使天下事理得到匡正，就是这个缘故。《诗经》说："有大的德行的君王，四方国家都来臣服。"

169.赏勉罚偷

赏勉罚偷①，则民不怠；兼听齐明②，则天下归之。然后明其分职③，考其事业，较其官能④。莫不理法⑤，则公道达而私门塞⑥，公义立而私事息⑦。如是，则悫厚者进⑧，而佞谄者止，贪戾者退，而廉洁者起。周制曰："先时者，死无赦；不及时者，死无赦⑨。"人习事而因⑩，人之事⑪，使如耳目鼻口之不可相错也⑫。故曰：职分而民不慢，次定而序不乱，兼听齐明而百事不留。如是，则群下百吏莫不修己然，后敢安仕；成能然后敢受职⑬。小人易心，百姓易俗，奸宄之属⑭，莫不反愨⑮，夫是之谓政教之极，则不可加矣。《诗》曰："訏谟定命⑯，远犹辰告⑰。敬慎威仪⑱，惟民之则⑲。"

【注释】①勉：勤勉。偷：苟且。②兼听：同时治理。听：治理。齐：智虑敏捷。明：清明。③分职：本分的职务。④较：比较。官能：做官的才能。

⑤莫不理法：别版作"莫不治理"。⑥公道：公正的道理。私门：权臣的家门。塞：闭塞。⑦公义：公正的道理。私事：隐私的事。息：消灭。⑧则持厚者进：荀子《君道篇》作"则德厚者进"。进：进入朝廷，被任用。⑨先时：是说制定历法，早于天的正时，例如天正确的时刻，应当以甲子为初一，现在以癸亥为初一，就是先时。不及时：就是后于天时。⑩人习事而因：荀子《君道篇》作"人习其事而固"。习：习惯。固：不迁移。⑪人之事：荀子作"人之百事"。⑫相错：互相错乱。⑬成：荀子作"诚"。⑭奸究：犯法作乱的人。⑮愿：诚谨。⑯訏谟：远大的计划。谟，谋。定命：安定国运。⑰犹：谋。辰：时。⑱威仪：容貌和举动。⑲则：法则。诗句出自《诗经·大雅·抑》。

【译文】奖励勤勉的人，惩罚偷懒的人，让人民不至懈怠；全面听取各种意见，明察一切事物，天下的人就都会归顺。然后明辨每个臣子的职分，考察他们处理事务的能力，比较他们当官的才智。这些都做得没有不合法理，通向官府的公道自然通畅，求托通融的私门自然就堵住；公理道义树立起来，行私舞弊的事情就平息。这样，德行深厚的人在朝廷做官得以进用，而口才谄媚的人便不被任用；贪婪暴戾的人被罢黜，而廉洁的人被起用。周代的法制说："制定历法，早过天时的，死罪不会被赦免；迟于天时的，死罪不会被赦免。"每个人都习惯于他们所做的事而且不易改变，人们所做的各种事情，如同耳目鼻口，一般不会相互错乱。所以说：职责区分清楚了，人民做事就不会怠慢；职位确定明了了，先后的次序就不会混乱；全面听取各种意见，明察一切事物，那么许多事情就不会被搁置。这样，所有官吏没有不先修养高尚的品德，然后才敢去做官；养成了能力，然后才敢接受职位。品德不端的人改变他不善的心，黎民百姓改善不良的乡风民俗，那些犯上作乱的人，没有不变得诚实谨慎，这样政治教化醇美到了极点,不能比这变得更好了。《诗经》说:"审查制定宏大的规划,将确定国家的未来方向;提出远大的谋略,将它宣告于众。你的容貌端庄,言行谨慎,威严有礼,可以作为人民的准则。"

170.子路治蒲

子路治蒲三年①,孔子过之。入境而善之,曰:"由恭敬以信矣。"入邑,曰:"善哉!由忠信以宽矣。"至庭,曰:"善哉!由明察以断矣。"子贡执辔而问曰:"夫子未见由,而三称善,可得闻乎?"孔子曰:"入其境,田畴草莱甚辟②。此恭敬以信,故民尽力。入其邑,墉屋甚尊③,树木甚茂,此忠信以宽,其民不偷。其庭甚闲④,此明察以断,故民不扰也⑤。"《诗》曰:"夙兴夜寐,洒扫庭内⑥。"

【注释】①蒲:春秋卫地,即今河北省长垣县。②田畴草莱甚辟:《文选·藉田赋》注引作"田畴甚易草莱甚辟"。田畴:田地。易:治理。莱:草名,即藜。辟:开拓。③墉:高墙。④闲:安静。⑤扰:纷乱。⑥庭内:庭院和内室。诗句出自《诗经·大雅·抑》。

【译文】子路治理卫国的蒲地有三年了,孔子曾经过那儿。他一进入蒲地之境,就赞叹说:"仲由处理政务认真,而且做人诚实无欺。"一进入县城,说:"多么好啊!仲由对待人民尽心竭力,诚实无欺而且宽待百姓。"到了县衙庭堂,说:"多么好啊!仲由对事情观察明白后再去决断。"子贡持着马的缰绳问道:"老师还没有见到仲由,却三次赞美他,您能不能说说原因?"孔子说:"我一进入蒲县的县境,看见田地整治得很好,野草疾藜除得很干净。这就是仲由处理政务认真,而且做人诚实无欺,所以百姓尽力耕种田地。一进县城,看到房屋墙壁高大整齐,树木茂盛,这是仲由忠信宽厚,所以百姓做事就不敢马虎。到了县衙的门庭,门庭很清闲,这是他明察善断,所以百姓才不来打扰。"《诗经》说:"清早起身,深夜睡觉,洒水扫除庭院和内室。"

171.古者有命

古者有命①,民之有能敬长怜孤、取舍好让、居事力者②,命于其君,然后命得乘饰车骈马,未得命者,不得乘饰车骈马③,皆有罚④。故民虽有余财侈物,而无礼义功德,则无所用。故皆兴仁义而贱财利,贱财利则不争,不争则强不陵弱⑤,众不暴寡,是君之所以象典刑而民莫犯法⑥。民莫犯法,而乱斯止矣。《诗》曰:"质尔人民⑦,谨尔侯度⑧,用戒不虞⑨。"

【注释】①古者有命:别版作"古者必有命民"。②力:尽力。③命得乘:别版作"得乘"。饰车:用油漆文饰的大车,大夫以上才能乘坐。骈马:用两匹马驾车。④皆有罚:别版作"乘皆有罚"。⑤陵:欺侮。⑥是君之所以象典刑:别版作"是唐虞之所以象典刑"。唐虞时,不施肉刑,犯法的人穿着跟平常人不同式样或颜色的衣服或鞋子,以示耻辱,叫做象刑。⑦质尔:别版作"告尔"。告:通"诰",君主公告人民。⑧侯度:诸侯的法度。⑨不虞:意外的事。诗句出自《诗经·大雅·抑》。

【译文】古时候有颁赐人民的诏命,人民当中,有人能够尊敬长辈,体恤孤苦的人,待人接物谦让,做事尽力的,君主颁赐他诏命,然后他可以乘坐油漆一新、两匹马驾驭的大车,没有得到君王的诏命,不可以乘坐油漆一新、两匹马驾驭的大车,如果任意乘坐的话,会受到君王的处罚。因此,人民即使有多余的财物,如果言行不合礼义,没有功业和德行,那么就没有机会使用那多余的财物。所以人民都提倡仁义,轻视财物,轻视财物就没有争执,没有争执,力量强大的人就不会欺侮弱小的人,多数人不会侵凌少数人,这就是唐尧、虞舜时实施象刑但是人民不犯法的原因。人民不犯法,那么混乱也就不会产生了。《诗经》说:"告诉全国人民,谨守诸侯法度,以防备意外事件的发生。"

172.天下之辩

天下之辩,有三至五胜①,而辞置下。辩者,别殊类,使不相害②;序异端③,使不相悖;输公通意④,扬其所谓,使人预知焉⑤,不务相迷也。是以辩者不失所守⑥,不胜者得其所求,故辩可观也。夫繁文以相假⑦,饰辞以相悖,数譬以相移⑧,外人之身⑨,使不得反其意,则论便然后害生也⑩。夫不疏其指而弗知⑪,谓之隐;外意外身,谓之讳;几廉倚跌⑫,谓之移;指缘谬辞⑬,谓之苟。四者所不为也⑭,故理可同睹也。夫隐讳移苟,争言竞为而后息,不能无害其为君子也,故君子不为也。论语曰:"君子于其言,无所苟而已矣⑮。"《诗》曰:"无易由言⑯,无曰苟矣。"

【注释】①至：至极。三至：至善的辩论分为三等。胜：佳美。五胜：优越的辩论有五等。②害：妨害。③序：列举。异端：不同的见解。④输公通意：别版作"输志通意"，表达心意。⑤预知：预，同"与"。与知：了解。⑥辩者：别版作"胜者"。⑦假：通"遐"，远。⑧数：频数，屡。譬：比喻。⑨外人之身：牵引人离开辩论主题。身：身体。⑩便：利。⑪疏：通。指：通"恉"，意趣。⑫几、倚：都有接近的意思。廉：侧边。跌：跌倒。⑬缘：遵循。谬辞：荒谬的言辞。⑭四者所不为也：别版作"四者君子所不为也"。⑮苟：马虎。⑯易：轻易。由：于。诗句出自《诗经·大雅·抑》。

【译文】天下的辩论，最好的辩论分为三等，优越的辩论分为五等，言辞的辩论属于最下等。辩论，是用来区别不同种类的事物，使得彼此不相妨害；列举不同的见解，使得彼此不相违背；抒发自己的心意，表明自己的观点，让别人理解，而不是使人困惑迷惘。如此，辩论的胜者不会失掉他的立场，辩论的失败者也能得到他所寻求的道理，这样的辩论是值得观看的。如果用繁文使得离开了辩论中心，修饰言辞使得跟辩论的中心相违背，时常用比喻来转移辩论的中心，牵引别人脱离，使别人不得要领，理解偏差，这样辩论虽对自己有利，但祸患因此产生。辩论的人不疏理清他的旨意，使人不了解这叫作隐瞒；引诱别人离开主题，使他人不能再把握住他的本意，这叫作避讳；用譬喻说明、似是而非、站不住脚的理论，这叫作转移；用荒谬的言辞来表达，这叫作苟且。这四种方法是君子不使用的，所以他说的道理大家共同能够看到。至于隐瞒、避讳、转移、苟且四种方法，那些只为竞相争胜对方后才肯住口的作法，不能不说是有害君子风度，所以君子不会这样做。《论语》说："君子对于自己的言行，是从来不会马虎对待的。"《诗经》说："不要轻易地说话，话不要说得马马虎虎。"

172. 服人之心

吾语子①："夫服人之心，高上尊贵，不以骄人；聪明圣知②，不以幽人③；勇猛强武，不以侵人；齐给便捷④，不以欺诬人。不能则学，不知则问，虽知必让，然后为知。遇君则修臣下之义，出乡则脩长幼之义，遇长老则修弟子之义，遇等夷则修朋友之义⑤，遇少而贱者则修告道宽裕之义⑥。故无不爱也，无不敬也，无与人争也，旷然而天地苞万物也⑦。如是，则老者安之，少者怀之，朋友信之。"《诗》曰："惠于朋友⑧，庶民小子⑨。子孙绳绳⑩，万民靡不承⑪。"

【注释】①子：你，一种普通的称呼。②圣：通达事理。知：通"智"。③幽人：看轻别人的意思。④齐给便捷：言词敏捷。齐：速。给：捷。便：便利。捷：敏捷。⑤夷：同辈，地位同等的人。⑥道：通"导"。告导：教诲指导。裕：通"容"，宽容，包涵原谅对方的过失。⑦旷然：广大的样子。而：如，好像。苞：通"包"，包容。⑧惠：爱。⑨庶民：众民。小子：小人，指平民。⑩绳绳：诗考引作"承承"，继续承接。⑪靡不：无不。承：顺。诗句出自《诗经·大雅·抑》。

【译文】我来告诉你："要使别人心悦诚服，自己要有崇高的地位，尊贵的身份，但不以此傲视别人；自己聪明睿智，但不以此轻视别人；自己勇猛刚强，但不以此去伤害别人；自己的言辞敏捷，但不以此去欺骗别人。自己不懂得的就去学习，自己不知道的就询问别人,即使自己知道也应该表现出谦逊的态度,这样才能称为有知识的人。在君王的面前,便实践臣子应尽的道义;离开乡里,便践行长幼之间应尽的道义;在长辈面前,便践行晚辈应尽的道义,在同辈面前,便践行朋友之间应尽的道义;在年轻地位低贱的人面前,便践行教诲指导宽容的道义。心中没有不爱的人,没有不尊敬的人,不跟别人争吵,胸怀像天地包容万物一般宽广。这样,老人因此得到安抚;少年因此感受关怀;朋友因此获得信任。"《诗经》说:"惠爱朋友,顾及民众。子子孙孙承接下去,万民没有不顺服了。"

173. 必敬其人

仁者必敬其人①。敬其人有道,遇贤者则爱亲而敬之,遇不肖者则畏疏而敬之。其敬一也,其情二也。若夫忠信端悫而不害伤,则无接而不然②,是仁之质也③。仁以为质,义以为理④,开口无不可以为人法式者。《诗》曰:"不僭不贼⑤,鲜不为则⑥。"

【注释】①敬:礼节。②接:接物。然:如此。③是仁之质也:荀子《臣道篇》作"是仁人之质也"。质:本体。④理:条理。⑤僭:差错。贼:伤害。⑥鲜:少。则:法则。诗句出自《诗经·大雅·抑》。

【译文】仁人必定以恭敬的礼节待人。以恭敬的礼节待人是有方法的,对有贤德的人便爱戴亲近地恭敬他,对没有贤德的人便畏避疏远地恭敬他。恭敬的礼节是一样的,但是表现的心情却有不同。至于忠诚守信、正直老实而且没有伤害别人的心,无论对待什么人都是这样，这是仁人的本质。用仁为本质，用义为条理，一开口说话没有不可以作为别人准则的。《诗经》说："不超越自己的本分去做错事，不违背常理去伤害他人，那么一举一动很少不作为他人的准则。"

174. 不学好思

子曰："不学而好思，虽知不广矣；学而慢其身①，虽学不尊矣。不以诚立，虽立不久矣②；诚未著而好言，虽言不信矣。美材也，而不闻君子之道，隐小物以害大物者③，灾必及身矣。"《诗》曰："其何能淑④，载胥及溺⑤。"

【注释】①慢：傲慢，不敬。②立：立足，在社会上做人。③隐：精审。小物：小事。害：妨碍。④淑：善。⑤载：则。胥：互相。溺：沈溺在水中，比喻丧亡。诗句出自《诗经·大雅·桑柔》。

【译文】孔子说："不去学习而喜欢思考，即使有知识也不会广博；爱去学习但为人傲慢，即使有学问也不被人尊敬；不以诚立身，即使能立身也不会长久；诚信还没有彰著而喜欢多讲话，即使讲了人也不相信。虽然具备美好的本质，但没有听过成为君子的道理，精审小的事而妨碍了对大事的了解，灾祸必定降临他身上。"《诗经》说："那怎么能够办得好，不过是相率落水被淹死罢了。"

175. 民劳思佚

民劳思佚①,治暴思仁,刑危思安②,国乱思天。《诗》曰:"靡有旅力,以念穹苍③。"

【注释】①佚:通"逸",安乐。②刑:法度。危:危险。③旅:同"膂"。膂力:体力。穹苍:苍天。诗句出自《诗经·大雅·桑柔》。

【译文】人民劳苦,就希望生活安乐;政治暴虐,就希望有仁君来治理;刑法造成社会混乱,就希望国家能够安定;国家混乱,就希望上天派人前来拯救。《诗经》说:"自己没有力量挽救,只有盼望苍天来拯救。"

176. 犹言先醒

问者曰:"古之谓知道者曰先生,何也?""犹言先醒也。不闻道术之人,则冥于得失①,不知乱之所由②,眊眊乎其犹醉也③。故世主有先生者④,有后生者,有不生者。昔者,楚庄王谋事而居有忧色⑤。申公巫臣问曰⑥:'王何为有忧也?'庄王曰:'吾闻诸侯之德,能自取师者王,能自取友者霸,而与居不若其身者亡⑦。以寡人之不肖也,诸大夫之论,莫有及于寡人,是以忧也。'庄王之德宜君人,威服诸侯,日犹恐惧,思索贤佐⑧。此其先生者也。昔者,宋昭公出亡⑨,谓其御曰⑩:'吾知其所以亡矣。'御者曰:'何哉?'昭公曰:

'吾被服而立，侍御者数十人①，无不曰：吾君，丽者也。吾发言动事，朝臣数百人。'无不曰：'吾君，圣者也。吾外内不见吾过失，是以亡也。'于是改操易行⑫，安义行道，不出二年，而美闻于宋，宋人迎而复之，谥为昭。此其后生者也。昔郭君出郭⑬，谓其御者曰：'吾渴，欲饮。'御者进清酒。曰：'吾饥，欲食。'御者进干脯梁糗⑭。曰：'何备也！'御者曰：'臣储之。'曰：'奚储之？'御者曰：'为君之出亡，而道饥渴也。'曰：'子知吾且亡乎？'御者曰：'然。'曰：'何不以谏也？'御者曰：'君喜道谀⑮，而恶至言⑯。臣欲进谏，恐先郭亡，是以不谏也。'郭君作色而怒曰：'吾所以亡者，诚何哉？'御转其辞曰：'君之所以亡者，太贤。'曰：'夫贤者所以不为存而亡者，何也？'御曰：'天下无贤而独贤，是以亡也⑰。'伏轼而叹曰⑱：'嗟乎！失贤人者如此乎？'于是身倦力解⑲，枕御膝而卧，御自易以备⑳，疏行而去㉑。身死中野㉒，为虎狼所食。此其不生者也。故先生者，当年霸，楚庄王是也。后生者，三年而复，宋昭公是也。不生者，死中野，为虎狼所食，郭君是也。有先生者，有后生者，有不生者。"《诗》曰："听言则对㉓，诵言如醉㉔。"

【注释】①冥：不明事理。②不知乱之所由：别版作"不知治乱之所由"。③眊眊：眼睛不明的样子。④故世主有先生者：《新书·先醒篇》作"故世主有先醒者"。世主：历代的君主。⑤楚庄王谋事而居有忧色：别版作"楚庄王谋事而当有忧色"。⑥申公巫臣：春秋楚国人，姓屈，名巫，一名巫臣，字子灵，封申公。⑦与居：在一起的人。居：处。⑧索：求。⑨宋昭公：春秋宋国国君。《左传》："宋景公无子，取公孙周之子得与启，言诸公宫。"⑩御：

车夫。⑪侍御者：在身边伺候的人。⑫改操易行：改变志向和作为。操：执持。⑬郭：《新书先醒篇》作"虢"。郭君：虢国国君虢仲，春秋僖公二年，晋国灭虢。《左传》作"虢"，《公羊传》作"郭"。⑭干脯：干肉。梁：当作"粱"，谷物，味香美。糗：炒米磨成的粉。⑮道谀：通"谄谀"。谀：逢迎顺从人意。⑯至言：切至的话。⑰天下无贤而独贤：别版作"天下无贤而君独贤"。⑱伏轼而叹：别版作"郭君喜伏轼而叹"。轼：车前可依凭的横木。⑲解：通"懈"，倦。⑳备：别版作"块"，土块。㉑疏行：远行。㉒中野：野中，郊野之中。㉓听言：顺从的言语。诗句出自《诗经·大雅·桑柔》。㉔诵言：讽刺的言语。如醉：昏昏然好像喝醉了酒而不加审察。

【译文】有人问："古时候称呼了解道的人叫先生，这是什么原因呢？"听者回答说："就好像说是先觉醒起来吧。一般没有听过道术的人，就不明了事情的得失，不知道国家安定和紊乱的原因，眼睛迷迷糊糊的好像喝醉了酒似的。所以历代的君主，有事先就觉醒的，有事后才觉醒的，有不觉醒的。从前，楚庄王谋划事情恰当，但是脸上还现出忧愁的颜色。申公巫臣问道：'君王为什么忧愁呢？'庄王回答说：'我听说：诸侯的德行是这样的，能够自己找到老师的，便可以使天下人归服；能够自己找到朋友的，便可以称霸诸侯；时常在一起的人都比不上自己的，这样的人便会灭亡。我是个不贤的人，但是诸位大夫的见解，没有比得上我的，我因此很忧愁。'庄公的道理是适宜于做君主的，他的声威使得诸侯顺服，但他每天还是战战兢兢，想寻求贤能的人辅佐他。这就是事先醒悟的人。从前，宋昭公逃亡到国外，对他的车夫说：'我现在才知道国家灭亡的缘故。'车夫说：'什么缘故呢？'昭公说：'我穿上衣服站着，在我身旁侍候的有几十个人，没有一个不这么说，我们的君王是一个美男子。我说一句话,做一件事,朝廷上的臣子几百人,没有一个不这么说:'我们的君王是一个圣人。我无论在朝廷或内宫,都不能看到自己的过失,我因此丧失了国家。'从此以后昭公改变他的心志和作为,顺着正义,实行正道,不超过两年,他的美好的声誉传遍了宋国,宋国人民迎接他回国,再拥立他为国君,死了以后谥号叫做昭。这是事后觉醒的人。过去,郭国的国君逃出郭国,对他的车夫说:'我渴了,想喝水。'车夫给他进献清酒。他又说:'我饿了,想吃东西。'车夫给他进献干肉和干粮。他问车夫:'你车上的东西怎么这么齐全?'车夫说:'这是我平时储备的。'他又问:'那你为什么要事先储备呢?'车夫说:'是为了您出逃的时候,路上饥渴而储备的。'郭君说:'你知道我将要逃亡吗?'车夫说:'是的。'郭君说:'那你为什么不事先劝告我呢?'车夫回答说:'您喜欢听谄媚逢迎的话,不喜欢听真实的话。我想劝告君王,恐怕比郭国早丧亡,所以不敢劝告君王。所以我没有劝告您。'郭君变了脸色很生气地说:'我失去国家的原因,实在是什么呢?'车夫变换言辞说:'您失去国家的原因是您太有才能了。'郭君又问:'有才能的君主不能保全自己的国家,反而失去自己的国家,是什么缘故呢?'车夫回答说:'天下没有有才能的人,只有您一个有才能,因此您失去了自己的国家。'郭君听了,伏在车前横木上叹息道:'唉!贤能的人这么痛苦吗?'这时他感到身体疲倦,没有力气,头枕着车夫的膝盖睡着了。车夫抽出自己的腿,换上土块,走小路离开了。最后,郭君死在荒野中,尸体被虎狼吃掉了。这就是那种至死不觉醒的人了。所以事先觉醒的人当年称霸于诸侯,楚庄王就是这种人。事后觉醒的人,三年以后就复位,宋昭公就是这种人。永远不觉醒的人,死在野外,被虎狼当做食物吃掉,郭国国君就是这种人。因此,有事先就觉醒的,有事后才觉醒的,有至死未觉醒的。"《诗经》说:"人家说话顺从你的意思,你就喜欢对答;恭维你的话,你听了便昏昏然好像醉了似的。"

177.盟于国人

田常弑简公①,乃盟于国人②,曰:"不盟者,死及家。"石他曰③:"古之事君者,死其君之事。舍君以全亲④,非忠也;舍亲以死君之事,非孝也;他则不能。然不盟,是杀吾亲也,从人而盟,是背吾君也。呜呼!生乱世⑤,不得正行;劫乎暴人⑥,不得全义,悲夫!"乃进盟,以免父母;退伏剑⑦,以死其君。闻之者曰:"君子哉!安之命矣⑧!"《诗》曰:"人亦有言:进退维谷⑨。"石先生之谓也。

【注释】①田常:即陈恒,先祖完为陈厉公的儿子,奔齐,改姓田氏,田陈音近。本为田恒,避汉文帝讳,改为田常。简公:齐简公,春秋齐悼公的儿子,名壬。田常与阚止俱事简公,阚止得宠,欲尽逐田氏,田常于是杀阚止,并弑简公,而立平公。②盟:誓约。③石他:《新序·义勇篇》作"石他人"。④舍:舍弃。⑤生乱世:别版作"生于乱世"。⑥劫:威逼。⑦伏剑:用剑自杀。⑧之:于。命:天命。⑨维:语气助词。谷:善。诗句出自《诗经·大雅·桑柔》。

【译文】田常杀死齐简公,与全国人誓约,说:"不参加誓约的人,连他的家属也要被处死。"石他说:"古时候侍奉君王的人,为君王去死的。如果舍弃君王而保全父母,这是不忠;舍弃父母而为君王去死的，这是不孝，我石他不能这样做。但是不参加誓约，会使我的父母被杀害；跟随别人而参加誓约，这样做是背叛了我的君王。唉！生长在混乱的时代，不能够依照正道行事；遭受残暴的人威逼，不能够保全忠义，是多么可悲呀！"于是他进去参加誓约，以保全父母的生命；回来后用剑自杀，为自己的君王尽忠。听到这件事的人都说："君子啊！他能够安守天命！"《诗经》说："人家这样说：无论是进还是退，都是处在困境之中。"就是说的石先生啊！

178. 据于蒺藜

《易》曰："困于石①，据于蒺藜②，入于其宫，不见其妻，凶。"此言困而不见据贤人者也。昔者，秦缪公困于殽③，疾据五羖大夫④、蹇叔⑤、公孙友而小霸⑥。晋文困于骊氏⑦，疾据咎犯、赵衰、介子推而遂为君⑧。越王勾践困于会稽，疾据范蠡、大夫种而霸南国⑨。齐桓公困于长勺⑩，疾据管仲、宁戚⑪、隰朋⑫，而匡天下。此皆困而知疾据贤人者也。夫困而不知疾据贤人，而不亡者，未尝有之也。《诗》曰："人之云亡，邦国殄瘁⑬。"无善人之谓也。

【注释】①困：穷厄。②据：抓住，用手按着。蒺藜：有刺的草。③秦缪公：或作秦穆公，春秋时诸侯。成公的弟弟，名任好。继成公为秦国国君。殽：山名，在今河南省洛宁县北，鲁僖公三十一年晋国在这里打败秦国。④五羖大夫：即百里奚，春秋虞国人，字井伯。虞国大夫，晋灭虞，被虏，将以为秦缪公夫人媵,奚耻之,逃至宛,为楚国人所执,缪公闻其贤,以五羖羊皮赎之,授以国政,相秦七年而霸,人号五羖大夫。⑤蹇叔:秦缪公时为大夫。⑥公孙友:春秋秦国人,字子桑,为大夫,曾荐孟明于缪公,遂霸西戎。⑦晋文公:春秋晋献公次子,名重耳,献公宠骊姬,杀太子申生,重耳奔狄,在外十九年。⑧赵衰:春秋晋国人,字子余,曾从文公出亡,返国后,为原大夫,辅佐文公定霸业。介子推:春秋晋国人,亦称介之推,会从文公逃亡,返国,文公赏从亡者,不及介子推,介子推与其母隐于绵山,文公寻求不得,遂焚山欲其出,及焚山,介子推竟不出而焚死。⑨范蠡:春秋越国人,字少伯,与文种同事勾践,深谋二十余年,竟灭吴。大夫种:即文种,本楚人,字会,为越国大夫,勾践灭吴,种谋居多。⑩长勺:古地名,在今山东省曲阜县北,春秋鲁庄公十年在此打败齐桓公。⑪宁戚:春秋卫人,家贫,为人挽车至齐,于车下饲牛,扣牛角而歌,桓公闻而异之,命管仲迎之,拜为上卿,后为国相。⑫隰朋:春秋齐国大夫,助管仲相桓公,成霸业。⑬殄瘁:都是病困的意思。诗句出自《诗经·大雅·胆卬》。

【译文】《易经》说:"被困在山石之间,抓住带刺的蒺藜脱离困境,回到家中,又看不到他的妻子,这是不吉利的。"这段话是说遭遇到困穷,没有贤人可以依靠的意思。从前,秦缪公在殽山被晋文公打败了,他马上任用百里奚、蹇叔、公孙支,靠他们的辅佐,称霸诸侯。晋文公因父亲献公宠爱骊姬,逃亡到国外,马上依靠狐偃、赵衰、介子推的帮助,最终回到晋国,成为晋国的国君。越王勾践被吴王夫差围困在会稽山上,马上依靠范蠡和文种的帮助,灭掉吴国而在南方称霸。齐桓公在长勺之战被鲁庄公打败,马上依靠管仲、宁戚和隰朋的帮助,使天下一切都得到匡正。这些君主都是在遭遇困穷的时候,知道马上依靠贤人帮助的人。遭遇到穷困,不知道马上重用贤人,而不会灭亡,这是从来没有听说过的。《诗经》说:"贤人都逃走了，国家就遭遇到困穷。"说的就是国家没有得到贤人。

179.说齐宣王

孟子说齐宣王而不说①。淳于髡侍②，孟子曰："今日说公之君，公之君不说，意者，其未知善之为善乎？"淳于髡曰："夫子亦诚无善耳。昔者，瓠巴鼓瑟③，而潜鱼出听；伯牙鼓琴④，而六马仰秣⑤；鱼马犹知善之为善，而况君人者也。"孟子曰："夫雷电之起也，破竹折木，震惊天下，而不能使聋者卒有闻⑥；日月之明，遍照天下，而不能使盲者卒有见。今公之君若此也。"淳于髡曰："不然。昔者，揖封生高商⑦，齐人好歌；杞梁之妻悲哭⑧，而人称咏。夫声无细而不闻，行无隐而不形⑨。夫子苟贤，居鲁而鲁国之削⑩，何也？"孟子曰："不用贤，削何有也⑪？吞舟之鱼不居潜泽⑫，度量之士不居污世⑬。夫蓻⑭，冬至必雕⑮，吾亦时矣。"《诗》曰："不自我先⑯，不自我后。"非遭雕世者欤？

【注释】①齐宣王：战国时齐威王的儿子，名辟疆。说：通"悦"。高兴。②淳于髡：姓淳于，名髡。曾仕于齐威王、齐宣王和梁惠王之朝。事迹散见《战国策·齐策》《史记·孟荀列传》《史记·滑稽列传》等书。侍：在旁边陪着。③瓠巴：古时擅长鼓瑟的人。鼓：弹奏。瑟：乐器，相传庖牺氏所作，有五十弦，黄帝改为二十五弦。④伯牙：古时擅长鼓琴的人。琴：乐器，相传神农氏作。⑤六马：古时天子的车，套着六匹马。秣：马吃的草。仰秣：马听到美妙的琴声，仰头而笑，竟把嘴里含着的草喷出来了。⑥卒：究竟。⑦揖封：即绵驹。有史记载的第一位歌星。他弟子众多，形成浩大的民歌队伍，对古代民间歌舞发展有举足轻重的作用,其影响之大,后被奉为"音神"。《孟子·告子下》作"绵驹"。高商:地名,《孟子》作"高唐",唐、商古音同,高商即高唐,故城在今山东省禹城县西南。⑧杞梁:春秋齐国人,名殖,齐国大夫。齐庄公伐莒,杞梁战死,杞梁妻向着城而哭,七日,城为之崩。⑨形:显露。⑩削:削弱。⑪何有:《孟子·告子下》作"何可得"。⑫潜泽:水深的池沼。⑬度量之士:有法度的人。⑭蓻:同"鞠"。鞠:草名,一名治墙,即秋华菊。⑮雕:通"凋",凋谢。⑯自:发生。诗句出自《诗经·大雅·瞻卬》。

【译文】 孟子游说齐宣王,齐宣王不高兴。淳于髡在孟子旁边陪着,孟子说:"今天我游说你的君王,你的君王不高兴,我猜想,是他不懂得好为什么是好吧?"淳于髡说:"先生也实在没有好的意见罢。从前,瓠巴弹瑟,潜伏在水底的鱼都会浮出水面来听;伯牙弹琴,天子驾车的六匹马连吃饲料时都抬头听。鱼和马还懂得听美妙的音乐,何况是君王。"孟子说:"雷电一来,就可能破开竹子,折断树木,天下人都感到震惊,但最终却不能使聋子听到声音;太阳和月亮的光明,照遍天下,但是最终不能使瞎子看见世界。现在你的君王就像聋子和瞎子一样。"淳于髡说:"不是的。从前,因为挥封住在高商,所以齐国人都喜欢唱歌;杞梁的妻子为他的丈夫战死而痛哭,人们都赞扬歌颂她。可见声音无论多么细微,没有听不见的;行为无论多么隐蔽,没有不显露出来的。先生假如是贤能的人,住在鲁国而鲁国日渐削弱,这是什么缘故?"孟子说:"不任用贤人,国家削弱现象怎么不会有呢?能吞下船只的大鱼不住在深的池沼里,有法度的人不处混浊的时代。秋华菊到了冬天一定会凋零,我也是生在一个不好的时代啊。《诗经》说:"事情不发生在我出生前,不发生在我死后。"不就是说遇到衰微的时代吗?

180.其惟学乎

孔子曰:"可与言终日而不倦者①,其惟学乎!其身体不足观也②,勇力不足惮也③,族姓不足称也④,宗祖不足道也⑤。而可以闻于四方⑥,而昭于诸侯者,其惟学乎!"《诗》曰:"不愆不忘⑦,率由旧章⑧。"夫学之谓也。

【注释】①可与言终日而不倦者:《孔子家语·致思篇》作"可以与人言终日而不倦者"。②其身体不足观也:《孔子家语》作"其容体不足观也"。容体:容貌,谓美好的容貌不足观,不值得观看。③惮:畏惧。④族姓:犹"族望",有声望的宗族。⑤宗祖:先祖,指建立伟大功业的先祖。⑥而可以闻于四方:别版作"然而可以闻于四方"。⑦愆:过错。忘:遗忘。⑧率:遵循。旧章:先王的典章。诗句出自《诗经·大雅·假乐》。

【译文】孔子说:"可以与人谈论整天而不感到疲倦的,大概只有学问了吧!美好的容貌体态并不值得观看,勇敢有力气不都使人畏惧,有声望的宗族并不值得称述,有伟大的先祖也并不值得谈论。但是可以被天下人知道,使诸侯都明白的,大概只有学问吧!"《诗经》说:"不要去犯过错,不要遗忘,一切遵循传统的规章。"说的就是学问啊!

181.天之所生

子曰:"不知命,无以为君子①。"言天之所生,皆有仁义礼智顺善之心,不知天之所以命生,则无仁义礼智顺善之心,无仁义礼智顺善之心,谓之小人②。故曰:"不知命,无以为君子。"《小雅》曰:"天保定尔,亦孔之固③。"言天之所以仁义礼智保定人之甚固也。大雅曰:"天生蒸民,有物有则。民之秉彝,好是懿德④。"言民之秉德以则天也。不知所以则天⑤,又焉得为君子乎?

【注释】①命:天命,天所赋予人的善性。君子:品德好的人。语句出自《论语·尧曰篇》。②小人:品德不好的人。③保:安。孔:甚。固:牢固。诗句出自《诗经·小雅·天保》。④蒸民:众民。物:事物。则:法则。秉:执持。彝:常道。好:喜爱。懿:美。诗句出自《诗经·大雅·蒸民》。⑤则天:效法天。

【译文】孔子说:"不懂得天命,不可能成为君子。"就是说上天所生养的人,都是具有仁义礼智顺从善良的心,不知道上天用什么赐给你性命,那你就没有仁义礼智从善的心,没有仁义礼智从善的心,就叫做小人。所以说:"不懂得天命,不可能成为君子。"《小雅·天保》中说:"上天安定你,是很牢固的。"就是说上天用仁义礼智来安定人的本性是很牢固的。《大雅·蒸民》中说:"天生育众民,每一件事物,都有一定的法则。人民把握了不变的法则,所以喜爱美好的品德。"就是说百姓具有的品德就是效法上天。不知道怎样去效法天,又怎么能够成为有为的君子呢?

182.窥远牧众

　　王者必立牧^①，方二人，使窥远牧众也。远方之民有饥寒而不得衣食，有狱讼而不平其冤，失贤而不举者，入告乎天子，天子于其君之朝也，揖而进之，曰："噫！朕之政教有不得尔者邪^②？何如乃有饥寒而不得衣食，有狱讼而不平其冤，失贤而不举。"然后其君退，而与其卿大夫谋之。远方之民闻之，皆曰："诚天子也！夫我居之僻^③，见我之近也；我居之幽^④，见我之明也。可欺乎哉？"故牧者所以开四目^⑤、通四聪也^⑥。《诗》曰："邦国若否，仲山甫明之^⑦。"此之谓也。

　　【注释】①牧：州长，治理州的长官。②朕：我。③僻：边远。④幽：隐蔽，偏僻。⑤开：睁开。四：四方。目：眼睛。⑥聪：耳朵听得很清楚。⑦邦国：指各诸侯国。若：善。否：不善。诗句出自《诗经·大雅·烝民》。

　　【译文】天子一定会设置治理四方的州长，在每一方诸侯中任命两个人，要他们监察边远地方的政事，管理边远之地的人民。远方的人民因没有食物而饥饿，没有衣服而寒冷；人民因诉讼得不到公正审判而蒙受冤枉；贤能的人没有被推举出来，州长进入朝廷去报告天子，天子在那个诸侯国的国君来朝见时，向他拱手行礼，把他迎进来，告诉他说："唉！是我的政治教化有不得当的地方吗？怎么还有人民因没有食物而饥饿，没有衣服而寒冷；人民因诉讼得不到公正审判而蒙受冤枉；贤能的人没有被推举出来。"然后那个诸侯国的国君就回到自己封地,与他的卿大夫共同商讨这些事。远方的人民听到后,都说:"实在是一个圣明的天子啊!我们居住的地方偏僻,他却好像就在附近看着我们;我们居住的地方幽暗,却觉得他好像在敞亮的地方看着我们。能欺骗得了他吗?"所以州长是天子用以打开东西南北四方大门的人,是为天子观察四方增强天子视力的人,是为天子聆听四方的耳朵,增强天子听力的人。《诗经》说:"国内政事好与坏,仲山甫心里明如镜。"就是说的这个意思。

183. 郑伯肉袒

楚庄王伐郑,郑伯肉袒①,左把茅旌②,右执鸾刀以进③,言于庄王曰:"寡人无良边陲之臣④,以干大祸⑤。使大国之君沛焉⑥,远辱至此。"庄王曰:"君子不令臣交易为言⑦,是以使寡人得见君之玉面也⑧,而微至乎此⑨。"庄王受节⑩,左右麾楚军⑪,退舍七里⑫。将军子重进谏曰⑬:"夫南郢之与郑⑭,相去数千里。大夫死者数人,厮役者数百人⑮。今克而弗有⑯,无乃失民臣之力乎?"庄王曰:"吾闻:古者杅不穿⑰,皮不蠹⑱,不出于四方⑲。以是君子之重礼而贱财也⑳。要其人,不要其土。人告以从而不舍,不祥也㉑。吾以不祥立于天下,灾及吾身,何取之有?"既,晋之救郑者至㉒,曰:"请战。"庄王许之。将军子重进谏曰:"晋,强国也。道近兵锐,楚师奄罢㉓,君其勿许。"庄王曰:"不可。强者,我避之;弱者,我威之。是寡人无以立乎天下也。"乃遂还师,以逆晋寇㉔。庄王援桴而鼓之㉕,晋师大败,士卒奔者争舟,而指可掬也㉖。庄王曰:"嘻!吾两君不相好,百姓何罪？"乃退楚师，以佚晋寇㉗。《诗》曰："柔亦不茹，刚亦不吐㉘。"

【注释】①郑伯：郑襄公，名坚。肉袒：脱去上衣，露出身体，表示服罪就刑或请罪。②左：左手。茅：旄的借字。旄：牛尾。旌：旌节，旗章之类。旌首用旄作装饰，叫做旄旌。郑襄公自比为行人，故执旄旌迎接宾客。③鸾刀：刀上系铃的叫做鸾刀，古时祭祀宗庙用来割切牲肉。郑伯执持宗庙所用的器具，表示国家将要灭亡，宗庙将要堕毁，请楚国制裁的意思。④寡人：寡德之人，诸侯谦称。无良：不善，得罪的意思。边陲之臣：防守边疆的臣子。⑤以干大祸：别版作"以干天祸"。干：犯。天祸：天降灾祸。⑥沛焉：很生气的样子。⑦君子不令臣交易为言：《春秋·宣公十一年》《公羊传》作"君之不令臣交易为言之"。令：善。交易：往来。言：指恶言。⑧玉面：古人以为玉具有美德，所以称别人的脸为玉面。⑨微：略。楚军深入郑都城而言略，逊辞。⑩节：旌节。⑪麾：指挥。⑫舍：休止。⑬子重：楚公子婴齐，字子重。⑭南郢：楚国都城，在湖北省江陵县北。⑮厮役：做低贱工作的人，这里解作兵士。⑯克：胜。有：占有。⑰杅：饮水器。穿：破败。⑱皮：裘。蠹：败坏。⑲不出于四方：不出国到四方朝聘征伐。⑳以是君子之重礼而贱财也：《新序·杂事四》作"以是见君子之重礼而贱财也"。㉑祥：善。㉒救郑：晋国派遣荀林父救郑。㉓奄：久。罢，通"疲"，疲劳。㉔晋寇：晋国军队。㉕援：执持。枹：击鼓杖。㉖而指可掬也：《春秋·宣公十年》《公羊传》作"舟中之指可掬也"。指：手指。掬：两手承取。㉗佚：通"逸"。㉘茹：食。诗句出自《诗经·大雅·烝民》。

【译文】楚庄王讨伐郑国，郑襄公脱掉上衣，袒露身体，左手挥着用牦牛尾装饰的旌节，右手握着宗庙杀牲用的鸾刀迎战楚庄王，说："我得罪了贵国防守边疆的臣子，触犯了上天。上天降下了灾祸，使得大国的君王很生气,屈辱你从远方来到我们这里。"楚庄王说:"你不好的下臣来说坏话,所以使得我能够在这里见到你,略微进入贵国的国境。"楚庄王接受了旌节,向左右指挥楚国军队,往后退了七里。将军子重上前劝阻说:"我们的都城南郢和郑国相距几千里。这次战死好几个大夫,死了几百个士兵。现在战胜了但是不占领郑国的土地,岂不是浪费了百姓和臣子们的力量吗?"楚庄王说:"我听说:古时候,饮水的盂不破掉,皮袭不破损,不征伐其他国家。由此可见君子重视礼义而轻视财宝,只要被讨伐的君王承认他的罪过,不要占有他的土地。人家已经禀告服从了,却不赦免他的罪过,这种作为是不吉祥的。我作为一个不吉祥的人去治理天下,灾祸会降临我的身上,我怎么还能占有郑国的土地呢?"不久,晋国救援郑国的军队到达,晋国的统帅荀林父说:"请求与楚国军队交战。"楚庄王允许他的要求。将军子重劝阻说:"晋国是军事强大的国家。他们来到这边道路很近,士兵还很精锐;我们楚国的军队在外面很久,已经很疲乏了,君王还是不要答应吧。"楚庄王说:"这是不可以的。强大的军队,我躲避他;弱小的军队,我威胁他。这样做我是没有办法在天下站住脚的。"于是就调转军队迎战晋国军队。楚庄王亲自拿着鼓槌敲鼓,晋国军队大败,士兵争着上船逃跑,后来的人用手扳着船边被先上去的人用刀乱砍,船上被砍下的手指多得可以用手捧起来。楚庄王说:"唉!我们两国的国君不相好,但是百姓有什么罪过呢?"于是命令楚国军队退回,让晋国军队逃离。《诗经》说:"柔软的食物不把它吃掉,坚硬的食物也不把它吐掉。"说的就是楚庄王这样的人。

184. 崇人之德

君子崇人之德,扬人之美,非道谀也①;正言直行,指人之过,非毁疵也②。诎柔顺从③,刚强猛毅,与物周流④,道德不外⑤。《诗》曰:"柔亦不茹,刚亦不吐;不侮矜寡⑥,不畏强御⑦。"

【注释】①道谀:同"谄谀",逢迎顺从人意。②毁疵:挑剔指摘。③诎:同"屈"。④周流:周遍流行。⑤不外:不会超出范围以外,行为合于道德。⑥矜:同"鳏",老而无妻叫做鳏。寡:老而无夫叫做寡。⑦强御:强横的人。诗句出自《诗经·大雅·烝民》。

【译文】君子推崇人家的德行,宣扬人家的长处,这并不是阿谀奉承;说话和行为正直,指摘人家的过失,这并不是诋毁挑剔。无论是柔顺服从,还是坚强果决,都顺应万物流行,不会超出道德的范围。《诗经》说:"柔软的食物不把它吃掉,坚硬的食物也不把它吐掉。不欺侮鳏夫寡妇,也不惧怕强横的人。"

185. 昼寝而起

卫灵公昼寝而起①,志气益衰,使人驰召勇士公孙悁,道遭行人卜商②,卜商曰:"何驱之疾也?"对曰:"公昼寝而起,使我召勇士公孙悁。"子夏曰:"微悁而勇若悁者③,可乎?"御者曰:"可。"子夏曰:"载我而反。"至,君曰:"使子召勇士,何为召儒?"使者曰:

"行人曰：'微悁而勇若悁者，可乎？'臣曰：'可。'即载与来。"君曰："诺。延先生上，趣召公孙悁④。"至，入门杖剑疾呼曰⑤："商下，我存若头⑥。"子夏顾咄之⑦，曰："咄！内剑⑧，吾将与若言勇。"于是，君令内剑而上。子夏曰："来，吾尝与子从君而西，见赵简子⑨。简子披发杖矛而见我君。我从十三行之后，趋而进曰：'诸侯相见，不宜不朝服。不朝服，行人卜商将以颈血溅君之服矣。'使反朝服，而见吾君，子耶？我耶？"悁曰："子也。"子夏曰："子之勇不若我一矣。又与子从君而东至阿⑩，遭齐君重鞇⑪，而坐，吾君单鞇而坐，我从十三行之后，趋而进曰：'礼，诸侯相见，不宜相临⑫。'以庶揄其一鞇而去之者⑬，子耶？我耶？"悁曰："子也。"子夏曰："子之勇不若我二矣。又与子从君于囿中⑭，于是两寇肩逐我君⑮，拔矛下格而还⑯。子耶？我耶？"悁曰："子也。"子夏曰："子之勇不若我三矣。所贵为士者，上摄万乘⑰，下不敢敖乎匹夫⑱；外立节矜⑲，而敌不侵扰；内禁残害，而君不危殆。是士之所长⑳，君子之所致贵也。若夫以长掩短，以众暴寡，凌轹无罪之民㉑，而成威于闾巷之间者㉒，是士之甚毒㉓，而君子之所致恶也，众之所诛锄也㉔。《诗》曰：'人而无仪，不死何为㉕。'夫何以论勇于人主之前哉？"于是灵公避席抑手曰㉖："寡人虽不敏，请从先生之勇。"《诗》曰："不侮矜寡，不畏强御。"㉗

【注释】①卫灵公：春秋卫国的国君，献公的孙子，名元。②行人：官名，掌管朝觐聘问等事。卜商：姓卜名商，字子夏，孔子的学生。③微：非，不是。④趣：通"趋"，疾行。⑤杖：持。⑥若头：你的头。若：你。⑦咄：呵叱。⑧内剑：把剑收入剑鞘里。内：同"纳"，收起。⑨赵简子：即赵鞅，春秋晋国大夫，一名志父，定公时为卿。⑩阿：地名，疑为春秋齐柯邑。在今山东阳谷县东北。⑪鞈：车中坐垫。⑫临：居上视下。⑬庶揄：抽出。庶：当作"摭"，取。揄：曳引。⑭囿：畜养禽兽以供狩猎的围场。⑮于是两寇肩逐我君：别版作"于是两肩逐我君"。是：是时，这时候。肩：通"豜"，三岁大的野兽。⑯格：通"挌"，击。⑰摄：通"慑"，恐惧。⑱敖：通"傲"，骄傲。⑲节：节制。矜：坚强。⑳长：崇尚。㉑凌轹：欺压。㉒闾巷：乡里。㉓毒：恨。㉔诛锄：剪除，诛灭。㉕仪：威仪。诗句出自《诗经·鄘风·相鼠》。㉖抑手：当作"抑首"，低下头。㉗诗句出自《诗经·大雅·烝民》。

【译文】卫灵公白天睡觉醒来，精神更加不振。他就派人驾车去召请勇士公孙悁，路上遇到掌管朝觐聘问的卜商，卜商说："你为什么驾车那么急呢？"驾车的人说："白天睡觉醒来，派遣我去召请勇士公孙悁。"子夏说："如果不是公孙悁，但是勇气好像公孙悁的人，可以吗？"驾车的人说："也可以的。"子夏说："那么载我回去见国君吧。"到达宫里，卫灵公对使者说："我派遣你去召请勇士，为什么却召请一个儒者来呢？"使者说："他对我说：'不是公孙悁，但是勇气好像公孙悁的人，可以吗？'我回答说：'可以。'就用车载他一起回来。"卫灵公说："好吧。请先生到殿上来，你赶快去召请公孙悁。"公孙悁到了，进入宫门，他持着剑，急声呼喊说："卜商下殿来，我会留下你的头。"子夏回头呵叱说："咄！收起剑来，我要和你论论勇敢。"因此，灵公命令公孙悁收起剑走上殿。子夏对公孙悁说："来，我曾和你随从国君往西方去见赵简子。赵简子披着头发，拿着长矛会见我们的国君。我从十三行后，很快走向前说：'诸侯相见，不应该不穿着礼服。如果你不更换礼服，我行人卜商将会把脖子上的血洒你的衣服上。'迫使简子回去更换礼服后会见我们的国君,是你呢?还是我呢?"公孙悁说:"是你。"子夏说:"你的勇敢比不上我的这是第一项。我又和你跟随国君往东方去,到阿这个地方,遇到齐国国君的车子。齐国国君坐着两层车垫,我们国君只坐一层车垫。我从十三行后,很快走向前说:'古礼规定,诸侯会见,不应凭借人多居高临下。'当时,抽掉齐国国君一层坐垫的,是你呢?还是我呢?"公孙悁说:"是你。"子夏说:"你的勇敢比不上我的这是第二项。我再和你跟随国君到狩猎场中打猎,当时有两只大野兽追逐国君,当时拿着矛和野兽格斗,使国君安全回来的,是你呢?还是我呢?"公孙悁说:"是你。"子夏说:"你的勇敢比不上我的这是第三项。士人可贵的地方,在于对上他不恐惧拥有万辆兵车的国君,对下他不敢向老百姓骄傲,对外能树立名节、威严,使敌人不敢侵犯;对内能制止残杀使国君不会危险。这是士人所擅长的,君子向他们表示尊重的地方。至于凭借自己的长处掩盖自己的短处,凭借人数多侵犯人数少的,欺压没有罪过的百姓,在乡里建立自己的威势,这是士人非常痛恨,君子所厌恶,大众所要诛杀的。《诗经》说:'做人要是没有礼义,不去死还做什么呢?'你还用什么在国君面前谈论勇敢呢?"因此,卫灵公离开座位,放下手说:"我虽然愚昧,请求随从先生所说的勇敢去行动。"《诗经》说:"不欺侮鳏夫寡妇,不惧怕强横的对手。"就是说的卜先生啊!

186. 将杀阳虎

孔子行①,简子将杀阳虎②。孔子似之,带甲以围孔子舍③,子路愠怒,奋戟将下。孔子止之,曰:"由,何仁义之寡裕也?夫诗书之不习,礼乐之不讲④,是丘之罪也。若吾非阳虎,而以我为阳虎,则非丘之罪也,命也!我歌,子和若⑤。"子路歌,孔子和之,三终而围罢⑥。《诗》曰:"来游来歌⑦。"以陈盛德之和而无为也。

【注释】①孔子行:《史记·孔子世家》记载:孔子离开卫国,准备到陈国去,路过匡(在今河南省长垣县西南十五里),匡人曾经受过鲁国阳货的掠夺和残杀,而孔子的相貌很像阳货,于是围困孔子。②阳虎:又叫阳货,鲁国季氏的家臣。③带甲以围孔子舍:《孔子家语·困誓》等作"带甲士以围孔子舍"。④讲:讲习。⑤我歌,子和若:《说苑·杂言》作"子歌,我和若"。若:你。⑥终:乐一曲为一终。⑦来歌:一起唱歌。诗句出自《诗经·大雅·卷阿》。

【译文】孔子路过匡这个地方,遇到匡人名叫简子的要杀阳虎。因为孔子容貌像阳虎,于是简子率领穿着盔甲的勇士包围孔子住的地方。子路非常气愤,高举矛戟将要下堂和匡人战斗。孔子阻止他,说:"仲由,你学习仁义,为什么还这么没有宽容的气度?《诗》《书》没有去复习,《礼》《乐》没有去讲习,这是我的罪过。至于我不是阳虎,却把我当作阳虎,那不是我的罪过,这是命运呀!仲由你唱歌,我来唱和。"子路唱起歌,孔子同他唱和,唱完了三首曲调,匡人的包围也解除了。《诗经》说:"与贤人一起去交游,跟他一起来唱歌。"这是讲述有大德的人,温和宽容,不求强行有所作为呀!

187. 恺悌君子

《诗》曰:"恺悌君子①,民之父母。"君子为民父母何如?曰:"君子者,貌恭而行肆②,身俭而施博,故不肖者不能逮也③。殖尽于己④,而区略于人⑤,故可尽身而事也。笃爱而不夺,厚施而不伐⑥;见人有善,欣然乐之;见人不善,惕然掩之;有其过而兼包之;授衣以最⑦,授食以多;法下易由⑧,事寡易为。是以中立而为人父母也⑨。筑城而居之,别田而养之,立学以教之。使人知亲尊,亲尊故为父服斩缞三年⑩,为君亦服斩缞三年,为民父母之谓也。"

【注释】①恺悌:和乐平易。诗句出自《诗经·大雅·泂酌》。②行肆:行为正直。③逮:及。④殖:财货。⑤区略:爱利。⑥伐:夸张。⑦最:善。⑧法下:法令简单。下:简。易:容易。由:遵循。⑨中立:无所偏倚。⑩斩缞:丧服名,是五种丧服中最重的丧服。用最粗的麻布做成,衣旁和下际都不缝缉。

【译文】《诗经》说:"和乐平易的君子,是人民的父母官。"君子要怎么样才能成为百姓的父母官呢?回答说:"君子的容貌要恭谦,行为要正直,自身要节俭,恩惠布施要广博,所以德行不好的人比不上他。把自己财物完全布施尽,还爱护百姓,因此百姓竭尽身心奉事他。深切地爱护百姓,不掠夺他们的财物;丰厚地施予人民,却不夸耀自己的恩泽;看见别人有善良的行为,从内心感到高兴;看见别人有不良行为,惊恐地为他掩饰;别人有过失,多方面加以包容;

送人的衣服是最好的，给人的食物非常丰厚；实施的法令简易明了就容易遵从；政事不繁杂就容易完成。因此他能不偏不倚地做百姓的父母官。建设城市给百姓居住，分配田地给人民耕种以维持生活，设立学校来教导百姓，使百姓知道亲近、敬重长辈，所以父母死了，就会为他们穿着斩缞守丧三年，国君死了也会为他穿着斩缞守丧三年，这就是所说的做百姓的父母官的意思。"

188. 强暴之国

事强暴之国难，使强暴之国事我易。事之以货宝，则货单而交不结①；约契盟誓，则约定而反无日②；割国之强乘以赂之③，则割定而欲无厌。事之弥顺，其侵之愈甚，必致宝单国举而后已④。虽左尧右舜，未有能以此道免者也。故非有圣人之道，持以巧敏拜请畏事之⑤，则不足以持国安身矣，故明君不道也⑥。必修礼以齐朝⑦，正法以齐官⑧，平政以齐下。然后礼义节奏齐乎朝⑨，法则度量正乎官，忠信爱利平乎下。行一不义，杀一无罪，而得天下，不为也。故近者竞亲，而远者愿至。上下一心，三军同力；名声足以薰炙之⑩，威强足以一齐之，则拱揖指麾⑪，而强暴之国莫不趋使。如赤子归慈母者，何也？仁形义立，教诚爱深故。《诗》曰："王猷允塞⑫，徐方既来⑬。"

【注释】①单：通"殚"，尽。②反：背叛。无日：不到几天。③赂：把财物送给别人。④国举：把国家完全送给别人。⑤巧敏：善于言辞。⑥道：

由,遵循。⑦齐:使之齐一。⑧官:藏板图文书的地方。⑨节奏:礼的节文。⑩薰炙:显赫。⑪拱揖:拱手作揖行礼,引伸为两手上下左右推引。指麾:指示调度。⑫猷:谋。允:信。塞:实。⑬徐方:淮夷之一。来:归顺。诗句出自《诗经·大雅·常武》。

【译文】奉事强暴的国家相当困难,使强暴的国家奉事我却非常容易。用财货珍宝奉事强暴的国家,财货珍宝殚尽了,交结的情谊也不存在了;和强暴的国家誓约结盟,条约签定不到几天又背叛了;割让国家土地给强暴的国家如同贿赂以财宝,土地割让了,但是他们的欲望却是贪得无厌的。事奉他们越顺从,他们侵夺你越厉害,一定会导致你的珍宝都殚尽了,国家完全送给他才了结。虽然你的身边有唐尧、虞舜那样圣明的人辅佐,也不能用这种方法使国家避免灭亡的危险。所以不用圣人的大道,只是用奉承跪着请求等卑微的态度敬畏地事奉他,就不能保全国家与自身安危,所以贤明的君主是不这样做的。贤明的君主一定要修订礼制以整治朝廷,端正法制以整治官吏,公正处理政事以整治民众。然后朝廷上下都有礼,官府都遵循法度,人民都能忠信爱利。假使做一件不义的事,杀一个没有犯罪的人,就能得到天下,他也不会做的。所以近处的人竞相来亲近,远方的人都愿来依附。君臣子民上下一条心,朝廷三军同出力。这样,名声足以显赫天下,威力足够统一天下,随意动手指挥,强暴的国家没有不归附的,好像婴儿依附慈母一样。这是什么原因呢?因为君主仁心显著,道义建立,教诲诚挚,天下人爱之深切的缘故。《诗经》说:"君王的谋略真正切合实际情形,徐夷已经来归顺了。"

189. 勇士一呼

勇士一呼,三军皆避,士之诚也。昔者,楚熊渠子夜行,寝石以为伏虎①。弯弓而射之,没金饮羽②。下视,知其为石。石为之开,而况人乎③!夫倡而不和④,动而不偾⑤,中心有不全者矣。夫不降席而匡天下者,求之己也。孔子曰:"其身正,不令而行;其身不正,虽令不从⑥。"先王之所以拱揖指麾,而四海来宾者⑦,诚德之至也,色以形于外也。《诗》曰:"王猷允塞,徐方既来。"

【注释】①寝石:横卧的石头。②没金饮羽:箭深入进去,连箭头箭羽都看不见。金:是指箭头。羽:箭羽,在箭的后部两旁张开像鸟羽般的,叫做箭羽。饮:隐没。③而况人乎:《新序》作"而况人心乎"。④倡:倡导。和:应和。⑤动:发动。偾:随着行动。⑥其身:本身。正:行为正当。语句出自《论语·子路篇》。⑦宾:服从。

【译文】勇士一声呼喊,全军士兵都退避,这是勇士的真诚所发挥的力量。从前,楚国熊渠子在黑夜里行动,看见一块躺在地上的石头,以为是潜伏着的老虎。张开大弓用力将箭射向它,箭头和箭羽都没入石头看不见了。他走下车来看,才知道是一块石头。石头都为之裂开了,何况是人心呢!如果一个人在倡导,却没有人附和;一个人在行动,却没有人响应,这一定是内心有不完全的地方。君主不需走下座席而能匡正天下,因为他能严格要求自己的缘故。孔子说:"执政者本身的行为端正,不需发出命令百姓也会去实行;如果他本身的行为不端正,虽然三令五申,百姓也不会听从的。"古时贤明的君主为什么随意指挥,天下的人都来归服呢?这实在是道德修养到了至高的境界,而展现到外面了。《诗经》说:"君王的谋略真正切合实际情形,徐夷已经来归顺了。"

190. 薨而未葬

昔者,赵简子薨而未葬①,中牟畔之②。葬五日,襄子兴师而次之③,围未匝④,而城自坏者十丈。襄子击金而退之⑤。军吏谏曰:"君诛中牟之罪⑥,而城自坏者,是天助之也,君曷为而退之?"襄子曰:"吾闻之于叔向曰⑦:'君子不乘人于利,不厄人于险。'使其城⑧,然后攻之。"中牟闻其义而请降。曰:"善哉!"襄子之谓也⑨。《诗》曰:'王猷允塞,徐方既来。'"

【注释】①薨:死。②中牟:春秋时晋邑。畔:通"叛",背叛。赵简子攻打范中行,范中行的家臣胅腹为中牟县长,因此依据中牟来抗拒赵简子。③襄子:晋国赵鞅的儿子,名无恤。次:当作"攻"。④匝:周。⑤金:金属器物,就是钲。军队作战时敲鼓就前进,击钲就退后。⑥诛:讨伐。⑦叔向:春秋晋国人,姓羊舌,名胅,字叔向。⑧使其城:《太平御览》作"使其修城"。

【译文】从前,赵简子死后还没有埋葬,佛胅就占据中牟叛变。等到赵简子埋葬了五天以后,赵简子的儿子赵襄子起兵攻打中牟。赵襄子的军队还没有完全把中牟包围,而城墙自己坍塌了十丈。赵襄子敲击金钲,命令军队撤退。军中官吏劝告说:"您讨伐中牟的罪过,现在城墙自己坍塌,这是上天帮助我们,你为什么退兵呢?"赵襄子说:"我从前听向叔说:'君子不在对自己有利时压服敌人,不在人家危险时逼迫敌人。'于是,让中年人把城墙修理好,然后再去攻打他们。"中年的人听到赵襄子如此重视道义,就请求投降。有人说:"多么好呀!"说的就是赵襄子。《诗经》说:"君王的谋略真正切合实际情形,徐夷已经来归顺了。"

191. 威有三术

威有三术:有道德之威者,有暴察之威者①,有狂妄之威者②,此三威不可不审察也。何谓道德之威?曰:"礼乐则修,分义则明③;举措则时④,爱利则刑⑤;如是,则百姓贵之如帝王,亲之如父母,畏之如神明;故赏不用而民劝,罚不加而威行,是道德之威也。"何谓暴察之威?曰:"礼乐则不修,分义则不明,举措则不时,爱利则不刑,然而其禁非也暴,其诛不服也繁审,其刑罚而信⑥,其诛杀猛而必,闇如雷击之⑦,如墙压之;百姓劫则致畏⑧,臝则傲上,执拘则聚,远闻则散,非劫之以刑势,振之以诛杀,则无以有其下,是暴察之威也。"何谓狂妄之威?曰:"无爱人之心,无利人之事,而日为乱人之道。百姓讙哗⑨,则从而执之刑灼⑩,不和人心,悖逆天理。是以水旱为之不时,年谷以之不升⑪。百姓上困于暴乱之患,而下穷衣食之用⑫,愁哀而无所告诉。比周愤溃以离上⑬,倾覆灭亡可立而待,是狂妄之威也。"夫道德之威成乎众强,暴察之威成乎危弱,狂妄之威成乎灭亡。故威名同而吉凶之效远矣⑭,故不可不审察也。"《诗》曰:"昊天疾威,天笃降丧。瘨我饥馑,民卒流亡⑮。"

【注释】①暴察:暴急明察。②狂妄:夸大荒诞。③分:是说上下有分。义:是说各得其宜。④举措:是说一切政令的施行或废止。时:合于时宜。⑤爱利则刑:爱人利人皆有法度,不施与私恩小惠。刑:法。⑥其诛不服也繁审,其刑罚而信:别版作"其诛不服也审,其刑罚繁而信"。繁:重。审:熟究。⑦闇如雷击之:别版作"闇然如雷击之"。闇:通"黶"。黶然:奄然,急遽的样子。⑧劫:威逼。⑨让哗:喧哗,呼叫。⑩则从而放执于刑灼:放:疑当"收",因字形相近而误。荀子《疆国篇》作"执缚"。⑪不升:不成熟。升:登。⑫而下穷衣食之用:别版作"而下穷于衣食之用"。⑬比周:结为朋党。比:近。周:密。愤溃:奔逃溃散。⑭效:功效。⑮昊天疾威:又作"旻天疾威"。旻:幽远的样子。天:指君主。疾威:急急地降下威武,就是暴虐的意思。笃:厚。丧:丧乱的政教,谓加重赋税。瘨:病。卒:尽。诗句出自《诗经·大雅·召旻》。

【译文】威严有三种类型:有道德的威严,有暴察的威严,有放肆妄为的威严。这三种威严不可以不仔细地审察辨别他们的不同。什么叫做道德的威严呢?回答说:"礼乐教化推行得好,上下尊卑分别得明了,政令的施行切合时宜,爱人利人都讲法度。这样,百姓就会像敬重帝王一样敬重他,亲近父母一样亲近他,敬畏神灵那样敬畏他。所以不用奖赏人民就受到很大鼓励,不用刑罚而威令就可通行。这就叫做道德的威严。"什么叫做暴察的威严呢?回答说:"礼乐教化推行得不好,上下尊卑分别得不明了,一切政令的施行不合时宜,爱人利人没有法度。然而他制止坏事的发生非常明察,他惩处不服从的人很审慎，他施行刑罚重而且一定做到，他处决犯人严厉而坚决，如同雷电一样劈下来，墙壁倒塌下来。这样，百姓受到君主胁迫就畏惧，君主稍有懈怠他们就会傲视君主；君主逮捕他们，他们就聚众闹事；君主放开他们，他们就散漫没有纪律。君主不用权势胁迫，不用诛杀震慑，就无法统治百姓。这就叫做暴察的威严。"什么叫做狂妄的威严呢？回答说："既不爱护人民，也不做有利于人民的事情，而是整天干扰人民。百姓稍有喧噪不满，就把他们逮捕起来，用刑罚烧灼他们。不了解百姓的心情，违背天理，因此雨天旱天都不按照节气来到，五谷因此不能适时成熟，使民众有收成。百姓面对上头受到暴乱政治的困扰，面对下头感到日常衣食的匮乏，心中的忧愁悲哀没有地方可以申诉。因此大家一起逃奔，离弃他的君主，国家的倾覆灭亡，就会随时来到。这是狂妄的威严。"道德的威严使国家安定强盛，暴察的威严使国家变得危险而软弱，放肆妄为的威严使国家灭亡。因此同是威严的名称，但是吉凶的效果相差甚远，所以不可以不仔细地审察辨别啊。"《诗经》说："暴虐的君上，加重征收赋税，使我们遭受饥馑的灾难，人民全都流亡到他乡。"

192.安得贤士

晋平公游于河而乐①，曰："安得贤士，与之乐此也！"船人盍胥跪而对曰②："主君亦不好士耳！夫珠出于江海，玉出于昆山③，无足而至者，犹主君之好也。士有足而不至者，盖主君无好士之意耳,无患乎无士也。"平公曰:"吾食客门左千人,门右千人;朝食不足,夕收市赋;暮食不足,朝收市赋。吾可谓不好士乎?"盍胥对曰:"夫鸿鹄一举千里④,所恃者,六翮尔⑤;背上之毛,腹下之毳⑥,益一把,飞不为加高;损一把,飞不为加下。今君之食客,门左门右各千人,亦有六翮其中矣。将皆背上之毛,腹下之毳耶!"《诗》曰:"谋夫孔多⑦,是用不集。"

【注释】①晋平公:春秋晋悼公的儿子,姬姓,晋氏,名彪。即位之初(前557年),与楚国发生湛阪之战,获得胜利。《说苑·尊贤篇》作"赵简子"。②盍胥:人名。③昆山:昆仑山的简称。绵延于新疆和西藏之间,西起帕米尔高原,北为塔里木盆地,南为藏北高原。④鸿鹄:鸟名。羽毛光泽纯白,似鹤而大长颈。⑤翮:鸟羽的茎。⑥毳:细毛。⑦谋夫:谋划事情的人。孔:甚。诗句出自《诗经·小雅·小旻》。

【译文】晋平公乘着船在河上游玩感到很快乐,说:"怎么能得到有才能的人跟他一同享受这欢乐呢?"船夫盍胥听到后,趁机跪下回答说:"也许是君主不喜好贤士罢了!珍珠出产在长江大海里,美玉出产在昆仑山上。没有脚却能来到你面前,是因为国君喜欢的缘故。那些贤士有脚却没有来到你身边,大概是因为国君没有喜欢有才能的人的意愿,不然,怎么担忧没有贤能的人呢?晋平公说:"我门下的食客,门的左边住着的有千人,门的右边住着的也有一千人;早上的食物不够,晚上就派人去收市场的赋税;晚上的食物不充足,第二天早上就派人去收市场的赋税。可以说我不喜好贤士吗?"盍胥回答说:"鸿鹄一展翅可以飞千里远,所依赖的,是六根粗大的羽毛罢了。至于背上长着的粗毛,肚子下长着的细毛,即使增加一把，飞起来不会增加高度；减少一把，飞起来也不会降低高度。现在寄食君主门下的食客，门的左边、右边各有千把人，当中也会有类似六枝粗大的羽毛吗？难道都是背上的粗毛，肚子下的细毛吗？"
《诗经》说："谋划事情的人很多，事情却都没有成功。"

卷 七

193. 亲丧三年

齐宣王谓田过曰①:"吾闻:儒者亲丧三年。君与父孰重?"过对曰:"殆不如父重。"王忿然曰:"曷为士去亲而事君?"对曰:"非君之土地,无以处吾亲;非君之禄,无以养吾亲;非君之爵,无以尊显吾亲。受之于君,致之于亲,凡事君以为亲也。"宣王悒然②,无以应之。《诗》曰:"王事靡盬,不遑将父③。"

【注释】①齐宣王:战国齐威王的儿子,名辟疆。②悒然:不快乐的样子。③王事:天子的事。盬:停息。靡:没有。不遑:不暇,没有闲暇。将:奉养。诗句出自《诗经·小雅·四牡》。

【译文】齐宣王对田过说:"我听说:儒士的父母亡故,他们为父母守丧三年。那么,儒士看待君王和父母哪个更为重要呢?"田过回答说:"大概国君不如父亲重要吧。"宣王忿怒地说:"那为什么儒士离开父母亲去事奉君王呢?"田过回答说:"如果没有君王赐予的土地,就没有办法让我的父母有容身之所;如果没有君王赐予的俸禄,就没有办法奉养父母;如果没有君王赐予的爵位,就没有办法让我的父母尊贵荣显。从君王那儿接受来的东西,供奉给父母亲,凡是事奉君王的都是为了供养父母亲。"宣王心里闷闷不乐,却无言以对。《诗经》说:"天子的事还没完,没有闲暇来奉养父母亲。"

194. 使人于楚

赵王使人于楚,鼓瑟而遣之,曰:"慎无失吾言。"使者受命,伏而不起,曰:"大王鼓瑟,未尝若今日之悲也。"王曰:"调①。"使者曰:"调则可记其柱②。"王曰:"不可。天有燥湿,弦有缓急③,柱有推移④,不可记也。"使者曰:"请借此以喻⑤。楚之去赵也,千有余里,亦有吉凶之变。凶则吊之,吉则贺之,犹柱之有推移,不可记也。故王之使人,必慎其所之,而不任以辞⑥。"《诗》曰:"征夫捷捷⑦,每怀靡及⑧。"盖伤自上而御下也。

【注释】①调:《群书治要》作:"然,瑟固方调。"调:音律调和。②柱:琴瑟上紧弦的木,用来调节声音。③缓急:松紧。④推移:转动。⑤请借此以喻:《群书治要》《太平御览》卷作"请臣借此以喻"。⑥故王之使人,必慎其所之,而不任以辞:《群书治要》作"故明王之使人也,必慎其所使。既使之,任以心,不任以辞也"。⑦征夫捷捷:也作"莘莘征夫"。莘莘:众多的样子。征夫:行走道路上的人。⑧每:常常。怀:思,挂念。靡及:不能达到。诗句出自《诗经·小雅·皇皇者华》。

【译文】赵王派人出使楚国,弹奏着瑟为使者送行,说:"(一定要按照我的话告诉他们)千万不要和我的话有出入。"使者接受了命令,俯伏在地上不起来,说:"大王弹瑟,声音从来没有像今天这样悲伤!"赵王说:"是的。瑟弦本来就刚刚调整过。"使者说:"音调调整好了,就可以把瑟弦的松紧长度记在瑟柱上了。"赵王说:"不可以。天气有干燥潮湿的不同,瑟弦有弛缓紧急的不同,瑟柱要随着天气的不同而转动,是不能够死记下来的。"使者说:"请允许微臣借调瑟这件事做个比喻。楚国距离赵国,有一千多里路,(行程期间,楚国可能发生或吉或凶的事情)有凶咎的事就要慰问,有吉祥的事就要祝贺,就像瑟柱时有转动移位一样,是不可以死记下来的。所以圣明的君主派遣使者的时候,必然是谨慎地派遣使者。已经派定了人,就把自己的心意托付给他,而不是把言辞托付给他。"《诗经》说:"众多出征的战士行色匆匆,每每挂念他们完不成君王赋予的职责。"就是哀伤在上的君主过分驾驭在下的臣子。

195.齐有隐士

齐有隐士东郭先生、梁石君①。当曹相国为齐相也②,客谓匮生曰③:"夫东郭先生梁石君,世之贤也,隐于深山,终不诎身下志以求仕者也④。吾闻先生得谒曹相国⑤,愿先生为之先⑥。臣里母相善⑦,妇见疑盗肉,其姑去之⑧,恨而告于里母,里母曰:'安行,今令姑呼汝⑨。'即束蕴请火⑩,去妇之家。曰:'吾犬争肉相杀,请火治之⑪。'姑乃直使人追去妇⑫,还之。故里母非谈说之士,束蕴请火,非还妇之道也。然物有所感，事有可适⑬，何不为之先？"匮生曰："愚恐不及⑭，然请尽力为东郭先生、梁石君束蕴请火。"于是乃见曹相国，曰："臣之里，有夫死三日而嫁者，有终身不嫁者，则自为娶，将何娶焉？"相国曰："吾亦娶其终身不嫁者耳。"匮生曰："齐有隐士东郭先生、梁石君，世之贤士也，隐于深山，终不诎身下志以求仕。相国娶妇，欲娶其不嫁者，取臣独不取其不仕之臣耶？"于是曹相国因匮生束帛安车迎东郭先生⑮、梁石君，厚客之。《诗》曰："既见君子，我心则降⑯。"

【注释】①东郭先生：姓东郭，名不详，汉代齐人。梁石君：也是汉代齐人。②曹相国：曹参。字敬伯，泗水沛（今江苏沛县）人，西汉开国功臣，名将，是继萧何后的汉代第二位相国。③匮生：蒯通，《汉书·蒯通传》作"蒯通"。匮：通"蒯"。④诎身：折节。诎：屈。身：品节。下：使低下。志：士气。⑤谒：通名请见。⑥先：先导，介绍。⑦臣里母相善：《汉书·蒯通传》作"臣之里妇与里母相善"。⑧去：遂。⑨安行：慢行。安：徐。⑩蕴：乱麻。请火：乞求火种。⑪治：治理，这里解作"烹煮"。⑫直：即时，当时。⑬可：宜。⑭愚：谦称。不及：做不到。⑮束帛：古时聘问的礼物。帛：绸缎。把绸缎卷成十卷，总为五匹，叫做束帛。安车：可以安坐的车子。古时人在车上是站着的，对贤人或长老表示尊敬，可以坐安车。⑯我心则降：我就放下心来了。降，放下。诗句出自《诗经·小雅·出车》。

【译文】齐有隐居在深山的士人东郭先生和梁石君。正当曹参做齐国宰相的时候，有一个宾客对蒯通说："东郭先生和梁石君，是当代的贤人，隐居在深山里，始终不愿意屈折自己的品志来求官。我听说先生能够拜访曹相国，希望先生把他们介绍给曹相国。我同里有一位妇人和一位老太太很要好。有一次,妇人被她的婆婆怀疑偷吃了肉要赶她回娘家,这个妇人临走的时把心里的怨恨告诉了这位老太太,老太太说:'你慢点走,现在我要让你的婆婆叫你回来。'于是立刻把乱麻缚成一束,到妇人的家里乞求火种。老太太对她的婆婆说:'我家里的狗争抢肉吃,相互厮杀死了一只,请借个火种,回去烧狗肉吃。'妇人的婆婆明白了怎么回事就立即派人去追被赶走的媳妇,请她回家。和我同里的老太太不是善于说话的人,捆一束乱麻去乞求火种,也不是让妇人被召回的好办法。但是人是有感触的,事情有恰好适宜的,你为什么不先替他们介绍呢?"蒯通说:"我恐怕做不到。但是我将尽力为东郭先生和梁石君扎束乱麻去求火种。"因此,他就去见曹相国,蒯通说:"和我同里的妇人,有丈夫才死了三天就嫁人的,有一辈子不嫁人的,如果为自己娶妻子,将要娶哪一种人呢?"曹相国说:"我要娶那种一辈子不嫁人的。"蒯通说:"齐国有隐士东郭先生和梁石君,是当代的贤人,都隐居在深山里,始终不愿意降低自己的身份和品节去求官做。相国娶太太,要娶终身不愿意再嫁人的,选择臣子为什么不找那种不愿意做官的臣子呢?"因此曹相国便托蒯通带着束帛,驾着马车去迎接东郭先生和梁石君,用对上客的礼节优厚地礼遇他们。《诗经》说:"已经见到了君子,我的心就可以放下来了。"

196.行无专制

孔子曰:"昔者,周公事文王,行无专制①,事无由己。身若不胜衣,言若不出口②。有奉持于前,洞洞焉若将失之③,可谓子矣。武王崩④,成王幼,周公承文武之业,履天子之位,听天子之政⑤。征夷狄之乱,诛管、蔡之罪⑥,抱成王而朝诸侯⑦,诛赏制断,无所顾问⑧,威动天下,振恐海内,可谓能武矣。成王壮,周公致政⑨,北面而事之⑩,请然后行,无伐矜之色⑪,可谓臣矣。故一人之身,能三变者,所以应时也。"《诗》曰:"左之左之⑫,君子宜之;右之右之⑬,君子有之。"

【注释】①专制:用个人的意志裁断事情。专:独。制:断。②胜:承担。③洞洞:恭敬的样子。④崩:无子死,叫做崩。⑤听天子之政:《淮南子·氾论训》作"下听天下之政"。听,治理。⑥管、蔡:周武王弟鲜,封于管,称管叔鲜;度封于蔡,称蔡叔度。二人辅佐纣王的儿子武庚。后成王迎周公归,管叔、蔡叔恐惧,挟持武庚叛,成王命令周公讨伐,诛武庚,杀管叔,放逐蔡叔。⑦朝诸侯:接受诸侯的朝见。⑧顾问:咨询。⑨致:归还。⑩北面:面向着北方。⑪伐:夸张。矜:自尊自大。⑫左:指朝聘、祭祀等事。⑬右:指丧事和军事等。诗句出自《诗经·小雅·裳裳者华》。

【译文】孔子说:"从前,周公事奉周文王,行为不独自裁断,办事不自作主张。身体好像不能胜任衣服的重量,说话好像不能说出口,总是小心恭敬,在文王面前捧持东西,生怕有所闪失,可以说是很会做儿子的了!武王去世后,成王尚年幼,周公为了继承文王、武王所建立的大业,履行天子的职责,以摄政王的身份处理天下政事,平息夷狄的叛乱,诛杀谋反的管叔、放逐蔡叔,抱着成王,接受诸侯的朝见,诛杀赏赐、处置决断都由他亲自决断,不必与他人商量,声威震动天地、声势慑服四海,这真可谓武威啊!成王长大以后,周公将国家政治归还给他。以臣礼面北恭谦地侍奉成王,每件事都先向成王请示才去做。没有任何擅断专横的意思,也没有任何居功自傲的神态,可谓是一个好臣子了!所以周公一个人能前后三次改变自己的行为和态度,这都是为了顺应时势啊!《诗经》说:"对朝聘、祭祀等事,有才德的君子做得很适宜;对丧事、军事,有才德的君子知道怎么去做。"

197.鸟之美羽

传曰:"鸟之美羽勾啄者①,鸟畏之;鱼之侈口垂腴者②,鱼畏之;人之利口赡辞者③,人畏之。是以君子避三端:避文士之笔端,避武士之锋端,避辩士之舌端。"《诗》曰:"我友敬矣④,谗言其兴⑤。"

【注释】①勾啄:别版作"勾喙"。勾:本字作"句"。勾:弯曲。喙:口。②侈:大。腴:腹下肥肉。③利口:善于口辩。赡:丰富。辞:言辞。④敬:通"儆"。儆:戒惧。谗言:恶意毁善害能的话。诗句出自《诗经·小雅·沔水》。

【译文】书传记载说:鸟有美丽的翅膀、弯曲的喙的,其他鸟都很害怕它;鱼有大嘴巴、肚子下垂的,其他鱼都很害怕它;人有善于论辩、出口成章的,其他人都害怕他。因此君子躲避三种尖端:躲避文人的笔尖,躲避武士的锋尖,躲避辩士的舌尖。《诗经》说:"我的朋友要小心谨慎,恶意毁善害能的话乘着间隙毁伤你。"

198.困于陈蔡

孔子困于陈蔡之间①,即三经之席②,七日不食,藜羹不糁③,弟子有饥色,读书习礼乐不休。子路进谏曰:"为善者,天报之以福;为不善者,天报之以贼④。今夫子积德累仁,为善久矣⑤。意者,当遣行乎⑥?奚居之隐也⑦?"孔子曰:"由来⑧!汝小人也,未讲于论也⑨。居⑩,吾语汝。子以知者为无罪乎⑪?则王子比干何为刳心而死⑫?子以义者为听乎⑬?则伍子胥何为抉目而悬吴东门⑭?子以廉者为用乎?则伯夷叔齐何为饿于首阳之山⑮?子以忠者为用乎?则鲍叔何为而不用⑯,叶公子高终身不仕⑰,鲍焦抱木而泣⑱,子推登山而燔⑲。故君子博学深谋,不遇时者众矣,岂独丘哉?贤不肖者,材也;遇不遇者,时也。今无有时,贤安所用哉?故虞舜耕于历山之阳⑳,立为天子,其遇尧也;傅说负土而版筑㉑,以为大夫,其遇武丁也;伊尹故有莘氏僮也㉒,负鼎操俎㉓,调五味,而立为相,其遇汤也;吕望行年五十㉔,卖食棘津㉕,年七十,屠于朝歌㉖,九十乃为天子师,则遇文王也;管夷吾束缚自槛车㉗,以为仲父,则遇齐桓公也;百里奚自卖五羊之皮㉘,为秦伯牧牛㉙,举为大夫,则遇秦缪公也;虞丘于天下以为令尹㉚,让于孙叔敖,则遇楚庄王也;伍子胥前功多,后戮死,非知有盛衰也,前遇阖闾,后遇夫差也。夫骥罢盐车㉛,此非无形容也㉜,莫知之也。使骥不得伯乐㉝,安得千里之足,造父亦无千里之手矣。夫兰茝生于茂林之中㉞,深山之间,人莫见之故不芬㉟;

夫学者非为通也,为穷而不困,忧而志不衰。先知祸福之始,而心无惑焉,故圣人隐居深念,独闻独见。夫舜亦贤圣矣,南面而治天下,惟其遇尧也。使舜居桀纣之世,能自免于刑戮之中,则为善矣,亦何位之有?桀杀关龙逄,纣杀王子比干,当此之时,岂关龙逄无知,而王子比干不慧哉!此皆不遇时也。故君子务学脩身端行而须㊱其时者也,子无惑焉。"《诗》曰:"鹤鸣于九皋㊲,声闻于天。"

【注释】①困于陈蔡:《史记·孔子世家》载:鲁哀公四年,孔子在陈蔡之间,楚国聘孔子,陈蔡大夫恐孔子被楚国重用,对陈蔡两国不利,于是发徒役围孔子于野。②三经:三种经书,指《易经》《诗经》《春秋》。日本关嘉《说苑纂注》认为"三经"指《诗》、《书》、《礼》。席:坐位。③藜:草名,新叶及嫩苗可食。羹:菜汤。糁:用米和羹。古时羹汤用米参和。④天报之以贼:别版作"天报之以祸"。⑤为善久矣:别版作"为日久矣"。荀子《宥坐》作"行之日久矣"。⑥当遗行乎:别版作"尚有遗行乎"。道行:遗漏没有做的善事。⑦隐:穷约。⑧来:助词。⑨讲:学习。论:道理。⑩居:坐下。⑪知:通"智"。⑫刳:剖其中而空之。⑬听:听从。⑭抉目:挑出眼睛。⑮首阳之山:位于河北省迁安市南,现在叫岚山。⑯鲍叔:即鲍叔牙,春秋齐国大夫,和管仲友善。管仲事公子纠,纠死,管仲被囚,鲍叔牙荐管仲于齐桓公,桓公任命为相。⑰叶公子高:即沈诸梁,字子高,春秋楚国人,为叶县尹,因此称叶公子高。⑱鲍焦:周朝初期的隐士,传说他因不满时政,廉洁自守,遁入山林,抱树而死。⑲子推:即介子推。燔:烧。⑳历山:山名。一说在山东省历城县南。阳:山的南面。㉑傅说:殷高宗武丁时的贤相。初隐居于傅岩,傅岩有涧水坏道,傅说负土版筑:高宗梦见说,求得之,任命为相,国家大治。版筑,古人筑墙,用两版相夹,置土其中。㉒伊尹:殷商时的贤相,名挚,耕于有莘氏之野,助汤伐桀,统一天下。僮:仆役。㉓鼎:烹调的器具。俎:割肉的器具，即砧板。㉔吕望：即吕尚，本姓，其祖先封于吕，从其封姓，故曰吕尚，字子牙。㉕棘津：津名。即孟津，亦名盟津。在河南省孟县南。㉖朝歌：地名。古沬邑，殷自帝乙至纣均建都于此。故城在今河南省琪县北。㉗管夷吾：即管仲，齐桓公尊为仲父。束缚自槛车：《说苑·杂言》作"束缚胶目，居槛车中"。胶目：眼睛被蒙起来。槛车：车上四周设阑干，用来关禽兽或囚禁罪人。㉘百里奚：春秋虞国人。㉙秦伯：为人名。㉚虞丘于天下以为令尹：别版作"虞丘名闻于天下以为令尹"。㉛骥：千里马。罢：通"疲"，疲乏。㉜形容：形貌。这里指好的外貌。㉝伯乐：即孙阳，名伯乐，春秋秦穆公时人，善于相马。㉞兰：兰草。茝：即芷。兰、茝都是香草。㉟人莫见之故不芬：别版作"不以人莫见之故不芬"。㊱须：等待。㊲九皋：九折的水泽。诗句出自《诗经·小雅·鹤鸣》。

【译文】孔子被围困在陈国、蔡国的边境，他坐在陈列三种经书的席位前，七天没有吃饭。喝的是没有参和米的藜草汤，学生的脸上显出饥饿的颜色，仍然不停地在读书、学习礼乐。子路向前劝告说："做好事的人，上天报答他幸福；做坏事的人，上天降给他灾祸。老师累积仁德，已经有很长的时间了。难道是还有遗漏没有做的好事吗？不然为什么还受此穷困呢？"孔子说："仲由！你算是一个没有见识的小人，未曾好好学习、探究为人处世的道理。坐下来，我告诉你。你以为聪明人就不会有罪过吗？那么王子比干为什么被纣王剖开胸膛挖出心来而死去呢？你以为正义的人说的话大家就会听从吗？那么伍子胥为什么被吴王夫差挖出眼珠，而悬挂在吴国的东门上？你以为廉洁的人就会被人重用吗？那么伯夷和叔齐为什么饿死在首阳山上？你以为忠心的人就会被重用吗？那么鲍叔牙为什么不被齐桓公重用？还有叶公子高一辈子没当过官，鲍焦抱着树木而哭泣,介子推爬上绵山最后被火焚烧而死。所以,君子有广博的学问、深远的谋虑,没有遇到好的时机的人很多,哪里只是我一个人呢?贤和不贤,这是个人的材质问题;遇到或者不会遇到好的君主,这是时机问题。现在没有好的时机,即使具备贤德,有什么地方可以用得上呢?所以虞舜在历山的南面耕种,后来被拥立为天子,是因为他遇到了尧;傅说担着泥土在筑墙,后来被任命为宰相,因为他遇到了武丁;伊尹本来是有莘氏的仆人,他背着鼎,拿着砧板,烹调食物,后来被任命卿相,因为他遇到了商汤;吕尚五十岁时,在棘津贩卖食物,七十岁时,还在朝歌屠宰猪牛,到了九十岁时才做天子的老师,因为他遇到了西伯侯姬昌;管仲被绑起来,眼睛蒙上布,囚禁在槛车上,后来被尊称为仲父,就因为他遇到了齐桓公;百里奚把自己卖了五张羊皮,替秦国的伯氏养牛,后来被选拔为大夫,就因为遇到了秦穆公;虞丘是天下人都知道的楚国的令尹,后来他把位子让给孙叔敖,就是因为遇到了楚庄王;伍子胥在吴国,先前建立很多功勋,后来却被杀死,并不是他的智慧先后有高低的不同,是因为起先遇见的君王是阖闾,后来遇见的君王是夫差。千里马很疲乏地拉着装盐的车子,这并不是它没有良马的外貌,是因为没有人认识它。假使千里马没有遇到伯乐,怎么能够展示它一天能行走千里的脚,造父也显不出能驾千里马的手了。兰草、芷草生长在茂密的树林中,深幽的山谷间不会因为人家没有见到它而不发出芬香;求学的人不是为了求得显达,他求学的目的是为了在遭遇贫穷时不会感到困苦,遭遇忧患时,意志不会衰颓。预先知道祸福的由来,内心就不会感到迷惑了。所以圣人避世隐居,有深远的思虑,有独特的见闻。舜也是贤圣的人，他面朝向南，坐在朝廷去治理天下，因为他遇见了唐尧。假如舜处在夏桀、商纣的时代，自身能够逃避刑罚杀戮就算好了，怎么会得到天子的位子呢？夏桀杀死关龙逄，商纣杀掉王子比干，在这个时候，难道是关龙逄没有见识，而王子比干不聪明吗？这都是没有遇见好时机。所以君子要致力学习、修养品德，使自己行为端正而等待恰当的时机，你不要因此而迷惑啊。"《诗经》说："鹤在九曲的水泽里鸣叫，它的叫声可以传达天上。"

199.不可还者

曾子曰："往而不可还者，亲也，至而不可加者，年也。是故孝子欲养而亲不待也，木欲直而时不待也。是故椎牛而祭墓①，不如鸡豚逮存亲也②。故吾尝仕齐为吏，禄不过钟釜③，尚犹欣欣而喜者④，非以为多也，乐其逮亲也；既没之后⑤，吾尝南游于楚，得尊官焉，堂高九仞⑥，榱题三围⑦，转毂百乘⑧，犹北乡而泣涕者⑨。非为贱也，悲不逮吾亲也。故家贫亲老，不择官而仕；若夫信其志⑩，约其亲者，非孝也。"《诗》曰："有母之尸雍⑪。"

【注释】①椎牛：用椎打击牛的颈部，把它杀死。椎：用椎击之。②逮存亲也：别版作"逮亲存也"。逮：及，趁着。③钟釜：量器名。这里指不多。钟：通"锺"。六斛四斗为一钟。釜：六斗四升。④欣欣：喜乐的样子。⑤既没之后：别版作"亲没之后"。没：死去。⑥仞：古时以周尺八尺或七尺为一仞。⑦榱题：椽的头端叫做榱题。榱：屋椽。三围：形容榱题粗大。围：计度圆周的。⑧转毂：车子。毂：车轮的中央。⑨乡：通"向"，向着。⑩信：

通"伸"。⑪尸：陈设。雍：古饔字，熟食，煮熟的祭品。诗句出自《诗经·小雅·祈父》。

【译文】曾子说："死了而不能复活的是父母亲；过去了而不能增加的是年寿。所以孝子要奉养父母，可是父母不能等着他奉养；树木想长得很直，但是时间不会等待它长直。因此，杀了牛到父母墓地去祭祀，不如趁着父母亲活着的时候，杀鸡和猪去供养他。所以，我从前曾经在齐国做小官，俸禄不过几斛还感到很高兴，并不是认为俸禄多，我所高兴的是能用我的俸禄去供养父母亲；父母亲死了后，我曾经往南方到楚国去，做了高官，住的房子厅堂就有九仞高，屋椽的头端就有三围粗，车子有一百辆，可还是向着北方哭泣。并不是因为官位低贱，而是悲伤不能奉养我的父母亲。所以当家里贫穷，父母年老时，孝顺的儿子不去选择官位的高低都愿意承担；至于想要施展自己的志向，而使得父母亲生活遭受穷困的，那就不是孝顺的人了。"《诗经》说："母亲去世了，只有陈设祭品奠祭她。"

200. 立于门下

赵简子有臣曰周舍①，立于门下，三日三夜。简子使问之，曰："子欲见寡人，何事？"周舍对曰："愿为谔谔之臣②。墨笔操牍③，从君之过而日有记也④，月有成也，岁有效也⑤。"简子居，则与之居；出，则与之出。居无几何，而周舍死，简子如丧子。后与诸大夫饮于洪波之台，酒酣⑥，简子涕泣。诸大夫皆出走，曰："臣有罪而不自知。"简子曰："大夫皆无罪。昔者，吾有周舍有言曰⑦：'千羊之皮,不若一狐之腋⑧;众人诺诺⑨,不若一士之谔谔。昔者,商纣默默而亡,武王谔谔而昌⑩。'今自周舍之死,吾未尝闻吾过也。吾亡无日矣,是以寡人泣也。"

【注释】①周舍:晋国正卿赵简子的家臣。②谔:直言争辩。③墨笔操牍:拿着笔墨和书版。操:执持。牍:木简、书版。④从君之过而日有记也:别版作"从君之后,司君之过而书之,日有记也"。司:观察。⑤効:通"效",功效。⑥酒酣:饮酒而快乐。⑦吾有周舍有言曰:别版作"吾友周舍有言曰"。⑧狐:狐狸。腋:肘胁之间。这里指腋间的毛皮。⑨众人诺诺:别版作"众人之诺诺"。诺诺:应答。⑩昌:兴盛。

【译文】赵简子有一位臣子名叫周舍,站在他的门前,已经三天三夜了。赵简子派人问他,说:"你想见我,有什么事?"周舍回答说:"我希望做一个直言争辩的臣子。手拿着笔墨木简,跟随在君王身边,每天观察君王的过失并记录下来,每月都有成绩,每年都有效果。"从此,赵简子停留在哪里,周舍跟他停留在哪里;赵简子出去,周舍也跟着他出去。相处没有多久,周舍死了,赵简子好像死了儿子一般,非常悲伤。后来赵简子和大夫在洪波台上喝酒,喝得很高兴时,他哭泣起来。许多大夫都赶快出门,说:"为臣有罪过,可是我们不知道犯了什么罪?"赵简子说:"大夫们都没有罪过。从前,我的朋友周舍曾经说过:'千只羊的皮,它的价值比不上一只狐狸腋下的毛皮;许多人唯唯诺诺,比不上一个士人敢正言争辩。从前,商纣王面前的臣子们都沉默不言,因此商朝灭亡;周文王面前的臣子们都正言争辩,因此周朝兴盛起来。'现在自从周舍死了以后,我没有听到别人指责我的过失。我们国家大概快要灭亡了吧,我为此而哭泣起来。"

202.为人何患

传曰:齐景公问晏子①:"为人何患②?"晏子对曰:"患夫社鼠③。"景公曰:"何谓社鼠?"晏子曰:"社鼠出窃于外,入托于社④。灌之恐坏墙,熏之恐烧木,此鼠之患。今君之左右,出则卖君以要利⑤,入则托君不罪乎乱法⑥,又并覆而育之⑦,此社鼠之患也。"景公曰:"呜呼!岂其然?""人有市酒而甚美者⑧,置表甚长⑨,然至酒酸而不售,问里人其故。里人曰:'公之狗甚猛,而人有持器而欲往者,狗辄迎而啮之⑩,是以酒酸不售也。'士欲白万乘之主⑪,用事者迎而啮之⑫,亦国之恶狗也。左右者为社鼠,用事者为恶狗,此国之大患也。"《诗》曰:"瞻彼中林⑬,侯薪侯蒸⑭。"言朝廷皆小人也。

【注释】①齐景公:春秋齐庄公的弟弟,名杵臼。②为人何患:《晏婴春秋》作"为国何患"。为国:治理国家。③夫:虚词。社:奉祀土地神的庙。④托:寄。⑤要:求取。⑥托君:得到君主的庇护。不罪:不判定罪。⑦并:兼。覆:被覆。育:养育。⑧市酒:卖酒。⑨表:旗帜。⑩辄:就。啮:咬。⑪白:告诉。⑫用事者:当权的人。⑬中林:林中。⑭侯:维。薪:柴。蒸:细柴。诗句出自《诗经·小雅·正月》。

【译文】书传记载说:齐景公问晏子道:"治理国家有什么忧虑?"晏子回答说:"忧虑社神庙里的老鼠。"齐景公说:"什么叫作社神庙中的老鼠呢？"晏子说："社神庙里的老鼠到外面去偷吃东西，回到社神庙得到藏身的地方。用水去灌老鼠的洞穴，恐怕损坏了墙；用火烟去熏它，又恐怕烧掉社神庙里的木柱。这就是社神庙里老鼠的危害。现在君王左右的近臣，在朝廷外出卖君王而求得利益，回到朝廷托身在君主的身边又不会被判乱法的罪过。君王还庇护养育他们，这就是社鼠的危害。"景公说："唉！难道说还真这样啊？"回答说："有一个卖美酒的人，他卖的酒很醇香，酒店高悬酒幌，可是他的酒直到酸了都卖不出去，他问同邻里的人这是什么原因。同邻里的人说：'您的狗太凶猛了，人家拿着盛酒器想到你店里买酒，狗就迎上去咬他，因此你的酒放到变酸了还是卖不出去。'士人想告诉大国的君王治理国家的道理，但是朝廷上当权的臣人迎上前去咬他，这也是国家的恶狗啊。君主左右亲近的人是社鼠，朝廷上当权的人是恶狗，这是国家重大的祸患啊！"《诗经》说："我看那树林中，只生长可供烧火的细小的柴木。"就是说朝廷上都是小人。

203.子罕相宋

昔者，司城子罕相宋①，谓宋君曰："夫国家之安危，百姓之治乱，在君之行。夫爵禄赏赐举②，人之所好也，君自行之；杀戮刑罚，民之所恶也，臣请当之③。"君曰："善。寡人当其美，子受其恶。寡人自知不为诸侯笑矣。"国人知杀戮之刑专在子罕也，大臣亲之，百姓畏之。居不期年④，子罕遂去宋君⑤，而专其政。故老子曰："鱼不可脱于渊，国之利器不可以示人⑥。"《诗》曰："胡为我作⑦？不即我谋⑧。"

【注释】①司城：官名，即司空。子罕：即乐喜。②夫爵禄赏赐举：别版作"夫爵赏赐与"。③当：担任。④期年：一周年。⑤去：驱逐。⑥利器：治理国家的权柄。示：现露。⑦作：役使。我作：役使我。⑧即：跟。诗句出自《诗经·小雅·十月之交》。

【译文】从前，司城子罕做宋国卿相，对宋国国君说："国家的安定或危险，百姓的安宁或混乱，在于国君怎么做。授给爵位，赐与财物，这是人们喜好的，君主自己去执行；执行杀戮和刑罚，这是人们厌恶的，我请求负责这些事。"宋国国君说："好的。我得到人们的赞颂，你受到人们的厌恶。我自己知道不会被诸侯耻笑了。"全国人们都知道杀戮的权柄完全在子罕手中，大臣亲近他，百姓畏惧他。过了不到一年，子罕就赶走宋国国君，而专有宋国的政权。所以老子说："鱼不可以离开水渊，治理国家的权柄不可授予他人。"《诗经》说："为什么役使我，不来跟我商量。"

204. 报使于肝

卫懿公之时①，有臣曰弘演者，受命而使。未反，而狄人攻卫②。于是懿公欲兴师迎之，其民皆曰："君之所贵而有禄位者，鹤也；所爱者，宫人也。亦使鹤与宫人战，余安能战？"遂溃而皆去。狄人至，攻懿公于荧泽③，杀之，尽食其肉，独舍其肝。弘演至，报使于肝。辞毕，呼天而号。哀止，曰："若臣者，独死可耳。"于是，遂自刳出腹实④，内懿公之肝⑤，乃死。桓公闻之，曰："卫之亡也，以无道，今有臣若此，不可不存。"于是复立卫于楚丘⑥。如弘演，可谓忠士矣。杀身以捷其君⑦，非徒捷其君，又令卫之宗庙复立。祭祀不绝，可谓有大功矣。《诗》曰："四方有羨，我独居忧。民莫不榖，我独不敢休⑧。"

【注释】①卫懿公：春秋卫惠公的儿子，名赤。②狄：北方的民族。③荧泽：当作"荣泽"，泽名。此泽到汉平帝时已塞为平地，故址在河南省成皋县治南。④刳：剖其中而挖空。腹实：内脏。⑤内：通"纳"。⑥楚丘：地名。春秋卫邑。卫文公迁都到这里。在今河南省滑县东。⑦捷：通"接"，接纳。⑧有羨：羨然，快乐的样子。居：语词。榖：当作"逸"。诗句出自《诗经·小雅·十月之交》。

【译文】卫懿公的时候，有一个名叫弘演的臣子，接受君主的命令出使外国。还没有回来，狄人就攻打卫国。卫懿公想要发动军队迎战，卫国的人民都说："君王所重视而且给与俸禄爵位的是鹤，所喜爱的是宫中侍女。他可以使鹤和宫女去跟狄人作战，我们怎么能够跟狄人作战呢？"人民都溃散离开了。狄人到来，在荥泽攻击懿公，把他杀死，吃光了他的肉，只留下他的肝。弘演回来，向卫懿公的肝报告出使的情形。报告完毕，他一边呼叫上天，一边痛哭。哀痛停止后，说："就像我，可以独自为国而死。"因此，他就自己挖出他的内脏，把懿公的肝放进去，这才死去。齐桓公听到这件事，说："卫国的灭亡，是因为卫国国君荒淫无道，现在有这么忠心的臣子，不可以不保存这个国家。"因此，齐桓公在楚丘重新建立卫国。像弘演这样，可说是忠心的人，牺牲自己的生命，剖开身体接纳国君的肝，不仅剖开身体接纳国君的肝,又使得卫君的宗庙得以重新建立,世世代代的子孙祭祀祖先不断绝,他对于卫国可说立下了伟大的功劳。《诗经》说:"天下人都快乐,只有我在忧愁。人民生活都没有不安逸的,只有我劳苦不敢休息。"

205.狐丘丈人

孙叔敖遇狐丘丈人①。狐丘丈人曰:"仆闻之②:有三利,必有三患,子知之乎?"孙叔敖蹴然易容曰③:"小子不敏④,何足以知之!敢问何谓三利?何谓三患?"狐丘丈人曰:"夫爵高者,人妒之;官大者,主恶之;禄厚者,怨归之。此之谓也。"孙叔敖曰:"不然。吾爵益高,吾志益下;吾官益大,吾心益小;吾禄益厚,吾施益博。可以免于患乎?"狐丘丈人曰:"善哉!言乎!尧舜其犹病诸⑤!"《诗》曰:"温温恭人,如集于木;惴惴小心,如临于谷⑥。"

【注释】①狐丘:邑名。丈人:老人的通称。②仆:自谦的称呼。③蹴然:恭敬貌。④小子:自谦的称呼。不敏:迟钝。⑤病:以为不足。⑥温温:和柔的样子。如集于木:恐怕坠落。集:停歇。惴惴:忧虑的样子。临谷,好像面临着深谷,恐怕掉下去。诗句出自《诗经·小雅·小宛》。

【译文】孙叔敖遇到狐丘丈人,狐丘丈人说:"我听说,有三利必有三害,你知道吗?"孙叔敖恭敬地改变脸色说:"我不聪明,怎么能知道呢?请问什么叫三利,什么叫三害?"狐丘丈人说:"爵位高的,人们会嫉妒他;官职大的,君主会厌恶他;俸禄厚的,怨恨会集中于他。这就是三利三害。"孙叔敖说:"不是这样的。我爵位越高,我的态度越谦恭;我的官职越大,做事越加小心谨慎;我的俸禄越多,我的施予恩惠越广博。这样可以免于祸害吗?"狐丘丈人说:"你说的话多么好呀!尧、舜或许都难以做到呢!"《诗经》说:"温和恭谨的人,就像站在树上惟恐坠落;心里恐惧,小心翼翼,好像面临着深谷惟恐掉下去。"

206.不闻其过

孔子曰:"明王有三惧:一曰处尊位而恐不闻其过,二曰得志而恐骄,三曰闻天下之至道而恐不能行。昔者,越王勾践与吴战,大败之,兼有南夷。当是之时,君南面而立。近臣三,远臣五,令诸大夫曰:'闻过而不以告我者,为上戮。'此处尊位而恐不闻其过也。昔者,晋文王与楚战,大胜之,烧其草①,火三日不息。文公退而有忧色,侍者曰:'君大胜楚,而有忧色,何也?'文公曰:'吾闻能以战胜安者,惟圣人;若夫诈胜之徒,未尝不危。吾是以忧也。'此得志而恐骄也。昔者,齐桓公得管仲隰朋,南面而立,桓公曰:'吾得二子也,吾目加明,吾耳加聪。不敢独擅②,进之先祖③。'此闻至道而恐不能行者也。由桓公、晋文、越王勾践观之,三惧者,明君之务也。"《诗》曰:"温温恭人,如集于木;惴惴小心,如临于谷;战战兢兢,如履薄冰④。"此言大王居人上也⑤。

【注释】①烧其草:别版作"烧其军"。《史记·晋世家》做"有晋焚楚军"。军：营盘。②独擅：独自专有。擅：专。③进：推荐。④战战兢兢：形容非常害怕而微微发抖的样子，也形容小心谨慎。战战：恐惧的样子。兢兢：小心谨慎的样子。诗句出自《诗经·小雅·小宛》。⑤大王：明主。

【译文】孔子说："贤明的君主有三种担忧：一是处在尊贵的地位，恐怕听不到别人对自己的过失指摘，二是得意时恐怕自己会骄傲，三是听到全天下最好的道理，恐怕不能实行。从前，越王勾践和吴国作战，大败吴国，兼并了南夷。在这个时候，越王在朝廷面朝向南方去治理国家，亲近他的臣子有三位，稍远的臣子有五位，越王命令大夫们说：'谁听到别人批评我的过失，如果不告诉我，将受最重大的刑戮。'这是处在尊贵的地位，恐怕不能听到自己过失的人。从前，晋文公跟楚国作战，大胜楚国，焚烧楚国的军营，火烧了三天还没有熄灭。文公退兵，脸上却现出忧愁的神色，在他身旁侍候的人说：'君王大胜楚国，可是脸上现出忧愁的神色，为什么呢？'文公说：'我听说能够战胜敌国，使国家安定的，只有圣人能够做到；至于用欺诈的手段获得胜利的那些人，他的国家从来没有不危险的。我因为这个缘故而忧愁。'这是在得意的时候，恐怕自己骄傲的人。从前，齐桓公得到管仲、隰朋的辅佐，脸朝向南方去治理国家，桓公说：'我得到管仲、隰朋两个人，我的眼睛观察事理的能力增加了，我的耳朵分辨事理的能力也增加了。我不敢单独专有，把他们推荐给祖先，请他们帮助我治理国家。'这是听到最好的道理，恐怕难以实行的人。从齐桓公、晋文公、越王勾践这三位君主看来，上面所说的三种恐惧，是贤明君主的事。"《诗经》说："温和恭谨的人，就像站在高树上惟恐坠落；心里恐惧，小心翼翼，好像面临着深谷惟恐掉下去；战战兢兢的，好像走在薄冰上一样。"这是形容圣明君王治国的态度。

207. 日暮酒酣

楚庄王赐其群臣酒,日暮酒酣,左右皆醉。殿上烛灭。有牵王后衣者,后抆冠缨而绝之①,言于王曰:"今烛灭,有牵妾衣者,妾抆其缨而绝之。愿趣火视绝缨者②。"王曰:"止。"立出令曰:"与寡人饮,不绝缨者,不为乐也。"于是冠缨无完者,不知王后绝冠缨者谁,于是王遂与群臣欢饮乃罢。后吴兴师攻楚,有人常为应行③,合战者五,陷阵却敌④,遂取大军之首而献之⑤。王怪而问之曰:"寡人未尝有异于子,子何为于寡人厚也。"对曰:"臣先殿上绝缨者也。当时宜以肝胆涂地⑥,负日久矣⑦,未有所效⑧。今幸得用,于臣之义,尚可为王破吴而强楚。"《诗》曰:"有漼者渊⑨,萑苇淠淠⑩。"言大者无不容也。

【注释】①抆:拔。缨:系冠的丝带。②趣火:赶快点火烛。③应行:别版作"雁行",前行。④合战者五,陷阵却敌:别版作"五合战,五陷阵却敌"。五:虚数,多次的意思。合:军队交锋。合战:交战。陷阵:深入敌人阵地。却敌:把敌人打退。⑤取:俘虏。大军之首:指统帅。⑥肝胆涂地:把肝和胆像泥土般散在地上,极言死亡的惨烈。⑦负:辜负,背德忘恩。⑧效:报效。⑨有漼:漼然,水深的样子。⑩萑:当作"萑"。萑:荻草。苇:芦苇。淠淠:茂盛的样子。诗句出自《诗经·小雅·小弁》。

【译文】楚庄王赏赐他的臣子们饮酒,天色晚了,大家都喝得醉醺醺的时候,殿上的火烛突然熄灭。于是有人趁机拉扯王后的衣裳,王后拉断那人的帽带,向楚庄王报告说:"刚才火烛熄灭时,有人拉扯我的衣裳,我拉断了他的帽带。请你赶快叫人点上火烛,找那个帽带断了的人。"庄王说:"不要这样做。"然后立刻下命说:"今晚同我一起喝酒,不把帽带喝到断了,就不算尽兴。"因此臣子们都扯断帽带,没有人帽带是完整的,不知道谁的帽带被王后扯断,楚庄王就这样与臣子们饮酒尽欢而离席。后来,吴国起兵攻打楚国,有位大臣总是在前面冲锋陷阵,多次交锋多次奋勇作战,深入敌人阵地击退了他们,最终俘虏了敌人的统帅,进奉给楚庄王。楚庄王讶异地问道:"我从来没有对你特别优待,你为什么对我这么好呢?"那位大臣回答说:"我就是以前在殿上被王后断扯帽带的人,当时就应该处死的,我辜负你已经很久了,没有报效你。现在有幸被任用,在做臣子的道义上,还可以为君王打败吴国,使楚国强大。"《诗经》说:"深深的水渊啊!荻草、芦苇长得很茂盛。"就是说胸襟宽大的人没有不包容的。"

208.予慎无辜

传曰:"伯奇孝而弃于亲①,隐公慈而杀于弟②,叔武贤而杀于兄③,比干忠而诛于君。"《诗》曰:"予慎无辜④。"

【注释】①伯奇:周朝尹吉甫的儿子。尹吉甫听信后妻的谗言,把伯奇赶走了。尹吉甫:字吉父,尹是官名,是《诗经》的主要采集者,军事家、诗人、哲学家。②隐公:春秋时期鲁惠公的长庶子,名息姑。公子翚建议隐公杀掉他的弟弟轨(惠公广的嫡子),隐公不许,公子翚恐惧,于是告诉轨说:隐公将要杀你。轨因此命公子翚杀隐公。③叔武:春秋卫侯郑的弟弟。卫国人逐卫侯,拥立叔武为国君,叔武推辞,恐怕其他人为国君,卫侯不能复位,因此即位,设法使卫侯回国,卫侯回国,以为叔武篡位,于是杀叔武。④慎:诚,真的。辜:罪。诗句出自《诗经·小雅·巧言》。

【译文】书传记载说:"伯奇孝顺,却被他父亲赶出家门;鲁隐公慈爱,却被他的弟弟杀死;叔武有贤德,却被他的哥哥杀死;比干忠心,却被他的君王诛杀。"《诗经》说:"我实在是没有罪过呀!"

209. 纣杀比干

纣杀比干,箕子被发佯狂;陈灵公杀泄冶①,邓元去陈以族从②。自此以后,殷并于周,陈亡于楚。以其杀比干泄冶,而失箕子邓元也。燕昭王得郭隗邹衍乐毅,是以魏赵兴兵而攻齐③,栖于莒④。燕之地计众⑤,不与齐均也,然所以信燕至于此者⑥,由得士也。故无常安之国,无宜治之民。得贤者昌,失贤者亡。自古及今,未有不然者也。明镜者,所以照形也,往古者,所以知今也。知恶古之所以危亡,而不务袭蹈其所以安存,则未有以异乎却走而求逮前人也。太公知之⑦,故举微子之后⑧,而封比干之墓⑨。夫圣人之于贤者之后,尚如是厚也,而况当世之存者乎!《诗》曰:"昊天太怃⑩,予慎无辜。"

【注释】①陈灵公:春秋陈宣公的曾孙,名平国,和大夫孔宁、仪行父与夏姬私通,大夫泄冶劝阻,被灵公所杀。②邓元:陈国大夫。③燕昭王得郭隗邹衍乐毅,是以魏赵兴兵而攻齐:别版作"燕昭王得郭隗,而邹衍乐毅以魏齐至之,于是兴兵而攻齐"。燕昭王:战国燕王哙的儿子,名平。当时燕国被齐国所败,昭王即位,厚币以招贤士,为郭隗建筑黄金台,尊他为老师,当时贤士如邹衍、乐毅、剧辛等从各国到来,昭王又能和百姓共甘苦,国家因此富强,于是任命乐毅为上将军,讨伐齐国,攻入齐国都城临淄,占领齐国七十多个城市。④栖于莒:别版作"闵王栖于莒"。闵王:齐闵王,《史记》作"愍王",战国齐宣王的儿子。栖,止息。莒:地名,在今山东省高唐县。⑤燕之地计众:《新书·胎教杂事》"燕度地计众"。⑥信:通"伸",伸展。⑦太公:即姜太公吕尚。⑧微子:商纣王的兄长。名启。为纣王卿士,纣王淫乱,微子谏,不听,遂去。武王灭商,封纣王子武庚于宋;成王时,武庚叛,被诛,将其地封微子,爵为宋公,代殷后,以奉汤祀。微:国名。子:爵。⑨封:积土而成高坟。⑩怃:通"幠",大。诗句出自《诗经·小雅·巧言》。

【译文】纣王杀死比干,箕子就披散头发假装疯狂;陈灵公杀死泄冶,邓元就带领他的族人离开陈国。从此以后,殷商被周朝吞并,陈国被楚国灭掉。因为他们杀了比干和泄冶,并且失去了箕子和邓元的缘故。燕昭王先得到郭隗,而邹衍、乐毅就分别从魏国和齐国到来。因此起兵攻打齐国,使得齐闵王被围困在莒这个地方。测量燕国的土地,计算它的人口,都不能跟齐国相比,但是燕国的势力却扩张到这种地步,是因为它能得到贤士的缘故。所以说没有长久安定的国家,没有适合治理的人民。君主得到贤能的臣子,国家就会昌盛;丧失了贤能的臣子,国家就会灭亡。从古至今,没有不是这样的。明亮的镜子是用来照形体的,过去的事例是用来了解现在的。知道厌恶古代君主使得国家危亡的行为,却不遵循古代君主使得国家安定的行为,那就同退后走而希望赶上前面走的人一般没有什么不同。姜太公知道这个道理，所以在灭商以后，把宋国封给微子的后代，同时修建比干的坟墓。圣人对于有贤德的人的后代，还这么优厚，何况对当时还活着的贤人呢！《诗经》说："老天降下的威怒太大了，我实在是没有罪过的呀！"

210. 因其友见

宋玉因其友见楚襄王①。襄王待之无以异，乃让其友②。友曰③："夫姜桂因地而生④，不因地而辛；女因媒而嫁，不因媒而亲。子之事王未耳，何怨于我？"宋玉曰："不然。昔者，齐有狡兔，尽一日走五百里，使之瞻见指注⑤。虽良狗犹不及狡兔之尘，若摄缨而纵绁之⑥，瞻见指注与！"《诗》曰："将安将乐⑦，弃予作遗。"

【注释】①宋玉：战国楚人，屈原的学生，为楚国大夫。因：凭借。楚襄王：即楚顷襄王，战国楚怀王的儿子，名横。②让：责备。③友曰：《新序·杂事五》作"其友曰"。④姜：生姜。桂：牡桂，肉桂。⑤指注：《新序·杂事五》作"指属"。注：通"属"。指属：指示属目。⑥若摄缨而纵绁之：摄：引持。缨：本意为系在马胸前的大带，这里解作系在狗胸前的大带。绁：牵引狗的带子。《新序》中这句下有"则狡兔不能离也。今子之属臣也，摄缨而纵绁与"十九字。离：去，逃走。属：付托。与：通"欤"。⑦将：语辞。诗句出自《诗经·小雅·谷风》。

【译文】宋玉靠他的朋友引荐得以拜见楚襄王。襄王对待他与别人没有什么不同，宋玉因此责备他的朋友。他的朋友说："生姜和肉桂靠土地而生长，不因土地而变为辛辣；女子靠媒人介绍而嫁人,不因媒人使他们夫妇亲爱。你奉事君王还有没做到的地方,为什么埋怨我呢?"宋玉说:"不对。从前,齐地有种狡猾的兔子,一整天能够跑五百里,使它看到指示给它的醒目的目标。即使是善于奔跑的狗也还追不到狡兔奔跑时后面扬起的灰尘,如果牵引狗胸前所系的大带,放开系狗的带子,那么狡兔也不能离开狗的嘴巴。现在你把我介绍给楚王,是牵引到前面放开带子呢,还是指示了醒目的目标呢?"《诗经》说:"安乐的时候,抛弃我像遗弃东西一般。"

211.宋燕相齐

宋燕相齐①,见逐。罢归之舍,召门尉陈饶等二十六人曰②:"诸大夫有能与我赴诸侯者乎?"陈饶等皆伏而不对。宋燕曰:"悲乎哉!何士大夫易得而难用也。"饶曰:"君弗能用也,则有不平之心③,是失之己而责诸人也。"宋燕曰:"夫失诸己而责诸人者何?"陈饶曰:"三斗之稷,不足于士。而君雁鹜有余粟④,是君之一过也。果园梨栗,后宫妇人以相提掷⑤,士曾不得一尝⑥,是君之二过也。绫纨绮縠⑦,靡丽于堂⑧,从风而弊⑨,士曾不得以为缘⑩,是君之三过也。且夫财者,君之所轻也;死者,士之所重也。君不能行君之所轻,而欲使士致其所重,犹譬铅刀畜之⑪,而干将用之⑫,不亦难乎!"宋燕面有惭色,逡巡避席曰:"是燕之过也。"《诗》曰:"或以其酒,不以其浆⑬。"

【注释】①宋燕:为战国时人。《战国策·齐策》作"管燕",《说苑·尊贤》作"宗卫",《新序·杂事二》作"燕相"。②门尉:守门官。陈饶:《说苑·尊贤》作"田饶",陈、田古通。③君弗能用也,则有不平之心:《群书治要》作"非士大夫易得而难用也,君弗能用也;君不能用,则有不平之心"。④雁:鹅。鹜:鸭。⑤提挪:投掷。⑥士曾不得一尝:别版作"而士曾不得一尝"。⑦绫:细布。纨:丝织的细绢。绮:织素色花纹的布舞。縠:绉纱。⑧靡丽:华丽。⑨弊:败坏。⑩士曾不得以为缘:别版作"而士曾不得以为缘"。缘:衣服上的饰边。⑪犹譬铅刀畜之:《群书治要》作"譬犹铅刀畜之"。铅刀:用铅制成的刀。畜:养。⑫干将:名剑。⑬浆:一种带酸味的饮料。诗句出自《诗经·小雅·大东》。

【译文】宋燕在齐国做卿相,被驱逐。免职回到家里,召集门尉陈饶等二十六人说:"诸位大夫,有谁愿意跟我一道到其他诸侯国去?"陈饶等都俯伏在地上不回答。宋燕说:"令人悲伤啊!为什么士大夫容易得到,而却难以任用呢?"陈饶回答说:"您不能重用他们,他们心里就会感到不平,这是自己有过失却反而责怪别人啊。"宋燕说:"自己有过失却反而责怪别人会怎么样呢?"陈饶回答说:"您给士人的是三斗黍稷的薪俸,这不够他们食用,可是您家里饲养的鸭鹅却有吃不完的粮食,这是您的第一点过失。您家果园里长的梨子栗子,您后房里的妇女拿来互相抛掷玩乐,可是士人却一口都没有尝过,这是您的第二点过失。您家里的绫罗绸缎华丽地悬挂在厅堂上,随风飘荡而败坏,可是士人想用它们做衣服的滚边也得不到,这是您的第三点过失。而且,财物是您所轻视的,死亡却是士人所重视的。您不能把您所轻视的东西给予士人,却希望士人把他们所重视的东西给您,就好像铅刀般地对待他们,却希望他们有干将般的用途,这不是很困难吗?"宋燕的脸上露出惭愧的神色,往后退离开了座位,说:"这是我的过错。"《诗经》说:"有人也许以为是美酒,有人并不以为是甜浆。"

212.善为政者

传曰:善为政者,循情性之宜,顺阴阳之序,通本末之理,合天人之际。如是,则天地奉养①,而生物丰美矣。不知为政者,使情厌性②,使阴乘阳③,使末逆本④,使人诡天气⑤,鞠而不信⑥,郁而不宜⑦。如是,则灾害生,怪异起。群生皆伤,而年谷不熟,是以其动伤德,其静无救,故缓者事之⑧,急者弗知⑨,日反理而欲以为治。《诗》曰:"废为残贼⑩,莫知其尤⑪。"

【注释】①奉养:进奉供养。②情:情欲,谓喜、怒、哀、乐、爱、恶、欲。厌:压制。性:本性,谓仁、义、礼、智、信。③乘:陵驾,逾越。④逆:违拂,不顺。⑤诡:违反。天气:气候现象。⑥鞠:屈曲。信:通"伸"。⑦郁:积,蕴结。宣:疏通。⑧缓:舒缓,指不急迫的事。事:从事。⑨急者:指急迫的事。弗知:不知。⑩废:变坏。残:伤。贼:害。⑪尤:过失。诗句出自《诗经·小雅·四月》。

【译文】书传记载说:擅长治理国政的人,依循着人的性情,顺应着阴阳的次序,通达本末的道理,使天人之间相应,这样,天地生养万物,而万物生长得很丰盛。不知道治理国政的人,使人的情欲压制了本性,使阴气凌驾阳气,使末节违逆根本,使人违反天气,人的情意压抑而不能伸展,蕴结而不能舒畅。这样,灾害就会发生,怪异的事便会兴起,万物都受到伤害,而五谷不能成熟,因此他一举一动都会伤害德性,静止又没有办法防止祸乱,他去做一些不急迫的事情,却不知道什么是急迫的事情,每天做的事情都违背了道理,而想这样以使国家安定。《诗经》说:"执政者变为伤害人民的人,还不知道他自己的过失。"

213. 去而北游

魏文侯之时①,子质仕而获罪焉②。去而北游,谓简主曰③:"从今已后④,吾不复树德于人矣。"简主曰:"何以也⑤?"质曰:"吾所树堂上之士半⑥,吾所树朝廷之大夫半,吾所树边境之人亦半。今堂上之士⑦,恐我以法,边境之人劫我以兵,是以不树德于人也⑧。"简主曰:"噫!子之言过矣。夫春树桃李,夏得阴其下⑨,秋得食其实。春树蒺藜,夏不可采其叶,秋得其刺焉。由此观之,在所树也。今子所树,非其人也。故君子先择而后种也。"《诗》曰:"无将大车⑩,惟尘冥冥⑪。"

【注释】①魏文侯:战国魏驹的孙子,名斯。史记作"都"。②子质:人名,姓氏不详。③简主:一般指赵简子,据《史记·年表》,魏文侯即位,在赵简子死后三十三年。④已:通"以"。⑤以:原因。⑥堂上:官吏判事的地方,公堂。⑦今堂上之士:《太平御览》作"今堂上士,恶我于君,朝廷之大夫"。⑧是以不树德于人也:《太平御览》作"是以不复树德于人也"。⑨阴:通"荫",覆荫。⑩将:扶进。大车:牛驾的车。⑪冥冥:昏暗的样子。诗句出自《诗经·小雅·无将大车》。

【译文】魏文侯在位的时候,子质做官犯了罪,离开魏国向北到了赵国,他拜见赵简子说:"从今以后,我不再对别人施恩德了。"简子说:"为什么呢?"子质说:"魏国公堂上办事的士人,我培养的占了一半,朝廷里的大夫我培养的占一半,守卫边境的人由我培养的也占一半。如今公堂上的士人在君王面前说我的坏话,朝廷里的大夫用法律威胁我,防守边境的人拿着武器捉拿我,所以我不再对别人施德了。"赵简子说:"您的话这样说就错了,如果春天栽种桃李,夏天就可以在桃李树下乘凉,秋天就可以吃到果实。如果春天栽种蒺藜,夏天就不可以摘它的叶子,秋天只能得到它的尖刺。由此看来,得到什么结果在于栽种什么树。现在您所培养的不是有德行的人,所以君子应该事先选准对象再培养提拔。《诗经》说:'不要去推那辆大车,因为车后会扬起迷迷蒙蒙的灰尘。'"

214.顺道而行

正直者,顺道而行,顺理而言,公平无私。不为安肆志①,不为危激行②。昔,卫献公出走③。反国,及郊,将班邑于从者而后入④。太史柳庄曰⑤:"如皆守社稷,则孰负羁绁而从⑥;如皆从,则孰守社稷。君反国而有私,无乃不可乎!"于是不班也。柳庄正矣!昔者,卫大夫史鱼病且死⑦,谓其子曰:"我数言蘧伯玉之贤而不能进⑧,弥子瑕不肖而不能退⑨。为人臣,生不能进贤而退不肖,死不当治丧正堂,殡我于室⑩,足矣。"卫君问其故,子以父言闻,君造然召蘧伯玉而贵之⑪,而退弥子瑕,从殡于正堂⑫,成礼而后去。生以身谏,死以尸谏,可谓直矣。《诗》曰:"靖共尔位⑬,好是正直。"

【注释】①肆志:放纵心志。②不为危激行:《太平御览》作"不为危易行"。易行:改变行为。③卫献公出走:卫献公,春秋卫成公的曾孙,名衎。被大夫孙林父所逐,逃亡到齐国,共十二年,后回国,前后在位十五年。④班邑:赏赐县邑。班:颁。⑤太史:官名,执掌记载时事,兼掌天文历法。⑥羁:马络头。絷:马绳。⑦史鱼:字子鱼。春秋卫国大夫。且:将要。⑧蘧伯玉:春秋卫国大夫,名瑗,字伯玉,谥成子。⑨弥子瑕:春秋卫灵公的嬖大夫。⑩殡:停放灵柩或把灵柩送到墓地去。⑪造然:急遽。⑫从:别版作"徙"。徙:迁移。靖:勤勉做事。⑬位:官职。诗句出自《诗经·小雅·小明》。

【译文】正直的人,做事遵循正道,说话符合正理,公平没有私心。不因为处在安定的境地而放纵心志,不因为处在危险的境地而改变操行。从前,卫献公出逃到国外。后来又返回卫国复位,到了城郊,想要把一些采邑分赏给随他逃亡的人,然后再进城。柳庄说:"如果大家都留下来保卫国家,那么谁背着马络头和缰绳跟随君王逃亡?如果大家都跟随着您逃亡,那么谁来保卫国家呢?国君一返回国家就有偏私,恐怕这不可以吧!"于是,卫献公没有分赏采邑。柳庄是公正的人啊! 从前,卫国大夫史鱼生病将要死了,对他的儿子说:"我屡次跟国君推荐蘧伯玉贤能,但是蘧伯玉仍然不被任用;弥子瑕不贤,但是弥子瑕仍然不被黜免。做臣子的,活着的时候不能成功推荐贤人、黜退不贤的人,死后不应在正堂办丧事,把我的灵柩停在内室就行了。卫灵公来吊丧,问为什么把史鱼的灵柩停在内室,他的儿子把父亲那番话告诉卫灵公。卫灵公听了立刻召见蘧伯玉,给他很高的官职，同时免了弥子瑕的官职，把史鱼的灵柩迁到正堂停放，完成丧礼之后才返回朝廷。史鱼活着的时候以身去劝谏君主，死了以后以尸体劝谏，可说是正直的人。《诗经》说："勤勉认真对待你的本职，令人总是爱好正直的德行。"

215. 孔子闲居

孔子闲居①，子贡侍坐，请问为人下之道奈何。孔子曰："善哉！尔之问也！为人下，其犹土乎！"子贡未达②，孔子曰："夫土者，掘之得甘泉焉，树之得五谷焉；草木植焉，鸟兽鱼鳖遂焉③；生则立焉，死则入焉。多功不言，赏世不绝。故曰：能为下者④，其惟土乎！"子贡曰："赐虽不敏，请事斯语。"《诗》曰："式礼莫愆⑤。"

【注释】①闲居：闲静居处。②达：通晓。③遂：成长。④能：善。⑤式：法。莫愆：没有差错。诗句出自《诗经·小雅·楚茨》。

【译文】孔子在家闲坐，他的学生子贡陪侍在旁，请教孔子做好为人属下的方法。孔子说："好啊！你所问的问题，做人属下，大概就像土地吧！"子贡不明白老师的意思。孔子又说："土地，挖掘它就可以得到甘泉，耕耘它就会得到五谷；草木生长在它上边，鸟兽鱼鳖在其间各得其所；人活着就站在它上面，死后就埋入地里面。大地的功劳很多却从不会四处张扬，为世人赞赏永不断绝。所以说善于做属下的，大概只有土地吧。"子贡说："我虽然不聪明，也一定要遵照您这话去做。"《诗经》说："依照礼去做不会出差错。"

216.不食鲡鱼

传曰:南假子过程本①,本为之烹鲡鱼②。南假子曰:"闻君子不食鲡鱼。"本子曰:"此乃君子食也,我何与焉③?"假子曰:"夫高比,所以广德也④;下比,所以狭行也⑤。比于善者,自进之阶;比于恶者,自退之原也。且《诗》不云乎:'高山仰止,景行行止⑥。'吾岂自比君子哉?志慕之而已矣。"

【注释】①程本:春秋晋国人,博学善持论,名闻于诸侯,自号程子,后改称子华子,著有《子华子》。过:访问。②鲡鱼:生长在河湖池沼中,喜食小鱼。③此乃君子食也,我何与焉:《说苑·杂言》作"乃君子否,子何事焉"。与:参与。④高比:谓和德行好的人相比。广德:增进德行。⑤狭行:使德行狭隘。⑥景行:大路。诗句出自《诗经·小雅·车辖》。

【译文】书传记载说:南假子访问程本,程本煮鲡鱼给他吃。南假子说:"听说君子不吃鲡鱼。"程本子说:"君子是不吃的,和你吃不吃有什么关系?"假子说:"往上跟德行好的人比,会使德行长进;往下跟德行不好的人比,会使德行减退。跟好人相比,是使自己进步的台阶;跟坏人相比,是使自己退步的原因。而且《诗经》中不是这么说吗:'我仰望高山,我走在大路上。'我哪里是把自己比作君子呢?只是我内心羡慕他们罢了。"

217.齐有鲍叔

子贡问大臣,子曰:"齐有鲍叔,郑有子皮①。"子贡曰:"否。齐有管仲,郑有东里子产②。"孔子曰:"产,荐也③。"子贡曰:"然则荐贤贤于贤④。"曰:"知贤,知也⑤;推贤,仁也;引贤,义也。有此三者,又何加焉?"

【注释】①子皮:即罕虎。姬姓,罕氏,名虎,字子皮,春秋时期郑国的当国、卿大夫。郑穆公的曾孙。前544年,继任父亲子展为当国正卿。饥荒时,他送给国人粮食。次年,请子产为政,自己退居幕后,协助子产理政。子皮去世,子产痛哭。②子产:姬姓,国氏,名侨,字子产,又字子美,居住在东里,故称东里子产。子产执政期间,改革内政,慎修外交,捍卫了郑国利益,是春秋末期郑国的政治家、思想家、改革家。后世将他视为中国历史上宰相的典范。③产,荐也:别版作"管仲,鲍叔荐也;子产,子皮荐也"。④荐贤:推荐贤人的人。贤于贤:前一个贤解释为胜过。后一个贤解释为贤人。⑤知:通"智"。

【译文】子贡问孔子各国重要的臣子,孔子说:"齐国有鲍叔,郑国有子皮。"子贡说:"不对的。齐国有管仲,郑国有东里子产。"孔子说:"管仲是鲍叔推荐的,子产是子皮推荐的。"子贡说:"那么推荐贤人的人是要胜过贤人的。"孔子说:"知道谁是人才,这是智慧;推举人才,这是仁爱;引荐人才,这是义气。一个人具备这三种美德,他的品行还要再加什么呢?"

218.游于景山

孔子游于景山之上①,子路子贡颜渊从。孔子曰:"君子登高必赋②,小子愿者何③?言其愿,丘将启汝。"子路曰:"由愿奋长戟,荡三军④。乳虎在后⑤,仇敌在前。蠹跃蛟奋⑥,进救两国之患。"孔子曰:"勇士哉!"子贡曰:"两国构难⑦,壮士列阵,尘埃涨天,赐不持一尺之兵,一斗之粮,解两国之难。用赐者存,不用赐者亡。"孔子曰:"辩士哉!"颜回不愿,孔子曰:"回何不愿?"颜渊曰:"二子已愿,故不敢愿。"孔子曰:"不同意,各有事焉。回其愿,丘将启汝。"颜渊曰:"愿得小国而相之,主以道制。臣以德化,君臣同心,外内相应,列国诸侯莫不从义向风⑧,壮者趋而进,老者扶而至,教行乎百姓。德施乎四蛮。莫不释兵,辐辏乎四门⑨。天下咸获永宁,蝡飞蠕动⑩,各乐其性⑪。进贤使能,各任其事。于是君绥于上⑫,臣和于下,垂拱无为⑬,动作中道⑭,从容得礼⑮,言仁义者赏,言战斗者死,则由何进而救,赐何难之解。"孔子曰:"圣士哉!大人出,小子匿,圣者起,贤者伏。回与执政,则由赐焉施其能哉?"《诗》曰:"雨雪瀌瀌⑯,见晛曰消⑰。"

【注释】①景山:大山。②赋:陈述志愿。③小子:老师称呼他的学生。④荡:冲杀。三军:军队,这里指敌人的军队。⑤乳虎:产子的母虎。母虎在产子时,为护养它的儿子,特别凶猛。⑥蠹:虫名,咬木虫。蛟:龙属。⑦构难:结成怨仇。构:结成。难:仇雠。⑧从义向风:疑当作"向义从风"。向义：归向正义。从风：比喻附从的迅速。⑨辐：车轮中直木。辏：聚集。辐辏：归聚。四门：都城四方的门，这里指都城。⑩蝖飞蠕动：泛指各种动物活动。蝖飞：虫类飞行。蝖：虫类飞。蠕动：虫类爬行。蠕：虫动。⑪性：通“生”。⑫绥：安定。⑬垂拱：垂衣拱手。⑭中：合。⑮从容：举动。⑯瀌瀌：盛多的样子。⑰见晛：《诗考》引作“曣晛”。曣晛：太阳出来。诗句出自《诗经·小雅·角弓》。

【译文】孔子登临大山游玩，子路、子贡和颜渊随从。孔子说：“君子爬上高山一定陈述自己的志向，你们的志向是什么？说出你们的志向，我将会启发你们。”子路说：“我的愿意挥动长戟，冲杀敌军。虽然在后面有凶猛的老虎，前面有世仇的敌人。我像蠡虫般在跳蹿，像蛟龙般奋勇，前去阻止两个国家的战争。”孔子说：“你是个勇士呀！”子贡说：“两个国家有怨仇，强壮的战士列好了战阵，尘埃遮蔽了天空，我不要拿一把短刀，也不带一点粮食，就可以解除两国间的怨仇。任用我的国家就能保存，不任用我的国家就会灭亡。”孔子说：“你是个辩士呀！”颜渊不说出他的志向。孔子说：“回，你为什么不愿说出你的志向呢？”颜渊说：“两位同学已经说出他们的志向，所以我不敢说出来。”孔子说：“每个人心意不相同，各人各有他的作为。回，你还是说出你的志向，我将会启发你。”颜渊说：“我希望在一个小国家做卿相，国君用正道管理人民，臣子用道德教化人民，君臣心志相同，朝廷内外互相和应，使各国诸侯都很迅速地归向正义。壮年人很快地归附，老年人相扶持来到，教化通行于百姓，恩泽披于四方蛮夷，大家没有不放下武器，聚集在都城四个城门，天下都得到永久的安宁，连各种动物，无论是天上飞的，地上爬的，都能各得其乐的生活。君主任用贤能的人，分别担任各种事情。

君主能够安居上位,臣子能够和谐相处,君主垂衣拱手无所作为,行动合于正道,举止合于礼节,赏赐谈论仁义的人,处死谈论战争的人,那么还有什么祸患让仲由拯救,还有什么怨仇让端木赐去解除呢!"孔子说:"你是个圣哲之人呀!有德行的人出现,品德恶劣的人隐匿,圣人起来,贤人藏伏,如果颜回执掌国家的政治,那么由、赐怎么能够施展他们的才能呢?"《诗经》说:"雪花落下满天飘舞,但一见到阳光就全部融化了。"

219.孔子鼓瑟

昔者,孔子鼓瑟,曾子子贡侧门而听①。曲终,曾子曰:"嗟乎!夫子瑟声殆有贪狼之志②,邪僻之行,何其不仁,趋利之甚。"子贡以为然,不对而入。夫子望见子贡有谏过之色,应难之状③,释瑟而待之,子贡以曾子之言告。子曰:"嗟乎!夫参,天下贤人也,其习知音矣!乡者④,丘鼓瑟,有鼠出游。狸见于屋⑤,循梁微行⑥,造焉而避⑦,厌目曲脊⑧,求而不得。丘以瑟淫其音⑨,参以丘为贪狼邪僻,不亦宜乎?"《诗》曰:"鼓钟于宫,声闻于外⑩。"

【注释】①侧门而听:《类说》作"侧耳而听"。②殆:近。贪狼:贪狼好像狼一般。③难:诘责。④乡:不久。⑤狸:指野猫。见:通"现"。⑥微行:轻巧地行走。⑦造:至。避:躲避。⑧厌目:眼睛显露憎恶的光。厌:憎恶。曲脊:弯曲着背脊。⑨淫:浸渍。⑩鼓:击,敲。诗句出自《诗经·小雅·白华》。

【译文】从前,孔子弹瑟,曾子和子贡侧着耳朵倾听。等弹奏乐曲完毕,曾子说:"唉!老师弹奏的瑟声当中,似乎有同狼一般贪婪狠毒的心志,不正当的行为,为什么那么没有仁心,那么过分追求利益。"子贡认为他说的对,没有回答就走进孔子的房间。孔子看见子贡脸上有劝止的神色,诘难的表情,就放下瑟来等着他说话,子贡把曾子的话告诉孔子。孔子说:"唉!曾参啊,他是天下有贤德的人,他很了解音律啊!刚才,我在弹瑟,一只老鼠从洞里出来。有只野猫出现在屋里,它循着屋梁轻轻地爬行,等走到老鼠面前,老鼠逃走了。野猫眼里发出憎恶的光,弓起背脊,想抓老鼠却抓不到。我把这情景弹奏在瑟音里,曾参认为我有像狼般贪婪狠毒的心志,不正当的行为,他的评论不也是很恰当吗?"《诗经》说:"在房子里面敲钟,声音可以传达到外面。"

220.为人父者

为人父者,必怀慈仁之爱。以畜养其子,抚循饮食①,以全其身;及其有识也,必严居正言,以先导之;及其束发也,授明师以成其技②;十九见志,请宾冠之③,足以死其意④;血脉澄静,娉内以定之⑤,信承亲授,无有所疑。冠子不言⑥,发子不答⑦,听其微谏⑧,无令忧之⑨,此为人父之道也。《诗》曰:"父兮生我,母兮鞠我⑩。拊我畜我⑪,长我育我⑫。顾我复我⑬,出入腹我⑭。"

【注释】①抚循:安慰。②束发:到了儿童时期,把头发束缚起来。③宾:

宾客，主持冠礼的人。冠：加冠。④死其意：别版作"成其德"。⑤娉：古聘字。聘：定婚。内：内人，妻子。定：使心志安定。⑥冠子不言：别版作"冠子不詈"。詈：责骂。⑦发子不答：发子：已经束发的儿子。笞：鞭打。⑧微谏：轻微婉转的劝告。⑨令：用。⑩鞠：养育。⑪拊：抚摩。畜：养活。⑫育：覆育，即母亲用身子偎靠幼儿，像鸟用羽翼覆盖小鸟似的。⑬顾：回顾。复：返回。⑭腹：怀抱。诗句出自《诗经·小雅·蓼莪》。

【译文】做父亲的人，一定要怀有一颗仁慈的心去抚养他的孩子，抚慰他，给他饮食，使他身体健康；等到他有知识了，自己的生活要严肃，说话要正直，作为榜样去教导他；等他到了儿童时期，把他付托给贤明的老师，教导他学习技艺；到了十九岁，他已能表现他的志向时，请有德行的人为他主持加冠礼，教导他修养品德；等他血脉澄清安静，替他娶媳妇，使他心志安定，对他做的事或交给他做的事完全信任。成年的孩子不要责骂，年幼的孩子不要鞭打，听从他婉转的劝告，不要使他忧虑，这是做父亲的道理。《诗经》说："父亲生下了我，母亲养育了我。他们安抚我，养活我，培育我，使我长大。他们将离去，还回头看或走回来照顾我，无论在家或出门都曾抱着我。"

卷 八

221.越王勾践

越王勾践使廉稽献民于荆王①,荆王使者曰:"越,夷狄之国也。臣请欺其使者。"荆王曰:"越王,贤人也。其使者亦贤,子其慎之!"使者出,见廉稽曰:"冠,则得以俗见②;不冠,不得见。"廉稽曰:"夫越,亦周室之列封也,不得处于大国③,而处江海之陂④,与鼋鳣鱼鳖为伍⑤,文身翦发,而后处焉。今来至上国⑥,必曰:'冠,得俗见;不冠,不得见。'如此,则上国使适越,亦将劓墨文身翦发⑦,而后得以俗见。可乎?"荆王闻之,披衣出谢⑧。孔子曰:"使于四方,不辱君命,可谓士矣⑨。"

【注释】①廉稽:越国使者。献民:进奉战胜所捕获的俘虏。荆王:楚王。②冠,则得以俗见:别版作"冠,则得以礼见"。③处于大国:《太平御览》引作"处于中国"。中国：指汉民族所居黄河流域一带地方。④江：长江。海：大海。陂：傍。⑤鼋：同"鼋"。鼋：大龟。鳣：黄鱼。鳖：甲壳，亦名团鱼。⑥上国：对别国的尊称。⑦劓：割鼻子。墨：在额上刺字，涂上墨。⑧谢：自己承认过错。⑨使：出使。辱：辜负。语句出自《论语·子路》。

【译文】越王勾践派遣廉稽把战俘进献给楚王，楚王的使者对楚王说："越国，是夷狄的国家，我请求你允许我欺侮他们派来的使者。"楚王说："越王是一个贤明的人，他派遣的使者也是贤明的，你可要谨慎啊！"使者走出王宫，见廉稽说："戴上礼帽，就能依照礼节拜见我们的国君；不戴礼帽，就不能拜见我们的国君。"廉稽说："越国，也是周朝分封的诸侯，没能够居处在中国，而居处在长江大海边上，跟鱼龟等相伴，因此把身体画上了花纹，剪短了头发，然后才能适应环境。现在来到贵国，一定要说：'戴上礼帽，就能依照礼节拜见贵国国君；不戴礼帽，就不能拜见贵国国君。'那么贵国的使者到越国，是不是也要割鼻子、额上刺字、脸上涂墨，把身体画上了花纹，剪短了头发，然后才能依照礼节进见我国君主。这样可以吗？"楚王听到这番话，披上大衣，出来谢罪。孔子说："出使外国，完成君主付托的任务，这便可以称做士了。"

222.富贵安乐

人之所以好富贵安乐，为人所称誉者，为身也；恶贫贱危辱，为人所谤毁者，亦为身也。然身何贵也？莫贵于气①。人得气则生，失气则死。其气非金帛珠玉也，不可求于人也；非缯布五谷也，不可籴买而得也②。在吾身耳，不可不慎也。《诗》曰："既明且哲③，以保其身。"

【注释】①气：体气，生命力。②籴：买入谷类。③哲：智慧。诗句出自《诗经·大雅·烝民》。

【译文】每个人喜爱富裕尊贵安定快乐，被人家称赞的原因，是为了自身；厌恶贫穷卑贱危险耻辱，被人家诽谤的原因，也是为了自身。但是自身可贵的是什么？没有比气更可贵了。人具有气，就能生存；失掉了气，就会死亡；这种气不是黄金、布帛、珍珠、宝玉，不可以向人家求到的；也不是缯帛、布疋、五谷、杂粮，不可以买到的。这种气存在我们的身体里，不可以不谨慎保养。《诗经》说："既明理又有智慧，才能安然保护好身体。"

223. 吴人伐楚

吴人伐楚①，昭王去国②，国有屠羊说从行③。昭王反国，赏从者，及说。说辞曰："君失国，臣所失者屠；君反国，臣亦反其屠。臣之禄既厚，又何赏之？"辞不受命，君强之。说曰："君失国，非臣之罪，故不伏诛；君反国，非臣之功，故不受其赏。吴师入郢④，臣畏寇避患，君反国，说何事焉？"君曰："不受，则见之。"说对曰："楚国之法，商人欲见于君者，必有大献重质，然后得见。今臣智不能存国，节不能死君，勇不能待寇。然见之，非国法也。"遂不受命，入于涧中。昭王谓司马子期曰⑤："有人于此，居处甚约⑥，议论甚高。为我求之，愿为兄弟，请为三公⑦。"司马子期舍车徒求之，五日五夜，见之，谓曰："国危不救，非仁也；君命不从，非忠也；恶富贵于上，甘贫苦于下，意者过也。今君愿为兄弟，请为三公。不听君，何也？"说曰："三公之位，我知其贵于刀俎之肆矣⑧；万钟之禄，我知其富于屠羊之利矣⑨。今见爵禄之利，而忘辞受之礼，非所闻也。"遂辞三公之位，而反乎屠羊之肆。君子闻之曰："甚矣哉！屠羊子之为也。约己持穷，而处人之国矣。"说曰："何谓穷？吾让之以礼，而终其国也。"曰："在深渊之中，而不援彼之危，见昭王德衰于吴，而怀宝绝迹⑩，以病其国，欲独全己者也。是厚于己而薄于君，狷乎⑪！非救世者也。""何如则可谓救世矣？"曰："若申伯仲山甫可谓救世矣！昔者，周德大衰，道废于厉⑫。申伯仲山甫辅相宣王⑬，拨乱世⑭，反之正。天下略振，宗庙复兴⑮。申伯仲山甫乃并顺天下，匡救邪失，喻德教，举遗士⑯，海内翕然向风⑰。故百姓勃然咏宣王之德⑱。《诗》曰：'周邦咸喜，戎有良翰⑲。'又曰：'邦国若否⑳，仲山甫明之。既明且哲，以保其身。夙夜匪懈㉑，以事一人㉒。'如是，可谓救世矣。"

【注释】①吴人伐楚：周敬王十四年，吴国联合蔡国共同讨伐楚国。②昭王：春秋楚平王的儿子，名壬。③屠羊：宰羊。④郢：楚国的都城。⑤司马：官名。子期：即楚公子结，昭王兄。⑥约：节俭。⑦三公：就是指司马、司徒、司空。⑧刀俎之肆：卖肉店。俎：砧板。肆：店铺。⑨我知其富于屠年利矣：别版作"我知其富于屠羊利矣"。⑩怀宝：具有才能。绝迹：隐居不跟别人往来。⑪狷：耿介不与人苟合。⑫厉：周厉王，周穆王四世孙，名胡，好利，监谤，国人把王放逐于彘（今山西霍县）。废：败坏。⑬申伯：周宣王的母舅,申国的国君,为周朝贤能的卿士。仲山甫:鲁献公次子,姓姬,字仲山甫,为周宣王的卿士,辅佐宣王中兴。宣王:周宣王,周厉王的儿子,名静。辅相:辅佐。⑭拨:治理。⑮宗庙:本义为祭祀祖先的官室,这里引伸为国家。⑯遗士:没有做官的贤士。⑰翕然:和顺的样子。向风:闻风。⑱勃然:兴起的样子。⑲戎:语词。翰:干部。⑳邦国:指各诸侯。若:善。否:不善。㉑匪懈:不懈怠。㉒事:事奉,伺候。一人:指天子。诗句出自《诗经·大雅·嵩高》。

【译文】吴国攻入楚国,楚昭王逃到国外去,楚国有一个杀羊的屠户名叫说的随着逃亡。后来昭王回国复位,赏赐随从逃亡的人,也赏赐了说,他拒绝道:"君王丧失了国家,我丧失的是屠宰的职业;君王返回国都复位,我也返回重操屠宰的旧业。我的俸禄已经够多,又为什么还要赏赐我呢?"他推辞不接受赏赐,昭王勉强他接受。屠羊说说道:"君王丧失国家,不是我的罪过,所以不被处死;君王回国复位,不是我的功劳,所以不接受赏赐。吴国军队占领郢城,我畏惧敌寇,躲到国外避灾祸,君王回国,我有什么功劳呢?"昭王说:"不接受赏赐,那就来见见我。"屠羊说回答道:"楚国的法令规定,商贾要见君王,一定要备有丰厚而重要的礼物,然后才能得以见到君王。我的智慧不能保全国家,我的节操未能为君王牺牲性命,我的勇敢不能抵御敌人。像这样去见君王,跟国家法令不相符。"因此不接受昭王的命令,隐居在山涧里。昭王对司马子期说:"有一个人在这里,生活非常节俭,议论相当高妙。你替我把他找来,我愿意跟他结交为兄弟,请求他出任三公之职。"司马子期丢开车驾人众,独自进入深山寻找,经过五天五夜,才见到屠羊说,对他说:"国家面临危亡的时候不去拯救,是不仁的表现;君主的命令不去服从,是不忠的表现；厌恶富贵，愿意过贫苦的日子。我想这样是不对的。现在君王愿意跟你结交为兄弟，请你担任三公的职位。你不听从君王的命令，为什么呢？"屠羊说回答道："三公的职位，我知道它比在肉铺里卖肉要高贵；万钟的薪俸，我知道它比屠宰羊所获的利益要丰厚。现在如果看见爵位、薪俸的利益，却忘记辞让的礼节，我从没有听说这样做是对的。"于是辞让三公的职位，回到屠宰羊的店铺去。君子听见这件事，说："太过分了！屠羊说的作为。约束自己，过着穷困的生活，而居住在别人的国家。"屠羊说说道："什么叫做穷困呢？我是依照礼推辞爵禄，终身住在这个国家。"君子又说："你过去处在深渊当中，不去援救楚国的危难，看见昭王被吴国打败后，国家处于衰弱之时，你却怀抱才能，隐居起来，使国家遭受困难，想要单独保全自己。这是对待自己宽厚而对待君王轻薄，你是个狷介的人，不是救世的人。""怎么样才可以算是救世的人呢？"回答说："像申伯和仲山甫可说是救世的人。从前，周朝的德政非常衰微，厉王不依照正道施政。申伯和仲山甫辅佐宣王，治理乱世，使国家恢复秩序。天下的百姓稍微振奋，国家就复兴。申伯和仲山甫顺从天下人心，匡正政治上的过失，用道德教化人民，发现推选被遗漏的才德之士，天下人一起来响应。所以百姓都歌颂宣王的德政。《诗经》说：'周国的人都高兴，君王有了良臣。'又说：'诸侯各国是好或是不好，仲山甫很清楚。他既明理又有智慧，保全他自身。无论早晚都不懈怠，事奉天子一个人。'像这样可说是救世的人了。"

224.使晋而反

齐崔杼弑庄公,荆蒯芮使晋而反。其仆曰①:"崔杼弑庄公,子将奚如②?"荆蒯芮曰:"驱之③!将入死而报君。"其仆曰:"君之无道也,四邻诸侯莫不闻也。以夫子而死之,不亦难乎?"荆蒯芮曰:"善哉!而言也④!早言,我能谏;谏而不用,我能去;今既不谏,又不去。吾闻之,食其食,死其事,吾既食乱君之食,又安得治君而死之!"遂驱车而入,死其事。仆曰:"人有乱君,犹必死之;我有治长,可无死乎!"乃结辔自刎于车上。君子闻之,曰:"荆蒯芮可谓守节死义矣。仆夫则无为死也,犹饮食而遇毒也。"《诗》曰:"夙夜匪懈,以事一人。"荆先生之谓也。《易》曰:"不恒其德⑤,或承之羞⑥。"仆夫之谓也。

【注释】①仆:车夫。②奚:哪里。如:往。奚如:到哪里去。③驱:策马。④而:你。⑤恒:常,一定。④承:招致。语句出自《易经·恒卦》。

【译文】齐国大夫崔杼杀死了庄公,荆蒯芮出使晋国回来。他的车夫说:"崔杼杀死了庄公,先生要到哪儿去呢?"荆蒯芮说:"快鞭策马。我将要回国,用死来报答君主。"他的车夫说:"我们的昏君治国无道,四邻的诸侯没有不知道的。先生为君主牺牲性命,岂不是不好吗?"荆蒯芮说:"你说的话真对呀!你早点说,我能够劝告君主;劝告他而他不采纳,我就可以离开;现在我既没有进谏劝告,也没有选择离开。我听人说,吃了人家的俸禄,就要为他的事情而牺牲。我既然已经吃了昏君的俸禄,又怎么能为圣明的君主牺牲呢?"因此赶着车回国而死。他的车夫说:"人家有昏君,还决定为君主牺牲;我们有好的长官,怎么不可以为他而死呢?"就在车上用缰绳自缢而死。君子听到这件事,说:"荆蒯芮可说是保守节操,为正义而死。车夫就可以不死,他好像吃东西中了毒而死。"《诗经》说:"无论早晚都不懈怠,事奉天子一个人。"就是说荆先生的。《易经》说:"没有一定的操守,可能招致羞耻。"就是说车夫的。

225. 谤谏为下

逊而直①,上也,切次之②,谤谏为下③,懦为死。《诗》曰:"柔亦不茹④。"

【注释】①逊:和顺。②切:急迫。③谤谏:指出人的过错而劝告他。谤:指出人的过错。④茹:食。诗句出自《诗经·大雅·烝民》。

【译文】用谦和的态度、正直的言辞去劝告君主,这是上等的方法;用急切的言辞去劝告他,这是次等的方法;指出错误,加以劝阻,这是下等的方法;懦弱得不敢劝阻,这种人好像是死人。《诗经》说:"柔软的食物也吃不下去。"

226. 与庄公战

宋万与庄公战①,获乎庄公,庄公败舍诸宫中②。数月,然后归之③,反为大夫于宋。宋万与闵公博④,妇人皆在侧,万曰:"甚矣!鲁侯之淑,鲁侯之美也,天下诸侯宜为君者,惟鲁侯耳!"闵公矜此妇人⑤,妒其言。顾曰:"尔虏,焉知鲁侯之美恶乎?"宋万怒,搏闵公⑥,绝脰⑦。仇牧闻君弑⑧,趋而至,遇之于门,手剑而叱之⑨,万臂搬仇牧⑩,碎其首,齿着乎门阖⑪。仇牧可谓不畏强御矣⑫。《诗》曰:"惟仲山甫,柔亦不茹,刚亦不吐。"

【注释】①宋万:姓南宫,名万,或作长万,春秋宋国大夫,因此称宋万。庄公:鲁庄公,春秋鲁桓公的儿子。②庄公败舍诸宫中:别版作"庄公散舍诸宫中"。散:不加约束。舍:安置。③归之:使之归,释放他。④闵公:宋闵公,春秋宋庄公的儿子,名捷。博:下棋。⑤矜:矜持。⑥搏:搏击。⑦脰:颈。⑧仇牧:宋国大夫。⑨手剑:手上拿着剑。叱之:大声呵斥。⑩搬:侧手击。⑪门阖:门扇。⑫强御:强横的人。

【译文】宋国大夫南宫万与鲁庄公开战,被庄公俘虏了,庄公随意把他安置在王宫里。经过几个月,然后把南宫万释放回国去了,南宫万返回宋国又做了大夫。有一天,南宫万和宋闵公下棋,宫女都在旁边看,南宫万说:"非常厉害啊。鲁侯的德行好,鲁侯的容貌美!天下的诸侯适合做君主的,只有鲁侯罢了。"宋闵公为了在宫女面前保持庄矜,嫉妒南宫万说的话。看着南宫万说:"你是鲁国的俘虏,怎么知道鲁侯的好坏?"南宫万发怒,搏击宋闵公,把他的脖子折断了。仇牧听说国君被杀了,赶快走到王宫,在宫门遇到南宫万,仇牧手上拿着剑,大声斥责。南宫万侧着手臂击打仇牧,把他的头打碎了,牙齿脱落,附着在门扇上。仇牧可说是不怕强权暴戾的人了。《诗经》说:"只有仲山甫,柔软的食物也吃不下去,坚硬的也不吐出来。"

227. 不可于父

可于君①,不可于父,孝子不为也;可于父,不可于君,君子不为也。故君不可夺②,亲亦不可夺也。《诗》曰:"恺悌君子,四方为则③。"

【注释】①可于君:适当对待君主,也就是对君主忠心。可:适当。②夺:剥夺,消除。③恺悌:和乐平易。则:法则。诗句出自《诗经·大雅·卷阿》。

【译文】能对君主忠心,却对父亲不孝顺,孝子不会这样做;能对父亲孝顺,却对君主不忠心,君子不会这样做。所以对君主的忠心不可以剥夺,对父母的孝顺不可以剥夺。《诗经》说:"和乐平易的君子,天下人都效法他。"

228. 黄帝即位

黄帝即位①,施惠承天。一道修德,惟仁是行。宇内和平②,未见凤凰③。惟思其象,夙寐晨兴④。乃召天老而问之⑤,曰:"凤象何如?"天老对曰:"夫凤象,鸿前麟后⑥,蛇颈而鱼尾,龙文而龟身,燕颔而鸡啄⑦。戴德负仁,抱中挟义⑧。小音金,大音鼓。延颈奋翼⑨,五彩备明;举动八风⑩,气应时雨⑪;食有质⑫,饮有仪⑬;往即文始⑭,来即嘉成⑮。惟凤为能通天祉⑯,应地灵⑰;律五音⑱,览九德⑲。天下有道，得凤象之一，则凤过之；得凤象之二，则凤翔之；得凤象之三，则凤集之；得凤象之四，则凤春秋下之，得凤象之五，则凤没身居之。"黄帝曰："于戏[20]！允哉[21]！朕何敢与焉[22]？"于是黄帝乃服黄衣[23]，戴黄冕，致斋于宫[24]。凤乃蔽日而至。黄帝降于东阶，西面再拜稽首，曰："皇天降祉，不敢不承命[25]。"凤乃止帝东国[26]，集帝梧桐，食帝竹实[27]，没身不去。《诗》曰："凤凰于飞，刿刿其羽[28]，亦集爰止。"

【注释】①黄帝：上古帝号，少典氏的儿子轩辕氏。建国于有熊，故亦称有熊氏。以土德王，土色黄，故称黄帝。②宇内：天下。③凤凰：鸟名。④夙：早。兴：起来。寐：睡。⑤天老：黄帝的臣子。⑥鸿：鸟名。麟：麒麟。⑦颔：下巴颏，嘴唇以下的部位。啄：别版作"喙"。喙：口。⑧中：别版作"忠"。⑨延颈：伸长脖子。奋翼：展开翅膀。⑩五彩备明；举动八风：别版作"五彩备举；明动八风"。五彩：五种色彩，指青、黄、赤、白、黑。举：全。备举：具备。明：通"鸣"。八风：《吕氏春秋》：东北曰炎风，东方曰滔风，东南曰熏风，南方曰巨风，西南曰凄风，西方曰飂风，西北曰厉风，北方曰寒风。《说文解字》：东方曰明庶风，东南曰清明风，南方曰景风，西南曰凉风，西方曰阊阖风，西北曰不周风，北方曰广莫风，东北曰融风。⑪时雨：四时的雨。⑫质：准则。⑬仪：法度。⑭即：则。文：文德，谓礼乐教化。始：开始。⑮嘉：美，谓美德。成：完成。⑯天祉：上天的福禄。⑰地灵：土地的神灵。⑱五音：谓宫、商、角、徵、羽。⑲九德：九种德行，谓忠、信、敬、刚、柔、和、固、贞、顺。⑳于戏：同"呜呼"，感叹词。㉑允：信实。㉒朕：我。与：参与。㉓于是黄帝乃服黄衣：别版作"于是黄帝乃服黄衣垂黄绅"。黄绅：黄色的腰带。㉔致斋于宫：别版作"致斋于中宫"。致斋：举行斋戒。中宫：王宫中。㉕不敢不承命：别版作"敢不承命"。㉖凤乃止帝东国：别版作"凤乃止帝东园"。㉗竹实：竹子的果实。㉘翙翙：飞声。诗句出自《诗经·大雅·卷阿》。

【译文】黄帝做了帝王，承受天的旨意布施恩惠。一心修养品德，只为实行仁道。天下已经太平，却没有看见凤凰到来，他一心想着凤凰的形象，他早睡早起，召请有道的臣子天老问道："凤凰的形象是怎么样的？"天老回答说："凤凰的形象，前半身像鸿鹄，后半身像麒麟，脖子像蛇，尾巴像鱼，身上有龙一样的花纹，身体长得像乌龟，下巴长得像燕子，口长得像鸡。它具备了仁德，也具备了忠义。小声叫时，声音像金钲，大声叫时，声音像鼓。当它伸长了脖子，张开翅膀时，身上的羽毛具备五种色彩；叫声能够感动八风，吐出的气跟四时下的雨相应；吃东西有准则，喝水有法度；当它离开时是文德的开始，当它到来时是美德的完成。只有凤凰能够跟上天的福禄沟通，能够跟土地的神灵相应和；作为规范五音的准则，观察人的九德。当天下政治清明，能够同凤凰形象中的一种相合，那么凤凰就会经过那儿；能够同凤凰形象中的两种相合，凤凰就会在那儿盘旋；能够同凤凰形象中的三种相合，凤凰就停歇在树那儿；能够同凤凰形象中的四种相合，凤凰就在春天和秋天来到；能够同凤凰形象中的五种相合，凤凰就终身住在那儿。"黄帝说："唉！实在是这样的啊！我怎么敢说已经达到那种地步了呢？"因此黄帝穿上黄色的礼服，系着黄色的腰带，戴上黄色的礼帽，在王宫里斋戒。于是凤凰来到，把阳光遮蔽了。黄帝走下东边的石阶，面朝西方，再拜叩头，说："上天降下了福，我哪里敢不接受？"于是凤凰来到黄帝王宫东面的园子里，停歇在园里的梧桐树上，吃园里竹子所生出的果实，终身都不离开。《诗经》说："凤凰随风相偕起飞于九天之上，拍打的羽翼发出唰唰的声音,飞来后停歇在那儿。"

229.有子曰击

魏文侯有子曰击①,次曰诉②。诉少而立以嗣③,封击中山④。三年莫往来,其傅赵苍唐曰⑤:"父忘子,子不可忘父,何不遣使乎?"击曰:"愿之,而未有所使也⑥。"苍唐曰:"臣请使。"击曰:"诺。"于是乃问君所好与所嗜,曰:"君好北犬⑦,嗜晨雁⑧。"遂求北犬晨雁赍赀行⑨。苍唐至,曰:"北蕃中山之君有北犬晨雁⑩,使苍唐再拜献之。"文侯曰:"击知吾好北犬晨雁也,则见使者。"文侯曰:"击无恙乎⑪?"苍唐唯唯而不对,三问而三不对。文侯曰:"不对何也?"苍唐曰:"臣闻:诸侯不名。君既已赐弊邑⑫,使得小国侯。君问以名,不敢对也。"文侯曰:"中山之君无恙乎?"苍唐曰:"今者,臣之来,拜送于郊。"文侯曰:"中山之君长短若何矣⑬?"苍唐曰:"问诸侯,比诸侯。诸侯之朝,则侧者皆人臣⑭,无所比之。然则,所赐衣裘,几能胜之矣。"文侯曰:"中山之君亦何好乎?"对曰:"好《诗》。"文侯曰:"于《诗》何好?"曰:"好《黍离》与《晨风》。"文侯曰:"《黍离》何哉?"对曰:"彼黍离离⑮,彼稷之苗。行迈靡靡⑯,中心摇摇⑰。知我者,谓我心忧;不知我者,谓我何求。悠悠苍天⑱,此何人哉⑲?"文侯曰:"怨乎?"曰:"非敢怨也,时思也。"文侯曰:"《晨风》谓何?"对曰:"鴥彼晨风⑳,郁彼北林㉑。未见君子,忧心钦钦㉒。如何如何?忘我实多㉓。"于是文侯大悦,曰："欲知其子，视其母；欲知其君，视其所使。中山君不贤，恶能得贤。"遂废太子䜣，召中山君以为嗣。《诗》曰："凤凰于飞，刿刿其羽，亦集爰止。蔼蔼王多吉士㉔，惟君子使㉕，媚于天子㉖。"君子曰："夫使，非直敝车罢马而已。亦将喻诚信，通气志，明好恶，然后可使也。"

【注释】①魏文侯：战国魏桓子的孙子，名斯。周威烈王时，与韩赵并列为诸侯。击：魏武侯名。②䜣：《说苑·奉使》作"挚"。③嗣：继承人。④中山：春秋时白狄别种鲜虞之国，战国时为中山国，即今河北省中部偏西地。⑤其傅赵苍唐：《古今人表》作"赵苍堂"，《说苑·奉使》作"赵仓唐"。仓：通"苍"。堂：通"唐"。⑥愿之，而未有所使也：《太平御览》引作"愿之久矣，未得可使者"。⑦北犬：北方出产的狗。⑧晨雁：鸟名。雁的一种。⑨赍：携带。⑩北蕃：北方的藩国。蕃：通"藩"，屏障。⑪无恙：无忧虑，无疾病。⑫弊：当作"敝"。敝邑：称自己国家的谦辞。⑬长短：身材的高矮。⑭则侧者皆人臣：别版作"则在侧者皆人臣"。⑮离离：很长的样子。⑯行迈：走路。靡靡：缓慢的样子。⑰中心：心中。摇摇：不安定的样子。⑱悠悠：高远的样子。⑲此何人哉：意为责备不知我者的那些人。⑳鴥彼晨风：飞得很快的样子。晨风：鸟名，像鹞，青黄色。㉑郁：茂盛的样子。㉒钦钦：忧愁的样子。㉓忘我实多：忘我太甚。㉔蔼蔼：盛多的样子。吉士：善士。㉕君子使：指来朝诸侯的臣子。㉖媚：爱。诗句出自《诗经·大雅·卷阿》。

【译文】魏文侯有长子名叫击，次子名叫䜣。魏䜣年纪小，魏文侯立为继承人，封给魏击中山这个地。魏击跟魏文侯三年都没有往来，魏击的傅相赵苍唐对他说："父亲可以忘掉儿子，儿子不可以忘掉父亲。你为什么不派遣使者去朝见你的父亲呢？"魏击回答说："我很久就希望这样做，可是没有找到可以派遣的人。"赵苍唐说："请派遣我去朝见吧。"击说："好的。"因此,赵苍唐询问魏文侯的爱好和喜欢吃的东西。魏击说："父王爱好产自北方的狗,喜欢吃晨雁这种鸟。"于是,赵苍唐找到北犬和晨雁,带着去拜见魏文侯。赵苍唐到达魏文侯的王宫,跟魏文侯说:"北方藩国中山的君主备齐北犬和晨雁,派遣苍唐再次敬礼进奉给君主。"魏文侯说:"魏击知道我爱好北犬和晨雁,那么我就接见他的使者。"魏文侯问道:"魏击没有忧愁,没有疾病吧?"赵苍唐唯唯应承却不回答,魏文侯问了好几次,赵苍唐都不回答。魏文侯说:"你为什么不回答呢?"赵苍唐说:"臣子听说:诸侯是不称呼名字的。君王已经把中山赐给魏击,封他为小国的君侯。君王问话时,称呼他的名字,所以不敢回答。"魏文侯说:"中山君侯没有忧愁疾病吧?赵苍唐说:"这次我来的时候,中山君恭敬地送我到郊外。"魏文侯说:"中山君侯身材的高矮怎么样?"赵苍唐说:"询问诸侯的事情,只能用其他诸侯来相比。诸侯的朝廷上,在旁侧的都是臣子,没有人可以跟诸侯相比的。即使如此,君王赐给中山君的衣服,几乎都能够穿得下。"魏文侯说:"中山君也有什么爱好吗?"赵苍唐回答说:"爱好《诗经》。"魏文侯说:"在《诗经》中哪些篇章是他特别喜爱的?"赵苍唐说:"特别爱好《黍离》和《晨风》。"魏文侯说:"《黍离》这首诗的内容是什么呢?"赵苍唐回答说:"那黍长得茂密繁盛,那稷也已长出嫩苗。缓缓行走直至远方,心中忧郁恍惚无法安定。那些能理解我的人,就说我心中有忧愁。那些不理解我的人,却问我将寻求什么。高远浩瀚的苍天啊,这是什么样的人啊!"魏文侯说:"怨恨吗?"赵苍唐说:"不敢怨恨,而是时常思念着。"魏文侯说:"《晨风》这首诗的内容是什么呢?"赵苍唐说:"鸟儿疾飞于晨风之中,北方的森林郁郁葱葱。还没见到君子时,忧心忡忡难以忘怀。怎么办呀,怎么办呀,早忘了我啊,没有丝毫记忆。"魏文侯这才很高兴,说:"要想了解他的儿子,观察他的母亲就可以了解了;要想了解一个君主,观察他派遣的使者就可以了解了。中山君不是一个贤能的君主,怎么能得到贤能的臣子。"因此废除太子䜣,把中山君召回来,立他为王位的继承人。《诗经》说:"凤凰随风相偕起飞于九天之上,拍打的羽翼发出唰唰的声音,飞来后停歇在那儿。君王有很多贤士,派来朝见的使臣,敬爱着天子。"君子说:"使者出使外国,不是使得车辆败坏,马匹疲乏罢了。也要表达内心的真诚,沟通两国国君的心意,明辨什么是好的,什么是不好的,然后才可以派遣他为使者。"

230.所以治之

子贱治单父①,其民附。孔子曰:"告丘之所以治之者。"对曰:"不齐时发仓廪,振困穷②,补不足③。"孔子曰:"是小人附耳④,未也。"对曰:"赏有能,招贤才,退不肖。"孔子曰:"是士附耳,未也。"对曰:"所父事者三人,所兄事者五人,所友者十有二人,所师者一人。"孔子曰:"所父事者三人⑤,足以教弟矣⑥;所友者十有二人,足以祛壅蔽矣⑦;所师者一人,足以虑无失策,举无败功矣。惜乎!不齐为之大⑧,功乃与尧舜参矣⑨。"《诗》曰:"恺悌君子⑩,民之父母。"子贱其似之矣。

【注释】①子贱：姓宓，名不齐，字子贱，春秋鲁人，孔子的学生。单父：春秋鲁邑，故地在山东省单县南。②振：赈。③补：帮助。④小人：百姓。⑤所父事者三人：《说苑·政理》后有"足以教孝矣"。⑥弟：通"悌"，尊敬兄长。⑦祛：去除。⑧不齐为之大：别版作"不齐之所为者小也，为之大"。⑨参：并立为三。⑩恺悌：和乐平易。诗句出自《诗经·大雅·洞酌》。

【译文】子贱治理单父，单父的人民都归附他。孔子说："请告诉我，你治理单父的方法。"子贱回答说："我时常打开仓库，救济穷困的人，帮助粮食不足的人。"孔子说："这样做，一般老百姓是会归附你了，还不能算很完善。"子贱回答说："我赏赐有能力的人，任用贤德的人，罢免不贤德的人。"孔子说："这样做，只是士人归附你了，还不能算很完善。"子贱回答说："我有当作父亲一样侍奉的人三个，当作兄长一样侍奉的人五个，当作朋友结交的人十二个，尊崇为老师的人一个。"孔子说："看成父亲般去侍奉的有三个人，看成哥哥般去侍奉的有五个人，足够用来教导人民尊敬兄长；结交为朋友的有十二个人，足够解除你的闭塞；尊崇为老师的有一个人，足够使你考虑问题不会失策，办事情不会失败。可惜啊！如果子贱治理的地方为大国，他的功绩可以跟唐尧、虞舜一样了。"《诗经》说："和乐平易的君子，是人民的父母。"子贱是多么地像这种人。

231.度地图居

度地图居以立国①，崇恩博利以怀众②，明好恶以正法度，率民力稼③，学校庠序以立教④，事老养孤以化民，升贤赏功以劝善，惩奸绌失以丑恶⑤，讲御习射以防患，禁奸止邪以除害，接贤连友以广智,宗亲族附以益强⑥。《诗》曰:"恺悌君子⑦。"

【注释】①度地:测量土地。图居:计划人民居住的地方。②怀:安抚。③率民:领导人民。力稼:尽力耕种。④庠序:古代学名。殷代叫做序,周代叫做庠,后人通称学校叫庠序。⑤丑恶:使邪恶的人感到羞耻。丑:羞耻。恶:邪恶的人。⑥宗:尊敬。族附:亲属归附。⑦恺悌君子:别版作"恺悌君子,民之父母"。

【译文】测量土地规划人民居住的地方,以建立国家;崇尚恩德广泛施予福利,以安抚民众;明辨好坏以确立法度;带领人民尽力从事耕种,设立学校,以实行教育;侍奉老人,抚养孤儿,以教化人民;重用贤人赏赐有功劳的人,以劝勉人们向善;惩罚奸邪的人,把犯过失的人撤职,使邪恶的人感到羞恶;学习驾车,学习射箭,以预防敌人的侵略;禁止邪恶的事物,以消除社会的祸害;跟贤人交往,广泛结交朋友,以增加见识;尊敬亲长,使族人归附,以增加力量。《诗经》说:"和乐平易的君子,是人民的父母。"

232. 使人于楚

齐景公使人于楚①,楚王与之上九重之台。顾使者曰:"齐有台若此乎?"使者曰:"吾君有治位之坐②,土阶三等,茅茨不翦③,朴橼不斫者,犹以谓为之者劳⑤,居之者泰⑥,吾君恶有台若此者!"楚王盖悒如也⑦。使者可谓不辱君命,其能专对矣⑧。

【注释】①齐景公：齐庄公的弟弟，名杵臼。②吾君有治位之坐：别版作"吾君有治仕之堂"。仕：通"事"。③茅茨：茅草盖的房屋。④朴椽不斫者：别版作"朴椽不斵"。朴：朴素。椽：承屋瓦的圆木。斫：雕饰。⑤以谓：以为，认为。⑥泰：舒适。⑦悒如：不安的样子。⑧专对：在政事外交中能够引证诗词来喻指道理以维护国体不辱君命。

【译文】齐景公派遣使者到楚国去，楚王和使者一起爬上九层的楼台。楚王回头对使者说："齐国有像这样的高大楼台吗？"使者说："我的国君有办事的公堂，堂前泥土做的阶只有三级，茅草盖的房屋没有加以修剪，承屋瓦的圆本没有加以雕饰，还认为建造房屋的人辛苦了，居住房屋的人觉得很舒适，我的国君哪有这种高台呢？"楚王听了使者这番话感到不安。使者可说是不辱使命，完成君主交给的任务，是能独立地去谈判应酬了。

233. 命为司寇

传曰：予小子使尔继邵公之后①。受命者必以其祖命之②。孔子为鲁司寇③，命之曰："宋公之子弗甫有孙鲁孔丘④，命尔为司寇。"孔子曰："弗甫敦及厥辟⑤，将不堪⑥。"公曰："不妄⑦。"

【注释】①予小子：古时天子自称。邵：指邵康公的后代穆公虎。②受命者必以其祖命之：古时重视世族，君主在任命人的文辞中，一定称述受命人的祖先，希望他遵循祖先的德行，实施政教。③司寇：官名，执掌刑狱。孔子在鲁定公时为司寇。④弗甫：即弗甫何，是宋闵公的儿子，弗甫何把国君的位子让给他的弟弟宋厉公，所以说厚待他的君主。⑤敦：厚。欮：他的。厥：

君主。⑥堪：胜任。⑦妄：虚诞不实。

【译文】书传记载说：我任命你为邵穆公的继承人。授予命令的君主一定凭借受命人祖先的名义进行任命。孔子做鲁国的司寇，鲁定公任命他，任命书说："宋闵公的儿子弗甫何有个子孙是鲁国孔丘，我任命你为司寇。"孔子说："弗甫何对他的君主有巨大的贡献，我恐怕不能胜任啊。"鲁定公说："你不是虚诞不切实的人，完全可以胜任此职。"

234. 天子锡之

传曰：诸侯之有德，天子锡之①。一锡车马，再锡衣服，三锡虎贲②，四锡乐器，五锡纳陛③，六锡朱户④，七锡弓矢，八锡鈇钺⑤，九锡秬鬯⑥。《诗》曰："釐尔圭瓒⑦，秬鬯一卣。"

【注释】①锡：同"赐"，赏赐。②虎贲：勇士。③纳陛：在屋檐内的升高的阶涕。纳：内。陛：升高的阶梯。④朱户：深红色的门。⑤鈇：通"斧"。钺：大斧。⑥秬鬯：用黑黍香草酿成的酒。⑦釐：赐。圭瓒：用圭做柄的瓒。瓒：祭祀时灌酒的器具。诗句出自《诗经·大雅·江汉》。

【译文】书传记载说：诸侯皆有功德，天子根据功德的大小赏赐他们：最初赏赐给诸侯车马坐，再次赏赐衣服给诸侯穿，第三赏赐勇士护卫诸侯，第四赏赐乐器让诸侯教化人，第五赏赐屋檐下升高的阶梯让诸侯登堂入室，第六赏赐深红色的门让诸侯在里面处理机要事务，第七赏赐弓箭让诸侯可以讨逆敌人，第八赏赐斧钺，让诸侯可以杀戮犯法的人，第九赏赐黑黍酒让诸侯祭祀祖先。《诗经》说：

"赏赐你用圭做成柄的灌酒器,以及黑黍酒一尊。"

235.先生何师

齐景公问子贡曰:"先生何师?"对曰:"鲁仲尼。"曰:"仲尼贤乎?"曰:"圣人也,岂直贤哉①!"景公嘻然而笑曰②:"其圣何如?"子贡曰:"不知也。"景公悖然作色曰③:"始言圣人,今言不知,何也?"子贡曰:"臣终身戴天,不知天之高也;终身践地,不知地之厚也。若臣之事仲尼,譬犹渴操壶杓,就江海而饮之,腹满而去,又安知江海之深乎?"景公曰:"先生之誉,得无太甚乎?"子贡曰:"臣赐何敢甚言,尚虑不及耳④!臣誉仲尼,譬犹两手捧土而附泰山,其无益亦明矣;使臣不誉仲尼,譬犹两手杷泰山⑤,无损亦明矣。"景公曰:"善岂其然?善岂其然!"《诗》曰:"绵绵翼翼⑥,不测不克⑦。"

【注释】①直:仅仅。②嘻然:笑乐的样子。③悖然:脸色改变的样子。④虑:恐怕。⑤把:掘,扒。⑥翼翼:盛多的样子。诗句出自《诗经·大雅·常武》。⑦不测:不能测度。不克:不能胜过。

【译文】齐景公问子贡道:"先生的老师是谁?"子贡回答说:"鲁国的仲尼。"齐景公说:"仲尼是贤人吗?"子贡说:"仲尼是圣人,哪里仅仅是个贤人呢!"景公笑嘻嘻地着说:"他的圣明是怎么样的?"子贡说:"我不知道。"景公一下子变了脸色说:"刚才你说仲尼是圣人,现在又说不知道,为什么呢?"子贡说:"我一辈子面对着天,但是不知道天有多么高;一辈子踏着地,但是不知道地有多么厚。像我侍奉仲尼,就好比口渴了拿着水壶和勺子,到江海去舀水喝,肚子装满了就离开,又怎么能知道江海有多深呢?"景公说:"先生的赞美,恐怕太过分了吧?"子贡说:"我怎么会赞美过分,我看还不够呢!赞美仲尼,就好像用两只手捧着泥土去附着泰山,对它毫无增加是很明显的;假使我不赞美仲尼,好比像用两手去扒泰山的泥土,对它毫无损失也是明显的。"景公说:"仲尼的美好难道真是这样吗?他的美好难道真是这样吗?"《诗经》说:"连绵不绝多么盛大,不能测度,也不能超过。"

236. 一谷不升

一谷不升谓之嗛①,二谷不升谓之饥,三谷不升谓之馑,四谷不升谓之荒,五谷不升谓之大侵。大侵之礼,君食不兼味②,台榭不饰③,道路不除④,百官补而不制⑤,鬼神祷而不祠⑥,此大侵之礼也。《诗》曰:"我居御卒荒⑦。"此之谓也。

【注释】①升:成熟。②兼味:两种以上的菜肴。③榭:台上有房屋。④除:修整。⑤补:填补空缺。制:制作,增加职位。⑥祷:祈祷。祠:通"汜",祭。⑦居:居处。御:服用。卒:尽,完全。荒:废驰。诗句出自《诗经·大雅·召旻》。

【译文】一种谷物如果没成熟叫做嗛,两种谷物如果没成熟叫做饥,三种谷物如果没成熟叫做馑,四种谷物如果没成熟叫做荒,五种谷物如果没成熟叫做大侵。国家遇到大侵所实行的礼节是,君主吃饭不吃两种菜肴,楼台亭榭不加修饰,大小道路不加修整,百官只是填补空缺,没有增加新的职位,只祈祷鬼神而不举行祭祀,这就是遇到大侵时的礼节。《诗经》说:"我日常生活的礼节完全废弛了。"说的就是这个情况。

237.诸侯受封

古者,天子为诸侯受封,谓之采地①,百里诸侯以三十里,七十里诸侯以二十里,五十里诸侯以十里。其后子孙虽有罪而绌②,使子孙贤者守其地,世世以祠其始受封之君。此之谓兴灭国,继绝世也。书曰:"兹予享于先王,尔祖其从享之③。"

【注释】①天子为诸侯受封,谓之采地:《尚书大传》作诸"侯始受封,则有采地"。采地:食邑,不能据有所封给的土地,只能收取其地的租税。②绌:通"黜",撤除爵位。③享:祭献。从:跟从。

【译文】古代的时候,诸侯当初接受天子分封土地,就有食邑。封地有一百里的诸侯,食邑有三十里;封地有七十里的诸侯,食邑有二十里;封地有五十里的诸侯,食邑有十里。以后诸侯的子孙虽然犯了罪,被撤除爵位,天子使诸侯子孙中有贤德的保守食邑,世世代代用食邑所收得的租税去祭祀最初接受天子封土的君主。这就叫做恢复被灭亡的国家,继承已断绝的后代。书传上说:"现在我要隆重地祭祀我的先王,你们的祖先也会跟随来分享。"

238.大夫伯宗

梁山崩①,晋君召大夫伯宗②。道逢辇者③,以其辇服其道④。伯宗使其右下⑤,欲鞭之。辇者曰:"君趋道岂不远矣,不知事而行,可乎?"伯宗喜,问其所居。曰:"绛人也⑥。"伯宗曰:"子亦有闻乎?"曰:"梁山崩,壅河。顾三日不流,是以召子。"伯宗曰:"如之何?"曰:"天有山,天崩之;天有河,天壅之。伯宗将如之何?"伯宗私问之。曰:"君其率群臣,素服而哭之,既而祠焉,河斯流矣。"伯宗问其姓名,弗告。伯宗到,君问,伯宗以其言对。于是君素服,率群臣而哭之,既而祠焉,河斯流矣。君问伯宗何以知之,伯宗不言受辇者,诈以自知。孔子闻之,曰:"伯宗其无后,攘人之善⑦。"《诗》曰:"天降丧乱,灭我立王⑧。"又曰:"畏天之威,于时保之⑨。"

【注释】①梁山:山名,在今陕西省韩城县西。②晋君:指晋景公。伯宗:春秋晋国大夫,有贤德而好直言。《榖梁传》作"伯尊"。③辇者:挽车的人。④以其辇服其道:别版作"以于辇服其道"。服:同"覆",倾覆。⑤右:车右,坐在车子右旁驾车的人。⑥绛:春秋晋国的都城,在今山西省翼城县东南十五里。⑦攘:掠取。⑧立王:所立的君王。诗句出自《诗经·大雅·桑柔》。⑨威:威灵。时:是。保之:谓保有此绩业。诗句出自《诗经·周颂·我将》。

【译文】梁山崩溃了,晋景公马上召请大夫伯宗来商量如何应付。伯宗在路上遇见拉车的人,拉车的人把车子倾覆在道路上。伯宗命令他的车夫下车，想要鞭打拉车的人。拉车的人说："你走这条路岂不是更远了，不知道事情真相就去做，可以吗？"伯宗听了拉车人的话，高兴起来，问拉车的人住在哪里。拉车的人回答说："我是绛那个地方的人。"伯宗问道："你有听说哪里发生了什么事情吗？"拉车的人回答说："梁山崩溃了，把黄河堵塞住了。看到河水三天没有流通，因此君主召请你去商量。"伯宗说："我该怎么办呢？"拉车的人说："上天的山，上天让它崩溃；上天的河流，上天让它堵塞。伯宗你能怎么办呢？"伯宗私下问他。拉车的人回答说："君主可率领臣子们，穿着素色的衣服去哭泣，然后举行祭祀，河流就会畅通的。"伯宗问他的姓名，拉车的人不肯告诉他。伯宗来到王宫，晋景公问他怎么办，伯宗将拉车人的话告诉晋景公。因此晋景公穿上素色的衣服，率领臣子们哭泣，然后举行祭祀，河流就畅通了。晋景公问伯宗怎么知道这种办法，伯宗不说是拉车的人告诉他的，欺骗晋景公是他自己知道的。孔子听到这件事，说："伯宗恐怕要断子绝孙了，因为他盗用别人好的主意。"《诗经》说："上天降下祸乱，要消灭我所立的君王。"又说："敬畏上天的威灵，这样才能保有祖先留下的大业。"

239.齐国之政

晋平公使范昭观齐国之政①。景公锡之宴，晏子在前，范昭趋曰："愿君之倅樽以为寿②。"景公顾左右曰："酌寡人樽，献之客③。"晏子对曰："彻去樽。"范昭不说④，起舞，顾太师曰⑤："子为我奏成周之乐⑥，愿舞。"太师对曰："盲臣不习⑦。"范昭起，出门。景公谓晏子曰："夫晋，天下大国也。使范昭来观齐国之政，今子怒大国之使者，将奈何？"晏子曰："范昭之为人也，非陋而不知礼也。是欲试吾君，婴故不从。"于是景公召太师而问之曰："范昭使子奏成周之乐，何故不调⑧？"对如晏子。于是范昭归，报平公曰："齐未可并也。吾试其君，晏子知之；吾犯其乐，太师知之。"孔子闻之，曰："善乎！晏子不出俎豆之间⑨，折冲千里⑩。"《诗》曰："实右序有周，薄言震之，莫不震叠⑪。"

【注释】①晋平公：晋悼公的儿子，名彪。范昭：晋国的大夫。②倅：副。樽：本作"尊"，盛酒的器具。寿：向尊长敬酒祝福。③献之客：《晏子春秋·内篇杂上》《新序·杂事一》作"献客范昭已饮"。④说：同"悦"。⑤太师：乐官长。⑥成周之乐：天子的首乐，君主舞蹈时才能演奏。成周：古地名，在今河南省洛阳县东北，周敬王时迁都于此。⑦盲：瞎。古时以瞎子担任乐官及乐工。⑧调：调和音律，这里解作演奏。⑨俎豆之间：在筵席当中。俎豆：都是盛肉食的器皿，行礼时用它。⑩折冲千里：别版作"折冲千里之外"。折：挫折。冲：突击。⑪右：帮助。序：顺从。有周：周朝。薄：语词。震：通"震"，振奋。莫不：没有不。震：动。叠：应。

【译文】晋平公派遣范昭到齐国，观察齐国的政治。齐景公赏赐他酒宴，晏子也参加了，范昭快步向前对齐景公说："希望借君王备用的酒杯来向君王进酒祝愿。"齐景公回头对左右的人说："把我的酒杯倒满酒，进奉给客人。"范昭喝完酒，晏子说："把酒杯拿走。"范昭不高兴，就跳起舞来，对太师说："你为我演奏成周的音乐，我想要跳舞。"太师说："我没有学过这种音乐。"范昭站起来，走出门外,齐景公对晏子说:"晋国是当今天下大国,派遣范昭来观察我国的政治,现在你惹大国的使者生气,我们将怎么办呢?"晏子说:"范昭这个人,并不是见识少而不知道礼节的。他想试探君王,我因此不听从他的话。"因此,齐景公召见太师问道:"范昭要你演奏成周的音乐,你为什么不演奏呢?"太师的回答和晏子如出一辙。范昭回到晋国,向晋平公报告说:"齐国不可以随意吞并。我试探他们的君王,晏子识破了;我破坏他们奏乐的原则,太师识破了。"孔子听到这件事说:"多么好呀!晏子在宴会筵席间,就能挫败千里之外敌人的突袭。"《诗经》说:"上天保佑周家国运昌,周王声威震天下,没有不被震惊慑服的。"

240. 三公之任

三公者何?曰司空、司马、司徒也。司马主天,司空主土,司徒主人。故阴阳不和,四时不节,星辰失度,灾变异常,则责之司马。山陵崩竭①,川谷不流,五谷不植②,草木不茂,则责之司空。君臣不正,人道不和,国多盗贼,下怨其上,则责之司徒。故三公典其职③,忧其分④,举其辩,明其隐⑤,此三公之任也。《诗》曰:"济济多士⑥,文王以宁。"又曰:"明昭有周,式序在位⑦。"言各称职也。

【注释】①崩竭:完全崩溃。竭,《太平御览》引作"陒"。陒:小崩。崩陒:崩溃。②植:生长。③典:主管。④分:本分。这里解作本分的工作。⑤明其隐:别版作"明其德"。⑥济济:众多的样子。诗句出自《诗经·大雅·文王》。⑦式：语词。次：依照次序。在位：在适当的职位。诗句出自《诗经·周颂·时迈》。

【译文】三公是什么？就是司空、司马和司徒。司马主管天文，司空主管土地，司徒主管人事。所以阴阳变化不和谐，春、夏、秋、冬四个季节运行不合节令，日月星辰的旋转失去了正常的度数，灾害的发生明显跟平常不一样，便责备司马。高山丘陵崩溃，河川溪谷阻塞，五谷不正常生长，草木不茂盛，便责备司空。君臣三纲名分不端正，人的伦常紊乱，国内出现许多盗贼，百姓不断埋怨朝政，便责备司徒。所以说三公各司其职，忧思自己本分的工作，实行自己明辨的事情，彰显自己的恩德，这便是三公的责任。《诗经》说："贤士众多，所以文王非常安心。"又说："眼光远大的周邦，按照官员的贤德来安排给他们职位。"就是说每个人都能胜任他的职务。

241.贤君之治

夫贤君之治也：温良而和，宽容而爱，刑清而省，喜赏而恶罚，移风崇教，生而不杀，布惠施恩，仁不偏与，不夺民力，役不逾时，百姓得耕，家有收聚，民无冻馁，食无腐败，士不造无用①，雕文不粥于肆②，斧斤以时入山林③，国无佚士，皆用于世，黎庶欢乐④，衍盈方外⑤，远人归义，重译执贽⑥，故得风雨不烈。小雅曰："有渰萋萋⑦，兴雨祈祈⑧。"以是知太平无飘风暴雨明矣⑨。

【注释】①无用：无用的器物。②雕文：雕刻文饰的器物。粥：通

"鬻",买。肆:市镇。③斤:斫斧。④黎庶:百姓。⑤衍盈:盈溢分布。方外:四境之外,谓蛮夷。⑥重译:经过多次的翻译。执贽:拿着礼物。⑦浡:同"渤",云兴起的样子。萋萋:盛多的样子。诗句出自《诗经·小雅·大田》。

【译文】贤明的君主使国家得以治理:温润善良而和平,宽大涵容而爱人,刑法清明而简略,喜欢赏赐人民,厌恶惩罚人民,转变社会不良风气,不断崇尚教化,努力生养人民而不实行杀戮,布施恩惠给大众,仁爱不偏向某些人。不去剥夺人民的劳力,不在农耕时节役使人民,百姓得以适时耕种田地,每家年年都有丰盛的收获,百姓不会受到饥寒,食物没有腐烂败坏的,工人不制造毫无用处的器具,市场上没有出售饰以彩绘、花纹的奢侈器物,砍伐树木有一定的时间,国家的贤士不被遗弃,都让君主人尽其用,百姓生活欢乐富足,朝廷德政广布到四方蛮夷,边远地区的人民经过多次的翻译,拿着礼物前来归附,国家政治清明,所以风雨也不暴烈。《诗经·小雅》说:"天上云层密布,渐渐沥沥雨水充沛。"因此可知在国家太平的时代,没有狂风暴雨。

242.昨日何生

昨日何生?今日何成?必念归厚,必念治生;日慎一日,完如金城①。《诗》曰:"我日斯迈,而月斯征②。夙兴夜寐,无忝尔所生③。"

【注释】①完:坚好。金城:金属建造的城,比喻城的坚固。②迈:

行。③忝：侮辱。所生：指父母。诗句出自《诗经·小雅·小宛》。

【译文】昨日怎么生活？今日有什么成就？一定要念念不忘使德行归向淳厚，一定要时常思念着怎样治理生计；做人一天比一天更为谨慎，使自己美好的品德，坚固如同金城。《诗经》说："我每日向前进，我每月向前进。天不亮就起身，深夜才睡觉，为的是不要让父母感到侮辱。"

243.慎终如始

官怠于有成①，病加于小愈②，祸生于懈惰，孝衰于妻子③。察此四者，慎终如始。《易》曰："小狐汔济，濡其尾④。"《诗》曰："靡不有初，鲜克有终⑤。"

【注释】①官：当官。②小：稍微。③衰：减少。④汔：近。济：渡水。濡：沾湿。本句出自《易经·未济卦》。⑤鲜克：很少能够。诗句出自《诗经·大雅·荡》。

【译文】当官往往在有点成就的时候开始懈怠，疾病往往在即将痊愈的时候加重，祸难常常在松懈懒惰的时候发生，孝心往往在有了妻子以后衰减。明察这四种情况，做事情就会在终结时和开始一样谨慎。《易经》说："小狐狸将要渡过河时，先打湿了尾巴。"《诗经》说："人们不是没有善良的初心，但很少有人能够做得完好的结局。"

244.孔子燕居

孔子燕居①,子贡摄齐而前曰②:"弟子事夫子有年矣。才竭而智罢③,振于学问④,不能复进,请一休焉。"子曰:"赐也,欲焉休乎?"曰:"赐欲休于事君。"孔子曰:"《诗》云:'夙夜匪懈⑤,以事一人⑥。'为之若此其不易也,若之何其休也!"曰:"赐休于事父。"孔子曰:"《诗》云:'孝子不匮⑦,永锡尔类⑧。'为之若此其不易也,如之何其休也!"曰:"赐欲休于事兄弟。"孔子曰:"《诗》云:'妻子好合,如鼓瑟琴。兄弟既翕,和乐且耽⑨。'为之若此其不易也,如之何其休也!"曰:"赐欲休于耕田⑩。"孔子曰:"《诗》云:'昼尔于茅⑪,宵尔索绹⑫;亟其乘屋⑬,其始播百谷。'为之若此其不易也,若之何其休也。"子贡曰:"君子亦有休乎?"孔子曰:"阖棺兮乃止播耳⑭,不知其时之易迁兮⑮,此之谓君子所休也。故学而不已,阖棺乃止。"《诗》曰:"日就月将⑯。"言学者也。

【注释】①燕居:平日在家的起居生活。②摄:提起。齐:衣服的下摆。③罢:通"疲",疲劳。④振:奋发。⑤懈:怠慢。诗句出自《诗经·大雅·烝民》。⑥事:伺候。一人:指天子。⑦匮:竭尽。⑧永:长久。锡:赐。类:族类。诗句出自《诗经·大雅·既醉》。⑨好合:欢好。翕:和合。耽:非常快乐。诗句出自《诗经·小雅·棠棣》。⑪昼尔于茅:白天整理茅草,准备修茅屋。昼:白天。尔:语助词。于:做。诗句出自《诗经·豳风·七月》。⑫宵尔索绹:夜里搓制绳索。宵:晚。索:搓制。绹:绳子。⑬亟其乘屋:急忙地修理屋顶。亟:急。乘屋:用茅草覆盖在房屋上。乘:覆盖。其:将要。⑭阖:闭。⑮易迁:迁移,消逝。⑯就:成就。将:进益。诗句出自《诗经·周颂·敬之》。

【译文】孔子在家闲居,子贡提起衣服的下襟恭敬地向前,说:"我侍奉老师已经好几年了,才能枯竭,心智疲乏,虽然用功求学问,但是不能再有进步,希望让我休息一段时间吧。"孔子说:"你想在哪方面休息?"子贡说:"我想在侍奉君主方面休息。"孔子说:"《诗经》上说:'无论白天黑夜都不懈怠,去侍奉天子。'侍奉君主这事其实是这么不容易,怎么可以随意休息呢?"子贡说:"我想在侍奉父亲方面休息。"孔子说:"《诗经》上说:'孝子奉养父母没有竭尽的时候,他的孝行影响他的族类。'侍奉父母这事其实是这么不容易,怎么可以随意休息呢!"子贡说:"我想在侍奉兄弟方面休息。"孔子说:"《诗经》上说:'跟妻子儿女相处得好,好像弹奏琴瑟般声音调和。兄弟之间处得好,和睦而又快乐。'侍奉兄弟这事其实这么不容易,怎么可以随意休息呢!"子贡说:"我想要在耕田方面休息。"孔子说:"《诗经》上说:'白天在收割茅草,夜里又搓制绳索;因此急忙地修理房舍,因为将要开始播种百谷。'耕种田地是这么不容易,怎么可以随意休息呢!"子贡说:"君子有需要休息的时候吗?"孔子说:"等到死了,盖上棺木,然后才停止播种,到了那时不晓得时间的消逝。这就是君子休息的时候,所以说学习是不能停止的,一个人应该是直到盖上棺材才能停止自己的学习。"《诗经》上说:"每天有成就,每月有进步。"就是说求学问的啊!

245.士必学问

鲁哀公问冉有曰①:"凡人之质而已,将必学而后为君子乎?"冉有对曰:"臣闻之:虽有良玉,不刻镂,则不成器;虽有美质,不学,则不成君子。"曰:"何以知其然也?""夫子路,卞之野人也②;子贡,卫之贾人也。皆学问于孔子,遂为天下显士。诸侯闻之,莫不尊敬;卿大夫闻之,莫不亲爱。学之故也。昔,吴楚燕代谋为一举而欲伐秦。桃贾,监门之子也③,为秦往使也,遂绝其谋,止其兵。及其反国,秦王大悦,立为上卿。夫百里奚,齐之乞者也,逐于齐西,无以进④,自卖五羊皮,为一轭车⑤,见秦缪公,立为相,遂霸西戎⑥。太公望少为人婿,老而见去。屠牛朝歌⑦,赁于棘津⑧,钓于磻溪⑨。文王举而用之,封于齐。管仲亲射桓公,遂除报雠之心,立以为相。存亡继绝。九合诸侯,一匡天下。此四子者,皆尝卑贱穷辱矣。然其名声驰于后世⑩,岂非学问之所致乎?由此观之,士必学问然后成君子。《诗》曰:'日就月将。'"于是哀公嘻然而笑曰:"寡人虽不敏⑪,请奉先生之教矣⑫。"

【注释】①冉有:即冉求,字子有,故又称冉有,春秋鲁国人,孔子的学生。②卞:春秋鲁国邑名,故城在今山东省泗水县东五十里。③桃贾:《战国策·秦策》作"姚贾"。与李斯、韩非同时人。桃、姚音同字通。监门:守门的小官。④进:推荐。⑤轭车:牛车。扼:辕前用来扼牛颈的器具。⑥西戎:西边的民族。⑦朝歌:商朝帝乙时的都城,故城在今河南省淇县东北。⑧赁:

做佣工。棘津：津渡名，在河南省延津县东北故胙城的北面，现在已湮没。⑨磻溪：一名璜河。在陕西省宝鸡县东南。⑩驰：传播。⑪不敏：迟钝。⑫奉：恭敬地接受。

【译文】鲁哀公问冉有："凡是人只要具备质朴的本性就行了，一定要学习然后才能成为君子吗？"冉有回答说："我听说：即使拥有美玉，如不经雕琢，不能成为器物；虽然有美好的本性，不经过学习，就不能成为君子。"鲁哀公说："怎么知道是这样的呢？"冉有说："子路是卞那个地方的乡下人，子贡是卫国的商人。他们都向孔子求过学，因此成为天下著名的名士。诸侯听到他们的名字，没有一个人不表示尊敬的，卿大夫听到他们的名字，没有一个人不表示敬爱的，这是因为他们曾经学习的缘故。从前，吴、楚、燕、代四国商量联合讨伐秦国。姚买是守门吏的儿子，为秦国出使各国进行劝说。因此打消了他们联合的谋划，阻止他们一同起兵讨伐秦国。等到他返回秦国时，秦王非常高兴，任命他做了上卿。百里奚曾是齐国的乞丐，被人赶到齐国的西部，没有人推荐他，就把自己卖了五张羊皮，买了一辆牛车，去拜见秦缪公，秦缪公任命他为卿相，因此秦国就在西戎称霸。太公望年青时为人家的赘婿，年纪大了，被人赶了出来。在朝歌杀牛，在棘津做佣工，在磻溪钓鱼。文王任用他，最后把齐国分封给他。管仲曾亲自用箭射中齐桓公，齐桓公除去了报复的心理，任命管仲为宰相。管仲恢复被灭亡的国家，承续已断绝的朝代。多次会合诸候，天下一切得到匡正。这四个人，都曾经是地位低下、尝过困穷侮辱的。但是，他们的名望能够流传到后世，难道不是研究学问使他们这样的吗？从这些事看来，士人一定要学习然后才能成为有为的君子。《诗经》说：'每天有成就，每月有进步。'"因此哀公嘻嘻地笑着说:"我虽然迟钝,十分愿意恭敬地接受先生的教诲。"

246.曾子有过

曾子有过,曾晳引杖击之①,仆地。有间,乃苏②,起曰:"先生得无病乎③?"鲁人贤曾子,以告夫子。夫子告门人④:"参来⑤,汝不闻。昔者,舜为人子乎?小箠则待笞⑥,大杖则逃。索而使之,未尝不在侧;索而杀之,未尝可得。今汝委身以待暴怒,拱立不去⑦,杀身以陷父不义,其不孝孰大焉?汝非王者之民⑧,其罪何如?"《诗》曰:"优哉柔哉!亦是戾矣⑨!"又曰:"载色载笑⑩,匪怒伊教⑪。"

【注释】①曾晳:名点,曾参的父亲,春秋卫国人,孔子的学生。杖:执杖。②苏:醒。③先生:称父亲。得无:莫非,恐怕。病:恨。④夫子告门人:《说苑·家语》作"夫子告门人曰"。⑤参来:《说苑家语》作"参来,勿内也,曾自以无罪,使人谢孔子,孔子曰。"⑥箠:马鞭。笞:鞭打。⑦拱:拱手,两手相合以表示敬意。立:站立。⑧汝非王者之民:别版作"汝非王者之民也,杀王者之民"。⑨戾:到达。诗句出自《诗经·小雅·采菽》。⑩色:颜色温和。⑪匪:非,不是。伊:是。诗句出自《诗经·鲁颂·泮水》。

【译文】曾子犯了过失,他的父亲曾晳拿起木棍打他,曾子被打得倒在地下。过了一些时候,曾子才慢慢醒了过来,他站起来说:"父亲还在生气吗?"鲁国人认为曾子太有贤德了,就把这件事告诉孔子。孔子告诉他的学生们说:"曾参来了,不要让他进来。"曾子自认为没有过错,叫人告诉孔子。孔子说:"参,你没有听说过吗?从前,舜是怎么样做儿子的？他的父亲用小鞭子打他，他就等着被鞭打；他的父亲用大木棍打他，他就立即逃走。父亲找他去做事，他从来没有不在父亲的身边；父亲找他，想要把他杀掉，却从来没有被找到过。现在你交出了身子等着你父亲大怒，拱手站着不离去，如果被你父亲杀死，就使你的父亲陷入不义，还有比这样更为不孝的吗？你难道不是天子的子民，有人杀了天子的人民，该当何罪呢？"《诗经》上说："多快活！多柔和！竟然到达这种地步。"《诗经》上又说："脸色温和地笑着，不是在发怒，而是在教人。"

247.使人为弓

齐景公使人为弓，三年乃成。景公得弓而射，不穿三札①，景公怒，将杀弓人。弓人之妻往见景公曰："蔡人之子，弓人之妻也。此弓者，太山之南，乌号之柘②，骓牛之角③，荆麋之筋④，河鱼之胶也⑤。四物，天下之练材也。不宜穿札之少如此。且妾闻⑥：奚公之车⑦，不能独走；莫邪虽利⑧，不能独断；必有以动之。夫射之道，在手若附枝⑨，掌若握卵，四指如断短杖，右手发之，左手不知，此盖射之道。"景公以为仪而射之，穿七札，蔡人之夫立出矣。《诗》曰："好是正直⑩。"

【注释】①三札：别版作"一札"。札：铠甲的薄片。②乌号之柘：形容柘木的坚硬有弹性。柘：木名，一名桑柘，木硬有弹性。③骓牛：赤色的牛。④荆麋：楚地出产的麋。荆：楚。麋：鹿属，似鹿而身体庞大。⑤河鱼之胶：

河鱼，疑当作"阿井"。阿井之胶：即阿胶，用山东省阳谷县阿城镇井水煮成，性黏。⑥妾：妇人的谦称。⑦奚公：奚仲，古时善于造车的人。⑧莫邪：宝剑名。⑨在手若附枝：别版作"左手如拒，右手如附枝"。拒：通"矩"，画方形的器具。⑩好：喜爱。诗句出自《诗经·小雅·小明》。

【译文】齐景公让人制作弓，做了三年才制成。景公举起弓射箭，连一层的铠甲片都没有射穿，景公大怒，要杀制作弓的人。造弓人的妻子去见景公说："我是蔡国人的女儿，制弓人的妻子。我丈夫制作的这把弓，取材自泰山南麓生长的一种坚硬富有弹性的柘木，还用了赤色的骓牛角、楚国出产的麋鹿的筋、黄河出产的鱼熬出来的胶。这四种材料是从天下精选出来的好材料，不应当只射穿这样少的铠甲片。而且民妇听说，奚仲造的车子不能独自走；莫邪虽然锋利，也不能独自砍断东西，都必须有人去使用它们。射箭的方法，在于左手像抗拒一块大石头，右手像攀着一根大树枝，手掌像握着一个鸡蛋，四个手指弯屈像断了的短木棍，右手射出，左手毫无感觉，这就是射箭的方法。"景公按照她所说的方法去射箭，把七层铠甲片都射穿了，这位蔡国女子的丈夫立刻被释放出来。《诗经》说："喜好正直的人。"

248.景公大怒

齐有得罪于景公者，景公大怒，缚置之殿下①，召左右肢解之②，敢谏者诛。晏子左手持头，右手磨刀，仰而问曰："古者明王圣主其肢解人，不审从何肢解始也？"景公离席曰："纵之，罪在寡人③。"《诗》曰："好是正直。"

【注释】①之：于，在。②肢解：分解肢体。③纵：释放。

【译文】齐国有个人得罪了齐景公，齐景公非常生气，把他绑起来，放在宫殿的下面，命令左右的人把他的肢体砍下来，并且说如果有人胆敢劝阻，也要被杀头。晏子走向那个人的面前，左手抓住人犯的头，右手磨着刀，抬起头问齐景公道："古代英明的君主，他们要把人的肢体分解下来，不知道从哪部分开始下刀？"景公立刻从座位站起来说："把人放了吧，这是我的罪过。"《诗经》说："喜好正直的人。"

249.思齐则成

传曰："居处齐则色姝①，食饮齐则气珍②，言语齐则信听③，思齐则成，志齐则盈④。五者齐，斯神居之⑤。《诗》曰：'既和且平⑥，依我磬声⑦。'"

【注释】①齐：正。姝：美好。②珍：美。③信听：信从，相信。④盈：长进。⑤神：人超绝的智慧和才能。居：止处。⑥和：和谐。平：平正。⑦磬：乐器，玉。诗句出自《诗经·商颂·那》。

【译文】书传记载说："日常的生活有规律，面色就会好；饮食得当，精神就会饱满；说话有道理，别人就会信任；思虑纯正，事业就会成功；志向端正，就会有长进。这五个方面都很端正，人的智慧和才能便会超绝。《诗经》说：'鼓声和管乐声既和谐又平正，与玉磬的声音相应和。'"

250.父贤足恃

魏文侯问狐卷子曰①:"父贤足恃乎②?"对曰:"不足。""子贤足恃乎?"对曰:"不足。""兄贤足恃乎?"曰:"不足。""弟贤足恃乎?"对曰:"不足。""臣贤足恃乎?"对曰:"不足。"文侯勃然作色而怒曰:"寡人问此五者于子,一一皆以为不足者,何也?"对曰:"父贤不过尧,而丹朱放③;子贤不过舜,而瞽瞍顽④;兄贤不过舜,而象傲⑤;弟贤不过周公,而管叔诛;臣贤不过汤武,而桀纣伐。望人者不至,恃人者不久。君欲治,从身始,人何可恃乎?"《诗》曰:"自求伊祜⑥。"

【注释】①魏文侯:战国魏驹的孙子,名斯,史记作"都"。《晏子春秋·外篇》作"景公问晏子"。②恃:依赖。③丹朱:唐尧的儿子,封于丹渊,故称丹朱,丹朱不贤,被放逐。放:逐。④瞽瞍:虞舜的父亲。瞽:眼睛瞎。舜的父亲有眼睛,但能辨别是非,所以当时的人称他为瞽,又给他配上字,叫做瞍。瞍也是眼睛瞎的意思。顽:凶暴。⑤象:人名,舜的后母所生的儿子。傲:傲慢。⑥伊:语助词。祜:幸福。诗句出自《诗经·鲁颂·泮水》。

【译文】魏文侯问狐卷子说:"父亲贤能,可以依赖他吗?"狐卷子回答道:"不可以。"又问道:"儿子贤能,可以依赖他吗?"狐卷子回答道:"不可以。"魏文侯再问道:"哥哥贤能,可以依赖他吗?"狐卷子回答道:"不可以。"魏文侯又问道:"弟弟贤能,可以依赖他吗?"狐卷子回答道:"不可以。"魏文侯再问道:"臣子贤能,可以依赖他吗?"狐卷子回答道:"不可以。"魏文侯一下子脸色大变,生气地说:"我向你征询这五种人可不可以依赖,你一个个地都认为不可以,是什么道理呢?"狐卷子回答说:"在所有贤能的父亲中,还没有超过唐尧的,但是他的儿子丹朱被放逐;在所有贤能的儿子中,没智超过虞舜的,但是他的父亲瞽瞍却是凶暴的;在所有贤能的哥哥中,没有超过虞舜的,但是他的弟弟象却是傲慢的;在所有贤能的弟弟中,没有超过周公旦的,但是他的哥哥管叔鲜却被诛杀;在所有贤能的臣子中,没有超过商汤和武王的,但是他们的君王夏桀、商纣均被讨伐。指望别人帮忙的人,都不能达到目的;依赖别人的人,都是不能长久的。君王想要把国家治理好,要从你自身开始做起,别人怎么能够依赖呢?"《诗经》说:"自己去寻求自己的幸福。"

251.闻其宫声

汤作《护》①。闻其宫声②,使人温良而宽大;闻其商声,使人方廉而好义;闻其角声,使人恻隐而爱仁③;闻其征声,使人乐养而好施④;闻其羽声,使人恭敬而好礼。《诗》曰:"汤降不迟⑤,圣敬日跻⑥。"

【注释】①护:大护,汤时乐名。②宫声:五声之一。五声:商、角、宫、徵、羽。③恻隐:哀痛,同情。④使人乐养而好施:《史记·乐书》作"使人乐善而好施"。⑤汤:商汤。降:下,谦逊。不迟:急速。⑥圣敬:圣明恭敬。跻:升。诗句出自《诗经·商颂·长发》。

【译文】商汤制作《大护》乐曲。听见乐曲里的宫声,能够使人感到温和善良,胸襟宽大;听见商声,能够使人方正圣洁,喜好正义;听到角声,能够使人产生同情心而喜爱仁义;听见徵声,能够使人乐于行善,喜欢施舍;听到羽声,能够使人变得谦恭有加且喜好礼义。《诗经》说:"商汤处世很谦逊,上天知道他具有圣明恭敬的德行。"

252.易先同人

孔子曰:"《易》先《同人》①,后《大有》,承之以《谦》,不亦可乎?"故天道亏盈而益谦②,地道变盈而流谦③,鬼神害盈而福谦④,人道恶盈而好谦⑤。《谦》者,抑事而损者也⑥,持盈之道,抑而损之,此《谦》德之于行也。顺之者吉,逆之者凶。五帝既没,三王既衰,能行《谦》德者,其惟周公乎!文王之子,武王之弟,成王之叔父。假天子之尊位七年,所执贽而帅见者十人⑦,所还质而友见者十三人,穷巷白屋之士所先见者四十九人⑧,时进善者百人,宫朝者千人⑨,谏臣五人,辅臣五人,拂臣六人⑩,载干戈以至于封侯⑪,而同姓之士百人。孔子曰:"犹以周公为天下赏⑫,则以同族为众,而异族为寡也。"故德行宽容、而守之以恭者荣;土地广大、而守之以俭者安;位尊禄重、而守之以卑者贵;人众兵强、而守之以畏者胜;聪明睿智、而守之以愚者哲;博闻强记、而守之以浅者不溢。此六者皆《谦》德也。《易》曰:"《谦》亨,君子有终⑬,吉。"能以此终吉者,君子之道也。贵为天子,富有四海,而德不《谦》,以亡其自身者，桀纣是也，而况众庶乎！夫《易》有一道焉，大足以治天下，中足以安家国，近足以守其身者，其惟《谦》德乎！《诗》曰："汤降不迟，圣敬日跻。"

【注释】①同人：《易经》的卦名。后面"大有""谦"也是卦名。②亏：减损。盈：盈满。谦：谦退。③变：改变。流：流布。④害：降与祸害。福：降与幸福。⑤恶：厌恶。好：喜好。⑥抑事而损者也：别版作"抑而损者也"。⑦贽：与人见面时携带的礼物。⑧穷巷：偏僻的里巷。屋：白色茅草盖成的房屋，指贫穷的人所住的房屋。⑨宫朝者：到王宫朝见的人。⑩拂臣：辅佐的贤臣。拂：通"弼"，辅佐。⑪载干戈：从事战争。载：从事。干戈：两种武器。别版作"载干戈异族九十七人"，和"异族为暮"相应。⑫犹以周公为天下赏：别版作"犹以周公为天下党"。⑬亨：通达。有终：有始有终。见《易经·谦卦》。

【译文】孔子说："《周易》先有《同人》卦，然后有《大有》卦，再承续以《谦》卦，这样不也是可以的吗？"所以天道的法则是减损盈满而增益谦虚，地道的法则是改变盈满而使谦逊的流布，鬼神减损骄盈而造福谦卑，人道的法则是厌恶骄盈而喜欢谦逊。所谓《谦》卦，就是退让贬损。保持盈满的方法，就是退让贬损，这就是《谦》卦之德的施行。顺应它就会产生吉象，违逆它就会产生凶象。五帝已经陨殁，三王之道已经衰落，能施行《谦》德的大概只有周公吧！周公是文王的儿子，武王的弟弟，成王的叔父。他代行天子之职的七年中，带着礼物把他当老师拜见的有十个人，他回送礼物而以朋友身份接见的有十三个人，住在偏僻简陋的小巷、白茅覆盖的房屋的士人，他先去拜望的有四十九个人，时常向他进谏善言的有一百个人,到王宫里朝见他的多达一千人,诤谏的大臣有五个人,辅助的贤臣有六个人,匡弼过错的贤臣有六个人,从事作战立功而被封侯的同姓的人就有一百个人。孔子说:"有人还认为周公把天下看成是他们一姓的天下,这就是因为分封同族人多,而赏赐异族人少的缘故。"所以德行宽大,用恭敬来保守德行的人就荣耀;拥有广大的土地,而保持节俭的人才能安定;地位尊贵,俸禄厚重,而保持卑谦的人才能显贵;人口众多兵强马壮,而保持畏惧之心的人才能取胜;天赋聪明,以愚昧来护守它的人,就是明智;见闻广博,记忆力强,以浅陋来护守它的人,就不会自满。这六种情况,都是《谦》卦之德。《易经》说:"《谦》卦,亨通顺利,君子能够始终谦逊,所以吉祥。"能够始终保持吉祥的,是君子所遵行的道路。即使据有天子尊贵的地位,拥有天下的财富,但是没有具备《谦》德,就会致使国灭身亡,夏桀和商纣就是这种人,更何况是平民百姓呢?《周易》中有一种道理,用在大处足以治理天下,用在中等的方面足以安定家国,用在近处足以保全自身的,大概只有《谦》德了吧!《诗经》说:"商汤处世很谦逊,上天知道他具有圣明恭敬的德行。"

253.田子方出

昔者,田子方出①,见老马于道,喟然有志焉②,以问御者曰:"此何马也?"曰:"故公家畜也。罢而不为用,故出放也。"田子方曰:"少尽其力,而老去其身③,仁者不为也。"束帛而赎之④。穷士闻之,知所归心矣。《诗》曰:"汤降不迟,圣敬日跻。"

【注释】①田子方：战国魏人，魏文侯的老师。②喟然：长叹的样子。③去：别版作"弃"，抛弃。④束帛：十卷布帛，每两卷连在一起，共五匹，叫做束帛。

【译文】从前，田子方外出，看见路上有一匹老马，他有感触地长叹一声，就问车夫："这是什么马呀？"车夫回答说："这是以前公家养的马，身体衰弱不再有用，所以把它放到外面来。"田子方说："当马在年轻时用尽它的力量，到它年老了的时候就把它抛弃，有仁德的人不会这样做。"田子方拿出五匹束帛把老马赎出来。穷困的士人听到这件事，心里知道谁是可以归附的人了。《诗经》说："商汤处世谦逊，上天知道他具备圣明恭敬的德行。"

254.庄公出猎

齐庄公出猎①，有螳螂举足将抟其轮②。问其御曰："此何虫也？"御曰："此螳蜋也。其为虫，知进而不知退，不量力而轻就敌。"庄公曰："以为人，必为天下勇士矣。"于是回车避之，而勇士归之。《诗》曰："汤降不迟③。"

【注释】①齐庄公：春秋齐灵公的儿子，名光。②抟：搏，击。③汤降不迟：别版作"汤降不迟，圣敬日跻"。

【译文】齐庄公出门打猎，有一只螳螂举起脚，准备和他的马车车轮搏斗。庄公问他的车夫说："这是什么虫啊？"车夫说："这是螳螂。作为虫来说，它是那种只知道前进不知道后退的，不自量力地和敌人搏斗。"庄公说:"如果是人,必定是天下的勇士啊。"于是回转车子避开了螳螂,后来勇士因为这件事都归附他。《诗经》说:"商汤处世谦逊,圣明恭敬的德行每天都有提升。"

255.人有恶乎

魏文侯问李克曰:"人有恶乎?"李克曰:"有。夫贵者,则贱者恶之,富者,则贫者恶之,智者,则愚者恶之。"文侯曰:"善行此三者,使人勿恶,亦可乎?"李克曰:"可。臣闻:贵而下贱,则众弗恶也;富能分贫,则穷士弗恶也;智而教愚,则童蒙者弗恶也[1]。"文侯曰:"善哉言乎!尧舜其犹病诸[2]!寡人虽不敏,请守斯语矣。"《诗》曰:"不遑启处[3]。"

【注释】①童蒙者:泛指不明事理的人。童:幼童。蒙:暗昧。幼童对事理多暗昧,所以称童蒙。②病:以为不足。③遑:闲暇。启处:安居。启:跪,古人坐着就是跪着。诗句出自《诗经·小雅·四牡》或《诗经·小雅·采薇》。

【译文】魏文侯问李克道:"人有被别人厌恶的吗?"李克回答说:"有的。地位高的人就被地位低的人厌恶,有钱的人就被贫穷的人厌恶,聪明的人就被愚笨的人厌恶。"文侯说:"好好地处理上面说的三种境况,使别人不厌恶,能够做得到吗?"李克说:"能做到。我听说:地位高的人对地位低的人退让,那么卑贱的人就不会厌恶他;有钱的人能把财物分给贫穷的人,那么贫穷的人就不会厌恶他；聪明的人教导愚笨的人，那么不明事理的人就不会厌恶他。"魏文侯说："你所说的话多么好呀！尧、舜恐怕都难以做到呢！我虽然迟钝，愿意遵照你所说的话去做。"《诗经》说："没有闲暇安定居住下来。"

256.有鸟于此

有鸟于此，架巢于葭苇之颠①，天喟然而风②，则葭折而巢坏何？其所托者弱也。稷蜂不攻③，而社鼠不薰④，非以稷蜂社鼠之神，其所托者善也。故圣人求圣者以辅。夫吞舟之鱼大矣。荡而失水，则为蝼蚁所制⑤，失其辅也。故曰："不明尔德⑥，时无背无侧⑦；尔德不明，以无陪无卿⑧。"

【注释】①葭苇：草名，芦苇。②喟然：兴起的样子。③稷蜂：在谷神庙里做窝的蜂。稷：谷神。④社鼠：在土地神庙里做窝的老鼠。社：土地神。⑤蝼蚁：蝼蛄和蚂蚁。⑥明：完善。尔：你。⑦时：是，这。背：背后。⑧陪：副。卿：卿士。诗句出自《诗经·大雅·荡》。

【译文】这里有一只鸟，在芦苇的顶端筑巢，天上刮起一阵大风，芦苇折断了，鸟巢毁坏了，为什么呢？因为建造鸟巢的地方脆弱的缘故。人不去敲击在谷神庙里做窝的蜂，不用烟火去熏在土地庙里做窝的老鼠，并不是因为谷神庙的蜂和土地庙里的老鼠神灵，因为他们选择了良好的托身地方。所以圣明的君主去寻求贤能的人来辅佐。能够把船都吞下去的鱼，可算是很大了，但是它在游荡时离开了水，就被弱小的蝼蛄和蚂蚁所制服，因为它失掉辅助它的东西。所以《诗经》说:"不修明你的德行,是因为在你的身旁没有亲近的贤者;你的德行不修明,是因为你身旁没有亲近的贤者。

卷 九

257. 辍然中止

孟子少时诵,其母方织。孟辍然中止①,乃复进。其母知其喧也②,呼而问之曰:"何为中止?"对曰:"有所失复得。"其母引刀裂其织,以此诫之。自是之后,孟子不复喧矣。孟子少时,东家杀豚③,孟子问其母曰:"东家杀豚,何为?"母曰:"欲啖汝④。"其母自悔而言曰:"吾怀妊是子,席不止不坐⑤,割不正不食,胎教之也。今适有知而欺之,是教之不信也。"乃买东家豚肉以食之,明不欺也。《诗》曰:"宜尔子孙绳绳兮⑥。"言贤母使子贤也。

【注释】①孟辍然中止:别版作"孟子辍然中止"。②喧:遗忘。③东家:东边的邻居。豚:本义为小猪,这里解作猪。④啖:把食物给人吃。⑤席:席位。止:别版作"正"。⑥宜:适宜,教导得很好。绳绳:接连不断、小心谨慎。诗句出自《诗经·周南·螽斯》。

【译文】孟子小时候读书，他的母亲正在织布。孟子突然中途停止，一段时间后，才接着继续读下去。孟子的母亲知道他是遗忘了，大声喊他问道："为什么中途停止？"孟子回答说："书中有些地方忘记了，后来又记起来了。"这时，孟子的母亲拿起刀割断她织的布，用这种方法来告诫他读书不能半途而废。从此以后，孟子不再因为分心而遗忘书中的内容。孟子小时候，有一天，东边的邻居杀猪，孟子问他的母亲道："东边邻居杀猪做什么呢？"他的母亲回答说："是要给你吃的。"他的母亲自己感到后悔地说："我怀这个孩子时，席位不端正，不坐；肉切得不端正，不吃；为了在胎胞里就教育他。现在他刚有一点知识就欺骗他，这是教导他不诚实。"因此买了东边邻居的猪肉给孟子吃，表明不欺骗他。《诗经》说："教导你的子孙使他谨慎小心。"就是说贤德的母亲使她的儿子成为贤人。

258. 田子为相

田子为相①，三年归休②，得金百镒③，奉其母。母曰："子安得此金？"对曰："所受俸禄也。"母曰："为相三年，不食乎？治官如此，非吾所欲也。孝子之事亲也，尽力致诚，不义之物，不入于馆。为人子不可不孝也！子其去之。"田子愧惭，走出，造朝还金，退请就狱。王贤其母，说其义④，即舍田子罪，令复为相，以金赐其母。《诗》曰："宜尔子孙绳绳兮。"

【注释】①田子：《列女传》作"田稷子"，田稷为战国齐宣王的卿相。②归休：退休。③金：铜属货币。镒：二十两。④说：通"悦"，高兴。

【译文】田子担任齐国的卿相，三年后退休，将得到一百镒金，进奉给他的母亲。他的母亲说："你怎么得到这么多金子的？"田子回答说："这是我当官的薪酬。"他的母亲说："做了三年的宰相，难道不要吃东西吗？你这样做官，不是我所希望的。孝子侍奉父母尽自己的力量，尽自己的真诚罢了，不符合正义的钱财，不要拿进家门。做儿子的不能不孝顺啊！你还是把这些钱拿走。"田子听了他母亲的话，内心感到惭愧，离开了家，到朝廷去把一百镒金退回，出来时，请求君主把他关进监牢里去。君主称赞他母亲很贤慧，对她母亲的深明大义十分高兴，于是就赦免了田子的罪过，叫他再度担任卿相，还把那一百镒金赏给了他的母亲。《诗经》说："好好教导你的子孙使他谨慎小心。"

259. 辞归养亲

孔子行，闻哭声甚悲。孔子曰："驱！驱！前有贤者。"至，则皋鱼也①。被褐拥镰②，哭于道傍。孔子辟车与之言曰③："子非有丧，何哭之悲也？"皋鱼曰："吾失之三矣。少而学，游诸侯④，以后吾亲⑤，失之一也；高尚吾志，间吾事君⑥，失之二也；与友厚而小绝之⑦，失之三矣。树欲静而风不止，子欲养而亲不待也。往而不可得见者，亲也。吾请从此辞矣。"立槁而死。孔子曰："弟子诫之，足以识矣。"于是门人辞归而养亲者十有三人。

【注释】①皋鱼：人名。春秋时期人。②褐：粗布衣。拥：持。镰：这里指刀具。③辟：通"避"。避车：下车。④游：游说。⑤后：放在后面，忽略。别版作"殁"。⑥间：隔绝。⑦与友厚而小绝之：别版作"与友厚而中绝之"。

【译文】孔子乘车在路上行走，听到有人哭的十分悲伤。孔子说："快赶车！快赶车！前面有贤人。"到了一看，原来是皋鱼。皋鱼穿着粗布衣，拿着刀具，在路旁痛哭。孔子下车对皋鱼说："你家里莫非有丧事？为什么哭得如此悲伤？"皋鱼说："我有三个过失。年轻的时候喜好求学，周游各诸侯国，没有好好地事奉父母，这是第一个过失；我当初所立的志向非常高远，不去侍奉君主，这是第二个过失；跟朋友交情深厚，却因小事而绝交，这是第三个过失。树木想要安静下来，可是风不停地吹；子女想好好赡养父母，可父母却不在了！逝去而再也见不到的是父母亲人。请允许我从此辞别人世。"不久便枯槁而死。孔子说："弟子们要引以为戒，这件事值得好好记住！"于是学生辞别孔子，回家奉养父母的有十三个人。

260. 有人于斯

子路曰："有人于斯，夙兴夜寐，手足胼胝①，而面目黧黑②，树艺五谷③，以事其亲，而无孝子之名者，何也？"孔子曰："吾意者，身未敬邪！色不顺邪！辞不逊邪！古人有言曰：'衣欤！食欤！曾不尔即④。'子劳以事其亲，无此三者，何为无孝之名！意者，所友非仁人邪！坐，语汝⑤，虽有国士之力⑥，不能自举其身⑦，非无力也，势不便也⑧。是以君子入则笃孝，出则友贤，何为其无孝子之名？"
《诗》曰："父母孔迩⑨。"

【注释】①胼胝：因过度劳动，手足皮肤久受磨擦所生的厚皮。②黧黑：黑色。③树：栽植。艺：播种。④即：就，依靠。⑤语汝：《荀子·子道》作"吾语汝"。⑥国士：全国推崇的士人。⑦举：显扬。⑧势：机会。⑨孔：甚。迩：近。诗句出自《诗经·周南·汝坟》。

【译文】子路说："有这样一个人，起早贪黑没日没夜地干活，手脚都磨起老茧了，脸被太阳晒得黑黑的。勤劳地耕耘土地、种植五谷，用来奉养他的父母，然而却没有获得孝子的名声，这是什么原因呢？"孔子说："我猜想，是他的举止不恭敬吧！是他的脸色不柔顺吧！是他的言辞不谦逊吧！古人这么说：'衣服啊！食物啊！我都不曾依赖你。'你勤劳地侍奉父母，没有前面所说的三点毛病，怎么会没有孝顺的名声呢！我料想是所结交的朋友是仁人吧！坐下来，我告诉你，虽然一个人有国士的能力，但不能使自己显扬，并不是因为没有力量，是情势不便利。因此君子在家里就笃行孝道，出门在外就跟贤人交朋友，这样做了怎么会没有孝子的名声呢？"《诗经》上说："父母生活非常迫近饥寒啊！"

261.伯牙鼓琴

伯牙鼓琴①，锺子期听之②，方鼓琴，志在山③，锺子期曰："善哉！鼓琴！巍巍乎如太山④。"志在流水，锺子期曰："善哉！鼓琴！洋洋乎若江河⑤。"锺子期死，伯牙擗琴绝弦⑥。终身不复鼓琴，以为世无足与鼓琴也。非独琴如此,贤者亦有之。苟非其时,则贤者将奚由得遂其功哉⑦?

【注释】①伯牙:古时擅长弹琴的人,或以为春秋楚人。②锺子期:古时擅长鉴赏音乐的人。③志在山:《列子·汤问》作"志在高山"。④巍巍:高大的样子。太山:即泰山。⑤洋洋:水盛大的样子。江河:长江、黄河。⑥僻:破。⑦遂:成就。

【译文】伯牙弹琴,锺子期在静静地听着,伯牙刚弹琴时,他的心向往着高山,锺子期说:"多好呀!你弹的琴,高大得好像泰山一般。"伯牙心向往着流水,锺子期说:"多好呀!你弹的琴,盛大得好像长江、黄河一般。"锺子期一死,伯牙就把琴击破,把琴弦截断,表示一生不再弹琴,他认为世上再没有值得为他弹琴的人。不单是弹琴是这样的,有贤德的人也是这样的,假如没有恰当的时机,有贤德的人怎么能够完成他的功业呢?"

262.亡而不得

秦攻魏,破之①。少子亡而不得。令魏国曰:"有得公子者,赐金千斤;匿者,罪至十族②。"公子乳母与俱亡。人谓乳母曰:"得公子者赏甚重,乳母当知公子处而言之。"乳母应之曰:"我不知其处。虽知之,死则死,不可以言也。为人养子,不能隐而言之,是畔上畏死③。吾闻:忠不畔上,勇不畏死。凡养人子者,生之④,非务杀之也,岂可见利畏诛之故,废义而行诈哉!吾不能生而使公子独死矣。"遂与公子俱逃泽中。秦军见而射之,乳母以身蔽之,着十二矢,遂不令中公子。秦王闻之,飨以太牢⑤,且爵其兄为大夫。《诗》曰:"我心匪石,不可转也⑥。"

【注释】①破:打败敌人,占领他们的土地。②罪至十族:其罪当灭十族。古时灭族,至宗亲九族,上自高祖,下至玄孙。另一说,父族四,母族三,妻族二。③畔:通"叛",背叛。④生之:《列女传·魏节母传》作"务生之"。务:致力。⑤飨:祭祀时进献食物。太牢:具备牛、羊、猪三牲的祭品。⑥匪:通"非"。诗句出自《诗经·邶风·柏舟》。

【译文】秦国攻打魏国,把魏国打败了。魏王的小儿子逃走了,无法找到。秦国发布命令给魏国人说:"有找到公子的人,赏赐金一千斤;有藏匿公子的人,连他十族的人都要被处死。"公子的奶妈和公子一起逃亡。有人对公子的奶妈说:"找到公子的人秦国会给他很厚的赏赐,奶妈应该知道公子藏匿的地方,可以向秦国报告。"奶妈回答说:"我不知道公子藏身的地方。即使知道,要把我处死,我就死,也不能说出来。替人抚养孩子,无法隐藏反而说出来,这是背叛了君上,贪生怕死。我听说:忠心的人不背叛君上,勇敢的人不怕死亡。凡是为人抚养孩子的,致力使孩子长大,并不是致力把他杀死。怎么可以因为见利图财,怕被诛杀的缘故,不讲道义而做出欺诈的事呢?我不能自己活着却让公子独自去死啊!"因此和公子一起逃到沼泽中去。秦国军队看见了,就用弓箭射杀他们,奶妈用身体掩护公子,身上中了十二箭,始终不让箭射中公子。秦王听到这件事,用牛、羊、猪三牲祭祀奶妈,而且给她的哥哥以爵位,封为大夫。《诗经》说:"我的心不是石头,是不可以随意转动的。"

263. 我亦善之

子路曰:"人善我,我亦善之;人不善我,我不善之。"子贡曰:"人善我,我亦善之;人不善我,我则引之进退而已耳。"颜回曰:"人善我,我亦善之;人不善我,我亦善之。"三子所持各异,问于夫子。夫子曰:"由之所持,蛮貊之言也①;赐之所言,朋友之言也;回之所言,亲属之言也。"《诗》曰:"人之无良,我以为兄②。"

【注释】①蛮貊:蛮夷。蛮:西边的民族。貊:东北的夷人。②人之无良:《诗考》引作"人而无良"。诗句出自《诗经·鄘风·鹑之奔奔》。

【译文】子路说:"别人对我好,我也对他好;别人对我不好,我也对他不好。"子贡说:"别人对我好,我也对他好;别人对我不好,我就引导他,同他接近或疏远罢了。"颜回说:"别人对我好,我也对他好;别人对我不好,我也对他好。"三个人的主张各不相同,就请教孔子。孔子说:"子路所说的是未受教化的蛮夷间相处的态度;子贡的主张,是朋友之间相处的态度;颜回的主张,是亲戚之间相处的态度。"《诗经》说:"别人即使不善良,我还是把他当成兄长。"

264. 景公纵酒

齐景公纵酒醉而解衣冠,鼓琴以自乐。顾左右曰:"仁人亦乐此乎?"左右曰:"仁人耳目犹人,何为不乐乎?"景公曰:"驾车以迎晏子。"晏子闻之，朝服而至①。景公曰："今者，寡人此乐，愿与大夫同之。"晏子曰："君言过矣！自齐国五尺已上，力皆能胜婴与君。所以不敢者，畏礼也。故自天子无礼，则无以守社稷；诸侯无礼，则无以守其国；为人上无礼，则无以使其下；为人下无礼，则无以事其上；大夫无礼，则无以治其家②；兄弟无礼，则不同居；人而无礼，不若遄死③。"景公色魄，离席而谢曰："寡人不仁，无良左右，淫涵寡人④，以至于此，请杀左右，以补其过。"晏子曰："左右无过。君好礼，则有礼者至，无礼者去；君恶礼，则无礼者至，有礼者去。左右何罪乎？"景公曰："善哉！"乃更衣而坐，觞酒三行⑤。晏子辞去，景公拜送。《诗》曰："人而无礼，胡不遄死？"

【注释】①朝服：上朝时穿的礼服。②家：大夫的封邑。③遄：快，迅速。④淫：淫恶其心。涵：沉溺于酒。⑤觞酒：进酒劝饮。

【译文】齐景公放肆喝酒，喝醉了，就脱下衣服和帽子，还弹着琴自己作乐。齐景公回头对左右侍候他的人说："有仁德的人也喜欢享受这种快乐吗？"在左右侍候他的人说："有仁德的人他的眼睛耳、朵跟一般人相同，怎么会不喜欢享受这些快乐呢！"齐景公说："去驾马车，把晏子迎接过来。"晏子听到这件事，就穿上礼服来到王宫。齐景公说："今天，我得到这种快乐，希望和你共同享受。"晏子回答说："君王的话错了，在齐国五尺以上身材的人，他们的力量都能够胜过我和君王，他们不敢用武力对付我们，因为恐怕违背礼的缘故。所以天子不懂得礼，就没有办法守护天下；诸侯不懂得礼，就没有办法守护国家；在上的君主不懂得礼，就没有办法使令下面的臣民；在下的臣民不懂得礼，就没有办法侍奉在上的君主；大夫不懂得礼，就没有办法治理他的封邑；兄弟不懂得礼，就不能同居在一起；人如果不懂得礼，不如快点死去。"齐景公脸上现出惭愧的神色，离开座位连忙谢罪说："我没有仁德，身旁左右的人行为不端，竭力迷惑我，使我落到这种地步，我想杀侍候我的人，用来补救我的过失。"晏子说："侍候你的人没有过错，君王喜好礼，那么崇尚礼的人就会到来，不遵守礼的人就会离开；君王厌恶礼，那么不遵守礼的人就会到来，崇尚礼的人就会离开。这样说来，侍候你的人有什么罪过呢？"景公说："你说的话真好啊。"于是景公换上礼服坐着，巡酒三遍。晏子告辞而别，景公作揖拜送他离去。《诗经》说："人不懂得礼，为什么不快点死去呢？"

265.孔子之门

传曰：堂衣若扣孔子之门①，曰："丘在乎？丘在乎？"子贡应之曰："君子尊贤而容众，嘉善而矜不能②，亲内及外，己所不欲，勿施于人。子何言吾师之名焉？"堂衣若曰："子何年少言之绞③？"子贡曰："大车不绞，则不成其任；琴瑟不绞，则不成其音。子之言绞，是以绞之也。"堂衣若曰："吾始以鸿之力④，今徒翼耳！"子贡曰："非鸿之力，安能举其翼？"《诗》曰："如切如磋⑤，如琢如磨⑥。"

【注释】①堂衣若：春秋时人。扣：敲击。②矜：怜悯。③绞：急切。

④鸿：大鸟，即黄鹄。⑤切：切开。瑳：别版作"磋"。磋：用锉刀锉治。诗句出自《诗经·卫风·淇奥》。⑥如琢如磨：比喻精益求精。琢磨：治理玉石。琢：雕琢。磨：用沙石磨。

【译文】书传记载说：堂衣若敲开孔子的家门，急切地说："孔丘在家吗？孔丘在家吗？"子贡回答说："君子尊敬贤人，也宽容一般人；鼓励好人，也可怜无能的人；爱护他的亲戚，扩大爱护其它人；自己不想要的事物，也不要加在别人身上。你为什么直呼我的老师的名呢？"堂衣若说："你年纪轻轻，为什么说话那么急迫呢？"子贡说："大车不绞紧，便不能乘载较多的东西；琴瑟的弦不绞紧，便不能演奏出动听的音乐。你说话急迫，所以我也急迫地回答你。"堂衣若说："我开始以为你具有像黄鹄般的强大力量，现在知道你仅仅具备翅膀罢了。"子贡说："没有像黄鹄般强大的力量，怎么能够举起他的翅膀呢？"《诗经》说："像治理骨角，切开后，再用锉刀锉治；像治理玉石，雕琢后，再用沙石磨光。"

266. 昭华之池

齐景公出弋昭华之池①。颜邓聚主鸟而亡之②，景公怒，而欲杀之。晏子曰："夫邓聚有死罪四，请数而诛之。"景公曰："诺。"晏子曰："邓聚为吾君主鸟而亡之③，是罪一也；使吾君以鸟之故而杀人，是罪二也；使四国诸侯闻之，以吾君重鸟而轻士，是罪三也；天子闻之，必将贬绌吾君④，危其社稷，绝其宗庙，是罪四也。此四罪者，故当杀无赦，臣请加诛焉。"景公曰："止。此亦吾过矣，愿夫子为寡人敬谢焉。"《诗》曰:"邦之司直。"

【注释】①弋:用绳系箭而射。②颜邓聚:《晏子春秋·外篇》作"颜烛邹",《说苑·正谏》作"烛雏"。另有版本作"斫聚"。主:管理。③邓聚为吾君主鸟而亡之:《晏子春秋》作"邓聚汝为吾君主鸟而亡之"。④贬:降调官职。绌:通"黜",免职。

【译文】齐景公到昭华池去射鸟,颜邓聚负责管理鸟,却让鸟飞走了。齐景公发怒,要杀死颜邓聚。晏子说:"颜邓聚犯了四条死罪,请允许我一条条把它说出来,然后杀死他。"齐景公说:"你说吧。"晏子说:"颜邓聚,你替君王管理鸟,却让鸟逃走了,这是你的第一条罪状;你使得我们的君王因为鸟的缘故而杀人,这是你的第二条罪状;你使得四周的诸侯听到这件事,认为我们的君王重视鸟而轻视士人,这是你的第三条罪状;天子听到这件事,一定会降职罢免我们的君王,使得国家遭遇危险,宗庙的祭祀断绝,这是你的第四条罪状。你犯了这四种罪,所以应当被处死,而不能赦免,臣下请君王加重诛罚。"齐景公说:"别说了,这是我的过错,希望先生恭敬地替我向他道歉。"《诗经》说:"国家中主持正直的人。"

267.问于解狐

魏文侯问于解狐曰①:"寡人将立西河之守②,谁可用者?"解狐对曰:"荆伯柳者③,贤人,殆可。"文侯将以荆伯柳为西河守④,荆伯柳问左右,谁言我于吾君。左右皆曰:"解狐。"荆伯柳见解狐而谢之曰:"子乃宽臣之过也,言于君,谨再拜谢。"解狐曰:"言子者,公也;怨子者,吾私也⑤。公事已行,怨子如故。"张弓射之,走十步而没⑥,可谓勇矣。《诗》曰:"邦之司直。"

【注释】①解狐:春秋战国时期晋国人。②西河:即指今陕西省华阴、华、白水、澄城诸县一带地方,因为在黄河西面,所以叫西河。③荆伯柳:《韩非子·外储说左下》作"邢伯柳"。④文侯将以荆伯柳为西河守:《太平御览》作:文侯曰:"是非子之雠也?"对曰:"君问可,非问雠也。"文侯将以荆伯柳为西河守。⑤吾私也:别版作"私也"。⑥步:度名。有以六尺为一步,有以六尺四寸为一步,有以八尺为一步。

【译文】魏文侯问解狐道:"我将要任命西河太守,不知道哪一个可以任用?"解狐回答说:"荆伯柳是贤能的人,或者可以任用。"文侯说:"他不是你的仇人吗?"解狐说:"你问谁可以任命为西河太守,不是问谁是我的仇人。"魏文侯将要任命荆伯柳做西河太守,荆伯柳问魏文侯身边侍候的人,谁在君主面前推荐我做西河太守,魏文侯身边侍候的人都说:"是解狐推荐的。"荆伯柳去见解狐,向他谢罪说:"谢谢你宽恕了我的过错,把我推荐给主上,我再次诚恳地向你表示谢意。"解狐说:"推荐你,是公事;怨恨你,是私事。公事已经做了,我依旧怨恨你。"解狐张开弓来就要射荆伯柳,荆伯柳非常害怕,跑开几十几步才看不见解狐。解狐可说是很有胆识的。《诗经》说:"国家中主持正直的人。"

268.任贤使能

楚有善相人者,所言无遗美①,闻于国中。庄王召见而问焉。对曰:"臣非能相人也,能相人之友者也。观布衣者②,其友皆孝悌笃谨畏令③,如此者,家必日益④,而身日安,此所谓吉人者也⑤。观事君者,其友皆诚信有行好善,如此者,措事日益,官职日进,此所谓吉臣者也。人主朝臣多贤⑥,左右多忠,主有失败,皆交争正谏,如此者,国日安,主日尊,名声日显,此所谓吉主者也。臣非能相人也,观友者也。"王曰:"善。"其所以任贤使能,而霸天下者,始遇之于是也⑦。《诗》曰:"彼己之子,邦之彦兮。⑧"

【注释】①所言无遗美:别版作"所言无遗策"。遗策,失策,谓推测错误。②布衣:平民。③畏令:遵守法令。畏:敬畏。④益:富裕。⑤吉人:吉利的人。⑥人主朝臣多贤:别版作"观人主也,朝臣多贤"。⑦始遇之于是也:别版作"殆遇之于是也"。殆:或许。遇:得到。⑧己:语助词。彦:美士。诗句出自《诗经·郑风·羔裘》。

【译文】楚国有一个擅长看相的人,他看相从没有不准确的,因此名闻全国。楚庄王召见他,询问他看相的事。他回答说:"我不是能够看人的相貌,而是能够观察他的朋友。看一个平民,如果他的朋友都是孝敬父母、友爱兄弟、真诚谨慎、遵纪守法的人,像这种人,他的家庭一定越过越好,而他自身也会越来越安康,这就是所说的吉人;观察那些事奉国君的臣子,他的朋友都是诚实守信、品行端正、乐善好施的人，那么他做事就一天比一天办得好，官职也会越来越高，这就是所说的吉臣。观察国君，如果朝廷上有很多贤能的臣子，他的身边有很多忠良的人，国君有过失，大家都会争着去规劝，这样的话，国家就会日益安定，国君就会日益尊贵，名声就会日益显赫，这就是所说的吉君。我并不能看人的相貌，是能观察他的朋友。"庄王说："你说的很好！"楚庄王任用有贤德、有才能的人，称霸于诸侯的原因，或许是从这句话得到启发的吧。《诗经》说："那个人啊，是国家的美士。"

269.孔子出游

孔子出游少源之野。有妇人中泽而哭①，其音甚哀。孔子使弟子问焉，曰："夫人何哭之哀？"妇人曰："乡者②，刈蓍薪③，亡吾蓍簪，吾是以哀也。"弟子曰："刈蓍薪而亡蓍簪，有何悲焉？"妇人曰："非伤亡簪也，盖不忘故也。"

【注释】①中泽：泽中。②乡：不久以前。③蓍薪：蓍草，茎可用来占筮，也可作簪子。

【译文】孔子到少源的郊外去游玩。有一个妇人在沼泽中啼哭，她的声音听起来很悲哀。孔子就派他的学生去问她，说："夫人为什么哭得那么悲哀？"妇人说："不久以前，我割蓍草，丢掉我用蓍草做成的簪子，我因此觉得非常悲哀。"孔子的学生说："割蓍草，丢失蓍簪，有什么值得悲哀的呢？"妇人说："我不是因为丢掉簪子才悲伤，而是因为我不能忘记故旧的东西。"

270. 入之于耳

传曰：君子之闻道，入之于耳，藏之于心。察之以仁，守之以信。行之以义，出之以逊①，故人无不虚心而听也。小人之闻道，入之于耳，出之于口。苟言而已②，譬如饱食而呕之③。其不惟肌肤无益④，而于志亦戾矣⑤。《诗》曰："胡能有定⑥？"

【注释】①逊：恭顺。②苟：苟且，不审慎。③呕：吐。④肌肤：肌肉皮肤，指身体而言。⑤戾：乖违。⑥定：是说心志安定。诗句出自《诗经·邶风·日月》。

【译文】书传记载说：有德行的人听到好的道理，只要从他的耳朵进去，就会牢记在他的心里。用仁义去体察它，用信义去保持它。合乎正义的才做，恭顺的说出来，所以别人没有不虚心地听从他。没有德行的人听到好的道理，刚刚从他的耳朵进去，马上就从嘴中说出来，马马虎虎地说出罢了，就好比吃得太饱，把食物呕吐出来。这不仅对身体没有好处，而且跟他的志向也相违背。《诗经》说："他的心志怎么才能安定呢？"

271. 游于戎山

孔子与子贡、子路、颜渊游于戎山之上①。孔子喟然叹曰：

"二三子各言尔志,予将览焉。由,尔何如?"对曰:"得白羽如月,赤羽如朱②。击钟鼓者③,上闻于天,下槊于地④。使将而攻之⑤,惟由为能。"孔子曰:"勇士哉!赐,尔何如?"对曰:"得素衣缟冠,使于两国之间。不持尺寸之兵,斗升之粮,使两国相亲如弟兄。"孔子曰:"辩士哉!回,尔何如?"对曰:"鲍鱼不与兰茝同笥而藏⑥,桀纣不与尧舜同时而治。二子已言,回何言哉!"孔子曰:"回有鄙之心⑦。"颜渊曰:"愿得明王圣主为之相。使城郭不治,沟池不凿,阴阳和调,家给人足,铸库兵以为农器。"孔子曰:"大士哉!由来区区汝何攻⑧?赐来便便汝何使⑨?愿得之冠⑩,为子宰焉。"

【注释】①戎山:《说苑·指武》《家语·致思》都作"农山",戎、农声音相近,都有大的意思。②羽:旌旗上装饰的羽毛,有五种彩色。③击钟鼓者:《说苑·指武》《家语·致思》作"钟鼓之音"。钟,即钲,击钲以止兵。④槊:通"溯",向。⑤将:率领。⑥鲍鱼:腐臭的鱼。兰茝:兰和茝都是香草。笥:盛衣物的竹器,圆形的叫箪,方形的叫笥。⑦回有鄙之心:《说苑·指武》作"回有鄙之心,第言之"。第:但,尽管。鄙:轻视。⑧来:助辞。区区:得志的样子。⑨便便:说话明白流畅的样子。⑩冠:官服。

【译文】孔子同子贡、子路、颜渊在戎山上游玩。孔子感叹地说:"你们把自己的志向说出来,让我看看你们的志向。仲由,你的志向是什么?"子路回答说:"我希望有一支军队,旌旗上的白色羽毛像月亮般光洁,红色羽毛像朱砂般鲜艳。钟鼓的声音,响亮得一直传到天上,旗尾扫到地面,率领这支部将去攻打敌人,这事只有我仲由能够做到。"孔子说:"你算是个勇士啊!端木赐,你的志向是什么?"子贡回答说:"我希望穿上白色的衣服,戴上白色的帽子,在两国之间出使游说。即便不拿一把短刀,不带一点粮食,就能让两国像弟兄般相亲相爱。"孔子说:"你算是个辩士啊!颜回,你的志向是什么?"颜渊回答说:"腐臭的鱼不能跟芳香的兰茝同放在一个竹筐里,暴虐的桀、纣不能跟圣贤的尧、舜一同治理天下。两位同学已经说出他们的志向,我还有什么话说呢?"孔子说:"颜回有轻视他们的心理,但是也说出来吧。"颜回说:"我希望遇见一位圣明的君主,然后做他的卿相。不需要建筑城墙,不需要挖掘护城河,使得阴阳调和,家家丰衣足食,把仓库里的兵器都铸成农器。"孔子说:"你是个伟大的士人啊!仲由呀!你得志要攻打谁呢?端木赐呀!你有口才要游说谁呢?我希望得到一套冠服,去做颜回的助手。"

272.不以耻食

贤士不以耻食①,不以辱得②。老子曰:"名与身孰亲?身与货孰多③?得与亡孰病④?是故甚爱必大费,多藏必厚亡。知足不辱,知止不殆⑤,可以长久。大成若缺,其用不敝⑥;大盈若冲⑦,其用不穷;大直若诎,大辩若讷⑧,大巧若拙,其用不屈。罪莫大于多欲,祸莫大于不知足。故知足之足,常足矣。"

【注释】①食:俸禄。②得:谓获得名利。③多:重要。④亡:失去生命。⑤殆:危险。⑥敝:败坏。⑦冲:空虚。⑧讷:说话迟钝。

【译文】贤明的士人不会仅为了求得俸禄,甘愿忍受羞耻,不会仅为了获得名利,甘愿蒙受侮辱。老子说:"名誉与生命比起来,哪一个更亲切？生命与财产比起来，哪一个更贵重？获得名利与失去生命，哪一个更有害？因此，过分爱惜名誉一定耗费许多心力，过多的贮藏就会招致惨重的损失。只有知道满足就不会遭受屈辱，知道适可而止就不会遇到危险，这样才可以保持长久。最圆满的好像总有欠缺，但它的作用并不会败坏；最盈满的好像总有空虚，但它的作用并不会有穷尽。最直的好像是弯曲的，最灵巧的好像很笨拙，最能辩言的好像不善说话，它们的作用不会竭尽。罪过没有比贪得无厌更大的，灾祸没有比不知道满足更大的。所以知道满足的满足，这是永远满足的了。"

273.入户视之

孟子妻独居，踞①。孟子入户视之，白其母曰②："妇无礼，请去之③。"母曰："何也？"曰："踞。"其母曰："何知之？"孟子曰："我亲见之。"母曰："乃汝无礼也，非妇无礼。《礼》不云乎：'将入门④，将上堂，声必扬；将入户，视必下。'不掩人不备也。今汝往燕私之处⑤，入户不有声，令人踞而视之，是汝之无礼也，非妇无礼也。"于是孟子自责，不敢出妇。《诗》曰："采葑采菲⑥，无以下体⑦？"

【注释】①踞：箕踞，臀部着席，两足盘屈在前面。②白：告。③去：遣去。④将入门：《列女传·母仪》作"将入门，问孰存"。孰：谁。存：在。⑤燕私之处：平时居处休息的地方。⑥葑：芜菁，根可以吃。菲：萝卜。以：及。体：又引作"礼"。礼是体的假借字。⑦下体：指其根。诗句出自《诗经·邶风风·谷风》。

【译文】孟子的妻子独自在屋里，两腿伸开坐着。孟子进门看见她这个样子，就告诉他的母亲说："我媳妇没有礼貌，请你把她休了。"孟母说："怎么没礼貌呢？"孟子说："她两腿伸开坐着。"孟母说："你怎么知道她这样呢？"孟子说："是我亲自看见的。"孟母说："是你没有礼貌，不是媳妇没有礼貌。《礼》上不是说过：'将要进门，先问谁在里面；将要走上厅堂，声音一定要提高；将要进房门，眼睛应该往下看。'不要乘人没有防备时到别人家里去。现在你到人平时居处的地方，进房门前也不说一声，让别人伸开腿坐着看你，这是你没有礼貌，不是媳妇没有礼貌。"因此孟子责备自己，不敢再说休妻的事了。《诗经》说："采芜菁，采萝卜，难道不采它的根吗？"

274. 姑布子卿

孔子出卫之东门，逆姑布子卿①。曰："二三子引车避②。有人将来，必相我者也，志之。"姑布子卿亦曰："二三子引车避，有圣人将来。"孔子下，步。姑布子卿迎而视之五十步，从而望之五十步。顾子贡曰："是何为者也？"子贡曰："赐之师也，所谓鲁孔丘也。"姑布子卿曰："是鲁孔丘欤！吾固闻之。"子贡曰："赐之师何如？"姑布子卿曰："得尧之颡③，舜之目，禹之颈，皋陶之喙④。从前视之,盎盎乎似有王者⑤;从后视之,高肩弱脊,此惟不及四圣者也。"子贡呼然⑥。姑布子卿曰:"子何患焉。污面而不恶⑦,葭喙而不藉⑧。远而望之,羸乎若丧家之狗⑨,子何患焉?子何患焉?"子贡以告孔子。孔子无所辞,独辞丧家之狗耳,曰:"丘何敢乎?"子贡曰:"污面而不恶,葭喙而不藉,赐以知之矣⑩。不知丧家狗,何足辞也?"子曰:"赐,汝独不见夫丧家之狗欤?既敛而椁⑪,布器而祭,顾望无人。意欲施之,上无明王,下无贤士方伯⑫,王道衰,政教失,强陵弱,众暴寡,百姓纵心,莫之纲纪⑬。是人固以丘为欲当之者也⑭。丘何敢乎!"

【注释】①逆:迎。姑布子卿:姓姑布,名子卿,春秋郑国人。②二三子:尊长对卑幼表多数的对称词。引车:引导马车。③颡:额头。④皋陶:人名,虞舜的臣子。喙:嘴。⑤盎盎乎似有王者:别版作"盎盎乎似有土者"。盎盎:盛满盈溢的样子。⑥吁然:忧虑的样子。⑦污面:面部往内陷。⑧葭:通"笳",胡笳,乐器。葭喙:嘴像胡笳般突出。藉:狼藉,错乱不整。⑨羸乎:不得意的样子。羸:借作"累"。丧家:死人的家。⑩以:通"已",已经。⑪敛:把死人身体放进棺材里。椁:古代棺木有时候用两重,里的一重叫棺,外的一重叫椁。⑫下无贤士方伯:别版作"下无贤方伯"。方伯:一方诸侯的首长。⑬纲纪:治理。⑭是人:这个人,指姑布子卿。

【译文】孔子出了卫国的东门,去迎接姑布子卿。孔子对他的学生说:"你们几个人把车马避让到一旁,有人要来了,他一定会看我的相貌,你们把他的话记下来。"姑布子卿也对他的随从说:"你们把车马避让到一旁,有圣人要来了。"孔子下了车,步行过去。姑布子卿面对着孔子观察,来回走了五十步,又转到他的背面观察,来回又走了五十步。然后对子贡说:"这位是什么人呢?"子贡说:"这位是我的老师,就是鲁国孔丘。"姑布子卿说:"他是鲁国的孔丘啊!我曾听过他的名字。"子贡说:"我的老师相貌怎么样?"姑布子卿说:"你的老师长得一副尧帝的颊骨,舜帝的眼睛,禹帝的脖子,皋陶的嘴巴。从正面看起来,颇有王者之风,好像一副帝王的样子;但是从后面看,两背高耸,脊背瘦弱,只有这一点比不上以上所说的四位圣人。"子贡听了有些忧虑的样子。姑布子卿说:"你有什么好担心的呢?你的老师面部往内陷,却长得不丑陋,嘴巴像胡茄般突出,却非常整齐,从远处看他,像个丧家之犬罢了,你又有什么好忧虑的呢?你又有什么好忧虑的呢?"子贡把姑布子卿这番话告诉孔子。孔子对姑布子卿的批评都接受,单单不接受说他像丧家之犬这句评语,他说:"我怎么敢当呢?"子贡说:"他批评老师面部往内陷,却不丑陋,嘴巴像胡茄般突出,却非常整齐。我已经理解了。只是不知道说你像丧家之犬,这句话为什么不能接受呢?"孔子说:"赐,你难道没有见过死人家里的狗吗?它的主人把亲人的尸体收敛到棺椁里,陈设祭器,举行祭祀,它往四周看没有人理睬它。姑布子卿以为我想有所作为,认为在上没有英明的君王,在下没有贤能的方伯,王道已经衰微,政治教化有错失,力量强大的欺侮弱小的,人数众多的侵犯人数少的,百姓都放纵自我,纲法礼节统统失去了。这个人一定以为我想做死人家里的狗,我怎么敢接受呢!"

275. 不可不慎

脩身不可不慎也。嗜欲侈则行亏,谗毁行则害成①。患生于忿怒,祸起于纤微②。污辱难湔洒③,败失不复追。不深念远虑,后悔何益!徼幸者④,伐性之斧也;嗜欲者逐祸之马也;谩诞者⑤,趋祸之路也;毁于人者,困穷之舍也。是故君子不徼幸,节嗜欲,务忠信,无毁于一人,则名声尚尊,称为君子矣。《诗》曰:"何其处兮⑥?必有与也。"

【注释】①谗:用言语毁善害能。毁:毁谤。②纤微:细微的事。③湔洒:洗灌。④徼幸:希望求得分外的利益。⑤谩诞:欺罔放纵。⑥处:谓处在这种境地。诗句出自《诗经·邶风·旄丘》。

【译文】修养自己的品德不可以不谨慎。欲望大了,那么德行就受到亏欠;别人对你的谗言诽谤盛行,那么祸害就形成了。忧患的产生由于愤怒,灾祸的发生起于细微的小事。耻辱不容易被洗刷掉,失败不能够得到补救。事前如果不作深远的考虑,事后悔恨有什么好处!侥幸得到非分的利益,犹如砍伤德性的斧头;对物质的过分欲望,这是追逐祸害的马。欺瞒放荡,这是通往灾祸的路径;被人毁谤,这是使人陷于困苦贫穷的屋舍。因此,君子不希望求得非分的利益,努力节制自己的欲望,务求实践忠与信这两种道德,避免被任何一个人所毁谤,那么他的名声就会崇高起来,被人称为君子了。《诗经》说:"为什么会处在这种境地呢?一定有它的原因。"

276. 君子之居

君子之居也，绥如安裘①，晏如覆杆②。天下有道，则诸侯畏之；天下无道，则庶人易之③。非独今日，自古亦然。昔者，范蠡行游④，与齐屠地居，奄忽龙变⑤，仁义沈浮。汤汤慨慨⑥，天地同忧。故君子居之，安得自若？《诗》曰："心之忧矣⑦，其谁知之？"

【注释】①绥：安。安：放置。裘：皮衣。②晏：安。杆：同"盂"，饮水器。③易：轻视。④范蠡：春秋楚国三户人，字少伯，与文种同事句践，灭吴，报会稽之耻，后至齐，耕种经商致富，自号陶朱公。⑤奄忽：急遽。龙变：像龙般变化。⑥汤汤：水疾流的样子。慨慨：叹息的样子。⑦忧：忧愁。诗句出自《诗经·魏风·园有桃》。

【译文】君子日常居处，安稳得像放置的皮衣，像倒覆的盂。天下政治清明的时候，诸侯都畏惧他；天下政治混乱的时候，百姓都蔑视他。不单是现在，自古以来也都是这样。从前，范蠡到各地游历。在齐国的屠宰场居住，忽然间像龙一般变化，随顺仁义起伏，他深深地感叹，同天地一样悲悯着百姓的疾苦。所以说君子日常居处，怎么能够安稳如常呢？《诗经》说："我心里在忧愁，谁能知道呢？"

277. 从车百乘

田子方之魏①，魏太子从车百乘而迎之郊②。太子再拜谒田子方③，田子方不下车。太子不说曰④："敢问何如则可以骄人矣？"田子方曰："吾闻以天下骄人而亡者⑤,有矣。由此观之,则贫贱可以骄人矣。夫志不得,则授履而适秦楚耳⑥,安往而不得贫贱乎?"于是太子再拜而后退,田子方遂不下车。

【注释】①之:往。②魏太子:指魏文侯的儿子击。从车:随行的车子。之:于。③再拜:拜两次。拜:磕头,作揖,古代的一种敬礼。④说:通"悦"。⑤吾闻以天下骄人而亡者,有矣:别版作"吾闻以天下骄人而亡者,有矣,以一国骄人而亡者,有矣"。⑥得:含。授履:别版作"接履",穿上鞋子。

【译文】田子方到魏国去。魏国的太子带着一百辆车子到郊外迎接他。魏太子两次作揖拜谒请见田子方,田子方却不下车来。太子不高兴地说:"我冒昧请教你,怎么样的人就可以对人骄傲呢?"田子方说:"我听说有拥有天下因为对人骄傲而灭亡的,有拥有国家因为对人骄傲而灭亡的。从这方面来看,贫贱的人就可以对人高傲。贫贱的人不得志,穿上鞋子,便可以到秦国或楚国去,到哪里去会得不到贫贱呢?"因此太子再次拜揖而告辞,田子方还是不下车。

278.往见梁王

戴晋生弊衣冠而往见梁王①。梁王曰:"前日寡人以上大夫之禄要先生②,先生不留,今过寡人邪③?"戴晋生欣然而笑,仰而永叹曰④:"嗟乎!由此观之,君曾不足与游也⑤。君不见大泽中雉乎⑥?五步一啄⑦,终日乃饱;羽毛悦泽⑧,光照于日月;奋翼争鸣⑨,声响于陵泽者何?彼乐其志也。援置之困仓中⑩,常啄粱粟⑪,不旦时而饱⑫。然犹羽毛憔悴,志气益下⑬,低头不鸣,夫食岂不善哉?彼不得其志故也。今臣不远千里而从君游者,岂食不足?窃慕君之道耳⑭。臣始以君为好士,天下无双,乃今见君不好士明矣⑮!"辞而去,终不复往。

【注释】①戴晋生:隐士名。弊:败坏。梁王:就是魏惠王,魏王即位后九年,由旧都安邑迁都大梁(今河南开封),故魏国又称梁国。②上大夫:官名,周时天子和诸侯都设置大夫,分上、中、下三级。要:邀约。③过:访问。④永叹:长叹。⑤与游:相交游。⑥雉:鸟名,形状似鸡,俗名野鸡。雄雉尾长,羽毛美丽。雌雉尾短,羽色黄褐。⑦啄:同"啄",鸟啄食。⑧悦泽:美丽润泽。⑨奋翼:张开翅膀。⑩援:取,捕捉。困仓:贮藏谷物的处所。圆的叫困,方的叫仓。⑪梁粟:梁:本为粟的一种,后世以穗大、毛长、粒粗的为梁,穗小、毛短、粒细的为粟。⑫旦时:早上。⑬志气:心志元气,犹言精神。⑭窃:私自。⑮乃今:如今。

【译文】戴晋生穿着破旧的衣服、帽子去见梁王。梁王说:"前些日子,我用上大夫的俸禄邀请先生,先生却不愿留下做官,今天怎么反而来访问我呢?"戴晋生高兴地笑着,仰起头长长地叹息说:"唉!由此看来,君王真是不值得跟您交游了。您没有见过沼泽中的雉鸟吗?走五步,啄一下,整天觅食,才能吃饱。可是羽毛却长得美丽润泽,光耀闪烁,照映日月。它张开翅膀,大声鸣叫,声音响彻丘陵沼泽,这是为什么呢?因为它生活能够符合自己的志趣而感到高兴。如果把它放到谷仓中,它能常常啄食稻梁、粟米,不一会儿就已经吃饱了。但是羽毛却枯槁没有光泽,精神一天比一天颓丧,低着头不鸣叫。这哪里是吃得不好呢?是因为生活不合自己的志趣的缘故啊。今天我不辞千里而来,想要跟随国君交游,哪里是吃得不够呢?是我私下仰慕国君的道义啊。我开始以为国君你爱惜贤才,天下第一,然而今天明白地看出国君不爱惜贤才啊!"他跟梁王告辞,表示以后永远不再去见他。

279. 赍金百斤

楚庄王使使赍金百斤①,聘北郭先生②。先生曰:"臣有箕帚之使③,愿入计之。"即谓夫人曰:"楚欲以我为相。今日相,即结驷列骑④,食方丈于前⑤,如何?"妇人曰:"夫子以织屦为食⑥,食粥毚屦⑦,无怵惕之忧者⑧,何哉?与物无治也。今如结驷列骑,所安不过容膝⑨;食方丈于前,所甘不过一肉。以容膝之安,一肉之味,而殉楚国之忧,其可乎?"于是遂不应聘,与妇去之。《诗》曰:"彼美淑姬,可与晤言⑩。"

【注释】①赍:携带。②北郭先生:姓北郭,名不详。《列女传》作于"陵子终"。③箕帚之使:箕和帚都是扫除的器具,负责扫除的人叫箕帚之使,指妻子。④结驷列骑:车马众盛。⑤食方丈于前:摆在面前的食物有一丈见方之多,形容生活奢华。方丈:指面积方一丈。⑥夫子:古时妻子称大夫为夫子。屦:用麻织成的鞋子。⑦毚:通"搀",穿着的意思。⑧怵惕:恐惧。⑨安:安佚。容膝:指狭小的地方。⑩淑姬:贤慧的女子。晤:对。诗句出自《诗经·陈风·东门之池》。

【译文】楚庄王派遣使者携带一百斤黄金,前来聘请北郭先生。北郭先生说:"我有妻子,想进去跟她商量一下。"北郭先生就对他的妻子说:"楚国想要聘请我做卿相。今天做了卿相,出门时,高车骏马列成队;吃饭时,大桌菜肴摆面前,你认为怎么样呢?"他的妻子说:"先生依靠织麻鞋过生活,吃的是稀饭,穿的是麻鞋,毫无恐惧忧虑,为什么呢?因为不需要去管理人事。今天如果当了卿相,高车骏马列成队,你得到舒适的也不过是一块容身的地方;大桌菜肴摆面前,你感到好吃的也不过是一些肉类的美味。为了一点安适的地方,吃一些美味的肉类,就去为楚国担忧,这可以算值得吗?"于是就不接受楚国的聘请,同他的妻子离开那儿。《诗经》说:"那个美好贤慧的女子,可以跟她相谈一下。"

280. 由余使秦

传曰:昔戎将由余使秦①。秦缪公问以得失之要,对曰:"古有国者,未尝不以恭俭也,失国者,未尝不以骄奢也。"由余因论五帝三王之所以衰,及至布衣之所以亡②。缪公然之,于是告内史王缪曰③:"邻国有圣人,敌国之忧也。由余圣人也,将奈之何?"王缪曰:"夫戎王居僻陋之地,未尝见中国之声色也。君其遗之女乐④,以淫其志⑤,乱其政,其臣下必疏⑥。因为由余请缓期,使其君臣有间⑦,然后可图。"缪公曰:"善。"乃使王缪以女乐二列遗戎王⑧,为由余请期,戎王大悦,许之。于是张酒听乐,日夜不休,终岁淫纵,卒马多死⑨。由余归,数谏不听。去,之秦,秦公子迎⑩,拜之上卿。遂并国十二,辟地千里⑪。

【注释】①戎：西边的民族。由余：春秋晋国人，逃亡到戎国。②布衣：平民。③内史：官名，负责治理京城内的事务。王缪：《韩非子·十过》《吕氏春秋·不苟》《史记·秦本纪》《说苑·反质》都作"廖"，不写出姓氏，缪，同"廖"。④遗：赠送。女乐：歌妓舞女。⑤淫：惑乱。⑥疏：疏远。⑦间：间隙。⑧二列：《韩非子》《吕氏春秋》《史记》都作"二八"，二八即十六人，每列八人，二列十六人。⑨卒马多死：《韩非子》作"卒牛多死"。⑩秦公子迎：别版作"秦缪公迎"。⑪辟：开拓。

【译文】书传记载说：从前戎国将领由余出使秦国。秦缪公问他治理国家成功、失败的要点，由余回答说："古代拥有国家的人，没有不是因为恭敬节俭的；失去国家的人，没有不是因为是骄傲奢侈的。"由余因此谈议起五帝三王的衰落，以至百姓逃亡的原因，秦缪公都认为他说的对。于是告诉内史王缪说："邻近国家有圣人，是敌对国家的忧患。由余是圣人，我们打算怎么办？"王缪说："戎王居住在偏僻边远的地方，从来没有见过中国的音乐和美色。您可以送他歌妓舞女，迷惑他的心志，扰乱他的政治，他的臣子一定跟他疏远。因此，替由余向戎王申请延缓回国的日期，使得他们君臣之间产生间隙，然后再去想可用的谋略。"秦缪公说："好。"于是派遣王缪送给戎王两队歌妓舞女，替由余请求延迟回国的日期，戎王非常高兴，答应了。因此戎王陈设酒席，欣赏音乐，白天夜晚都不停止，整年都过着淫荡放纵的生活，牛马大部分死了。由余回国后，屡次劝阻戎王，戎王不听从。由余离开戎王，到秦国去，秦缪公亲自迎接，还拜他为上卿。于是秦国吞并了十二个国家，一下子拓展了一千里的土地。

281.不为公费

子夏过曾子。曾子曰:"入食。"子夏曰:"不为公费乎①?"曾子曰:"君子有三费,饮食不在其中;君子有三乐,钟磬琴瑟不在其中。"子夏曰:"敢问三乐?"曾子曰:"有亲可畏,有君可事②,有子可遗,此一乐也。有亲可谏,有君可去③,有子可怒,此二乐也。有君可喻④,有友可助,此三乐也。"子夏问:"敢问三费?"曾子曰:"少而学,长而忘,此一费也。事君有功,而轻负之⑤,此二费也,久交友而中绝之,此三费也。"子夏曰:"善哉!谨身事一言⑥,愈于终身之诵⑦;而事一士,愈于治万民之功;夫人不可以不知也。吾尝卤焉⑧,吾田暮岁不收⑨,土莫不然,何况于人乎!与人以实,虽疏必密;与人以虚,虽戚必疏⑩。夫实之与实,如胶如漆⑪;虚之与虚,如薄冰之见昼日。君子可不留意哉!"《诗》曰:"神之听之⑫,终和且平⑬。"

【注释】①费:耗费。②畏:敬畏。③去:离开。④喻:晓喻。⑤轻:轻易。负:背弃。⑥事:侍奉,遵行。一言:一句话。⑦愈:胜过。终身:一辈子。诵:讽诵读书。⑧卤:通"鲁",迟钝。⑨暮岁:周年。暮,亦作"期"。⑩戚:亲近。⑪如胶如漆:比喻交谊的坚固。⑫神:谨慎,不敢怠慢。听:从。听之:听从他的话。诗句出自《诗经·小雅·伐木》。⑬终:既。和:顺。平:正直。

【译文】子夏拜访曾子。曾子说:"进来吃东西。"子夏说:"这不是浪费公家的财物吗?"曾子说:"君子有三种浪费的事,饮食却不在这三种事当中；君子有三种快乐的事，欣赏钟磬、琴瑟却不在这三种事当中。"子夏说："请问，什么是三种快乐的事呢？"曾子说："有父母可以敬畏，有君主可以事奉，有儿子可以把东西送给他，这是第一种快乐的事。当父母有过失时，可以劝谏他；当君主未行正道时，可以离开他；当儿子有过错时，可以责备他，这是第二种快乐的事。有君主，可以给他治国的建议；有朋友遇到困难时，可以帮助他，这是第三种快乐的事。"子夏问道："请问什么是三种浪费的事呢？"曾子回答说："年轻时求学，年长了却把它忘记了，这是第一件浪费的事。事奉君主有功勋，却轻易地背离他，这是第二种浪费的事。结交了很久的朋友，中途却跟他绝交，这是第三种浪费的事。"子夏说："说得好呀！谨慎地遵从一句好话，胜过读一辈子书；事奉一位贤士，胜过治理万民的功勋；人不能不了解这个道理。我曾经鲁莽地从事劳动，我种的田一年都没有收成。土地是这样，何况对于人呢？诚实地与人交往，即使是曾经疏远的人，一定会变得亲密起来；虚伪地跟人交往，即使是原先亲近的人，一定会变得疏远起来。诚实的人在一起，交情好像胶、好像漆一般坚固；虚伪的人在一起，好像薄冰见到太阳一般，很快就会融化，君子可不能不留意啊！《诗经》上说："即使神明听到他的话，也终究感到和顺正直。"

282. 布衣缊表

晏子之妻使人布衣缊表①。田无宇讥之曰②："出于室，何为者也？"晏子曰："家臣也③。"田无宇曰："位为中卿④，食田七十万⑤，何用是人为畜之⑥?"晏子曰:"弃老取少,谓之瞽;贵而忘贱,谓之乱;见色而说,谓之逆。吾岂以逆乱瞽之道哉!"

【注释】①纻:麻属,可用来织布。表:外衣。②田无宇:即陈无宇,春秋齐国陈须无的儿子,齐景公时为大夫。③家臣:大夫的臣子。④中卿:卿为古时官名,分上、中、下三等。⑤食田:即食邑。古时天子或诸侯把田地封给卿大夫,让他收取封地的赋税,却不能据有土地和人民。⑥畜:养。

【译文】晏子妻子的佣人穿着粗布和麻布缝成的外衣。田无宇讥笑晏子说:"从你家里走出来的是什么人?"晏子回答说:"是我家的臣子。"田无宇说:"你的官位是中卿,食邑所收的赋税有七十万斤,为什么还畜养这样的人呢?"晏子说:"遗弃老年人,任用年轻人,叫做瞽;地位尊贵了,忘记卑贱的时候,叫做乱;看见美色便喜欢,叫做逆。我怎么能做逆乱瞽的事情呢!"

283.其升于高

夫凤凰之初起也,翾翾十步①,之雀喔咿而笑之②。及其升于高,一诎一信③,展而云间,藩木之雀超然自知不及远矣④。士褐衣缊著⑤,未尝完也;粝藿之食⑥,未尝饱也。世俗之士即以为羞耳。及其出则安百议⑦,用则延民命。世俗之士超然自知不及远矣。《诗》曰:"正是国人,胡不万年⑧?"

【注释】①翾翾:飞的样子。②之雀喔咿而笑之:别版作"藩篱之雀喔咿而笑之"。喔咿：强笑的样子。③诎：屈。信：通"伸"。④超然：失意的样子。⑤褐衣：粗布衣。缊着：麻絮衣。缊：麻絮。著：置。⑥抱：糙米。藿：豆叶。⑦及其出则安百议：卷二、第三十二章作"及其出则安百姓"。⑧正：安。万年：长寿。诗句出自《诗经·曹风·鸤鸠》。

【译文】凤凰刚飞起来，才飞十来步远，麻雀就笑话它。等它飞到了高空，身体一屈一伸，舒展翅膀，一会飞到云端，这时，停在篱笆上的麻雀怅然觉得自己比不上它。士人连粗布麻衣、乱絮填充的衣袍都没有完整过，粗劣的食物也没有吃饱过。世俗的人认为是羞耻的事。等到这样的人一出来做官，就能安定人民的生活，当他被国家重用，就能延续人民的生命。这时，世俗的人才知道自己远比不上他。《诗经》上说："安定人民的生活，人民怎么不长寿呢？"

284.齐王送女

齐王厚送女，欲妻屠牛吐①，屠牛吐辞以疾。其友曰："子终死腥臭之肆而已乎②？何为辞之？"吐应之曰："其女丑。"其友曰："子何以知之？"吐曰："以吾屠知之。"其友曰："何谓也？"吐曰："吾肉善，而去苦少耳③；吾肉不善，虽以吾附益之，尚犹贾不售。今厚送子，子丑故耳。"其友后见之，果丑。传曰："目如擗杏④，齿如编贝⑤。"

【注释】①屠牛吐：杀牛的人，名叫吐。②腥臭之肆：指卖肉的店铺。③而去苦少耳：别版作"如量而去，苦少耳"。苦：忧患，担心。④擗：剖开。

杏：植物名，果实为核果，圆形，色黄，味淡甘而微酸。

【译文】齐王以丰厚的嫁妆嫁女儿，想要把她嫁给卖牛肉的名叫吐的屠夫，屠夫吐借口说自己有病，推辞了。他的朋友说："你是想终身老死在这腥臭的市场吗？为什么要推辞呢？"屠夫吐回答他说："齐王的女儿丑呀！"他的朋友说："你怎么知道呢？"屠夫吐说："以我杀牛的经验知道这是怎么回事的。"他的朋友说："怎么说呢？"屠夫吐说："我卖的肉好，拿平时的量去卖，还担心不够卖呢；我卖的肉不好，虽然我送多点肉给人，还是卖不出去。如今齐王用丰厚的嫁妆嫁女儿，因为女儿长得丑的原因。"他的朋友后来看见了齐王的女儿，果然是长得很丑。书传记载说："眼睛长得好像剖开的杏子，牙齿长得好像一排虫子。"

285. 孔子入座

传曰：孔子过康子①，子张子夏从。孔子入座。二子相与论，终日不决。子夏辞气甚隘②，颜色甚变。子张曰："子亦闻夫子之议论邪？徐言訚訚③，威仪翼翼④，后言先默，得之推让。巍巍乎⑤！荡荡乎⑥！道有归矣。小人之论也，专意自是，言人之非。瞋目搤腕⑦，疾言喷喷⑧，口沸目赤⑨。一幸得胜，疾笑嗃嗃⑩，威仪固陋⑪，辞气鄙俗⑫，是以君子贱之也⑬。"

【注释】①康子：即季康子，春秋鲁国的大夫。②隘：穷急。③徐言：缓慢地说话。訚訚：和悦而正直的样子。④威仪：容貌和举动。翼翼：恭敬的样子。⑤巍巍：高大的样子。⑥荡荡：广阔的样子。⑦瞠目：张大眼睛。搤腕：握持手腕表示振奋。⑧疾言：急速地说话。喷喷：说话急速的样子。⑨口沸：口水往外喷。⑩嗑嗑：笑声。⑪固陋：简陋。⑫鄙俗：粗野不雅。⑬贱：轻视。

【译文】书传记载说：孔子去拜访季康子，子张和子夏跟着他一起去。孔子进到屋里入坐，跟季康子座谈。子张和子夏两人在外面相互讨论，一整天下来还没有决断出结果。子夏的辞气很穷急，脸色也变得难看。子张说："你没有听过老师的议论吗？他语言缓慢、和悦而正直，仪容和举动都很恭敬。先是默默听取别人的论述，然后发表自己的见解，有好的意见推让说是别人提的，他是多么伟大呀！胸怀是多么宽广呀！使正道有了归宿。小人的议论，总是觉得自己的正确，说别人是不对的。瞪着眼睛，扼住手腕，说话语气很急速，口水往外喷，眼珠发红，一旦侥幸得胜，立刻发出嗑嗑的嘲笑声，仪容和举动都很鄙陋，言辞语气都很粗俗，因此君子都很轻视他。"

卷 十

286. 麦丘之邦

齐桓公逐白鹿，至麦丘之邦①，遇人，曰："何谓者也？"对曰："臣，麦丘之邦人②。"桓公曰："叟年几何？"对曰："臣年八十有三矣。"桓公曰："美哉！"与之饮。曰："叟盍为寡人寿也③？"对曰："野人不知为君王之寿。"桓公曰："盍以叟之寿祝寡人矣④？"邦人奉觞再拜曰："使吾君固寿，金玉之贱，人民是宝⑤。"桓公曰："善哉！祝乎！寡人闻之矣：至德不孤，善言必再。叟盍优之⑥？"邦人奉觞再拜曰："使吾君好学士而不恶问⑦，贤者在侧，谏者得入。"桓公曰："善哉！祝乎！寡人闻之，至德不孤，善言必三。叟盍优之？"邦人奉觞再拜曰："无使群臣百姓得罪于吾君，无使吾君得罪于群臣百姓。"桓公不说，曰："此言者，非夫前二言之祝⑧。叟其革之矣！"邦人潸然而涕下⑨，曰："愿君熟思之⑩，此一言者，夫前二言之上也。臣闻子得罪于父，可因姑娣妹谢也⑪，父乃赦之。臣得罪于君，可使左右谢也，君乃赦之。昔者，桀得罪于臣也⑫，至今未有为谢也。"桓公曰："善哉！寡人赖宗庙之福，社稷之灵，使寡人遇叟于此。"扶而载之，自御以归。荐之于庙⑬，而断政焉。桓公之所以九合诸侯，一匡天下，不以兵车者，非独管仲也，亦遇之于此。《诗》曰："济济多士⑭，文王以宁。"

【注释】①麦丘：齐邑，在今山东省商河县西北。②邦：与"封"通用。封人：官名，防守边疆的官。③盍：何不，为什么不。寿：进酒祝福。④寿：年纪长老。⑤贱：轻视。宝：重视。⑥叟盍优之：别版作"叟盍复之"。复：再。⑦使吾君好学士而不恶问：《太平御览》作"使吾君好学而不恶问"。⑧非夫前二言之祝：《太平御览》引作"非夫前二言之善也"。⑨潸然：流泪的样子。⑩熟思：精细。⑪可因姑娣妹谢也：别版作"可因姑姊妹谢也"。因：由，经。谢：自认其过。⑫桀得罪于臣也：《太平御览》引作"桀得罪于汤，纣得罪于武王，此君得罪于臣也"。⑬荐之于庙：古时君主得到贤能的人，想要重用他，先在宗庙向祖先推荐，表示不敢自己作主的意思。⑭济济：众多的样子。诗句出自《诗经·大雅·文王》。

【译文】齐桓公为了追猎一只白鹿，来到麦丘城，见到一个人。齐桓公问道："你是什么人？"回答说："我是麦丘管理边境的人。"齐桓公问："老先生多大岁数了？"对答说："我有八十三了。"桓公说："好长寿呀！"齐桓公就和他一起喝酒，席间问道："老先生为什么不对我献酒祝福呢？"回答说："山野之人不知道怎么向君主献酒祝福。"桓公说："为什么不用您的长寿祝福我呢？"边境管理员捧着酒杯拜了两拜，说："祝福我的君主长寿，轻视金玉，重视人民。"桓公说:"多么好呀,您给我的祝福!我曾听说,有崇高道德的人不会孤单,有益的话一定多说几句,老先生何不再祝福我一次呢?"边境官员捧着酒杯再拜了几下说:"祝福我的君主喜好学问不厌恶向臣下请教,身边都是贤士,对劝谏之言都能听进去。"桓公不高兴地说:"这一句,不比前两句那么好,您把它们换掉吧。"边境管理员脸上的眼泪一下子流了下来,说:"希望君主仔细想一想,我这句话,比前面说的两句都要好。我听说儿子冒犯了父亲,可通过姑母、姐妹来向父亲认错,父亲就会赦免他。臣子冒犯了君主,可通过侍候君主的人来向君主认错,君主就会赦免他。从前,夏桀对不起他的臣子商汤,商汤对不起他的臣子周武王,这是君主对不起臣子,到现在也没有人为他们认错。"桓公说:"多么好呀!我依靠祖宗的福气,社稷的神灵,才让我在这里遇见了您。"桓公搀着老人家上车,亲自驾着车回去,在宗庙里向祖先推荐,请他帮助裁决国家事务。桓公之所以不凭武力九次主持诸侯举行同盟,匡正天下,不只因为管仲一个人的功劳,也得益于在这里遇见了这位老人家。《诗经》说:"朝中充满优秀卓越的人才,这是文王赖以治理百姓、天下安宁的原因。"

287.臣所不如

鲍叔荐管仲①,曰:"臣所不如管夷吾者五。宽惠柔爱,臣弗如也;忠信可结于百姓,臣弗如也;制礼约法于四方②,臣弗如也;决狱折中③,臣弗如也;执枹鼓④,立于军门,使士卒勇,臣弗如也。"

《诗》曰:"济济多士,文王以宁。"

【注释】①鲍叔:即鲍叔牙,春秋齐国的大夫。管仲:名夷吾,春秋齐国颍上人,鲍叔牙把他推荐给齐桓公。②约法:用法律作为公约。③决狱:判决人民的诉讼。折:判断。中:中道,恰当。④枹:同"桴",鼓槌。

【译文】鲍叔牙把管仲推荐给齐桓公,说:"我比不上管仲的有五点:宽厚慈惠、和柔仁爱,我比不上他;用忠厚诚信跟百姓交结,我比不上他;制定礼节,用法律与天下百姓要约,我比不上他;判决诉讼的案件做到非常公正,我比不上他;拿着鼓槌,站在营门擂鼓,使军士勇敢杀敌,我比不上他。"《诗经》说:"朝中充满优秀卓越的人才,这是文王赖以治理百姓、天下安宁的原因。"

288. 里凫须从

晋文公重耳亡①,过曹,里凫须从②,因盗重耳资而亡。重耳无粮,馁不能行,子推割股肉以食重耳③,然后能行。及重耳反国,国中多不附重耳者。于是里凫须造见④,曰:"臣能安晋国。"文公使人应之曰:"子尚何面目来见寡人?欲安晋国也?"里凫须曰:"君沐邪?"使者曰:"否。"凫须曰:"臣闻沐者其心倒,心倒者其言悖⑤。今君不沐,何言之悖也?"使者以闻⑥,文公见之。里凫须仰首曰:"离国久,臣民多过君⑦;君反国,而民皆自危。里凫须又袭竭君之资⑧,避于深山,而君以馁,介子推割股,天下莫不闻,臣之为贼亦大矣。罪至十族,未足塞责⑨。然君诚赦之罪,与骖乘⑩,游于国中,百姓见之，必知不念旧恶，人自安矣。"于是文公大悦，从其计，使骖乘于国中。百姓见之，皆曰："夫里凫须且不诛而骖乘，吾何惧也？"是以晋国大宁。故书云："文王卑服⑪，即康功田功⑫。"若里凫须罪无赦者也。《诗》曰："济济多士，文王以宁。"

【注释】①晋文公：春秋诸侯，晋献公次子，名重耳。亡：逃亡。②里凫须：《春秋左传·僖公二十四年》作"竖头须"。③食：同"饲"。④造见：前往拜见。造：至。⑤悖：违背道理。⑥闻：传达。⑦过：指责。⑧袭：乘其不备而取之。竭：尽。⑨塞责：免于谴责。⑩骖乘：陪乘，在车的右侧陪坐。⑪卑服：粗劣的衣服。语句出自《尚书·无逸》。⑫康：通"荒"，指野外荒地。功：事。

【译文】晋文公重耳逃亡到国外，经过曹国，里凫须跟着他，因此有机会偷窃重耳的财物逃走。重耳缺少粮食，饿得不能走路，介子推割下大腿上的肉给重耳吃，然后才能上路。等到重耳回到晋国，晋国人多数仍不拥护重耳。因此，里凫须前往拜见，说："我能够使得晋国安定。"晋文公派人回答他说："你还有什么脸来见我呢？你还想要使晋国安定呀？"里凫须问使者："君王在洗头吗？"使者说："没有。"里凫须说："我听说洗头的人心颠倒，心颠倒的人说话不合道理。现在君王不在洗头，为什么说话却不合道理呢？"使者把里凫须的话告诉晋文公，文公接见了里凫须。里凫须抬起头对文公说："您离开晋国的时间久了，臣子百姓多是指责您；现在您回到晋国，臣民怕您算账，每个人都感到危险。我里凫须曾经把您的财物偷走，躲避到深山里，使您饥饿，介子推割下大腿上的肉给您吃，天下的人都听说了这件事，我伤害您很厉害，即使您把我处以灭十族的刑罚，也不能抵偿我应受的惩罚。不过，假如您赦免我的过失，让我陪您坐在车上，在都城里走一圈，老百姓看见了一定知道您不计较人往日的坏处，这样，每个人自然都会安定下来。"晋文公听了里凫须这番话，非常高兴，听从他的建议，让他在车上陪坐，在都城里走了一圈。老百姓看见了，都说："像里凫须犯了那么大的错，君王还不杀他，还让他在车上陪坐，我们还怕什么呢？"因此晋国得以安定。所以书经上说："文王穿着粗劣的衣服，在荒野田地中劳作。"像里凫须所犯的罪本来是不可赦免的。《诗经》说："朝中充满优秀卓越的人才，这是文王赖以治理百姓、天下安宁的原因。"

289.大命之至

传曰：言为王之不易也①。大命之至②，其太宗③、太史、太祝斯素服执策，北面而吊乎天子④，曰："大命既至矣，如之何忧之长也？"授天子策一矣。曰："敬享以祭⑤，永主天命⑥，畏之无疆⑦，厥躬无敢宁⑧。"授天子策二矣。曰："敬之夙夜，伊祝厥躬无怠，万民望之。"授天子策三矣。曰："天子南面受于帝位，以治为忧，未以位为乐也。"《诗》曰："天难忱斯，不易惟王⑨。"

【注释】①易：容易。②大命之至：是说上天授与重大的使命。大命：天命。至：来到。古人以为天子是上天任命的。③太宗：古时官名，天官的部属。下面太史、太祝也是。④策：策书，用竹编成，后世用玉。吊：安慰。⑤享：祭祀时奉献祭品。以：于。⑥主：主持，奉行。⑦无疆：无穷。⑧厥：其，你的。躬:身体。宁:安息。⑨忱:《诗考》引作"訦",信赖。斯:语词。诗句出自《诗经·大雅·大明》。

【译文】书传记载说:做君王是非常不容易的。上天把天下付托给天子治理的时候,太宗、大史、大祝都穿上白色的衣服,恭敬地捧着策书,面朝向北方,安慰天子,说:"上天已经把天下付托给您去治理,您怎么总是忧虑天下的事呢?"然后交给天子第一编策书,说:"祭祀时,恭敬地奉献祭品,永远战战兢兢地奉行上天付托的使命,躬身劳作不敢有一刻安息。"接着交给天子第二编策书,说:"敬畏每一个白天和夜晚,希望您躬身劳作不懈怠,天下万民都仰望着您。"再接着交给天子第三编策书,说:"天子面朝南方,接受了天子的高位,把治理天下认为是值得忧思的事,没有把获得天子的位子认为是享乐的。"《诗经》说:"上天不轻易信赖,做君主不是那么容易的。"

290.君子温俭

君子温俭以求于仁,恭让以求于礼,得之自是,不得自是。故君子之于道也,犹农夫之耕,虽不获年之优,无以易也①。大王亶甫有子曰太伯②、仲雍③、季历④。历有子曰昌⑤,太伯知大王贤昌,而欲季为后。太伯去,之吴。大王将死,谓曰:"我死,汝往让两兄。彼即不来,汝有义而安。"大王薨,季之吴告伯仲。伯仲从季而归,群臣欲伯之立季,季又让。伯谓仲曰:"今群臣欲我立季,季又让,何以处之?"仲曰:"刑有所谓矣⑥。要于扶微者,可以立季。"季遂立,而养文王,文王果受命而王。孔子曰:"太伯独见,王季独知;伯见父志,季知父心。故大王太伯王季可谓见始知终,而能承志矣。"《诗》曰:"自太伯王季,惟此王季。因心则友⑦。则友其兄⑧,则笃其庆⑨,载锡之光⑩。受禄无丧⑪,奄有四方⑫。"此之谓也。太伯反吴,吴以为君,至夫差二十八世而灭。

【注释】①易:改变。②大王亶甫:即古公亶父。古公是号,甫和父通,亶甫是字。周文王的祖父,等到武王统一天下,追尊为大王,又称太王。太伯:亦作泰伯,是大王的长子。③仲雍:太王次子。④季历:太王第三子。⑤昌:周文王名昌。⑥刑:规章。⑦因心:出于自然,不加勉强。⑧友:友爱兄弟。⑨笃:加厚。庆:福。⑩载:则,就。锡:赐。光:显著。⑪丧:失。⑫奄有:尽有。诗句出自《诗经·大雅·皇矣》。

【译文】君子温和节俭是希望达到仁的境地,恭敬谦让是希望行为合乎礼,得意的时候是这样做,失意的时候也是这样做。所以君子对正道的求取,就好像农夫耕种一样,虽然有时会有歉收的年份,但却从未改变坚持耕种的信念。大王亶甫有三个儿子,名叫太伯、仲雍、季历。季历有个儿子名叫昌,太伯知道大王认为昌具备贤德,想要立季为继承人。因此太伯离开周,到吴国去。大王快要死的时候,对季历说:"我死以后,你到吴国去,把君位让给两个哥哥。他们即使不回来,你的行为合乎道义,也就安心了。"大王死了,季历就到吴国去,告诉他的哥哥太伯和仲雍。太伯、仲雍跟随季历回来,群臣希望太伯立季历为国君,季历又推辞。太伯对仲雍说:"现在群臣希望我立季历为国君,季历又推辞,怎么办呢?"仲雍说:"我们周国的规章上有这么说:要立能够振兴国家微弱的人,可以立季历为国君。"季历于是被立为国君,抚养文王长大,后来文王果然接受天命为天子。孔子说:"太伯有独到的见解,王季有独到的认知;太伯能知晓父亲的志向,王季能看出父亲的心意。大王、太伯、王季可说是见到开始,就能知道结果,而太伯、王季又能够尊奉父亲的遗志。"《诗经》说:"从太伯到王季,只有王季可称为王。王季诚心待人像亲友,爱护朋友像兄长,实在是增加他的福气,上天因此赐给他无限的荣光。承受的福禄永不消减,最终拥有统一的天下。"就是这个意思。太伯回到吴国,吴国人拥护他为国君,一直传到二十八代,到夫差时才被越国灭亡。

291.会田于郊

齐宣王与魏惠王会田于郊①。魏王曰:"亦有宝乎?"齐王曰:"无有。"魏王曰:"若寡人之小国也,尚有径寸之珠②,照车前后十二乘者十枚,奈何以万乘之国无宝乎?"齐王曰:"寡人之所以为宝与王异。吾臣有檀子者③,使之守南城④,则楚人不敢为寇⑤,泗水上有十二诸侯皆来朝⑥。吾臣有盼子者⑦,使之守高唐⑧,则赵人不敢东渔于河⑨。吾臣有黔夫者⑩,使之守徐州⑪,则燕人祭北门⑫,赵人祭西门,从而归之者十千余家⑬。吾臣有种首者⑭,使之备盗贼,而道不拾遗。吾将以照千里之外,岂特十二乘哉?"魏王惭,不怿而去⑮。《诗》曰:"辞之怿矣⑯,民之莫矣。"

【注释】①齐宣王:齐威王的儿子,名辟疆。魏惠王:亦称梁惠王。

田：打猎。②径寸之珠：直径一寸的大珠。③檀子：名不详。檀：姓。子：美称，大夫都称子。④南城：春秋鲁国武城邑，故城在今山东费县西南九十里。⑤寇：侵犯。⑥泗水：水名，亦河名，发源于山东省泗水县陪尾山，水源有四条，因称泗水。十二诸侯：指郑、莒、宋、鲁等国。⑦盼子：《史记·田敬仲完世家》作"朌"。盼子：即田盼。⑧高唐：春秋齐邑，故城在今山东省禹城县西南。⑨渔：捕鱼。⑩黔夫：齐臣名，亦见《史记》《战国策》。⑪徐州：古九州岛之一，包括今江苏省西北部的铜山、丰、沛、萧、砀诸县，与山东省南部的滋阳、邹、滕诸县，及安徽省东北部的宿、泗诸县。⑫祭：祭祀。北门：齐国的北门。燕人怕齐人侵伐，故祭北门以求福。⑬十千余家：《史记·田敬仲完世家》作"七千余家"。⑭种首：齐臣名，亦见《史记》《战国策》。⑮怿：和悦。⑯辞：言辞。诗句出自《诗经·大雅·板》。莫：安定。

【译文】齐宣王与魏惠王一起到郊外打猎。魏惠王问道："你也有珍宝吗？"齐宣王说："没有。"魏惠王介绍说："像我这么小的国家，尚且有直径一寸，能照亮前后各十二辆车的大珠子十颗，齐国是万乘之国怎么反而没有珍宝呢？"齐宣王说："我认为的珍宝与你的不相同。我有个大臣叫檀子的，派他镇守南城，楚国人就不敢来侵犯我国边境，泗水之滨的十二诸侯都来朝拜。我有个大臣叫田盼，派他镇守高唐，赵国人就不敢到东边的黄河捕鱼。我有个大臣叫黔夫的，派他镇守徐州，燕国人就到北门祭祀，赵国人就到西门祭祀，以求神灵保佑，随着归附的有七千多家。我有个大臣叫种首的，派他戒备盗贼，结果就出现道不拾遗的现象。我将用他们的光照千里之外的地方，岂只是照亮前后十二辆车呢？"魏惠王心中惭愧，只得败兴离去。《诗经》说："言词和悦动听，民心自会安定。"

292. 闻于天下

东海有勇士曰菑丘訢①,以勇猛闻于天下。遇神渊曰饮马,其仆曰:"饮马于此者,马必死。"曰:"以欣之言饮之。"其马果沈。菑丘欣去朝服,拔剑而入。三日三夜,杀三蛟一龙而出②。雷神随而击之,十日十夜,眇其左目③。要离闻之④,往见之,曰:"欣在乎?"曰:"送有丧者。"往见欣于墓,曰:"闻雷神击子,十日十夜,眇子左目。夫天怨不全日⑤,人怨不旋踵⑥。至今弗报,何也?"叱而去,墓上振愤者⑦,不可胜数。要离归,谓门人曰:"菑丘欣,天下之勇士也。今日,我辱之人中,是其必来攻我。暮无闭门,寝无闭户。"菑丘欣果夜来,拔剑住要离颈曰:"子有死罪三。辱我以人中,死罪一也;暮不闭门,死罪二也;寝不闭户,死罪三也。"要离曰:"子待我一言:来谒⑧,不肖一也;拔剑不刺,不肖二也;刃先辞后,不肖三也。能杀我者,是毒药之死耳。"菑丘欣引剑而去⑨,曰:"嘻!所不若者,天下惟此子尔!"传曰:"公子目夷以辞得国⑩,今要离以辞得身。言不可不文⑪,犹若此乎!"《诗》曰:"辞之怿矣,民之莫矣。"

【注释】①菑丘訢:勇士名,春秋时人。②蛟:龙属。③眇:瞎了一只眼睛。④要离:春秋楚国人。⑤天怨:对天有怨恨。不全日:不等一天过去。⑥旋踵:旋转脚后跟,用来比喻迅速。踵:脚后跟。⑦振:震惧。⑧来谒:别版作"子有三不肖,昏暮来谒"。不肖:不贤。⑨引剑:把剑收起。⑩目夷:春秋宋襄公的庶兄,字子鱼。⑪文:修饰。

【译文】东海有一位勇士名叫菑丘訢,他因勇猛闻名于天下。有一天,他经过神奇的水渊。他的车夫说:"马在这儿喝水,一定会死去。"菑丘訢说:"依照我的话,让马在这儿喝水。"他的马果然沉入水底去了。菑丘訢见状脱下礼服,拔出宝剑,潜入水中。经过三天三夜,他杀死了三只蛟和一只龙,从水底浮出来。天上的雷神随即开始轰击他,搏斗了十天十夜,把他的左眼弄瞎了。要离听到这件事,前去拜见菑丘訢,问道:"菑丘訢在家吗?"有人回答说:"菑丘訢去送丧了。"要离去了墓地,在墓地上见到菑丘訢,说:"听说雷神攻击你,你们搏斗了十天十夜,你的左眼被弄瞎了。勇敢的人对天有怨恨,不等一天过去才报仇;对人有怨恨,马上去报仇。你到现在还不报仇,为什么呢?"菑丘訢大声呵责而离去,墓地上因为恐惧而跌倒的人,数也数不清。要离回家,对他的学生说:"菑丘訢是天下的勇士。今天,我在许多人的面前侮辱了他,他一定来攻击我。晚上不要关紧大门,睡觉时也不要关紧房门。"菑丘訢果然晚上来了,他拔出剑抵住要离的脖子说:"你有三条死罪:在许多人的面前侮辱我,这是第一条死罪;晚上不关上大门,这是第二条死罪;睡觉时不关上里屋的门,这是第三条死罪。"要离说:"你听我说一些话:你在晚上来见我,这是第一点不贤;拔出剑来,不刺杀我,这是第二点不贤;先用剑抵住我,然后和我说话,这是第三点不贤。你把我杀了,像用毒药把我毒死一般。"菑丘訢收起剑离开,说:"唉!我比不上的人,天下只有这个人了!"书传记载说:"公子目夷因为善于言辞而得到了国家,现在要离因为善于说话而保全了性命。言辞不可以不加修饰,像这样的话就非常重要啊!"《诗经》说:"言词和悦动听,民心自会安定。"

293. 献鸿于楚

传曰:齐使使献鸿于楚,鸿渴,使者道饮,鸿玃笿溃失①。使者遂之楚,曰:"齐使者献鸿,鸿渴,道饮,玃笿溃失。臣欲亡,为失两君之使不通②;欲拔剑而死,人将以吾君贱士贵鸿也。玃笿在此,愿以污事③。"楚王贤其言,辩其词。因留而赐之,终身以为上客。故使者必矜文辞④,喻诚信⑤,明气志⑥,解结申屈⑦,然后可使也。《诗》曰:"辞之怿矣。"

【注释】①鸿玃笿溃失:别版作"鸿玃笿溃失"。鸿鹄夺笼逃逸。玃:搏。笿:笼子。②臣欲亡,为失两君之使不通:别版作"臣欲亡去,为两君之使不通"。③愿以污事:别版作"愿以将事"。将事:行事。④矜:庄重而拘谨。⑤喻:告晓。诚信:真诚。⑥明:表明。气志:气节。⑦解结:指解除两国间的问题。申:同"伸"。

【译文】书传记载说:齐王派使者把鸿鹄献给楚国,鸿鹄口渴,使者在途中给它水喝,不料鸿鹄从笼子里逃走了。使者还是到楚国去,对楚王说:"我是齐国的使者,向您敬献鸿鹄,在途中,鸿鹄口渴,我给它水喝,鸿鹄从笼子里逃走了。我想要逃亡,因为害怕两国从此断绝了来往;我想要拔出剑自杀,又怕别人认为您轻视士人,看重鸿鹄。空的笼子在这里,我愿意接受您对我的处置。"楚王认为他的话说得好,辩词得当。因此把他留下来,还赏赐了他,他一生都被楚王当作上等宾客。所以使者的言词一定要庄重,说话要真诚,要有气节,能解除两国间的症结,能屈能伸,有这样的才能然后就可以派遣去做使者。《诗经》说:"言词真的很和悦。"

294.世子暴病

扁鹊过虢侯①,世子暴病而死②。扁鹊造宫③,曰:"吾闻国中卒有壤土之事④,得无有急乎?"曰:"世子暴病而死。"扁鹊曰:"入言郑医秦越人能治之⑤。"庶子之好方者出应之⑥,曰:"吾闻上古医者曰弟父,弟父之为医也,以莞为席⑦,以刍为狗⑧,北面而祝之,发十言耳,诸扶舆而来者⑨,皆平复如故。子之方岂能若是乎?"扁鹊曰:"不能。"又曰:"吾闻中古之医者曰逾跗,逾跗之为医也,榒木为脑⑩,芷草为躯⑪,吹窍定脑⑫,死者复生。子之方岂能若是乎?"扁鹊曰:"不能。"中庶子曰:"苟如子之方,譬如以管窥天,以锥刺地⑬,所窥者大,所见者小,所刺者巨,所中者少。如子之方,岂足以变童子哉?"扁鹊曰:"不然。事故有昧投而中蟁头⑭,掩目而别白黑者。夫世子病,所谓尸蹶者⑮。以为不然,试入诊。世子股阴当温⑯,耳焦焦如有啼者声⑰。若此者,皆可活也。"中庶子遂入诊世子,以病报⑱,虢侯闻之,足跣而起⑲,至门曰:"先生远辱,幸临寡人,先生幸而治之,则粪土之息⑳,得蒙天地载长为人㉑;先生弗治,则先犬马填壑矣㉒。"言未卒,而涕泣沾襟。扁鹊入,砥针砺石㉓,取三阳五输㉔,为先轩之灶㉕,八拭之阳㉖,子同药㉗,子明灸阳㉘,子游按磨,子仪反神,子越扶形,于是世子复生。天下闻之,皆以扁鹊能起死人也。扁鹊曰:"吾不能起死人,直使夫当生者起。"死者犹可药,而况生者乎?悲夫!罢君之治,无可药而息也。《诗》曰:"不可救药㉙。"言必亡而已矣。

【注释】①扁鹊:战国郑人,姓秦,名越人。虢:古国名,有北虢、西虢(后称南虢)、小虢、东虢,春秋时分别被晋、秦、郑所灭。②世子:天子或诸侯的嫡子。③造:到达。④国中:都城。卒:同"猝",突然。壤土之事:挖掘土地的事,谓挖掘坟墓。⑤入言郑医秦越人能治之:别版作"入言郑医秦越人能活之"。活:使之活。⑥庶子之好方者出应之:《史记·扁鹊列传》作"中庶子之好方者出应之"。中庶子:官名。方:医方。⑦莞:草名,茎可织席。⑧以刍为狗:用干草扎成狗,巫祝用来祈酬。刍:干草。⑨扶舆:扶持着车子。⑩欘木:树木名。⑪芷:草名,一名白芷。⑫窍:人身体上的孔穴。⑬锥:锥子,尖锐的器具。⑭蝨:蚊的本字。⑮尸蹶:逆气而昏蹶的病。⑯股阴:大腿的内侧。⑰焦焦:啼哭的声音。⑱以病报:别版作"以病报虢侯"。病:谓病情。报:报告。⑲足跣:光着脚。⑳粪土之息:对别人谦称自己的儿子为粪土。息:儿子。粪土:贱恶的东西。㉑天地载长:天长地载,天地养育。㉒犬马:对尊长谦称自己为犬马。填壑:填塞山谷,死的意思。沟壑:山谷。㉓砥:磨。针:用来刺经脉穴道以治病。砺石:粗磨石。㉔三阳:手脚上三个部位,即太阳、少阳、阳明。五输:经脉所灌注的五个部位,即太冲、太陵、太白、太渊、太溪。㉕先轩之灶:煮药灶名。㉖八拭之阳:别版作"八拭之汤",汤药名。㉗子同药:别版作"子同捣药"。㉘子明灸阳:别版作"子明炊汤"。㉙不可救药:不能用药把他救活。诗句出自《诗经·大雅·板》。

【译文】扁鹊经过虢国,虢侯的世子生急病死了。扁鹊来到宫门前,问道:"我听说国中突然有挖土的事,该不会有紧急的事情吧?"那人回答说:"世子得了急病死了。"扁鹊说:"进去告诉虢侯,郑国医生秦越人扁鹊能救活太子。"中庶子当中喜好医方的出来应对,说:"我听说上古有个名医,叫作弟父的,他行医的时候把莞草编成席子,用干草扎成狗,面向北面祈祷,仅说出十句话,所有扶着车子前来求医的人,都痊愈得和以往一样。你的医治方法能够像这样吗?"扁鹊说:"不能够。"中庶子又说:"我听说中古的名医叫踰跗的,他为人治病的时候,用榻木做成人的头脑,用芷草扎成人的躯体,在上面的穴道上吹气,把榻木做成的头脑安定,死去的人就能复活。你的医治方法能够像这样吗?"扁鹊说:"不能够。"中庶子说:"假使你医治的方法,像用管子来看天,用锥子来刺地,天本来很广大,但是被你看到的却很小,地本来很宽广,但是被你刺中的却极少。像你这种医治方法,怎么能够把世子医活呢?"扁鹊说:"不对,事实上就有胡乱地投掷而投中了蚊子的头,蒙起眼睛而能分辨出黑白颜色的事。世子患的病,是人们所说的尸蹶。如果你认为我说的话不对,请进去试着诊断一下。世子的大腿内侧应当还温热,耳朵里面发出'焦焦'好像啼哭一样的声音。像这样的情形,都可以救治。"中庶子于是进去诊断世子,把诊断的病况报告虢侯,虢侯听到报告,马上光着脚站起来,走到宫门口,对扁鹊说:"先生不辞道远而来见我,如果我的儿子有幸得到先生的医治,那么我这个如粪土般的儿子就能长久地做人活在天地间了,如果先生不医治我的儿子,那么他将会比我先死。"话还没说完,泪水已经打湿了衣袖。扁鹊一进入王宫,就把针在磨刀石上磨尖,刺世子身上的太阳、少阳、阳明三个阳穴,扎太冲、太陵、太白、太渊、太豁五条经络的穴位;搭造先轩灶,煎煮八减汤,子同捣药,子明煮药,子游按摩世子的身子,子仪使世子的精神恢复,子越扶助世子的身体活动,世子因此活过来。天下人得知这件事,都说扁鹊能让死人复活。扁鹊说:"我并不能使死去的人再活过来,只是使应当活的人活过来。"死了的人还可用药把他救活,何况是活着的人呢?多么可悲啊!对昏庸的国君治疗,却不能用药把他的昏庸就治好啊。《诗经》说:"不能用药把他救活。"就是说国家一定会灭亡的意思。

295.楚丘先生

楚丘先生披蓑带索①,往见孟尝君②。孟尝君曰:"先生老矣!春秋高矣③!多遗忘矣!何以教文?"楚丘先生曰:"恶君谓我老!恶君谓我老④!意者,将使我投石超距乎⑤?追车赴马乎?逐麋鹿⑥,搏豹虎乎?吾则死矣,何暇老哉!将使我深计远谋乎?定犹豫而决嫌疑乎⑦?出正辞而当诸侯乎⑧?吾乃始壮耳,何老之有?"孟尝君赧然⑨,汗出至踵⑩,曰:"文过矣!文过矣!"《诗》曰:"老夫灌灌⑪。"

【注释】①楚丘:复姓,名不详。蓑:御雨的草衣。带索:用绳索为衣带。索:绳索。②孟尝君:战国齐靖郭君婴的儿子,姓田氏,名文,为齐国卿相,封于薛,号孟尝君,养贤士食客数千人。③春秋:年龄。④恶:怎么。⑤投石:投掷石块。超距:跳跃。⑥麋鹿:鹿属,形似鹿而体庞大。⑦犹豫:迟疑不决。嫌疑:事理相似而可疑的。⑧当:应对。⑨赧然:惭愧而面红的样子。

⑩踵：脚后跟。⑪老夫：诗人自称。灌灌：诚恳的样子。诗句出自《诗经·大雅·板》。

【译文】楚丘先生披着蓑衣，用绳索为衣带，前去拜见孟尝君。孟尝君说："先生衰老了！年纪也大了！时常忘记事情，你有什么要指教我的呢？"楚丘先生说："您要让我做什么事情说我老了呢？您要让我做什么事情说我老了呢？您想要我投掷石块跳跃吗？要我追车赶马吗？要我驱逐麋鹿、跟虎豹搏斗吗？那我早就死了，怎么能活到这么老呢！您要我作深远的谋略吗？要我在迟疑时作决定，判断可疑的事理吗？说正直的话去应对诸侯吗？那我正是健壮的时候，怎么会算老了呢？"孟尝君惭愧得脸色都红了，汗水一直流到脚跟，说："我错了！我错了！"《诗经》说："我老人家是那么诚恳的告诉你。"

296.游于牛山

齐景公游于牛山之上①，而北望齐，曰："美哉国乎！郁郁泰山②。使古无死者，则寡人将去此而何之③？"俯而泣沾襟。国子、高子曰④："然臣赖君之赐，疏食恶肉可得而食也⑤，驽马柴车可得而乘也⑥，且犹不欲死，况君乎！"俯泣。晏子曰："乐哉！今日婴之游也。见怯君一⑦，而谀臣二⑧。使古而无死者，则太公至今犹存⑨。吾君方今将被蓑笠而立乎畎亩之中⑩，惟事之恤⑪，何暇念死乎！"景公惭，而举觞自罚，因罚二臣。

【注释】①牛山：山名，在齐国都城临淄的南郊，在今山东省临淄县南十里。②郁郁泰山：《太平御览》引作"郁郁葱葱"。郁郁葱葱：草木茂盛的样子。③此：指人世。之：往。④国子、高子：齐景公的大夫。国子：国惠子，名夏。高子：高昭子，名张。⑤疏食：粗粮，糙米饭。恶肉：不好的肉。⑥驽马：劣马。柴车：粗陋的车子。⑦怯君一：胆小怕死的国君，指景公。⑧谀臣二：逢迎以顺人意的两个臣子。⑨太公：即吕尚，字子牙，号太公望。辅佐武王伐纣，有大功，为齐国始祖。⑩方今：当今，现时。立：当作"笠"，下雨时所戴的帽子。畎亩：田地。⑪惟事之恤：《太平御览》引作"惟农事之恤"。恤：担忧。

【译文】齐景公到牛山上游玩，向北远望齐国，说："真美啊，我的国家！树木生长得这样茂盛。假使自古以来人都不会死，那我还会离开这里到哪里去呢？"说完，低下头来哭泣，眼泪沾满衣襟。国惠子和高昭子都说："我们臣子依靠国君的恩赐，糙米饭和下等的肉都可以吃到，劣马拉的粗陋车子都可以乘坐，尚且还不想死，又何况是国君呢！"他俩也低下头来哭泣。晏子笑起来说："多快乐呀，我今天的游玩。看见一个怕死的国君，两个阿谀奉承的臣子。假使自古以来人都不会死，那么姜太公到现在还活着。我们的君王现在正穿着蓑衣，戴着斗笠在田里劳作，只担忧着田畴农事，哪里还有时间想到死呢！"齐景公听了晏子的话感到惭愧，举起酒杯罚自己喝酒，同时也惩罚了国惠子和高昭子。

297.缪公将田

秦缪公将田，而丧其马，求三日，而得之茎山之阳①，有鄙夫乃相与食之。缪公曰:"此駮马之肉②,不得酒者死。"缪公乃求酒,遍饮之,然后去。明年,晋师与缪公战③,晋之左格右者④,围缪公而击之,甲已堕者六矣。食马者三百余人皆曰:"吾君仁而爱人,不可不死。"还击晋之左格右,免缪公之死。

【注释】①荓山:山名。《吕氏春秋·爱士篇》《淮南子·氾论训》均作"岐山"。阳:山的南面。②駮马:《吕氏春秋》《淮南子》作"骏马"。駮和骏字形相近而误。③晋师与缪公战:鲁僖公十年记载"晋侯及秦伯战于韩"。韩:在今陕西省韩城县西南。④晋之左格右者:别版作"晋之右路石者"。

【译文】秦缪公将要出去打猎,却发现丢失了他的马,寻找了三天,在荓山的南面找到了,有一群乡下人把马杀了,在一起吃着马肉。秦缪公说:"这是骏马的肉,吃了马肉没有喝酒的会死掉。"秦缪公就去找酒来,让他们都喝了,然后离开。第二年,晋国军队和秦缪公作战,晋国的右路石率领军队包围了缪公,从四面攻击他,秦缪公穿的盔甲上的甲片已经丢掉了六片。曾经食马肉的三百多人都说:"我们的君王仁慈而爱人,我们不能不为他牺牲。"他们回头攻击晋惠公的右路石,把秦缪公从死亡中救了回来。

298. 庄子好勇

传曰:卞庄子好勇①,母无恙时②,三战而三北③。交游非之④,国君辱之,卞庄子受命,颜色不变。及母死三年,鲁兴师,卞庄子请从,至见于将军曰:"前犹与母处,是以战而北也,辱吾身。今母没矣，请塞责⑤。"遂走敌而斗，获甲首而献之⑥："请以此塞一北⑦。"又获甲首而献之，"请以此塞再北。"将军止之，曰："足。"不止，又获甲首而献之，曰："请以此塞三北。"将军止之，曰："足，请为兄弟。"卞庄子曰："夫北，以养母也。今母殁矣，吾责塞矣。吾闻之，节士不以辱生。"遂奔敌，杀七十人而死。君子闻之，曰："三北已塞责，又灭世断宗⑧，士节小具矣，而于孝未终也。"《诗》曰："靡不有初⑨，鲜克有终⑩。"

【注释】①卞庄子：春秋鲁国卞邑大夫，有勇力。②无恙：没有疾病的时候，活着的时候。③北：败走。④交游：指朋友。非：责备。⑤塞责：去除别人的谴责。⑥甲首：穿铠甲兵士的头。⑦请以此塞一北：《新序·义勇》作"曰请以此塞一北"。⑧灭世断宗：绝了后代。⑨靡不：没有一个不。初：开始。⑩鲜克：很少能够。诗句出自《诗经·大雅·荡》。

【译文】书传记载说：卞庄子非常勇敢，当他母亲活着的时候，他三次作战，三次都失败了。朋友责备他，国君侮辱他，卞庄子接受他们的责难，脸色也没改变过。等到他的母亲死了三年，鲁国兴师动武，卞庄子请求从军，到了军营见将军说："以前，我还跟母亲生活在一起，这些作战都失败了，使我遭受侮辱。现在母亲已经死了，请让我去消除别人对我的谴责。"就奔向阵地跟敌人搏斗，斩获穿铠甲兵士的头献给将军，说："用甲士的头来抵消我第一次打的败仗。"又去斩获甲士的头献给将军，说："用这甲士的头来抵消我第二次打的败仗。"将军阻止他说："已经足够了。"卞庄子不罢休，再去斩获甲士的头献给将军，说："用这甲士的头来抵消我第三次打的败仗。"将军阻止他，说："已经足够了，我请求和你结拜为兄弟。"

卞庄子说:"我以前打败仗,是因为需要奉养母亲。现在我的母亲死了,我已经消除别人对我的谴责。我听说,有节操的士人是不会忍受耻辱而苟活的。"于是就奔向敌人的阵地,杀了七十个敌人而牺牲。君子听到这件事,说:"卞庄子三次打败仗,后来已经用他勇敢的行为消除了别人对他的谴责,又牺牲了生命断绝了祖宗的香火,这种人只能说稍微具备了士人的节操,但是孝道还没有尽到。"《诗经》说:"没有人不肯善始,但很少有人能够善终。"

299. 争臣七人

天子有争臣七人①,虽无道,不失其天下。昔殷王纣残贼百姓,绝逆天道,至斫朝涉②,刳孕妇,脯鬼侯③,醢梅伯④,然所以不亡者,以其有箕子比干之故。微子去之,箕子执囚为奴,比干谏而死,然后周加兵而诛绝之。诸侯有争臣五人,虽无道,不失其国。吴王夫差为无道,至驱一市之民以葬阖闾,然所以不亡者,有伍子胥之故也。胥以死,越王勾践欲伐之,范蠡谏曰:"子胥之计策尚未忘于吴王之腹心也。"子胥死后三年,越乃能攻之。大夫有争臣三人,虽无道,不失其家⑤。季氏为无道⑥,僭天子⑦,舞八佾⑧,旅泰山⑨,以《雍》彻⑩,孔子曰:"是可忍也,孰不可忍也⑪?"然不亡者,以冉有季路为宰臣也⑫。故曰:"有谔谔争臣者⑬,其国昌,有默默谀臣者⑭,其国亡。"《诗》曰:"不明尔德,时无背无侧;尔德不明,以无陪无卿。"言大王咨嗟⑮,痛殷商无辅弼谏诤之臣,而亡天下矣。

【注释】①争臣：谏诤的臣子。争：谏诤，用正直的话劝阻人。②至斫朝涉：纣王看见冬天早晨渡河的人，想找出他耐寒的原因，而把他的小腿截断。斫：斩。朝：早晨。涉：渡河。③脯：做成干肉。鬼侯：纣王的诸侯。④醢：做成肉酱。梅伯：纣王的诸侯。⑤家：大夫的封邑。⑥季氏：季孙肥，即季康子，春秋鲁国的大夫。⑦僭天子：越级用天子的礼乐。⑧舞八佾：古代舞蹈奏乐，八个人为一行，叫一佾。八佾是八行，八八六十四人，只有天子才能用。⑨旅：祭祀山神。⑩以《雍》彻：待到除去祭品时唱起《雍》这首诗。彻：祭祀完毕，撤除祭品，撤除祭品时才唱《雍》这首诗。天子祭祀完毕。⑪孰：谁，哪个。⑫冉有：姓冉名求，字子有，孔子的学生。季路：姓仲，名由，字子路，又称李路，孔子的学生。宰臣：家臣。⑬谔谔：直言争辩。⑭默默：不说话。谀臣：讨好君主的臣子。⑮咨嗟：嗟叹，叹息。

【译文】天子的身边若有七个谏诤的臣子，即使昏庸无道，也不会失去他的天下。从前，殷商纣王残杀百姓，做事违背天理，以至于斩断在冬天早晨渡河人的小腿，剖开怀孕妇人的肚子，杀了鬼侯做成肉干，杀了梅伯做成肉酱，然而却没有灭亡，是因为有箕子和比干的缘故。到了微子离开他，箕子被囚禁起来当作奴隶，比干劝他而被处死，然后周武王派兵诛杀了他。诸侯身边若有谏诤的臣子五人，即使昏庸无道，也不会失去他的封地。吴王夫差很昏庸，以至于驱逐全城的百姓去陪葬他的父亲阖闾，然而国家却没有灭亡，是因为他有伍子胥的缘故。伍子胥被处死以后，越王勾践想要讨伐吴国，范蠡劝阻说："伍子胥生前定下的计策，吴王仍然记在心中。"伍子胥死后三年，越国才发兵进攻吴国。大夫身边有谏诤的臣子三人，即使昏庸无道，也不会失去他的封邑。季孙氏很昏庸，越级使用天子的礼乐，他用八佾来奏乐舞蹈，祭祀泰山，祭祀祖先完毕，撤除祭品时唱着

《雍》这首诗,孔子说:"这样的事情都可以被容忍,还有什么是不能容忍的?"然而他的封邑还能保全,因为冉有、子路做他的家臣的缘故。所以说:"君主有直言谏诤臣子的,他的国家就会昌盛;有沉默阿谀奉承臣子的,他的国家就会灭亡。"《诗经》说:"不修明你的德行,因为你的左右没有好的臣子。你的品德不修明,因为你的左右没有好的大臣。"就是说文王在叹息,伤痛殷商的君主没有辅佐他的臣子,以至于天下灭亡了。

300.桓公出游

齐桓公出游,遇一丈夫①,袞衣应步②,带着桃殳③。桓公怪而问之曰:"是何名?何经所在?何篇所居?何以斥逐④?何以避余?"丈夫曰:"是名二桃⑤,桃之为言亡也。夫日日慎桃,何患之有?故亡国之社⑥,以戒诸侯;庶人之戒,在于桃殳。"桓公说其言,与之共载。来年正月,庶人皆佩。《诗》曰:"殷监不远⑦。"

【注释】①丈夫:成年的男子。②袞衣:宽大的衣服。袞:同"襃"。应步:宽阔的步伐。③桃殳:用木桃做成的杖。殳:兵器名,杖属,古时用竹制成,长一丈尺,有棱而无刃。④斥逐:驱逐。⑤是名二桃:别版作"是名戒桃"。⑥社:土地神庙。⑦诗见《诗经·大雅·荡》。

【译文】齐桓公外出游玩,遇到一名成年男子,穿着宽大的衣服,跨着大步走,带着桃木做成的杖。桓公奇怪地问道:"这个叫什么名称?哪部经典里有记载?哪一篇里有说?为什要驱赶我呢?为什要躲避我呢?"成年男子说:"这叫作戒桃,桃有亡的意思。如果每天警戒自己不要被灭亡,那么还有什么忧患呢?所以亡国的社神庙,用来告诫诸侯;告诫平民的,是用桃木做成的杖。"桓公高兴地听到他的这番话,与他一起坐车回去。第二年正月,老百姓都佩带桃木做成的杖。《诗经》说:"殷商有一面离它不远的镜子。"

301. 桓公置酒

齐桓公置酒,令诸侯、大夫曰①:"后者饮一经程②。"管仲后③,当饮一经程,饮其一半,而弃其半。桓公曰:"仲父当饮一经程而弃之,何也?"管仲曰:"臣闻之,酒入口者,舌出,舌出者,弃身④,与其弃身,不宁弃酒乎?"桓公曰:"善。"《诗》曰:"荒湛于酒⑤。"

【注释】①令诸侯、大夫曰:别版作"令诸大夫曰"。②经程:饮酒器。③管仲后:别版作"管后至"。④弃身:别版作"言失,言失者弃身"。⑤荒:过度。湛:通"耽"。沉湎于酒色,行为放荡。诗句出自《诗经·大雅·抑》。

【译文】齐桓公陈设酒席,命令诸侯、大夫们说:"迟到的要喝一经程的酒。"管仲迟到了,应当喝一经程的酒,他喝一半酒后,把剩下的一半倒掉。桓公说:"仲父应当喝一经程的酒,你却把它倒掉一半,为什么呢?"管仲说:"我听说,酒进了口,舌头就会露出来;舌头露出来的,就会说错话;说错话,身家性命就会没了。与其失掉身家性命,还不如倒掉酒。"桓公说:"说得真好。"《诗经》说:"别过度沉湎于酒中。"

302.楚王闻之

齐景公遣晏子南使楚。楚王闻之,谓左右曰:"齐遣晏子使寡人之国,几至矣。"左右曰:"晏子,天下之辩士也,与之议国家之务,则不如也;与之论往古之术,则不如也。王独可以与晏子坐,使有司束人过王①。王问之,使言齐人善盗,故束之。是宜可以困之。"王曰:"善。"晏子至,即与之坐,图国之急务,辨当世之得失,再举再穷,王默然无以续语。居有间②,束徒以过之。王曰:"何为者也?"有司对曰:"是齐人,善盗,束而诣吏③。"王欣然大咲曰④:"齐乃冠带之国⑤,辩士之化,固善盗乎?"晏子曰:"然,固取之。王不见夫江南之树乎!名橘,树之江北,则化为枳⑥,何则?地土使然尔⑦。夫子处齐之时⑧,冠带而立,俨有伯夷之廉。今居楚而善盗,意土地之化使然尔。王又何怪乎?"《诗》曰:"无言不雠⑨,无德不报⑩。"

【注释】①有司:主管其事的官吏。束:绑住。②居:坐。有间:一会儿。③诣:送到。吏:法官。④咲:古"笑"字。⑤冠带之国:是说礼教盛行的国家。⑥枳:枳木似楠木而较小,枝多刺,叶多卵形,春开白花,秋天结实,果实可入药。⑦地土使然尔:别版作"土地使然尔"。⑧夫子:这个人。夫:这个。⑨无言不雠:也作"无言不酬"。酬:对答。⑩报:回报。诗句出自《诗经·大雅·抑》。

【译文】齐景公派遣晏子往南出使楚国。楚王听到这个消息,对身边侍从说:"齐国派遣晏子出使我们国家,差不多快要到了。"身边侍从说:"晏子是天下善于辞令的人,跟他议论国家的事务,没有比得上他的;跟他讨论古代的学术,也没有比得上他的;君王只可以和晏子坐在一起,命令官吏绑住一个人从君王的面前经过。君王借机问他,就命官吏回答说是齐国人,善于盗窃,所以将他绑起来。这样应该可以让晏子没有办法应付。"楚王说:"好办法。"晏子一到,楚王跟他坐在一起,谈论治理国家迫切的事务,辨别当时政治的得失,一再提出问题,楚王难以应付沉默起来,没有办法继续谈下去。他们坐了一会儿,官吏绑着一个人经过楚王的面前。楚王问:"这是什么人?"官吏回答说:"这是齐国人,善于偷盗,所以把他绑起来,抓到法官那儿去处置。"楚王高兴地大笑说:"齐国是个文明的国家,受过辩士的教化,才使人民善于偷盗吗?"晏子说:"是的,本来是这样。君王难道没有见过生长在江南的一种树吗?这种树名叫橘树,把它移植到江北去,就变为枳树,为什么呢?因为土地不同使它变种了。这个人住在齐国的时候,戴着帽子,系着腰带站着,威严得具有伯夷清廉的操守。现在住在楚国而变得善于偷盗,还不就是土地使他这样罢了。君王又有什么觉得奇怪的呢?"《诗经》说:"无论什么话,什么品德,都会得到相应的报答。"

303.延陵季子

吴延陵季子游于齐①,见遗金②,呼牧者取之。牧者曰:"子居之高③,视之下;貌之君子,而言之野也。吾有君不君,有友不友,当暑衣裘,君疑取金者乎?"延陵子知其为贤者,请问姓字。牧者曰:"子乃皮相之士也④;何足语姓字哉?"遂去。延陵季子立而望之,不见乃止。孔子曰:"非礼勿视,非礼勿听⑤。"

【注释】①延陵季子:即季札,春秋吴王寿梦的少子,寿梦见季札贤,欲立为世子,季札不接受,封于延陵,故号延陵季子。②见遗金:《太平御览》作"见遗金于路"。③子居之高:别版作"子何居之高"。④皮相:谓只观其外貌而不究其内心。⑤非礼勿视:不合礼的事不去看。语句出自《论语·颜渊篇》。

【译文】吴国延陵季子到齐国去,看见有人家遗失的钱币,叫牧人去拾取。牧人说:"你的地位非常高,见识却相当卑下;外貌像有德行的君子,言语却非常粗野。我有国君,但是没有去侍奉他;有朋友,但是没有去跟他们交往,在大暑天宁愿穿着皮衣,你还怀疑我是拾取人家钱币的人吗?"延陵先生知道他是位贤人,就请问他的姓名。牧人说:"你是个只看外貌的人,怎么配把我的姓名告诉你呢?"于是他就走开了。延陵季子站着看他,一直到看不见为止。孔子说:"不合礼的事别去看,不合礼的话别去听。"

304.问于孔子

颜渊问于孔子曰:"渊愿贫如富,贱如贵①,无勇而威,与士交通②,终身无患难③。亦且可乎?"孔子曰:"善哉!回也!夫贫而如富,其知足而无欲也;贱而如贵,其让而有礼也;无勇而威,其恭敬而不失于人也;终身无患难,其择言而出之也。若回者,其至乎!虽上古圣人亦如此而已。"

【注释】①渊愿贫如富,贱如贵:别版作"渊愿贫而如富,贱而如贵"。②交通:交游,往来。③患难:怨仇。

【译文】颜渊向孔子问道:"我希望能做到在贫穷时好像非常富裕,在卑贱时好像非常显达,虽不勇猛却有威严,跟士人往来,一辈子都跟别人没有怨仇。这样可以吗?"孔子回答说:"多好呀,颜回啊!在贫穷的时候却好像富裕一样,这是知道满足而没有欲望;地位卑贱的时候好像显达一样,这是既谦让又有礼貌;不勇猛却有威严,这是恭敬的态度,这样待人是没有过错的;一辈子与别人没有怨仇,这是选择适合的话说出来。像你这样的人,修养已经到高的境界了!即使是上古的圣人也不过是这样罢了。"

305.景公出田

齐景公出田,十有七日而不反。晏子乘而往,比至,衣冠不正。景公见而怪之,曰:"夫子何遽乎①?得无急乎②?"晏子对曰:"然,有急。国人皆以君为恶民好禽。臣闻之,鱼鳖厌深渊而就干浅,故得于钓网;禽兽厌深山而下都泽③,故得于田猎。今君出田,十有七日而不反,不亦过乎?"景公曰:"不然。为宾客莫应待邪?则行人子牛在④;为宗庙而不血食邪⑤?则祝人太宰在⑥;为狱不中邪⑦?则大理子几在⑧;为国家有余不足邪?则巫贤在⑨。寡人有四子,犹有四肢也,而得代焉,不可患焉⑩!"晏子曰:"然。人心有四肢而得代焉，则善矣；令四肢无心十有七日，不死乎？"景公曰："善哉言！"遂援晏子之手，与骖乘而归。若晏子者，可谓善谏者矣。

【注释】①遽：仓促。②得无：莫非，恐怕。③都泽：水泽。都：聚集。④行人：官名，古代的外交官。子牛：人名。⑤血食：指鬼神受牲牢的享祭。⑥祝人：掌管祭祀的官吏。太宰：人名。⑦为：治理。狱：诉讼。中：适宜。⑧大理：掌管刑法的官吏。子几：人名。⑨巫贤：人名。⑩不可患焉：别版作"又何患焉"。

【译文】齐景公出外打猎，过了十七天还没有回来。晏子乘车去找他，快要到达猎场时，衣服帽子都已很散乱了。齐景公看见了觉得奇怪，问道："先生为什么这么仓促呢？莫非是国家发生了紧急的事吗？"晏子回答说："是的，有紧急的事。全国人民都以为君王是厌恶人民而喜好禽兽。我听说：鱼鳖因为厌恶深渊而游到水浅的地方去，所以被渔夫捕捕；禽兽因为厌恶深山，走进水泽中去，所以被猎人捕获。现在君王外出打猎，已经整整十七天还没有回来，不也算有过错吗？"齐景公说："不对。是因为诸侯的宾客来了没有人接待吗，有外交官子牛在朝廷；是因为宗庙里祖先没有人去祭祀吗，有掌管祭祀的太宰在朝廷；是因为害怕诉讼判决不公正吗，有司法官子几在朝廷；还是因为国家的财政有盈余或是不足吗，有巫贤在朝廷。我有这四个贤人，好像有手足四肢，他们可以替代我处理国家的事务，我还有什么忧虑的呢？"晏子说："是的。人心有手足四肢以代替它做事，那是很好的；让手足四肢整整十七天没有心，不会死吗？"齐景公说："你说的很对！"于是挽着晏子的手，同他一起坐车回朝廷去。像晏子这样的人，可以说是非常善于劝谏的了。

306.兴师伐晋

楚庄王将兴师伐晋,告士大夫曰:"敢谏者死无赦。"孙叔敖曰:"臣闻,畏鞭棰之严①,而不敢谏其父,非孝子也;惧斧钺之诛,而不敢谏其君,非忠臣也。"于是遂进谏曰:"臣园中有榆②,其上有蝉,蝉方奋翼悲鸣③,欲饮清露,不知螳螂之在后,曲其颈,欲攫而食之也④;螳螂方欲食蝉,而不知黄雀在后,举其颈,欲啄而食之也;黄雀方欲食螳螂,不知童挟弹丸在下,迎而欲弹之⑤;童子方欲弹黄雀,不知前有深坑,后有窟也。此皆言前之利⑥,而不顾后害者也,非独昆虫众庶若此也,人主亦然。君今知贪彼之土,而乐其士卒。"国不怠⑦,而晋国以宁,孙叔敖之力也。

【注释】①鞭:皮鞭。棰:竹杖。②榆:树木名。③奋翼:鼓动翅膀。④攫:捕捉。⑤迎而欲弹之:《太平御览》作"仰而欲弹之"。仰:抬头。⑥此皆言前之利:《太平御览》作"此皆贪前之利"。⑦国不怠:别版作"楚国不怠"。怠,通"殆",危险。

【译文】楚庄王准备起兵讨伐晋国,他告诉朝廷的士大夫说:"胆敢劝谏我讨伐晋国的人,一定要处死,决不赦免。"孙叔敖说:"我听说,畏惧鞭子的严厉,不敢劝谏父亲的人,不是孝顺的儿子;惧怕被斧钺诛杀,不敢劝谏国君的,不是忠心的臣子。"因此,孙叔敖劝楚庄王说:"我家的园子里有棵榆树,树上有一只蝉,蝉刚刚要鼓动翅膀鸣叫,就想喝树上清净的露水,却不知道螳螂在后面,弯着脖子想要捕捉它；螳螂刚想要吃蝉，却不知道黄雀在它的后面伸长了脖子想要啄食它；黄雀刚想吃螳螂，却不知道有个孩童拿着弹弓和弹丸，准备抬起头来射黄雀；孩童刚想要射黄雀，却不知道在他前面有个深坑，后面有个洞穴。这些都是只贪图眼前的利益，没有顾虑到后面的祸患。不仅昆虫和普通的人是这样，君主也是这样。君王现今贪求晋国的疆土，喜爱它的士卒。"楚国没有蒙受危险，晋国能够得到国家安宁，这都是孙叔敖的功劳。

307. 趋车驰马

晋平公之时①，藏宝之台烧，士大夫闻，皆趋车驰马救火，三日三夜乃胜之②。公子晏子独束帛而贺曰③："甚善矣！"平公勃然作色，曰："珠玉之所藏也，国之重宝也，而天火之④，士大夫皆趋车走马而救之，子独束帛而贺，何也？有说则生，无说则死。"公子晏子曰："何敢无说？臣闻之，王者藏于天下，诸侯藏于百姓⑤，商贾藏于箧匮⑥。今百姓之于外⑦，短褐不蔽形⑧，糟糠不充口⑨，虚而赋敛无已⑩，收太半而藏之台⑪，是以天火之。且臣闻之，昔者桀残贼海内，赋敛无度，万民甚苦，是故汤诛之，为天下戮笑⑫。今皇天降灾于藏台，是君之福也，而不自知变悟，亦恐君之为邻国笑矣。"公曰："善。自今已往，请藏于百姓之间。"《诗》曰："稼穑维宝⑬，代食维好⑭。"

【注释】①晋平公：春秋晋悼公的儿子，名彪。②胜：克制，扑灭。③公子：诸侯的儿子。④火：焚烧。囷：圆形的谷仓。庾：没有屋顶的谷仓。⑤诸侯藏于百姓：别版作"诸侯藏于百姓，农夫藏于囷庾"。⑥箧：小箱。匮：俗作"柜"。⑦今百姓之于外：《太平御览》引作"今百姓乏于外"。⑧褐：粗布衣。⑨糟糠：粗劣的食物。糟：酒滓。糠：糖。⑩虚而赋敛无已：别版作"虚耗而赋敛无已"。虚耗：消损。⑪之：于。⑫戮笑：耻笑。戮：羞辱。⑬稼穑：指农事。稼：种植谷物。穑：收获谷物。宝：重视。⑭代食维好：爱好贤人任命他，代替不贤的人食禄。诗句出自《诗经·大雅·桑柔》。

【译文】晋平公的时候，储藏珍宝的楼台突然着火了，士大夫们听到这个消息，都赶着车骑着马前去救火，经过三天三夜才把火扑灭。只有公子晏带着五匹布前来祝贺，说："真好啊！"平公一下子变了脸色，说："那里是储藏珍珠美玉的地方，收藏的都是国家的重要珍宝，上天却用大火把它焚烧掉了，士大夫们都赶着车骑着马前来救火，只有你带着五匹布来祝贺，为什么呢？说的有道理，我便让你活着出去；说的没有道理，我便要把你留下处死。"公子晏说："怎么敢说不出道理呢？我听说：君王把财富储藏在天下人的家里，诸侯把他的财富储藏在百姓的家里，农民把自己的财物都存藏在仓库里，商人把他的财物储藏在箱子柜子里。现在百姓穷困，粗布短衣也不能遮掩他们的身体，粗劣食物也不能填饱他们的肚子，可君王浪费财物还不停地征收赋税，把聚敛的财物多半收藏在楼台里，因此上天引火焚烧掉它。我又听说：从前夏桀伤害天下人民，税赋征敛毫无节度，千万民众都非常痛苦，因此商汤起兵诛杀他，而夏桀被天下人耻笑。现在上天降下灾祸把储藏珍宝的楼台烧毁了，这是君王的福份，如果君王不醒悟，恐怕君王也会被邻近国家的人耻笑了。"晋平公说:"好的,从今以后,就把财富储藏在百姓的家中。"《诗经》说:"重视百姓的农事,爱好贤人,让他代替不贤的人食禄,让百姓生活过得舒适。

308.数战数胜

魏文侯问里克曰:"吴之所以亡者,何也?"里克对曰:"数战而数胜①。"文侯曰:"数胜②,国之福也。其独亡,何也?"里克对曰:"数战则民疲,数胜则主骄;骄则恣,恣则极③,上下俱极,吴之亡犹晚矣!此夫差所以自丧于干遂④。"《诗》曰:"天降丧乱,灭我立王⑤。"

【注释】①数:屡次。②数胜:《淮南子·道应训》作"数胜数战"。③恣则极:别版作"恣则极物,妓则怨,怨则极虑"。④干遂:地名,亦作"干隧",在江苏省吴县西北。吴王夫差被越王勾践打败,在这儿自杀。⑤立王:所拥立的君王。诗句出自《诗经·大雅·桑柔》。

【译文】魏文侯问里克说:"吴国灭亡了,原因是什么呢?"里克回答说:"因为屡次作战,屡次胜利。"文侯说:"屡次取得胜利,这是国家的福份,吴国却被灭亡,为什么呢?"里克回答说:"屡次作战,人民就困乏;屡次胜利,君主就骄傲,骄傲了就会放纵,放纵就会穷极物质享受,人民困乏就会怨恨,怨恨就会千方百计反抗。君主穷极物质享受,人民千方百计反抗,吴国的灭亡还算迟呢!这就是造成夫差在干遂自杀的原因。"《诗经》说:"上天降下了祸乱,消灭了我所拥立的君王。"

309.士曰申鸣

楚有士曰申鸣,治园以养父母①,孝闻于楚,王召之,申鸣辞不往。其父曰:"王欲用汝,何为辞之?"申鸣曰:"何舍为子②,乃为臣乎?"其父曰:"使汝有禄于国,有位于廷,汝乐而我不忧矣。我欲汝之仕也。"申鸣曰:"诺。"遂之朝受命,楚王以为左司马③。其年,遇白公之乱④,杀令尹子西、司马子期⑤,申鸣因以兵之卫⑥。白公谓石乞曰⑦:"申鸣,天下勇士也。今将兵,为之奈何?"石乞曰:"吾闻申鸣,孝也⑧,劫其父以兵。"使人谓申鸣曰:"子与我,则与子楚国⑨;不与我,则杀乃父。"申鸣流涕而应之曰:"始则父之子,今则君之臣,已不得为孝子,安得不为忠臣乎?"援枹鼓之,遂杀白公⑩,其父亦死焉。王归赏之,申鸣曰:"受君之禄,避君之难,非忠臣也;正君之法,以杀其父,又非孝子也。行不两全,名不两立。悲夫!若此而生,亦何以示天下之士哉!"遂自刎而死。《诗》曰:"进退惟谷⑪。"

【注释】①治园:治理园圃,种植水果、蔬菜等。②舍:舍弃。③左司马:官名,掌管军事。④白公之乱:白公为春秋楚国太子建的儿子白公胜,年幼时在吴国,子西召胜回楚国,使为白公。后作乱,杀子西、子期,劫持惠王,叶公子高讨伐他,白公胜逃亡山中,自缢而死。⑤令尹:楚国称卿相为令尹。子西:楚公子申的字。子期:《史记·楚世家》作"子綦"。⑥因以兵之卫:别版作"因以兵围之"。⑦石乞:勇士名。⑧申鸣,孝也:别版作"申鸣,孝子也"。⑨则与子楚国：别版作"则与子分楚国"。⑩桴：鼓槌。⑪谷：妥善。诗句出自《诗经·大雅·桑柔》。

【译文】楚国有个勇士叫作申鸣，他治理园圃来奉养父母亲，他的孝道传遍了楚国，楚王召请他来做官，申鸣推辞不去。他的父亲说："君王想要任用你，你为什么推辞呢？"申鸣说："我为什么舍弃做儿子的职责，去做人的臣子呢？"他的父亲说："假使你得到国家的俸禄，在朝廷做官，你快乐我也不会忧愁了。我要你去做官。"申鸣说："好的。"于是他到朝廷接受楚王的任命，楚王让他做左司马。那一年，遇到白公胜作乱，杀了令尹子西和司马子期，申鸣因此率领军队包围白公胜。白公胜对石乞说："申鸣是天下最勇敢的战士。现在他率领军队向我们进攻，应该怎么办呢？"石乞说："我听说申鸣是个孝顺的儿子，可用武器威逼他的父亲。"白公胜派人对申鸣说："你跟我合作，我就跟你平分楚国；你不跟我合作，我便杀掉你的父亲。"申鸣流下眼泪回答说："以前我是父亲的儿子，现在我是君主的臣子，我已经不能成为一个孝子，怎么能不做忠臣呢？"因此拿起鼓槌击鼓进攻，终于杀了白公胜，他的父亲也死了。楚王回到朝廷赏赐申鸣，申鸣说："接受国君的俸禄，国君遇到患难就去躲避，这不是忠臣；执行国君的法度，使得父亲被杀害，这又不是孝子。忠孝两种德行不能同时保全，忠孝两种名声不能同时树立。可悲啊！像这样活下去，我的行为还有什么可以拿给天下士人看的呢？"于是自杀而死。《诗经》说："前进后退都要妥善。"

310.受封而见

昔者,太公望周公旦受封而见,太公问周公:"何以治鲁①?"周公曰:"尊尊亲亲②。"太公曰:"鲁从此弱矣。"周公问太公曰:"何以治齐?"太公曰:"举贤赏功。"周公曰:"后世必有劫杀之君矣。"后齐日以大,至于霸,二十四世而田氏代之③。鲁日以削,三十四世而亡④。犹此观之⑤,圣人能知微矣⑥。《诗》曰:"惟此圣人,瞻言百里⑦。"

【注释】①治:治理,管理。②尊尊:尊敬长辈。亲亲:爱护亲人。③二十四世而田氏代之:据《史记·齐世家》记载,齐国从太公到康公共十八世,被田和所取代。④三十四世而亡:鲁国从周公到顷公三十四世,被楚考烈王所灭。⑤犹:通"由"。⑥微:预兆。⑦瞻:视。言:语词。诗句出自《诗经·大雅·桑柔》。

【译文】从前,太公望和周公旦接受周武王分封为诸侯,两人见面,太公问周公道:"你是怎样治理鲁国的呢?"周公说:"尊崇长上,敬亲爱民。"太公说:"鲁国从现在起就衰弱了。"周公问太公道:"你怎样治理齐国呢?"太公说:"举荐贤人,赏赐有功的人。"周公说:"齐国以后一定有被臣子逼迫自杀的君王。"以后齐国国势一天天地强大,称霸诸侯,一直传到康公共二十四世,被田和所篡位。鲁国国势一天天地削弱,到顷公共三十四世,被楚国所灭亡。从这点来看,圣人都能够预先推测未来事情的变化。《诗经》说:"只有圣人,他的眼光才是远大的。"

图书在版编目（CIP）数据

韩诗外传 /（汉）韩婴撰；孙友新注译. — 北京：团结出版社，2019.1

（谦德国学文库）

ISBN 978-7-5126-6782-2

Ⅰ. ①韩… Ⅱ. ①韩… ②孙… Ⅲ. ①《韩诗外传》—注释 ②《韩诗外传》—译文 Ⅳ. ① I207.22

中国版本图书馆 CIP 数据核字 (2018) 第 268479 号

出版：团结出版社
（北京市东城区东皇城根南街 84 号 邮编：100006）
电话：（010）65228880　65244790（传真）
网址：www.tjpress.com
Email：zb65244790@vip.163.com
经销：全国新华书店
印刷：大厂回族自治县德诚印务有限公司
开本：145×210　1/32
印张：14.75
字数：350 千字
版次：2020 年 5 月 第 1 版
印次：2023 年 2 月 第 2 次印刷
书号：978-7-5126-6782-2
定价：58.00 元